U0037255

地大地大地大地大地大地大地大地大地大地

大地大地大地大地大地大地大地大地大地大地大

崇禎皇帝・乾綱初振

◎胡長青 著

崇禎畫像

明崇禎殉國處

南明弘光帝為他上廟號為思宗，後改為毅宗，

清人上廟號為懷宗

崇禎皇帝手跡之一

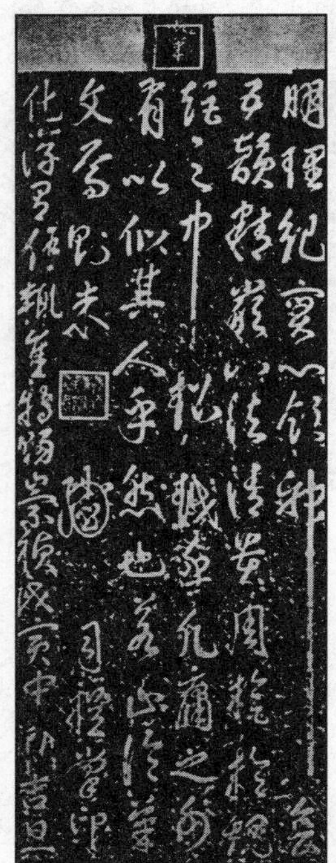

崇禎皇帝手跡之二

崇禎皇帝手書「御」字，頗有特點

天下之治亂，不在一姓之興亡，而在萬民之憂樂。

黃宗羲《明夷待訪錄·原臣》

彼黍離離，彼稷之苗。行邁靡靡，中心搖搖。
知我者，謂我心憂；不知我者，謂我何求。
悠悠蒼天，此何人哉？
彼黍離離，彼稷之穗。行邁靡靡，中心如醉。
知我者，謂我心憂；不知我者，謂我何求。
悠悠蒼天，此何人哉？
彼黍離離，彼稷之實。行邁靡靡，中心如噎。
知我者，謂我心憂；不知我者，謂我何求。
悠悠蒼天，此何人哉？

《詩經・王風・黍離》

生於末世運偏消

——品評崇禎皇帝（一）

血書遺詔：

朕自登極十七年，東人三侵內地，逆賊直逼京師。雖朕薄德藐躬，上干天咎，然皆諸臣之誤朕也。朕死，無面目見祖於地下，去朕冠冕，以髮覆面，憑賊分裂朕屍，勿傷百姓一個。

談遷《國榷》卷一百

君非甚暗，孤立而煬灶恆多；臣盡行私，比黨而公忠絕少。賂通公府，朝端之威福日移；利擅宗神，閭左之脂膏殆盡。

李自成《登極詔》

康熙帝評崇禎

明代諸帝，乾綱獨斷，而權奸不敢上侵。統論一代規模，漢唐迄宋，皆不及也。

崇禎之誅鋤宦官，極爲善政。但謂明之亡於太監，則朕殊不以爲然。明末朋黨紛爭，在廷諸臣置封疆社稷於度外，唯以門戶勝負爲念。不待智者，知其必亡。乃以國祚之顛覆盡委罪於太監耶？

劉承幹《明史案例》卷一

毛澤東評崇禎

治國就是治吏，禮義廉恥，國之四維，四維不張，國將不國。如果臣下一個個都寡廉鮮恥，貪污無度，胡作非為，而國家還沒有辦法治理他們，那麼天下一定大亂，老百姓一定要當李自成。

崇禎皇帝是個好皇帝，可他面對那樣一個爛攤子，只好哭天抹淚了啊！

生於末世運偏消

——品評崇禎皇帝（一）

帝承神、熹之後，慨然有爲。即位之初，沉機獨斷，刈除奸逆，天下想望治平。惜乎大勢已傾，積習難挽。在廷則門戶糾紛，疆埸則將驕卒惰。兵荒四告，流寇蔓延。遂至潰爛而莫可救，可謂不幸也已。然在位十有七年，不邇聲色，憂勤惕勵，殫心治理。臨朝浩嘆，慨然思得非常之材，而用匪其人，益以僨事。乃復信任宦官，布列要地，舉措失當，制置乖方。祚訖運移，身罹禍變，豈非氣數使然哉！

《明史・本紀》

莊烈之繼統也，臣僚之黨局已成，草野之物力已耗，國家之法令已壞，邊疆之搶攘已甚。莊烈雖銳意更始，治核名實，而人才之賢否，議論之是非，政事之得失，軍機之成敗，未能灼見於中，不搖於外也。且性多疑而任察，好剛而尚氣。任察則苛刻寡恩，尚氣則急遽失措。當夫群盜滿山，四方鼎沸，而委政柄者非庸即佞，剿撫兩端，茫無成算。內外大臣救過不給，人懷規利自全之心。言語戇直，切中事弊者，率皆摧折以去。其所任爲閫帥者，事權中制，功過莫償。敗一方即戮一將，隳一城即殺一吏，賞罰太明而至於不能罰，制馭過嚴而至於不能制。加以天災流行，饑饉洊臻，政繁賦重，外訌內叛。譬一人之身，元氣羸然，疽毒並發，厥症固已甚危，而醫則良否錯進，劑則寒熱互投，病入膏肓，而無可救，不亡何待哉？是故明之亡，亡於流賊，而其致亡之本，不在於流賊也。嗚呼！莊烈非亡國之君，而當亡國之運，又乏救亡之術，徒見其焦勞瞀亂，孑立於上十有七年。而帷幄不聞良、平之謀，行間未睹李、郭之將，卒致宗社顛覆，徒以身殉，悲夫！

《明史·流賊傳》

上英謀天挺，承帝承神廟、熹廟之後，勵精圖治，駸駸然有中興之象。然疆埸外警，中原內虛，加以饑饉薦至，盜寇橫出，拮据天下，十有七年，神器遽移，遂四社稷。嗚呼！英謀睿慮，曾不一施，其留恨又何極也。

錢䎘《甲申傳信錄》

先帝以聖明在御，旰食宵衣。比之太康之尸位，厲王之內變，哀、平之外戚，惠帝之昏弱，明皇之淫蕩，道君之放逸，百無一似，謂宜治平立至。而逆寇犯闕，身殉社稷，言天言人，都不可信。

鄒漪《明季遺聞》

先帝焦於求治，刻於理財，渴於用人，驟於行法，以致十七年之天下，三翻四覆，夕改朝更。耳目之前，覺有一番變革，向後思之，迄無一用，不亦枉卻此時期年之精勵哉！記如用人一節，黑白屢變，捷如弈棋。求之老成而不得，則用新進；求之科目而不得，則用薦舉；求之詞林而不得，則用外任；求之朝寧而不得，則用山林；求之縉紳而不得，則用婦寺；求之民俊而不得，則用宗室；求之資格而不得，則用特用；求之文科而不得，則用武舉。愈出愈奇，愈趨愈下。

先帝用人太驟，殺人太驟，一言合則欲加諸膝；一言不合，則欲墮諸淵。以故侍從之臣，止有唯唯否否，如鸚鵡雪語，隨聲附和已耳。則是先帝立賢無方，天下之人無所不用，及至危急存亡之秋，並無一人爲之分憂宣力。從來孤立無助之主，又莫我先帝若矣。諸臣誤朕一語，傷心之言，後人聞之，眞如望帝化鵑，鮮血在口，千秋萬世，決不能乾也。

張岱《石匱書後集》卷一

烈皇所以被誣者四：曰自用，曰愎戾，曰吝，曰用宦官。

胡智修《居業堂集》卷二十

莊烈自言非亡國之君……雖然莊烈之明察濟以憂勤，其不可以謂之亡國之君，固也。而性愎而自用，怙前一往，亦有不能辭亡國之咎者。凡莊烈之召禍，在內則退宦官而不終，在外吝於議和。

全祖望《鮚埼亭集》卷二十九

主要人物表

明莊烈帝，即朱由檢，諡莊烈愍皇帝，明末最後一位皇帝。明熹宗弟。天啓二年，封信王。七年即皇帝位，年號崇禎。十七年，北京城被李自成攻破，崇禎手刃妃嬪、公主，自縊於煤山壽皇亭，享年三十五歲，明朝遂亡。南明弘光年間諡思宗烈皇帝，廟號思宗，後改爲毅宗。清改爲莊烈愍皇帝，廟號懷宗，諡爲懷宗，後改莊烈帝，葬思陵。

明熹宗，即朱由校，崇禎兄。十六歲即皇帝位，年號天啓，在位七年。葬德陵。

張嫣，字祖娥，河南祥符縣人。天啓元年封皇后，性嚴正，數在天啓帝面前講客氏、魏忠賢過失。至天啓病重，力主傳位信王，不從魏忠賢之謀，崇禎即位尊爲懿安皇后。崇禎十七年，北京城破，自縊死。後合葬德陵。

周皇后，蘇州人，遷居北京大興縣。天啓中，選爲信王妃，崇禎即位，立爲皇后。生太子慈烺、二皇子慈炟、三皇子慈炯與長平公主，崇禎十七年，都城陷，自裁死。後諡莊烈愍皇后，葬思陵。

田貴妃，閨名秀英，陝西人，後遷居揚州。父弘遇。生而纖妍，性寡言，多才藝，侍莊烈帝於信邸。崇禎元年封禮妃，進皇貴妃。曾有過，謫居別宮。生四皇子慈烺、五皇子慈煥、六皇子、七皇子，十五年七月病死。謚恭淑端惠靜懷皇貴妃，葬思陵。

袁貴妃，山西人，性溫婉，工女紅。生昭仁公主。崇禎十七年，自縊未死，爲崇禎砍傷，後幾年卒。

魏忠賢，大宦官，河北河間府肅寧縣人。少無賴，因無法償還賭債，自宮變姓名李進忠入宮，得識熹宗乳媪客氏，並與之私通。熹宗即位，擢司禮太監秉筆太監兼提督寶和三店，後又兼掌東廠，勢力遍及內閣、六部、四方督撫，手下黨羽有「五虎」、「五彪」、「十狗」、「十孩兒」、「四十孫」之稱，專權攬政，排斥異己，迫害東林黨，進爵上公，各地爭建生祠，時有「九千歲」之稱。崇禎即位，遂發其奸，安置鳳陽，旋命逮治途中，乃自縊死。

客印月，河北保定府定興縣人，侯二妻，小名巴巴。十八歲入宮，爲朱由校乳母。熹宗立，封奉聖夫人。與魏忠賢相結，互爲表裡，培植黨羽，把持朝政，爲禍宮廷，殘害大臣。崇禎即位，遣送出宮，浣衣局受笞而死。

黃立極，字中五，河北元城人。萬曆三十二年進士。天啓五年，擢禮部尚書兼東閣大學士，明年秋，爲首輔。

施鳳來，浙江平湖人。萬曆三十五年進士。累官禮部尚書，後爲首輔。素無節概，以和柔媚於世。

來宗道，浙江蕭山人。萬曆三十二年進士，累官太子太保、禮部尚書兼內閣大學士，參預機務。

張瑞圖，字長公，號二水，福建晉江人。萬曆三十五年進士，殿試第三，官至大學士、吏部尚書，崇禎即位，以閹黨遭罷斥回鄉。

李國榗，字元治，河北高陽人。萬曆四十一年進士，天啓中，官禮部尚書，入閣爲宰輔。崇禎初，加封吏部尚書、中極殿大學士。

韓爌，字象雲，山西蒲州人。萬曆二十年進士，曆官編修、禮部尚書兼東閣大學士，加封太子太傅、建極殿大學士，不久任首輔，遭魏忠賢誣劾，被革職。崇禎初，復官首輔，後托病歸。

李標，字汝立，河北高邑人。萬曆十五年進士。天啓中，官禮部右侍郎。崇禎初，任禮部尚書兼東閣大學士，爲首輔。後加封戶部尚書、武英殿大學士。

劉鴻訓，字默承，山東長山人。萬曆四十一年進士，官至禮部尚書兼東閣大學士。

崔呈秀，薊州人。萬曆四十一年進士。天啓初，爲御史，求附東林黨，被拒。四年，以貪污被革職議罪，乃夜走魏忠賢所，乞爲養子，遂爲魏忠賢腹心、「五虎」之首，助其陷害東林黨人。官至兵部尚書兼左都御史，勢傾朝野。崇禎即位，畏罪自殺。

吳淳夫，福建晉江人。萬曆三十八年進士。魏忠賢義子。累官工部尚書，加太子太傅。爲「五虎」之一。

倪文煥，江蘇江都人。魏忠賢義子，官太常卿，爲「五虎」之一。

田吉，河北故城人。官至兵部尚書，加太子太保。爲「五虎」之一。

李夔龍，福建南安人。官至副都御史。爲「五虎」之一。

田爾耕，河北任丘人。官至左都督，掌錦衣衛事。狡黠陰賊，與魏良卿爲莫逆交。魏忠賢斥逐東林，數興大獄。爾耕廣布偵卒，羅織人罪，嚴刑酷法。與許顯純、崔應元、楊寰、孫雲鶴有「五彪」之號。加封少師兼太子太師。崇禎元年伏誅。

許顯純，河北定興人，舉武會試，任錦衣衛都指揮僉事。性殘酷，大獄頻興，用刑酷毒，楊漣、左光斗、周順昌、黃尊素、王之寀、夏之令等十餘人，皆死其手。崇禎元年伏誅。

崔應元，北京大興人。本市井無賴，官至錦衣衛指揮。

霍維華，河北東光人。萬曆四十一年進士，官至兵部尚書。性憸邪，與崔呈秀爲忠賢謀主。

周應秋，江蘇金壇人。萬曆中進士，官至吏部尚書。生平無節操，爲魏忠賢門下「十狗」之首。

王體乾，北京昌平人。司禮監掌印太監。天啓初，爲尚膳太監，後遷司禮監秉筆太監，任依附魏忠賢、客印月。崇禎初定逆案時，革職抄家。後以怠玩罪，處死。

李永貞，北京通州人。萬曆中犯法，被繫獄十八年。熹宗時，任司禮監秉筆太監、掌巾帽局印。與體乾、文輔及石元雅共爲忠賢心腹。崇禎即位，以巨金賄賂權貴，被告發，懼而逃亡，捕獲後謫鳳陽，不久又事發被處死。

涂文輔，河北安肅人，司禮監太監，掌御馬監印。總督太倉、節愼二庫。崇禎即位，謫南京。

石元雅，河北雄縣人，司禮監秉筆太監，掌針工局印。

高時明，信王府太監，崇禎即位，加官司禮監掌印。善書法，能大字。

徐應元，河北保定雄縣人，信王府太監，性嗜賭。崇禎即位，加官司禮監秉筆太監，協理東廠。因庇護魏忠賢，發配顯陵淨軍。

王承恩，司禮秉筆太監。崇禎十七年，提督京營。城破，隨崇禎自縊。

周奎，江蘇蘇州人。周皇后父。官右軍都督同知，封嘉定伯。

田弘遇，陝西人。田貴妃父。官左都督，好佚遊，爲輕俠，性驕縱。

黃宗羲，字太沖，號南雷，別號梨洲老人，學者稱梨洲先生。父黃尊素。

目錄

第一回

信親王春遊高粱河
江湖客語驚荷香樓

師徒二人起身要走，卻見遠處突然騰起一團塵霧，如旋風般飄來，定睛看時，就見數匹雕鞍快馬飛馳而來。二人慌忙躲避，不料馬上之人騎術甚精，縱馬圍著二人飛奔，幾圈以後，一齊捋住絲韁，健馬急停，將二人團團圍在中央，大喝道：「哪裡走？」

三月春深，北京郊外，花香風暖，山明水秀。西直門外，高粱河邊，岸柳垂綠，河舟搖蕩，寶馬香車，傘蓋如雲，茶棚食檔，酒旗亭台，肩摩車碰，人聲熙攘，扒竿、筋斗、煙火等百戲，競技鬥巧，又是一年踏青尋芳的季節。

高粱河橋上，走下三人，前面的那位少年約有十六七歲，身形瘦長，面皮白淨，身穿藍綢直裰，頭戴四角方巾，足蹬玄色雙臉鞋，手裡捏一柄雕花香邊川扇，上繫盤龍玉扇墜。身後那兩個隨從，一位是灰衣老者，白髮無鬚，面皮多皺，高鼻深目，腳下穿一雙一品齋的千層底灑鞋。另一個是二十出頭的年輕夥計，略顯矮胖，青衣小帽，倒也乾淨俐落。三人沿著河邊緩步而行，那年輕夥計喘一口粗氣道：「公子爺好雅興，好體魄！賞了半日的迴龍觀海棠，又來到這高粱河上踏青，明日還要到東岳神廟進香，竟似不覺得勞累？」

藍衣公子聞言，抬頭看了看有些偏西的日頭，對前面的灰衣老者說道：「走了半日，累倒是沒有覺得多少，只是肚子有些餓了。就近找個茶棚喝杯茶，吃些點心吧！」

灰衣老者回身點頭應道：「公子爺說的是。那就找個臨河潔淨點兒的地方，一邊吃喝，一邊也好觀賞風景。」

藍衣公子四下觀望道：「我記得離高粱橋不遠處有一座極樂寺，清淨幽雅，倒是歇息的好去處。我小時候來過一次，依稀記得。」

「不錯！公子爺真好記性，極樂寺離此約有三里的路程。」灰衣老者稱讚道：「不過寺院已在六七年前毀於一場天火，只剩下幾堵殘牆斷壁和門外的古柳、殿前的古松，也值不得觀賞了。倒是寺院左首的國花堂還在，成片的大朵牡丹，此時想必已長了花苞，將要吐艷了。」

藍衣公子輕喟一聲道：「如果寺院尚在，到禪堂上討杯茶吃，倒也有些趣味。可惜殘垣頹壁與此大好春光甚覺不諧，還是就近找個地方吧！」三人四下一望，兩岸稀落的館舍之中聳立著一座三層的高樓，巍峨壯麗，年輕夥計笑道：「可巧！前面就是荷香閣了。」

荷香閣是高粱河上遠近聞名的茶樓，乃是南方一個落第寓京的富家子弟所建，東西兩岸各築二層，二層之上橫跨水面，如彩虹臥波，上建廊橋，搭起幾個精巧的竹閣、小亭，夏日荷花滿河，笛歌處處，小舟穿梭，槳聲輕柔，入夜燈影朦朧，蟲蛙交鳴，登樓，臨水，賞荷，聞香，品茶，盡享山水田園之樂。三人來到樓前，正要入內，卻聽有人吆喝道：「卜問吉凶，萬無一失。」一個黑衣駝背的老者領著一個清瘦的少年迎面走來，老者手中搖著一個紅布幡，少年肩上扛著一個黑布大幡。藍衣公子停下腳步，看著這一老一少，年輕夥計忙道：「不過是江湖術士騙人的把戲，公子爺不必理會！」

不料那駝背老者應聲道：「這位小哥兒講話好沒道理！小老兒行走江湖，靠的是眞才實學，又豈是胡亂騙人混飯吃的？」

藍衣公子將手中摺扇一收道：「老丈，劣僕鹵莽，言語衝撞，實在失禮。不過混跡江湖之中的人，多數卻是浪得虛名，幾個是有眞才實學的？往往是大言欺人罷了。」

駝背老者抖一抖手中的布幡，嘆道：「上天之數，冥冥之中，自有安排，公子爺不信也罷！」

灰衣老者附耳對藍衣公子說：「江湖之上，能人異士極多，何必招惹他們！還是去喝茶吧！」

藍衣公子點頭，便要轉身，駝背老者卻道：「小老兒自出師以來，還不曾被人無故搶白過，既然公子爺疑我道術，不妨一試，若不準時，就是毀我布幡、批我的老臉卻也心甘情願！」說罷，右手一擺，身後那清瘦少年將肩上的大幡雙手取下，迎風一展，厚厚的黑布不住飄動，呼啦啦作響。少年奮力將木杆插在地上，用手扯住幡布，藍衣公子定睛一看，見上面密密麻麻地繡滿了白字，「天地玄黃，宇宙洪荒……」知道繡的是千字文，正在兀自不解，灰衣老者低聲說：「這叫千字幡，看來這老頭是專門測字的。」

藍衣公子聽了，不由興趣陡增，笑道：「既然老丈如此說來，就請同到樓上一敘。」灰衣老者再要阻攔已然不及，緊緊護在藍衣公子左右，五人一起進了茶樓。堂倌見了，忙笑迎上來，依吩咐在三樓尋個單間雅座，隨即沏上香茶，擺好點心，兩眼略一張望，躬身緩步退下。藍衣公子問道：「老丈，若是方便，敢問高姓大名？」

駝背老者道：「小老兒賤名不足掛齒！既是公子爺動問，本不該隱瞞。只是剛才三位懷疑小老兒的道術，以為只不過是江湖的騙人把戲，故此先不將賤名相告。若是公子爺說小老兒測的還準，叫聲好兒，那時再講不遲。」

「那敢問老丈師門是……」藍衣公子見他自負得緊，並不著惱，語調依然舒緩。

「小老兒的祖師爺是永樂朝的袁珙、袁明徹父子，只是柳莊神相深不可測，小老兒天資愚鈍，只學得測字一門。」駝背老者拱手開言，神情肅穆，說到後面，聲音忽地變得異常蒼老絕望，似是學藝未精，羞辱了師門一般。

灰衣老者面色微變，肅聲說道：「袁氏父子據說是大唐神相袁天罡的後人，實在是百年

求卜的人不聞不理。永樂爺心下生奇，笑道：『有生意不做，卻來這裡睡覺，可見沒多少本事，怕是師父教的言語用盡了吧！』祖師爺頭也未抬眼也未睜就回道：『幾個俗人不過草木賤民，面目可憎，有什麼好看的？天生我材，豈是單爲芸芸眾生勞碌的？自古燕趙多慷慨悲歌之士，原想此地必是藏龍臥虎，卻怎的也沒有幾個可結識的英雄！』永樂爺見祖師爺口氣大得可以吞天，暗自惱怒，就走上前道：『我這個俗人偏要勞你相上一相！』祖師爺隨口道：『相面就不必了。滾滾紅塵，我也懶得睜開眼睛，就測個字吧！』永樂爺不動聲色，到幡前選了一個『帛』字，祖師爺命他自取紙筆書寫，永樂爺故作讀書不多書法不整的模樣，將『帛』字寫得長腳椏杈，上下相離，似是『白』、『巾』兩字。祖師爺側頭半睜二目，掃上一眼，抬頭看看永樂爺，頓時將雙眼大睜，起身跪道：『王爺爲何屈降萬乘之尊，輕易在外面行走？』一旁的行人以爲祖師爺瘋癲無狀，信口胡言，永樂爺一把將他扶起，暗叫噤聲。祖師爺道：『請千歲爺近前說話。』永樂爺連問「帛」字何意？祖師爺笑道：『草民行至燕地，見此處王氣甚重，集結北京城上，變幻五彩，蔚然龍形，與南京相互抗衡，一直不明原由，今日見王爺豁然開朗。王爺將『帛』字分而書之，稍加增益，便是皇頭帝尾之象。恭喜王爺！得遇王爺，草民也可自喜。』永樂爺半信半疑，以爲不過江湖術士討錢的吉利話兒，只打賞了五兩銀子，含笑而去。不料數年後，永樂爺正位登基，想起祖師爺的話，信服不已，派人將祖師爺召至京師，賜官太常寺丞。哪知祖師爺無心仕祿，只求有錢用，有酒吃。永樂爺並不強求，樂成其志，欽賜他一面金牌，親書詔令於上：『賜汝金牌，任汝行走，過庫支錢，過坊飲酒。有人問汝，道是永樂皇帝好友。』祖師爺單憑一個字，就測出了永樂爺數代江山，可見天道自古不爽，可笑世上愚夫愚婦甚多，又有幾人識得我仙家道術？」

藍衣公子聽得竟有幾分癡了，拊掌道：「有趣！有趣！實在是妙不可言！今日我也要測上一測！」站起身形，便要朝那千字幡指點。灰衣老者以目示意，想要阻攔，無奈藍衣公子興趣正濃，竟視而不見。

駝背老者頷首道：「小老兒願意爲公子爺效勞！還請公子爺坐下寫字。」

「不必了！還是從千字幡上選字吧！」藍衣公子似是不願與前人雷同，走到幡前細細尋看，堪堪將千字文讀完，才收住目光，手指「侍巾帷房」四個字道：「就選這個『巾』字，不會也是『帝尾』吧？」

「這……」鄭仰田見他故意爲難，沉吟道：「此字過於簡單，煩請公子爺再選一個。」年輕夥計聽了，哼了一聲，咕噥道：「分明是測不出了，還故弄玄虛，選來選去的！」

「測出測不出，待會兒自有分曉，小哥兒不要太過心急。」駝背老者和顏悅色，絲毫也不氣惱。藍衣公子又向布幡上上下下看了一遍，將目光仍舊落在「巾」字上，說道：「巾帽不分家，都聚會在人的最高處，就再加一個『帽』字吧！」

鄭仰田掐指推算一番，忽地身形微震，面色略變，卻作歡顏，堆笑道：「這位公子爺所測的字實在是深不可測，小老兒道術未精，實在難以推斷，茶錢就由小老兒付了，三位請自便。叨擾了。」說罷起身就走，卻又禁不住回頭看看藍衣公子，眼中竟有點點淚光。藍衣公子見他才有三言兩語，便要告辭，莫名其妙。那年輕夥計伸手一攔道：「剛才還一副吹破天的模樣，怎麼我家公子爺只拈出兩個字就把你們嚇跑了？看來也是個銀樣蠟槍頭，中看不中用！」

那少年聞言，上前跨了一步，似要理論，駝背老者忙將他攔了道：「徒兒將千字幡扛了，去前頭櫃上會鈔。」不料那灰衣老者將乾瘦的手掌倏地一伸，低喝道：「不要走，既然拈了字，有話慢慢講來，何必敷衍隱瞞！」駝背老者見他一語道破，知道難以輕易善罷，只得拱手直言：「小老兒實在是道術微末，難以推知其中的玄機。」

「有何玄機，請先生明言！」灰衣老者雙目精光四射。

駝背老者見灰衣老者窮追猛打，不依不饒，苦笑道：「老先生既然相強，小老兒不得不說上兩句。方才樓下恕小老兒眼拙，這位公子爺實在貴不可言，要好自爲之，不久便可再上層樓。」

「請先生坐下細談。」灰衣老者笑容可掬，將駝背老者往回禮讓。駝背老者這才知道灰衣老者目光銳利，不是幾句話可以打發的。看情勢倘若不說出緣由，便是有絲毫的保留，怕是也難從容脫身。當下只得硬著頭皮推辭道：「不必了。天機不可洩露，小老兒豈敢逆天而行？若機緣契合，改日再領教。」然後轉身跟在少年身後便要下樓。

「且慢！話不說明，恕在下失禮。」那灰衣老者不顧駝背老者出言拒絕，飛身攔在師徒二人面前。駝背老者嘆聲道：「今日的奇遇看來是天意如此。」說罷回身落座，見藍衣公子雙眼含笑，殷殷地盯著自己，神情極爲專注，讚嘆道：「小老兒方才見公子爺氣度非凡，只道公子爺出身豪富之家。到公子爺站立身子，指點二字，才知公子爺之貴，實在天下罕匹。」

「不是想多討賞錢吧？咱們可沒帶多少銀子。」年輕夥計見他反覆無常，忍不住發笑。

「不要多嘴！聽他講來。」灰衣老者語氣嚴厲，用目光掃了一眼，年輕夥計即刻縮舌收聲。駝背老者看看二人，本待要回敬說：「小老兒又不是什麼要飯的乞丐，是靠眞本事掙錢的。」見灰衣老者面罩寒霜，神色冷峻，心裡暗暗一沉，頗爲忌憚，想及方才他那蠻橫的做派，不禁又多了幾分惶恐，忙改口道：「公子爺先選『巾』字，又選『帽』字，所謂『巾』字戴『帽』，再加上『立』字，非『帝』字而何？實在是日後大貴之象。」

藍衣公子依然微笑，只是隱隱有些僵硬了。那年輕夥計驚得撟舌難下，饒是灰衣老者老於世故，閱歷頗豐，也難遮掩臉上的詫異之色，怔怔地不知如何作答。駝背老者急拉少年下樓，誰知那少年一直一言未發，此時卻道：「雖有九五之象、龍飛之尊，可惜立起身子才夠得到，似是不可長久。俗語說：久立傷骨。其意正同。」

駝背老者阻止不及，嚇得面如土色。那灰衣老者雙臂一分，灰鶴般地從椅子上彈起，一掌逕向少年頂上拍落。藍衣公子眉頭微皺，將手中摺扇一拈，扇面呼啦散開，輕聲道：「黃口孺子，口無遮攔，不必與他爲難！」灰衣老者聞言，將掌勢向外一撤，準頭偏出，在少年肩頭一掃而過。饒是如此，少年也已身子仰翻，將千字幡丟了，雙手抱定右肩，只覺痛入骨髓，臉上登時滲出黃豆般大小的熱汗，伏在地上半天爬不起來。駝背老者面色慘白，彎腰扶他起來，見他疼得渾身顫抖，面如金紙，只將牙關緊咬，咯咯作響，卻不叫一聲痛，兩眼怨毒地望著灰衣老者。駝背老者將他牢牢牽住，一齊朝藍衣公子跪倒，叩頭顫聲說：「多謝公子爺金口留情。大內摔碑手果然名不虛傳！若不是公子爺慈悲，這孩子即便不會立死荷香樓，一條臂膊也難免要殘廢了。」然後轉頭對灰衣老者指責道：「這孩子雖有言語之失，但罪不及死。方才仁兄一再相逼，小老兒師徒不過依理解說，對與不對，聽與不聽，全在公子爺決斷，何必一言不合於心，就出手動粗鬥狠？」

灰衣老者說：「小輩無理，妖言惑眾！方才不過是先略施小懲。今日如說不出什麼道理來，咱還要取他的狗頭！」

「起來！起來！不必如此。」藍衣公子心中似是大覺不忍。少年強忍疼痛，向前跪爬幾步說：「天道不爽，自古而然，並非今日才有應驗，公子爺要依仗強勢，曲意遮掩，小人無話可說，也不會心懷仇恨。若是心存疑慮，詆毀道術，請再賜一字。」

「毛躁！」藍衣公子掃了灰衣老者一眼，似是有些不悅，灰衣老者面色一赭，恭聲道：「是老奴鹵莽了！」藍衣公子對少年笑道：「小哥兒請起。尊師方才所講不過是幾句戲言，意在搏取一笑，我豈會放在心上怪罪你們？小哥兒既是沒有盡興，我就再出一字，教你測測如何？」說話間，將摺扇交到左手，右手伸出食指在茶碗裡一蘸，用茶水在桌面上寫了一個「毛」字，笑吟吟地看著他。少年面色倏地一變，返身跪下說：「小人不敢講。」

「上天有好生之德。但講無妨，我定然不會再為難於你！」藍衣公子右手把玩著那柄摺扇，臉上的笑意更濃，竟似一派爛漫。少年叩頭道：「謝公子爺大量。此字可謂一喜一憂。」

「怎麼說一喜一憂？」

少年抬頭答道：「一喜是驗證了吾師之言，公子爺確有天下獨尊的貴相；一憂是雖有貴相，也止十七年之數，確乎算不得長久。」

「何以見得？」藍衣公子語氣不覺一緊。

「『毛』字之象，分拆即得『一十七』之數。」少年緩緩說道。

「可有改變之策？」

「天意如此，非人力可爲。請恕小人無能之罪！」少年低下頭去，不再看他。藍衣公子的笑容不禁有些凝固了，默然無語，眼中隱隱含著幾絲無助的淒涼。

年輕夥計攘臂向前罵道：「你這沒有斷奶的娃娃，專會胡言亂語，怎麼竟詛咒我家公子爺！」那灰衣老者磔磔冷笑道：「好頑皮的小娃娃！」說著緩步上前，伸出枯瘦的手掌，罩在少年頭上。少年躲避不及，被他右手一摸一按，頓時感到似有千百斤巨石壓在頭頂，身子幾乎要鑽到樓板之下，似是聽到了自己骨頭清脆的碎裂之聲，有心叫喊，嘴裡卻發不出絲毫的聲調，心下一凜，絕望地閉目等死。

藍衣公子見了，怒道：「我已說了不爲難他們，爲何還要逞強！罷手放他們去。」那灰衣老者將手鬆了，回身過來垂手鵠立在藍衣公子身邊，竟有幾分惶恐不安，全沒了方才的凶悍之色。駝背老者忙過來拉了少年，朝藍衣公子躬身長拜，又向灰衣老者和年輕夥計略一揖手，與徒弟快步下樓，口中兀自不住地搖頭長嘆：「禍從口出呀！」

藍衣公子目送他們下樓，忽然道：「還沒有賞他們銀子，怎好爽約失信？」

「他們這般胡說八道，放他們走已是便宜了，還賞什麼銀子？」那年輕夥計恨意未消，言辭之中仍是不滿。

藍衣公子斥責道：「這是怎麼說？有約在先，豈可食言？快取十兩銀子給他們送去，不得遲誤！」年輕夥計從褡褳裡拿了一錠銀子便要下樓，那灰衣老者用手一按，將他攔住，反手將銀子捏了，走向閣樓的花窗，推窗俯視，見師徒二人剛出了茶樓，正要沿河行走，長笑一聲，右臂甩出，用了極為上乘的暗器手法。那錠銀子化作一道白光，箭一般地向少年身上射去，堪堪要撞到少年的脊背，忽地去勢陡緩，竟向少年背後的褡褳斜斜墜下。那少年驚魂未定，強忍傷痛，渾若未覺。年輕夥計拍手喝采，藍衣公子也暗自驚嘆，真是神乎其技。

此時，日頭偏西，一片墨色的雲朵飄來，將日頭遮住，日光從雲朵的四周射將出來，將那朵墨雲圍在中間，好似鑲了亮閃閃光燦燦的金邊兒，絢麗奪目，煞是好看。那師徒二人早已混入岸邊的人群之中，不見了蹤跡。藍衣公子兀自臨窗遠眺，若有所思……

「公子爺，時辰不早，騾車已經在樓下等了一會兒，爺的身子想必也勞乏了，趁早回府歇息吧！」年輕夥計提醒道。

藍衣公子伸了個懶腰，打個哈欠道：「嗯！當真困乏已極，回去好生地歇息歇息，明日的東岳廟就不去進香了。」

駝背老者與徒弟沿著河邊走了多時，見河上的遊人漸已稀少，只有幾隻蚱蜢小舟載著三五個少年在河裡蕩來蕩去，兩岸的攤販想也乏了，不再連聲吆喝。二人住了腳，找個僻靜所在席地而坐。春日融融，幾隻小蟲在和風中嗡嗡飛鳴，斜陽暖暖地照在二人身上，少年不禁長長地伸個懶腰，在河岸乾燥的地上仰面而臥。他雖跟隨師父行走了幾年江湖，但終是小孩子心性，轉眼之間，已將茶樓的事拋在腦後，眼望萬里晴空出了一會兒神，隨即閉上眼睛，沉沉睡去。駝背老者默默坐在一旁，遠遠回望荷香閣，見整座樓閣籠罩在淡藍色的氤氳之中，恍若海外的仙山瓊島，又似天上的宮闕玉宇，時遠時近，變幻莫測，心裡忍不住又暗自驚悸起來，看著徒弟安心地仰臥而眠，注視良久，悶悶無語。良久，少年醒來，見師父面色陰鬱，一言不發，起來偎到師父身邊，輕聲問道：「師父，你還在生弟子的氣嗎？都是徒兒不好，忘了師父的教誨。」他見師父依然不語，哭道：「徒兒可是傷了您老人家的心，令師父對不起師門了？」流淚跪在駝背老者面前，伏地抽泣。

駝背老者眼內一熱，摸著少年的頭說：「起來，快起來！不要胡思亂想，師父不是怪你。」

「那師父怎麼半天都不與徒兒說話？」

駝背老者被他說得開顏一笑，將他拉起道：「師父在想今天的事情如此奇怪，教人琢磨不透。」

「師父可是在想荷香閣上的那三個人？」少年剛剛破涕爲笑，便追問起來。

「嗯！」「依師父之見，剛才茶樓上的三人會是什麼身分？竟然如此霸道！」

駝背老者回頭看看，嘆氣道：「那些口訣你雖背得爛熟，但閱歷終覺太淺。我們道術之要在於歷練，將各色人等與口訣相互印證揮發，才越發覺得契合若神。你看那藍衣公子天庭豐隆圓潤，印堂神采煥發，想必位極尊貴。他衣著雖不華麗，但手中的摺扇乃是川中蜀府的名產，自永樂朝起就是入宮的貢物。再看那一老一少，都是面白無鬚，雖然極力掩飾嗓音，但是還能聽出有些尖細，想必是宮中的太監。」

「師父，該不會是當今天子朱……」

「噤聲！」慌得駝背老者用手掩住少年大張的嘴，急聲制止道：「天子的名諱豈是隨便稱呼的！小心錦衣衛和東廠坐記抓你到詔獄，問你個大不敬的罪名，就地砍了。那爲師的衣缽還能靠誰傳承，我門豈不是後繼無人了？」

少年見師父眼角噙滿淚水，不由心頭一震，靠在師父膝上道：「師父，弟子又性急了。」駝背老者伸手在他背上輕輕一拍，點頭道：「你小小年紀，哪裡體會得人心險惡，人情冷暖，慢慢歷練吧！將來你的成就不可限量，必可超過師父，光大我門。」言語之中極是欣慰，輕拍少年的肩頭，忽覺少年渾身一顫，忙用手扒開他的衣服，見肩頭一片殷紅，關切問道：「可疼得緊？」

「師父，弟子只不過傷及丁點皮肉，不打緊的，師父放心。」少年早沒了父母雙親，已把師父當作了爹娘一般，聽師父話語殷殷，不由萬分感動，將頭鑽入師父腰間，滿臉含笑，輕聲寬慰。

駝背老者含笑俯看著他，見他脖頸膚色異常光亮，倏地笑容僵在臉上，搖頭悲嘆道：「天意呀！天意！你命該如此，徒喚奈何！徒喚奈何！」大滴的眼淚落在少年臉上、脖子裡，少年仰面一看，見師父老淚縱橫，竟自呆了。自己跟隨師父多年，見慣師父遊戲風塵，開朗詼諧，何曾見他落過一滴淚來？今日因自己鹵莽，差點連累了師父，心念及此，眼圈一紅，頓時也泣不成聲。兩人抱作一團，嗚咽良久。駝背老者道：「孩子，你道師父因何而哭？」

少年依然泗涕長流，哽咽道：「是弟子無知逞強，沒有牢記師父的教誨，使師門受辱。」駝背老者道：「若是如此，師父管教不嚴，督導不周，也是有份兒，怎麼會全怪你一人！師父管教你，要是有機會改過，爲師也不會如此傷心，只是這、這……」一時悲憤過度，竟然哽咽再三，說不下去。少年見師父傷心欲絕，嚇得跪在地上哭道：「師父可是不要徒兒了？徒兒早沒了父母，若是師父再不要了，豈不又孤苦無依了？」

「師父喜歡你尚且不及，又怎的會不要你了？」駝背老者見少年嚇得渾身顫抖，手足無措，一把將他拉起來，用手替他擦去臉上的淚水，說道：「爲師沒有怪你，是替你傷心。好不容易千辛萬苦找到一個合心意的徒弟，想著讓你光大師門，誰知卻遭此橫禍！」

「什麼橫禍？」少年聽師父不是怪罪自己，登時放下心來，但並不明白師父話語裡的意思，心中甚是不解。

駝背老者似乎沒有聽到少年的問話，只顧自言自語道：「所謂藝不壓身，後悔當年沒聽你師祖之言，單單看中了這些占卜算卦的本事。」少年更是摸不著頭腦，愣愣地看著師父。駝背老者望著氤氳飄浮的遠處，思緒回到了數十年前，手撫少年頭頂道：「當年你師祖得到一本天下武功全書，囑我好好鑽研，爲師那時一心放在道術上，不願吃苦習練，只將天下各門各派武學招數、圖形、口訣背熟，應付你師祖的提問，蒙混了一時，你師祖見爲師實在無意武學，也就不再逼迫。現在想來，眞是悔恨不及。你道剛才在茶樓上灰衣老者的大內摔碑手傷了你的肩骨，就算罷了？那大內摔碑手不過是外家剛猛的功夫，出手所及，固然是石破天驚，但那藍衣公子及時喝止，他的掌力多半已經卸去，只是掌風擦破點兒皮肉，沒什麼打緊處，倒是後來他那一摸一按，卻用上了上乘的內家功力，掌力已透入你的脊椎和腿骨，看不出什麼皮外之傷，也不至於死，只是你的身子怕是要廢了，今後再也不會長高了。」

少年聽得驚心動魄，呆立良久，腹中的驚愕便化作滿腔的怨恨，悲聲問道：「難道普天之下竟無藥可解？」駝背老者搖頭道：「解藥想必是他獨家煉製，自然秘不示人。即便是他答應解救你，可他人在大內深宮，豈是容易找他去求的？來，師父先看看你的傷處。」

那少年將上衣解了，露出細細的脖頸，上面隱隱有一絲血氣沿頸椎向下蠕動遊走。駝背老者苦笑一聲，說道：「看來掌力之毒已然發作，尋到解藥，怕是不及了。你平日口沒遮攔慣了，心想口說，出言無忌，當日爲師也曾反覆告誡你，幹咱們這一行，口不擇言，恐遭天譴，你卻不放在心上，以致今日惹禍，損了身子。哎！本想帶你遊歷京師，開闊眼界，誰知竟使你遭受此劫？還是隨爲師回去隱居，頤養天年吧！」拉了少年起身要走，卻見遠處突然騰起一團塵霧，如旋風般飄來，定睛看時，數匹雕鞍快馬飛馳而來。二人慌忙躲避，不料馬上之人騎術甚精，縱馬圍著二人飛奔，幾圈以後，一齊捋住絲韁，健馬急停，將二人團團圍在中央，大喝道：「哪裡走？」

駝背老者見他們戴著纏鬟大帽，身穿花錦紅袍，袍繡飛魚紋，腰配繡春刀，在馬上耀武揚威，霎時面無血色，駭聲向少年道：「完了！你我師徒萬難逃得此厄。」少年年輕氣盛，並不理會，上前拱手道：「你們是什麼人？我們師徒與眾位素不相識，爲什麼攔住去路？」

爲首一人在馬上揚了揚鞭子，神色傲然，連聲冷笑道：「嘿嘿……我們是什麼人，你也配問？瞎了你的狗眼，也不看看我們身上穿的是什麼衣服！」少年見他們個個如狼似虎，情知怕也沒有用，於是將心一橫，定了定神，在身前的褡褳裡摸出幾兩散碎銀子，仍嫌不足，索性將褡褳取下，向另一袋中摸索，哪知竟摸到一錠大銀，不勝欣喜，便與散碎銀子一起雙手奉上道：「幾位大爺，我與師父行走江湖，卻也知道遵守朝廷法紀，一不偷竊，二不拐騙，從來沒有幹過那些作奸犯科之事。這十幾兩銀子權作薄禮，把與幾位大爺吃茶買酒，幾位大爺就高抬貴手，將我們師徒放了，大恩大德，永世不忘！」

為首那人一揮馬鞭，鞭梢有如靈蛇般地只將那錠大銀捲起，取在手中一掂，看看成色，放到兜囊，笑道：「這錠銀子嘛！咱也就收了，只是人卻不能放。」

駝背老者見他收了銀子，正自歡喜，又聽說不能放人，以為嫌銀子少，哀求道：「我們只攢下這些銀子，隨身再沒有值錢的東西了。大爺就抬抬手，放我們走吧！」

「放你們走？」為首那人回身看看幾個隨從，仰天一陣狂笑，道：「你以為這點散碎銀子就把咱們打發了？咱們出來巡查，幾時會空手回去覆命？來呀！拿他們回去問話。」

「要去哪裡？」駝背老者大驚道。

那人傲然說道：「不要廢話，到了地方，你們自然會知道！」

駝背老者呆立在地，垂頭不語。少年不曉其中厲害，只道是他們貪了銀子，又故意刁難，心頭憤怒，暗罵幾聲，大著膽子問道：「大爺要問什麼話儘管問來，我們就在這裡回答，豈不兩便，何必還要費事跟你們去？」

為首那人聽了，見他一派天真，大覺有趣，不耐煩地笑罵道：「少囉嗦！乳臭未乾的小毛孩子，知道什麼？你知道你們犯的是什麼案？你幾時見過在曠野平地推審問案的？當真可笑！」說罷，右手一揮，後面兩個大漢一催坐騎，來到近前，身子略微一俯，手臂暴伸，將師徒二人各自夾上馬背，不顧二人掙扎，揚鞭而去。

第二回

天啟帝溺水太液池
魏忠賢封鎖紫禁城

朱由校正自惱怒，見魏忠賢一味炫耀，也不下馬施禮叩謝，一時氣苦，霍然起身從赤霞驄背上取了寶雕弓，搭上金鈚箭，開弓便射……那箭嗖的一聲正中馬眼，貫出腦後，飛玄光負痛，揚蹄長嘶一聲。

北京古城，背靠險峻的燕山，前接廣闊的中原腹地，依山傍水，虎踞龍盤，雄視萬方。古城中央矗立著一座雄偉的皇城，皇城中央隱隱顯出一處巍峨的宮殿群落，遠遠望去，鳳樓龍閣，雕樑畫棟，黃瓦朱檐，寶光瑞氣，金碧交輝，有如天上宮闕，連綿不絕，這便是大明天啓皇帝與后妃、太監、宮女的居住地——紫禁城。

紫禁城西華門西，皇城西安門裡有一片水域，南北長四里，東西闊二百餘步，汪洋若海，名曰西海子，又稱爲金海，即是天下聞名的西苑太液池。其水自玉泉山來，經高梁橋，流入德勝門內，匯爲積水潭，流入西苑而成。清波浩淼，碧天倒映；藻荇疊翠，蘆葦抽新；雜花遍地，芳菲滿目。野禽飛鳥翔集，蛙鳴遠近相聞。堤岸之上，垂柳如絲，榆槐雜植，古木秀石，參錯其間。四下殿閣錯落，丹檻綠窗，金碧交輝，瀛台、紫光閣、五龍亭、蕉園、五逸殿、涵碧亭、省耕亭、豳風亭、玩芳亭、承光殿、凝和殿、迎翠殿、西海神祠、乾佑閣、聚景亭、弘仁寺、清馥殿、騰禧殿，高低遠近，疏朗有致。東西南北四方各高高樹起一個華表，玉蝀、金鰲、積翠、堆雲，遙遙對峙。水波深處，中央聳起一座島嶼，名叫瓊華島，隔水遠望，山石重疊，嶙峋參差，宮殿巍峨，丹碧輝映，珠簾畫棟，波光倒影，疑是仙山樓閣，蓬萊勝境。

近午時分，西華門大開，鹵簿儀仗、侍衛親軍數百人簇擁著幾個峨冠錦衣的人熱鬧地向西苑門走來，朱色肩輿上是個二十出頭略顯矮胖的青年，頭戴通天冠，身穿方心曲領絳紗團龍袍，赤履玉帶。綠色肩輿上有個體態豐腴面容姣好的婦人，滿頭珠翠，一身艷服，四十歲上下。朱色肩輿的左邊，一個身形肼大的老太監戴金絲束髮冠，蟒龍盤繞，下加翠額，插雉尾，前捧朱纓，傍綴寶玉，身穿葵花胸背團領衫，腰繫犀角帶，騎匹高頭大馬，右邊一個乾瘦的老太監，頭戴烏紗嵌線捲頂九梁忠靖冠，身穿眞青油綠懷素紗襖，內襯玉色素紗，腰間繫著一條鍍金荔枝花的窄帶，腳上穿一雙尖頭時樣的皂靴。朱色肩輿上的青年便是大明天啓皇帝朱由校，那婦人是他的奶媽被封作「奉聖夫人」的客印月，左邊是司禮監秉筆太監、提督東廠的魏忠賢，右邊是司禮監掌印太監王體乾，後面隨從的是乾清宮管事、打卯牌子、御前牌子、暖殿、長隨等小太監、宮女等人。他們剛剛在方澤壇祭拜完畢，乘輿來西苑遊耍。

一行人進了西苑門，朱由校下了肩輿，沿著太液池邊的漢白玉石甬路漫步而行，走到階旁的一個巨石旁，用手摩挲幾下，看看左右的隨從，問道：「你們有誰知道這石頭的名字？」

魏忠賢搶先道：「萬歲爺，這石頭看來有了些年頭，風吹日曬，雨淋水浸，一副破敗相，想來也本平常。名字嘛！還能有什麼名字？體乾，你讀書多，說說可有什麼名字？」秉筆太監本爲從四品，掌印太監爲正四品，按官職魏忠賢位在王體乾之下，但王體乾憑藉魏忠賢與客印月之力才謀得此職，也就甘心位居他之後，每次拜見，言語極爲恭敬，魏忠賢與客印月總是直呼其名。

王體乾忙說：「萬歲爺天生神明，博學多識，想必已經知道，來考問奴婢的。這石頭的來歷，奴婢倒是知曉一二。據元人所著《析津志》記載，本是北宋宣和年間徽宗皇帝命人採制的花石綱，後來金兵攻破東京汴梁，擄去了徽、欽兩位皇帝，金章宗完延烈要修建京城，便派專人到汴梁用大船將花石綱全都運來了北京，卻又未及使用，就這樣一直擺放在了太液池邊。」

客印月笑道：「老王倒是通曉古今呢！」轉頭又對朱由校說：「哥兒，你出這等題目難爲咱，算什麼耍子？再若如此，不如教他們全回內書堂讀書算了。」

朱由校一絲不惱，含笑道：「客媽媽既是不喜歡文謅謅的，那就玩點孔武有力的，教大家一齊樂樂。來呀！到御馬監牽朕的赤霞驄來，朕要與魏伴伴賽賽馬，舒坦一下筋骨。大家都賭一賭輸贏，也好熱鬧一番。」

魏忠賢躬身道：「老奴也有此意。看看萬歲爺的赤霞驄與老奴的飛玄光到底哪個腳程快？」說罷，二人起身活動腿腳，等御馬監將赤霞驄與飛玄光送來。當下忙亂了那些太監、宮女們，原本沒有多少積蓄，出來遊玩又沒有帶在身邊，就把身上的香囊、汗巾、玉佩、銀簪、戒指、手鐲、絹花之類盡情拿出，或押皇上贏，或押魏忠賢贏，擺了兩大堆。客印月哈哈一笑，伸出一雙白白的胖手，十個指頭和兩個手腕上戴滿鑽石、貓眼兒、瑪瑙、金玉，珠光寶氣，晶瑩閃爍，在初夏的日光映射之下，熠熠生輝，化作七彩，不住變幻，眾人看得呆了，就是她的貼身宮女也禁不住嘖嘖稱讚。客印月滿臉歡笑，懶懶地向左右命道：「春月、秋菊，將我手上的飾件都摘了，左手的放到押哥兒的那一堆，右手的放到押老魏的那一堆。」

王體乾乾笑道：「老祖太太怎麼兩頭全押，豈不是分不出輸贏來了？」

客印月道：「體乾呀！你心裡必是明白的，卻非教我說出來不可。哥兒雖說不是我生的，可我的那些奶水都給他吃了，多年撫養，眞比我親生的兒子國興還要上心勞神，說句大不敬的話，眞是情如母子，怎麼會願意他輸給別人？老魏不光是國家棟樑，兩朝的老臣，也是個體己的人兒，早晚間相處多年了，也不想他不贏。手心手背全是肉，就將兩手的飾物各自押了，什麼輸贏不輸贏的，和和氣氣的豈不是更好？」眾人見她語出肺腑，不禁唏噓不已，朱由校和魏忠賢也覺動容。王體乾慨嘆道：「老祖太太哺育聖上之功，直可上追聖母皇太后，小的們替萬歲爺感激在心。」

客印月將眼角的半滴淚珠用香帕蘸去，隨手一丟道：「好了，我就不囉嗦了。大夥兒都押好寶了，快看哥兒和老魏賽馬吧！體乾，倒是沒見你押什麼？」

「小的沒帶什麼值錢的東西，正不知押什麼，本不想押了。既然老祖太太有命，就用這個玩物權作幾兩散碎的銀子吧！」說著從內衣深處摸出三個玲瓏剔透的骰子，象牙打磨雕刻而成，四周鑲了銀邊，一、二、三、四、五、六個數目圓點都用殷紅的瑪瑙嵌滿，色底微黃，邊角銀白，中間赤紅，煞是可愛。那些好賭的太監、宮女不禁伸長了脖子圍觀，眼裡幾乎噴出火來。客印月莞爾笑道：「體乾，你是不知道押在哪頭好，還是捨不得這幾兩『碎銀子』？該值不少錢吧！」

「老祖太太最知道小的心意了，小的又怎麼瞞得過呢？這骰子是別人送給小的耍子的，也不知值幾兩銀子，但想來不會低於三、四千兩的。」說著將一個骰子雙手捧給客印月道：「既是老祖太太喜歡，先拿一個把玩，過幾日小的再教人配齊了。這餘下的兩粒就學老祖太太，二二添作五，一邊一粒。」

「你倒是越來越會辦事了。」客印月拿了骰子左右翻轉著笑看。

王體乾忙謝道：「都是老祖太太調教得好！老祖太太的一言一行，小的就是整日地體會，也難學得萬一。若能有幸體會得一二，必是終生受用不盡的。」

忽聽四下一聲鼓噪，御馬監掌印太監涂文輔親領本監兩個秉筆太監，與幾個小內使牽著兩匹高頭大馬疾步而來，那馬一紅一黑，雕鞍繡轡，銀籠金鐙，朱纓玉勒，雲錦障泥，毛色光潔，神駿異常，一看便是萬裡挑一的良駒龍種。朱由校早已換好了一身武弁服，紅弁上銳，飾以五彩玉，身穿赤黃色盤領窄袖袍，前後及雙肩各用金絲織就盤龍，魏忠賢也換了短小的衣服。二人各自牽過馬匹，搬鞍認鐙，飛身而上，皮鞭輕揚，兩馬脫兔般躍起，雙雙沿岸繞彎子飛跑，客印月、王體乾率領眾人一齊吶喊助陣。魏忠賢騎術頗精，不多時，飛玄光漸漸顯出領先之勢。朱由校大急，連加幾鞭，二馬又並駕齊驅，堪堪跑回，兩個宮女急忙拉起紅綢，站在起點。魏忠賢猛擊一鞭，扯動絲韁，飛玄光奮力一躍，騰空而起，超過赤霞驄半個馬頭，衝了過去。魏忠賢捋住絲韁，將馬慢下，緩緩繞圈而回。御馬監的小內使急忙上前將赤霞驄牽牢，眾人扶皇上下馬歇息，朱由校早已汗透中衣，宮女忙過來掌扇，御前太監獻上香茗。

朱由校喘息未定，魏忠賢得意洋洋，打馬過來，在馬上笑道：「老奴僥倖勝了，這些利錢怕是要用車來運了，萬歲爺可還有什麼花紅賞賜老奴？」

朱由校正自惱怒，見魏忠賢一味炫耀，也不下馬施禮叩謝，一時氣苦，霍然起身從赤霞驄背上取了寶雕弓，搭上金鈚箭，開弓便射。眾人大驚，紛紛呼喊，魏忠賢以爲朱由校要射自己，心下大恐，慌忙提轉馬頭躲避，但事起突然，距離又近，哪裡躲得開？那箭嗖的一聲正中馬眼，貫出腦後，飛玄光負痛，揚蹄長嘶一聲，倒落塵埃，將魏忠賢甩出數尺開外。客印月慌忙搶上前去，叫道：「哥兒，快將弓箭放下，怎能爲賽馬的輸贏而擅殺忠臣？」

王體乾等人忙將魏忠賢扶起，卻已摔得冠落衣裂，頭臉身上沾滿了塵土，形容極爲狼狽。朱由校見了，轉怒爲喜，拍手大笑道：「看你這該死的瞎馬還敢再欺朕！」

魏忠賢只道他是要射自己，待聽了此言，怨憤稍減，但見了倒地掙扎嘶鳴的飛玄光，又不禁滿腹怨憤，氣昂昂地走前幾步，喊道：「老奴怎敢欺君？是萬歲爺欺壓老奴！」說罷，扭身便走。客印月忙叫王體乾死死拉住，勸道：「老魏，方才你賽馬贏了，得意洋洋，也不下馬拜謝。萬歲爺洪恩海量，已是不怪你了，你卻怒氣不息，豈不更加失了臣子的禮數？何必因爲一時不平，掃了我等遊湖的興致！」

王體乾也勸道：「廠公多年一直處事沉靜寬和，今日如何這般計較了？萬歲爺龍心歡悅，是廠公的福分，也是小的們的造化。萬請廠公心平神寧，爲天下黎民著想，與萬歲爺同享太平之福。」魏忠賢聽了王體乾的幾句媚辭蜜語，十分受用，又見皇上神色怏怏，拂袖回身坐了，不敢再用強，緊趨幾步，擠出滿臉的笑容，緩聲說：「老奴豈敢與萬歲爺動怒，不過是故作氣惱，以顯萬歲爺的聖明和襟懷。」略微一頓，又躬身說：「老奴向萬歲爺道喜。」

衆人平日都領教過魏忠賢奉承的功夫，但剛剛拋下惱怒，就向皇上道喜，猜不透賣的是什麼藥，頗覺疑惑。朱由校心裡一怔，也不知魏忠賢耍出什麼花樣來，不解地說：「朕賽馬輸了，又累得滿身汗污，哪有什麼喜事？」

魏忠賢朗聲道：「老奴逞意氣之時，奉聖夫人與體乾多次勸慰，使老奴不至於頭昏腦熱，舉止失措，他二人對老奴來說，是諍友；對萬歲爺來說，則是賢臣。老奴多謝二位教導，也祝賀萬歲爺得此賢臣輔助。」轉身向客印月、王體乾二人頷首致意。一席話說得朱由校又笑起來，慌得王體乾忙說：「廠公實是過謙了。輔佐萬歲爺之功，小的豈敢與廠公相提並論？都是廠公提攜小的，斷然不能是說什麼諍友。折殺小的了！」

客印月接道：「老魏，你雖然不自誇功勞，但是萬歲爺的心裡頭明鏡兒似的，記掛著呢！天下有幾個不知道你老魏赤心報國、竭力盡忠的？咱和體乾不過略幫些小忙，也出不了什麼大力的！」朱由校臉上笑意更盛，嘆道：「朕有你們幾位賢臣，才知道爲君王、坐天下的樂趣！不必夾七夾八地講了，且到湖心的瓊華島一覽山水園林之美，回宮後再教御膳房做一桌狗肉宴，賞賜廠臣。」魏忠賢性嗜狗肉，御膳房的狗肉品色齊備，味道天下獨步，以致只是聽了皇上口諭，思想起來也止不住吞嚥幾下口水，笑著謝了恩。

眾人先後相隨沿階下湖，朱由校站在一塊半丈見方的大青石上，石上寫著「釣磯」兩個翠綠的篆字，湖邊早泊穩了黃龍大船和幾隻小船，朱由校先上了黃龍大舟，客印月、魏忠賢、王體乾等二十餘人也依次上來。微風吹拂，碧浪輕拍，金色巨帆稍稍鼓起，緩緩向瓊華島東麓的藏舟浦駛去。朱由校身披斗篷，來到船頭，當風而立，風吹斗篷，船頭劃水，均是嘩嘩作響。水中萍藻翠綠，隨波飄搖，成群的魚兒往來嬉戲，清晰可數。他不由來了興致，要換乘船尾繫著的小舟，單人獨楫，泛遊煙波。客印月、魏忠賢、王體乾聞聽大驚，紛紛勸諫，只是不聽。三人無可奈何，只得命人將簡陋的蚱蜢小舟用紅絹細細鋪了，又教暖殿太監高永壽、劉思源跟隨左右，小心伺候。小舟解纜而去，眾人仍舊在寬大的龍舟飲酒作樂。朱由校親自駕船，與高、劉兩個小太監向深水處蕩去，大船上的歡呼與喧鬧漸漸遠了，鼓樂之音隨風飄來，依稀可聞。

那高永壽翩翩年少，生得丹唇皓齒，明眉鮮眸，面目姣好有如處女，太監宮女們都稱他作「高小姐」。朱由校也喜他清秀，一邊划槳，一邊與他調笑道：「當年范蠡爲西施泛遊五湖，神仙伴侶，何等風流！令百代後人不勝艷羨，朕今日與你們西苑乘舟，其樂如何？可與他有一比嗎？」

高永壽鼻子裡輕哼一聲，故作不屑地說：「范蠡縱有萬貫家私，如何敵得我大明天朝萬里河山？他不過偏遠小國之臣，怎可與天下英主並論？」

劉思源也說：「方今天下太平，萬民咸安，萬歲爺悠遊西苑，又豈是范蠡倉皇奔命，蟄伏五湖可比的？」

朱由校大笑：「眞是巧嘴！按容貌的清麗，你們也該不下西施、鄭旦的。乘著遊興，小壽子，你唱個葷點兒的段子給朕聽聽。」

「萬歲爺要聽哪一段兒？《小寡婦上墳》，還是《王二姐思夫》？」高永壽神情故作扭捏，細白的右手掐個蘭花指模樣，半掩著臉兒，吃吃地笑個不停。朱由校見他粉紅著臉頰，弄出許多風致，更覺暢快，嘴上卻惱道：「怎麼一唱淨是些小寡婦的舊詞？早膩煩了。明兒朕諭告樂教坊，教他們編些新曲子，你們練熟了，揀個新鮮有趣的唱給朕聽。」

劉思源忙道：「萬歲爺，小壽子不是沒有，只是不敢給萬歲爺唱，怕這些鄙詞俚曲，萬歲爺不願聽。」

「你怎知朕不願聽？剛才那兩個《小寡婦上墳》和《王二姐思夫》不也是鄙詞俚曲，又打什麼緊？快些唱來，若惹惱了朕，一人一楫，將你們兩個猴崽子打落下水，餵了王八。」

劉思源打趣道：「高小姐，萬歲爺既然不是聽什麼昆曲雅詞的，求你快將新學的《十八摸》唱給萬歲爺聽，若是晚了，不餵王八，怕也要餵魚了。我丁點兒水性都不知，你要有心餵王八，你自己去餵，可不要扯上我墊背！你這般的桃花臉兒，纖腰粉頸的，王八見了你怕是骨軟筋麻，捨不得入口呢！說不得招了你做龜女婿。」

高永壽卻不著惱，嬌聲道：「奴家雖說也不識得水性，但淫辭艷曲，羞人答答的，小女子怎好張口！」朱由校見他惺惺作態，與少女嬌娃姿態聲調不差毫髮，忍不住哈哈大笑，早忘了搖槳，那小船隨波緩蕩，慢慢停了下來。恰好一陣狂風吹來，將紅綃吹起，劈頭蓋臉裹到三人身上，好似被捆綁了一般，就是木槳也一併捲住了。朱由校掙脫不開，難以抓槳划水，小船無處著力，被風吹得在湖心滴溜溜亂轉，船上三人嚇得站起身來，手足亂舞，小船原本經不住三人起動之力，而風力正猛，小船竟搖晃起來，越發借不上半點兒力。三人更加慌了手腳，大聲呼喊不已。兩岸的隨從見了，嚇得面如土色，正待找船下水救駕，不料接連湧來幾個大浪，竟將小船打翻，三人一起墜落波心。黃龍大船早已駛遠，聽到驚呼之聲，客印月、魏忠賢、王體乾等人爭先搶到船艙外張望，遠遠見那小船翻了，三人想必在水中苦苦掙扎，無奈一時難以靠近，急得客印月坐在船板上大哭，魏忠賢拍舷大叫，王體乾逼著身邊的太監下水救駕，眾人慌作一團。眼看三人就要沉入湖底，眾人正在跺腳焦急，岸邊一篙撐開綠波，一艘小艇箭一般地向小船衝去，艇上一個太監打扮的人雙手齊發，那枝長篙上上下下。眨眼之間，小艇到了湖心，艇上那人不待停穩，一個夜鳥投林，飛身躍入水中，劈鯨斬浪，在朱由校將沉未沉之際，搶到身邊，一把提了他的袍袖，將他拖到掀翻的小舟之上，單臂划水，向岸邊推進。時值初夏，湖水冰冷，浸人肌骨，那太監全身早被冷水浸透，面色已然青紫，力氣也消耗殆盡，手腳緩慢下來，而離岸尚有一箭之地，只得牢牢扶住朱由校，一手抓住船舷喘息，強自苦撐待援。好在黃龍大船急駛過來，站在船頭的魏忠賢向那水中的太監大叫：「譚敬，萬萬不可鬆手，咱家回去賞你一座宅子！」說話間，大船上接連跳下幾十人，七手八腳一起把皇帝與譚敬救上龍舟。高永壽、劉思源兩個小太監卻已沉入湖底，不及搶救，餵了水裡的魚蝦。

朱由校騎馬跑出的遍體熱汗未乾，突被冷水激浸，連驚帶嚇，竟昏死過去，牙關緊咬，面色鐵青。魏忠賢急忙命人將他身上的濕衣服換下，火速回宮，急召太醫診治。朱由校躺到了乾清宮的龍床上，仍未醒轉，渾身上下火炭般灼熱滾燙。太醫院使吳翼儒帶著六名御醫進宮診斷，都說皇上虛火過於熾盛，理應慢慢調養。御藥房提督王守安依照太醫院的藥方，親自配製了藥材，伺候著爲皇帝煎服。誰知魏忠賢在乾清宮西便殿放置的媚香一時忘了取出，熹宗聞得香氣，感受更異平時，不覺情欲高熾，難以忍受，哪裡顧惜什麼病體，頻頻召幸眾妃。一連數日，虛火雖去，腎氣大虧。吳翼儒哀勸聖上清心靜養，無奈朱由校身體已然大損，眼見一天天地消瘦下去，肥白的身軀旬月之間變得瘦骨伶仃，幾乎脫了人形，身上一絲氣力也沒有，難以臨朝。紫禁城上下惶恐不安，魏忠賢更是坐臥不寧，不敢洩漏龍體病重的消息。大臣們探問，都被攔在乾清門外，推說皇帝憂心國事，焦慮勞累，需要時日調理靜養，不可驚擾，就是四位內閣大學士也不例外。

又過了幾日，朱由校依然輾轉病榻，身體不見絲毫起色。魏忠賢心中大急，命吳翼儒率御醫日夜看顧皇帝，自己搬到靠近乾清宮西便殿的懋勤殿居住。客印月見他終日坐立難安、愁眉不展，怕他急出病來，忙教王體乾想辦法勸解。王體乾從乾清宮趕到懋勤殿，見魏忠賢沉吟不語，面帶焦急之色，勸道：「廠公，不……九千歲」王體乾一時情急，竟忘了不是在皇帝身邊，按例該稱呼九千歲，急忙改口：「萬歲爺春秋鼎盛，龍體素來康健，多歇息幾日，自然會復原的，倒是九千歲這幾天日夜操勞，食不甘味，清瘦了許多。日後一旦萬歲爺怪罪下來，小的也擔當不起。萬請九千歲以天下蒼生爲念，保重貴體。九千歲勞累了多日，就寬心在此好生歇息，萬歲爺身邊有小的替九千歲侍奉一天半日的，料也沒有什麼大事。」

「哎！咱家放心不下萬歲爺的龍體，也是放心不下這麼多人的富貴與性命呀！可要小心伺候，不能大意，有事速來稟報。在這裡咱家也安不下心來，老是想宮裡以前的那些事體，還是回老宅靜靜心，多想想法子，多做些打算！」王體乾媚媚地一笑，感激道：「小的們全靠九千歲庇護，全仗九千歲恩典。小的這就去吩咐孩子們準備轎子恭送九千歲回府。」說罷，退身出了懋勤殿。

魏忠賢又喝了一會兒茶，這才起身上了大轎，正要吩咐起轎，親隨太監裴有聲匆匆跑到轎門前，低聲說：「稟九千歲，錦衣衛田都督有要事稟報。」魏忠賢疲憊地仰臥在大轎裡，有些不耐煩地揮揮左手說：「命他轎前稟報！」不多時，一陣風也似地闖來一個滿面鬍鬚的壯漢，頭上紅頂珠纓戧金盔，身披齊腰描銀魚鱗甲，紅袍黃帶，長劍皀靴，煞是威嚴，到了轎前，滿臉的彪悍之色卻一下子消失得無影無蹤，彷彿突然之間矮小了許多，神情謙卑，恭聲稟道：「孩兒田爾耕拜見爹爹九千歲。」魏忠賢用左手掀起一角轎簾，淡淡地說：「什麼事，這樣風風火火的？」田爾耕見魏忠賢有些悶悶不樂，神情越發恭敬，顯得誠惶誠恐，言語也越發地笨拙，道：「孩兒的手下抓了兩個測字的江湖術士。」

「哼！你眞是越來越長進了，現在什麼時候，這樣屁大的事兒也來煩咱家！」魏忠賢忽然睜開微閉的眼睛，目光狠狠地盯著田爾耕。田爾耕雙腿一軟，幾乎撲倒在大轎上，顫聲說道：「孩兒不敢！」

「那你還不出去？」

田爾耕幾乎要哭了出來，囁囁地說：「這兩個江湖術士不同一般，大大有名。」

「怎麼個不一般？難道還比宮裡的事情還重要？」

「孩兒不是那個意思，孩兒的意思是……」

「囉嗦什麼？他們到底怎樣不一般？」

「他們給信親王測了字。」

「噢——信親王？」

「是。」

「在哪裡？」

「高梁橋上。」

「測的什麼字？」

「孩兒不知道。」

「那兩個人呢？」魏忠賢語調忽地高了起來。

「已、已經抓到了東廠北鎮撫司，還沒、沒審訊。」田爾耕此時已然通體大汗。魏忠賢閉上雙眼，懶聲說道：「這還要大刑伺候嗎？眞是蠢材！帶他們到老宅教咱家見見，看看是何方神聖？可要記好了，不能讓他們知道太多的事情。」

宣武門外魏家胡同，有一座兩進的四合院，灰磚灰瓦，門上掛著兩個白底紅字的氣死風燈籠，印著「魏府」兩個整齊的大字。這原是魏忠賢在神宗皇帝萬曆年間買的宅子，飛黃騰達以後，又另外新建了幾所高大寬敞的別業，但是老宅一直保留著，也沒有翻新擴建，多少顯得有點陳舊，卻還精巧雅致。魏忠賢也不常來，有了閒工夫時才住上幾天，清心寡欲，想想那些蕭散無狀的窮困日子。宅子平日裡都空著，只留了十幾個家人打掃照看，定期修繕。魏府掌家王朝用聽說九千歲要去趟老宅，急忙加派人手精心打掃收拾了一番，早早趕來在黑漆門外迎候。

魏忠賢與田爾耕一前一後進了院子，過了垂花門，見裡面十分潔淨，正中的兩間大屋布置成了一座花廳，四周擺滿了茉莉、梔子、月季等各色鮮花，猩氈鋪地，沉香熏爐，居中擺著一張金絲楠木太師椅，上鋪金心綠閃緞大座褥，上方高懸一副烏木鎦金的短聯：三朝捧日，一柱擎天。魏忠賢看著枝葉油光水滑的梔子花，嗅著甜膩的柔香，臉上透出一絲笑意，看了身旁的王朝用一眼，淺淺地笑著說：「還算知道咱家的心思，眞沒白疼你！」王朝用受寵若驚，仰面答道：「老祖爺過獎了，小的實在慚愧無地。這是小的分內事，不敢教老祖爺多費唇舌。」

魏忠賢剛剛坐到太師椅上，兩個面容姣好的小丫鬟邊將沏好的上等龍井端上來。魏忠賢命在身邊侍立的田爾耕落座品茶，田爾耕猶是心有餘悸，辭謝道：「九千歲面前，哪有孩兒的座位？站著便了。」

魏忠賢笑道：「大郎，自家父子，又在私宅，不必拘什麼朝廷禮法。」田爾耕將椅子又向後移了，側身坐了半邊兒。一盞茶的工夫，王朝用進來稟報：「北鎮撫司掌司許大人將人犯帶來了。」魏忠賢將茶盞放下，略點了點頭。一個白面微鬚的中年人躬身走進來，急走幾步，跪在魏忠賢腳下，拜道：「小的許顯純恭請上公爺九千歲金安。」

「起來吧！人犯怎麼帶來的？」

「小的給他們都戴了面罩。」

「沒問出些什麼話來？」

「小的只是隨便審問了一下，聽說爺要見他們，沒敢動刑。」

「好！叫他們進來，咱家也想測測個字，看看到底靈驗不靈驗？」

一會兒，反綁雙手、黑布蒙面的駝背老者和少年被帶進了花廳，魏忠賢乾笑一聲，說：「聽說你們給信親王測過字？」

「信親王？」兩人不由地又是一陣驚呼，「小人沒有見過什麼信親王。」魏忠賢哂笑道：「論理說你們一介草民是見不到的，就是打個照面也不會認識。一個身穿藍布直裰在高梁河邊遊玩的窮酸秀才，誰會想到竟是當今聖上的御弟，尊貴的信親王呢！」駝背老者全身顫抖，驚恐地問：「那藍衣公子是信親王？你們、你們怎麼知道與我們師徒見過面？」

「哈哈哈……」魏忠賢大笑道：「你們師徒二人的來歷咱家都已知道。你姓鄭名仰田，福建莆田人氏。這個娃娃是你的徒弟。」許顯純一陣嘻笑，討好道：「休說你們兩個大活人，就是天上飛過的大雁，上公爺要想分出雌雄，也是易如反掌！」

「那你們還問我師父測的是什麼字？」少年頗顯不服，出言詰問。魏忠賢一怔，冷冷地看了田爾耕一眼，田爾耕額頭冷汗又流出來，慌忙說道：「荷香閣那兩個跑堂的夥計是孩兒安插的東廠坐記，原本身手不弱，只是輕功差了些。荷香閣的三層又全是細竹搭成，實在難以登踏靠近，掩身偷聽，加上忌憚徐應元身手了得，怕失手被他發覺，就沒敢靠得太近，只隱約聽到些隻言片語。不過，他們既然有辱使命，孩兒已打發他們去五城兵馬司夜間巡城了。」

「還算賞罰有度。咱家最恨那些只想混碗飯吃而一無所用的人，誤了事，就該嚴懲，不能手軟。那些會辦事的，能辦事的，金銀珠寶，高官厚祿，咱家向來也在所不惜！」魏忠賢恨恨地說完，轉頭對鄭仰田說：「鄭老頭，今兒個我先不問你給信親王到底測了什麼字。聽說你師出名門，就請你爲咱家也測一測。」

鄭仰田與徒弟雙眼被蒙，絲毫東西也看不到，就說：「好！煩請大人說個字兒。」忽覺背上奇癢，搖搖雙臂。田爾耕一見，以爲他要掙脫，忽地劈出一掌，鄭仰田便覺一股強力襲來，雙腳登時站立不住，仰身摔倒在地，氣血翻滾。

「師父！」少年循聲跪倒在鄭仰田身邊，鄭仰田用頭在他背上輕輕碰了幾下，安慰道：「徒兒，不要怕，師父沒事，只不過摔了個跟頭。」然後回頭向後慘然一笑，「多謝這位大人，小老兒這幾日未曾盥洗，身上長了虱子，無比瘙癢，怎奈雙手被縛，無法抓弄，正巧大人一掌擊來，將這幾隻討厭的虱子力斃掌下，幫了小老兒的大忙。」

田爾耕聽了，氣得臉上紅白不定，又不敢發作，只好強自按捺。少年聽師父嬉笑詼諧，大難臨頭，兀自不以爲意，暗暗讚佩。師徒二人依偎在地上，靜聽魏忠賢出字。魏忠賢本來不識幾個字，又怕別人幫著說出不會靈驗，只得冥思苦想，搜腸刮肚一般，以致剛才田爾耕一掌擊倒鄭仰田，他竟渾然不覺。魏忠賢正自沉思，就見掌家王朝用在門邊向裡張望，似進非進，脫口說出：「一人在口中。」

眾人正不解何意，鄭仰田說道：「此爲『囚』字。不知大人想測什麼？」魏忠賢正恐不是文字，被屬下暗地恥笑，見鄭仰田說出「囚」字，隨口說：「就測咱家的身分吧！」鄭仰田沉吟片刻，回道：「口者，其形代表四方，四方即是國家，人入口中，所謂當國一人，國不可無此人。大人的地位是一人之下，萬人之上，但似不與聖上同出一脈。」魏忠賢異常驚詫，心裡頓生幾分佩服，喊道：「來人！給他們師徒鬆綁，摘去面罩。」

師徒二人站起身來，暗暗鬆一鬆雙手，上前施過禮，鄭仰田低頭垂手而立，少年卻十分好奇，轉動眼珠兒四下亂看。魏忠賢哈哈一笑，讚道：「聽說袁珙、袁明徹父子是你的祖師，名師出高徒，果然有幾分準頭兒。再測一個試試！」邊說邊將目光轉向樑上掛著的金籠，見籠子裡的一對黃雀低頭在青花小罐兒裡覓食，輕噓幾聲，似是自語地說：「這對黃鳥兒也是餓了，竟然當著爺的面兒對食。哈哈！就出個『飢』字吧！」

鄭仰田微微抬頭，見說話的那人身形高大粗胖，大臉大眼大嘴濃眉，頭髮花白，頷下肥肉堆積，目光變幻不定，忽然感到了幾分寒意，有種說不出的恐懼從四周不盡地襲來，只看到他的嘴在一張一闔地動，根本沒有聽到說些什麼。田爾耕見他神不守舍的模樣，低喝道：「你啞巴了？九千歲在等你測字呢！」

「快說！」許顯純也威嚇一聲。鄭仰田這才知道測字的人是氣焰熏天人稱九千歲的大太監魏忠賢，當下不敢怠慢，答道：「九千歲出的『飢』字想必是問將來的命運。此字可一拆爲二，右邊『几』字乃『凡』少一點，其象爲『不凡之人』，主位極人臣。左邊『食』字之上乃『不』字少兩筆，其象爲『不良之人』，則恐不得善終。」

「大膽！竟敢誹謗九千歲？一派胡言！」

不等魏忠賢說話，田爾耕、許顯純起身大喝。鄭仰田待要辯解，不料魏忠賢哈哈大笑，說道：「鄭老頭，看來你確是精於道術，不是江湖賣野藥的。所謂命相兩頭堵，好壞天做主。看來你深知其中奧妙。哎呀！若是你只給咱家測了字，咱家自會多賞你大塊的金銀。只是你也給信親王測了，咱家就不能讓你像在荷香閣那樣一走了之，但卻也不爲難你，只要你說出給信王爺測的是什麼字，咱家就放了你們師徒。聽說你們在東廠還緊咬著牙，什麼也不說，教人好生費解。不必癡想了，信王爺豈會知道你們的忠心？就是當眞知道了，對你們也沒什麼好處！他自保都不及，哪裡會保護你們，何苦爲他受罪呢？」

「國有國法，行有行規。小老兒這一行向來是話不入六耳，言不講兩遍，這是祖師爺立下的規矩，不能壞了！」鄭仰田一副大義凜然的樣子。

魏忠賢伸手摸著少年的頭說：「娃娃，不必像你師父這樣冥頑不化。你道門中的那個祖師爺早死多年了，說出來他哪裡會知道？也不會來找你的麻煩，打你的板子，何必爲那破規矩爛戒律受許多苦楚呢？」少年頭一昂，將他的手掌擺脫，高聲道：「我入門拜師就已起過血誓，豈能隨意更改！要打要殺，隨便來，不須枉費口舌。」魏忠賢見自己竟也問不出，怒道：「孩兒們，將他們押回詔獄，嚴行追比，三日一回奏。不信他們眞個鐵嘴鋼牙！」

「就是鐵嘴鋼牙，小的也會撬開的。」許顯純說著，右手向外一招，進來幾個錦衣衛將師徒二人依舊綁了，戴上面罩，田爾耕知道此事緊要，便一同跟去北鎮撫司審訊。

魏忠賢又去供奉自己去勢寶貝的密室看了，焚了香禱告一回，心境平和了一些，復踱回中廳坐下，淺淺地喝了一口香茶，卻見王朝用在門外逡巡，抬頭問道：「什麼事呀？躲躲閃閃的。」王朝用趕忙進來，訕笑道：「回老祖爺的話兒，兵部大司馬霍維華求見，來了一會兒了，小的請他在前院的西廳候著呢！」說著獻上大紅的拜帖。

「什麼事呀！咱家想清靜一會兒都難了。」魏忠賢語氣中顯出幾分不悅，並不接那帖子。王朝用想起九千歲不認得幾個字，用眼角略一瞥，見帖子上恭恭整整寫著「愚甥孫婿霍維華叩拜」，知道霍維華的一個小妾是魏忠賢外甥傅應星的堂侄女，心頭暗覺好笑，哈著腰說：「霍大人沒說，小的也沒敢問。再說咱大明朝有什麼事不得向老祖爺稟報一聲？什麼事也離不開您老人家呀！大明江山若不是老祖爺撐著……」話中吹捧逢迎得極其自然妥帖，魏忠賢大覺受用，左手向外連擺幾下，打斷道：「別淨揀好聽的給我說，傳他進來吧！」

「甥孫婿霍維華拜見九千歲。」隨著話音，大步走進一個紅臉紫髯的大漢，頭戴六梁忠靖冠，穿二品獅子補服，腰中圍一條花犀帶，見了魏忠賢忙上前參拜。魏忠賢抬手攔了，假意說道：「萬萬不可如此！咱家與你一殿奉君，份屬同僚，怎可行此大禮？」

霍維華目光流動，情辭懇切地說：「九千歲乃是聖上的心膂重臣，天下莫不景仰，要是都能當面叩謝的話，說不得排起隊來直到城外都排不開呢！維華能替天下萬民跪拜，給九千歲請安，實是莫大的榮幸，九千歲不要攔阻，以免冷了天下萬民的心！」

魏忠賢笑吟吟地不再強攔，但只受了半跪之禮。霍維華又拜道：「現今在九千歲貴宅，維華也要行個私禮。」

「什麼私禮？」

「九千歲怕是忘了，維華第三房夫人乃是九千歲外甥傅應星堂叔的侄女。維華來時，你那孫女特地囑咐孫婿定要見個私禮的。」說罷，雙膝跪下，一連磕了三個響頭。魏忠賢坐受了禮，命他起身在下首落座。霍維華感激地只坐了半個身子，不等魏忠賢發問，就說：「孫婿聞聽聖上龍體欠安，特來向九千歲獻上一個仙方。」魏忠賢抬眼盯著他問：「萬歲爺龍體欠安，你是聽宮裡說的，還是聽宮外傳的？」霍維華略一躊躇，說道：「不敢欺瞞九千歲，是在宮裡無意聽到的。」

魏忠賢用左手輕輕抹了抹眉稍那幾根長長的白眉，似是隨意應道：「噢——要是這樣咱家就放心了。咱家是怕消息傳開，一些心懷鬼胎的人趁機興風作浪，攪得朝野不安。」霍維華忙說：「孫婿一心爲聖上的安危著想，一心替九千歲排憂，並不敢有他意的！」

「不敢？不會吧！要是不敢有什麼意圖，怎麼會花銀子買什麼宮裡的消息？咱家說得沒錯兒吧！」「這……」霍維華頭上登時滲出一層細密的汗珠，不知如何回答。

「哼！你倒想想，沒有咱家的號令，你怎麼能進得了宮？說什麼在宮裡無意聽到的？昨日你那個小妾的弟弟陸蓋臣那五十兩銀子是怎麼得的，還當咱家不知道？咱家是看你平時還算聽話，才容他透露給你的，不然你一個二品的外臣知道了如此驚天的消息怎麼出得了宮！」霍維華感到後背已經濕透，清晰地聽到自己臉上冷汗滴落到袍子上的聲音，忙不迭地離了座位，躬身連聲說：「謝九千歲成全！謝九千歲成全！」魏忠賢臉上現出一點笑意，慢聲細語地說：「咱家是信你的，否則你也不能進到我這花廳裡來了！說說你的仙方吧！」

「孫婿的仙方早年得自一位方外高人，所配製的仙液名叫『靈露飲』，乃是煉取水米之精而成……」

乾清宮西南角的御藥房內，專門煎藥的銀鍋裡面放好了淘淨的粳、糯二米，添滿了從城西玉泉山拉來的甘冽泉水，鍋下桑木乾柴紅紅地燒著。不到半個時辰，鍋上熱氣蒸騰，便改作細火慢熬，銀鍋上方的小孔不斷流出水來，滴入下面的長頸銀瓶。吳翼儒用小銀勺從瓶中取了少許，吹涼入口，搖頭不解地對王守安道：「湯味微甜，與酒釀略近。若是能醫治聖上的病，藥理何在？古今醫書上未見記載，實在聞所未聞。守安兄博學多識，可否知曉？」王守安搖頭歉然說：「莫取笑小弟了。連老兄這般醫學宗師都未得聞，小弟哪裡會知曉。」二人正自研討，乾清宮御前牌子王永祚已在門外催討，吳翼儒不敢怠慢，忙將銀壺盛滿，放在保溫的食盒裡，交與王永祚，又在後面一路跟了。

乾清宮西便殿裡一片寂靜，隱約可以聽到病人沉重的呼吸聲。朱由校仰臥在龍床上，面色青黃，雙眼緊閉，嘴巴大張，喘著粗氣。床邊坐著一個二十歲左右的宮裝麗人，拉著他的一隻手，不時地摸摸他的額頭，滿面焦急，神情悲戚。她便是朱由校的皇后張嫣。

吳翼儒手捧盛著靈露飲的銀壺輕手輕腳地邁到龍床前，輕聲說：「微臣恭請娘娘聖安。」張嫣回過神來，見了吳翼儒手中的銀壺，眼中忽地煥發出光彩，微啓朱唇，露出一口潔淨端整的皓齒，急急地說：「不必多禮了，快起來，將這仙藥給皇上服下！」

幾個宮娥將朱由校的身子稍稍扶起，張嫣親自用銀匙一口口地餵他喝下。朱由校兩日不曾進食了，呑嚥之時，大覺甘甜，一連喝了兩小銀碗，精神也似是好了一些，竟伸出手來抓住了張嫣的玉腕，問道：「娥兒，你一直在這兒陪著朕？」張嫣點了點頭，見皇上柔聲地喊著自己的名字，心裡一酸，眼內淌出兩行熱淚，鼻翼抽動，哽咽難語，轉過身去擦了淚水，紅著眼睛笑問：「皇爺，可是感到身子輕快了些？」

「嗯！」朱由校應著，拉了一下張嫣的裙裾，示意她坐到龍床邊上，寬慰說：「娥兒，不要多想，朕沒事兒的。看你面色憔悴蒼白，倒像比朕病得還厲害呢！」

「要是皇爺能夠平安，臣妾吃點兒苦也心甘情願，只求皇爺早日康復。」張嫣微微仰起臉看著朱由校，淚水止不住又流了下來。

「好，好！朕答應你就是。」朱由校抬手將她眼角一顆欲滴的淚珠抹去，張嫣感到他的手依然灼熱發燙，竟還有些浮腫，更覺淒然，剛剛湧起的喜悅和幸福霎時又無影無蹤了。親隨貼身的李宜笑、楊翠袖幾個宮娥哪裡體會得張嫣的感受，見皇上與皇后言語起來，以爲病情大有起色，退出大殿，手舞足蹈，奔相走告。魏忠賢的貼身太監李朝欽正好過來打探，聽了宮女所言，急忙回到懋勤殿稟報。魏忠賢聽說到皇上病情已然好轉，以爲仙方果有神效，一下子放鬆下來，覺得鄭仰田測什麼字已不再重要了，便對李朝欽道：「孩兒，快去鳳彩門外的咸安宮，告知奉聖夫人，咱家要過去一趟，教她給鬆快鬆快身子，這幾天可是乏透了。」

李朝欽淺笑道：「奉聖夫人這幾天也問詢了九千歲好幾次呢！怕九千歲勞累著，專門吩咐孩兒看九千歲什麼時候得空兒，就過去歇歇，不用事先送信兒。孩兒這就陪九千歲過去吧！也許奉聖夫人早就心急了。」魏忠賢卻道：「你這猴崽子，怎不早說！」

兩人剛剛跨出懋勤殿門，乾清宮殿前牌子馮元升飛跑過來，見了魏忠賢，慌張地稟道：「九千歲，萬歲爺身上有些水腫，娘娘怕不是好兆頭，請九千歲過去想個法子。」

魏忠賢心中大驚，惡聲說：「宮女們不是說萬歲爺已然有了起色，怎麼卻有水腫呢？」馮元升見他面色陰沉，心裡害怕，囁囁地說：「吳太醫剛剛診斷完，暗稟了娘娘，說那方子並無什麼效用。」魏忠賢道：「你回去稟告娘娘，說咱家即刻就到。教太醫院多來幾個名手，再行診治。」馮元升一溜煙兒地去了。

魏忠賢在殿中走了幾趟，命李朝欽道：「你去告知李永貞、涂文輔，將演練內操的一萬內監分成三班，晝夜在紫禁城內巡視，任何人不准在宮裡胡亂走動，更不准隨意出入宮廷。」又對裴有聲命道：「你去告知田爾耕，皇城外多加派些錦衣衛崗哨，過往行人務必嚴加盤查，宮裡的消息絲毫都不許走漏！」吩咐完畢，卻又想起了詔獄裡的鄭仰田，忙喊住裴有聲，補充道：「再去鎮撫司看看許顯純將鄭老頭審問得如何了。一有結果，速來報我！」

注：耍子爲古俗語，是玩耍之意。

第三回

鄭仰田斃命鎮撫司
癡和尚坐化文殊庵

秋月大覺好奇，將包袱取過，小心揭開外皮，見裡面又是一層白綾，剝開白綾，見又有兩個小包兒，所用的不知是什麼布料，都已破舊不堪，顏色莫辨。秋月拿一個解開，只覺霞光萬道，驚得撟舌不下，顫顫地解了另一個包兒，又見紅氣千條，饒是得道高僧，竟也目瞪口呆，頗為失態。

東安門外，一大片青磚的瓦房，房舍的四周一棵棵古槐，枝繁葉茂，蔽日參天，將一座座房舍籠罩得格外神秘、陰森，這就是東廠督衙及錦衣衛下屬的南、北鎮撫司所在地。南鎮撫司負責本衛日常行政事務，北鎮撫司專管詔獄，對人犯動用刑名拷問。東廠的衙門雖不高大華麗，但卻極爲威嚴肅靜。正廳中間烏木雲頭大條案後，端端正正地擺著一把虎皮高腳太師椅，大廳的兩邊各排四張烏木交椅。大廳北牆正中央高懸一塊烏木嵌金的巨匾，上書「朝廷心腹」四個大字，左下方一行小字：書賜廠臣。印有天啓廣運之寶。下面還掛著一個小些的藍底烏邊兒木匾，上寫「明心堂」三個金字。此時，大廳上空無一人，但是後面的刑堂卻傳來行刑的喊叫和犯人的痛呼之聲。

刑堂上，掌刑千戶、理刑百戶、掌班、領班、司房、役長、番役列立兩廂，許顯純高坐在烏木條案後，對著行刑的番役命道：「小心打！他的話沒說出之前，千萬不可廢了他的性命。」理刑千戶霍政回道：「大人，這妖人牙口緊得很，不動大刑，恐難奏效。」

「蠢材！口供問不出，九千歲怪罪下來，你教本大人如何搪塞？要提本大人的人頭覆命嗎？」許顯純本來問了多時沒有結果，心中火氣無處發洩，當下大聲叱罵。那霍政本是魏忠賢早年提拔的舊人，卻被許顯純幾句話搞得灰頭土臉，心下惱怒，又不敢分辯，抄起皮鞭將高吊在屋樑上的鄭仰田連打數下，並道：「你這老豬狗！沒由來巴巴地跑到京師來，找咱爺們兒的晦氣！快說，許大人他老人家慈悲，可爺手中這皮鞭卻不知道什麼是慈悲！」

鄭仰田被打得遍體鱗傷，好在鎮撫司的番役下手極有分寸，許顯純吩咐「小心打」，本是行話，就是囑咐行刑的人要揀皮糙肉厚的地方打，這樣雖然看著鮮血淋漓，但不傷筋動骨。若是喊聲「著實打」，卻反了過來，則是專揀要害的部位下狠手，往往只消數十下，犯人便骨裂筋直，斷無活理。天下刑名之術北鎮撫司最為精通，近幾年來，更是將拶、夾、棍、鈕、鐐五刑增加為大枷、立枷、木籠、挺棍、烙鐵、腦箍、灌鼻、釘指、斷脊、鉤背、斬腰、抽腸、摘心、挖目、剝皮、刷洗、一封書、鼠彈箏、攔馬棍、燕兒飛、徑寸懶杆、兩踝致傷、不去稜節竹片數十套。鉤背是用大鐵鉤子鉤入脊背高懸木樑上。抽腸則是在一條橫木杆中間綁根繩子，高掛木架上，木杆一端有鐵鉤，另一端縋著石塊，將鐵鉤塞入犯人的肛門，把大腸頭拉鉤出來，石頭墜地，犯人的整條腸子就被抽出，高高懸掛成一條直線。或先用牛角尖刀從人犯的肛門處挖出大腸頭，用繩子綁在馬腿上，一人騎馬狂奔，腸子越抽越長，轉瞬即盡，人犯隨即一命嗚呼。刷洗之刑是先把犯人剝光，裸體放在鐵床上，用滾燙的開水往身上連澆幾遍，再用鐵釘製成的刷子刷擦皮肉，犯人的皮肉早已被熱水澆得幾近熟爛，哪裡經得起鐵刷的摩擦，一刷下去一道血槽，直到把皮肉刷盡，露出白骨。剝皮是將人犯剝得一絲不掛，躺在門板上，手腳釘住，取熔化的瀝青澆在人犯身上，片刻瀝青冷卻凝固，用錘子慢慢敲打，瀝青和人皮一齊脫掉，或用刀活剝人皮，先從被剝者的後脖頸開刀，順脊背往下到肛門割一道縫，把皮膚向兩側撕裂，背部和兩臂之間撕離開肉的皮膚卻連在一起，左右張開，就像兩隻蝙蝠翅膀似的，被剝的人要等到一天多才能斷氣。凡此種種，令人聞名喪膽。

鄭仰田睜開紅腫的眼睛，慘笑道：「並非是不說與幾位爺知道，小老兒跟信親王素不相識，測的什麼字與小老兒也沒多大干係，只是咱這門中有個規矩，來測字的都是衣食父母，萬不可將測字時的話語洩露給他人。當年，小老兒初入師門，就在祖師爺的靈位前立下了毒誓，無論何時何地都不可違背。」

「這是什麼臭規矩！今日偏要看看，是爺爺的刑法大，還是你的規矩大？」那霍政用雙手使勁捋了捋鞭子，皮鞭相擊，啪啪作響。許顯純在案後也按耐不住，喝道：「好潑皮！不教你嘗嘗刑具的滋味兒，你也不知道王法森嚴。來呀！紅繡鞋伺候。」不多時，兩個番役從堂外抬上一個烈焰騰騰的火爐，在堂上放了，跟在後面的一個番役手中捧著一雙烏黑的鐵鞋，扔到火焰之中，不消一盞茶的工夫，鐵鞋已由玄黑變得通紅。霍政用一隻火鉗將紅紅的鐵鞋夾了，左手拉起鄭仰田的頭髮，在他面前晃晃灼熱烤人的鐵鞋，嘻笑道：「讓大爺給你暖暖腳，教你臨死也做一次娘們兒！」說著，早有一個番役將鄭仰田的右腳扳起，剝落了鞋襪，那霍政猛地將鐵鞋套到他的腳板上，只聽「吱吱」幾聲，升起一團青煙，旋即堂上瀰漫著皮肉焦糊的味道。鄭仰田大叫一聲，昏死過去。霍政揮手命番役取冷水澆他，又將爐中另一個鐵鞋夾起，便要往鄭仰田的另一隻腳上套，許顯純喝道：「慢！看他醒來招不招？」

霍政呵呵大笑，順勢將鐵鞋在鄭仰田頭髮上擦過，又是一陣焦糊味兒。鄭仰田被冷水一激，幽幽醒來，便聞到腳底不斷湧出燒焦的刺鼻臭味兒，漸漸感到深入骨髓般的疼痛，吃力地抬頭看看許顯純等人，仍舊將頭垂下，似哭似笑道：「我總算是對得起祖師爺呀！」說著，泗涕橫流，心中一熱，噴出一口鮮血，又昏了過去。

午後的日光澄澈地撒入大殿，仰臥在龍床上的天啓皇帝越發顯得面色蒼白消瘦。端莊秀麗的張嫣靜靜地守坐在床邊，不時用雪白的錦帕拭去他額頭、腮邊的冷汗，隱含淚水的美目無限憐愛、無限幽怨地看著結婚不過八年的夫婿，極度的悲傷反而使她顯得出奇的冷靜，她知道二人在一起的時間不多了，給予他溫情的機會不多了，自己十六歲從河南祥符縣被選入宮廷做了皇后，中間經過多少磨難，眞是不易呀！她的思緒又回到了多年以前。那時天啓的奶媽客印月剛剛得勢，肆意張狂，淫亂宮廷，公然與魏忠賢雙宿雙飛，一點兒也不避諱，有一天竟然傳授天啓皇帝陰陽之術，被張嫣撞見，當場命宮女將她批頰五十，趕出宮廷，永不再用。不料卻被魏忠賢偷偷將她接回宮裡，教她在天啓面前一番哭鬧，又留在了宮裡。從此，便與張嫣結下了深仇大恨，每每伺機報復。那年張嫣有了身孕，身子日漸沉重，常常腰酸背痛，不堪其苦，客印月暗中將一個身懷絕技的江湖女子扮成宮女，送入坤寧宮聽差。張嫣一時大意，竟命她按摩，那宮女暗用內力在她後背和腹部的幾處穴位連揉帶按，反覆數十下，當時雖然無比舒泰，可是未出三日，腹中的孩子便小產了，竟是個成形的麟兒，幾乎將張嫣痛煞悔煞！客印月與魏忠賢暗自欣喜，又到天啓面前誣告張嫣太不小心，使朝廷失了儲君。張嫣被天啓皇帝責罵一頓，百口莫辯。張嫣有苦說不出，回宮痛罵魏忠賢是活趙高，誰料被魏忠賢偵知，沒過半年，魏忠賢指使親信劉志選等人，彈劾國丈張國紀強占民宅，毆斃無辜，尤其駭人聽聞地謠傳張嫣並非張國紀親生，她只是身陷獄中的江洋大盜孫二之女，被張國紀收作了義女。張嫣無奈，擋不住洶洶的物議，偷偷賄賂了王體乾一箱珠寶，求他周旋，加上一班正直大臣據理力爭，天啓皇帝也不相信，只將張國紀一人革職回家。

張嫣驚悸地想著往事，心裡暗自嘆息：皇宮裡有的是榮華富貴，也有的是酸楚淒涼，母儀天下就可以品嘗不盡的歡樂嗎？看看皇上的病容，一旦……今後怕是要煢煢孑立、形影相弔了。二十三歲，黃金歲月，花樣年華，難道就這樣一下子從桃紅柳綠的明媚春日踏入衰草連天的肅殺秋季？張嫣木然地坐著，白嫩的玉手有些機械地摩挲著天啓皇帝的手掌，心頭忽然湧出一句古老的詩句：「執子之手，與子偕老」，心隱隱地疼將起來，眼淚忍不住順著雪白的香腮淌下來，無聲地哭了……天啓仍然在昏睡，如果不是看到他那微微張縮的鼻翼，真是無法感覺到他還活著。

「娘娘！回宮歇息歇息吧！」一旁垂手侍立的魏忠賢面色悲戚地輕聲勸道。張嫣轉頭看了他一眼，擺手哽咽說：「魏公公，你們下去吧！我要多陪皇上一會兒。哎！原本在身邊廝守的日子就不多，今後再想服侍或許不能夠了，就多盡盡心罷！」

「皇上洪福齊天，老奴命欽天監夜觀天象，見紫微星光華如水，燦爛依舊，想必皇上只是小災，並無大恙的，還請娘娘寬心。老奴再去想想辦法，替皇上禳災祈福，娘娘可要多保重呀！」

「那倒是好，魏公公算是有心了。我知道你也不願意皇上就這般快地去了！」說著，淚水更加止不住地滴落，「你們下去吧！也累了多日了。」魏忠賢聽出她話中的弦外之音，又見她執意陪伴，便不再強勸，悄悄退了出去。

乾清宮西廡的懋勤殿，飛翹的殿檐下高懸著一塊泥金藍底的金字匾額，上書「懋學勤政」四個大字，乃是先朝嘉靖年間內閣大學士夏言的手筆。懋勤殿裡，客印月居中坐著，多年的優裕、富足與享樂，使她的一舉一動都透露出尊貴與威嚴，但仍有一絲若隱若現的鄉土野氣。神宗皇帝萬曆年間，她十七歲，便嫁與京畿通州府大興縣侯巴兒爲妻，過門才知侯家貧窮至極，糊口都難。轉過一年，她剛剛生下兒子侯國興，再難忍受家中的貧寒窘迫，不得已將滿月的侯國興撇下，到京城應徵，入宮做了東宮太子的長子朱由校的奶媽子。朱由校繼位做了皇帝，她繼續照顧朱由校的飲食，沒有按照慣例被遣送出宮，還被敕封爲奉聖夫人，幾乎享受著皇太后的尊貴與威儀。她與魏忠賢奉旨在宮裡做了一雙對食的夫妻，兩人內外勾連，互通消息，天下爲之側目，就是當朝帝后的皇親國戚也懼怕她幾分，深知退避，敬而遠之。此時，她懶散地躺坐在蟠龍睡椅上，手裡捏著一柄紅漆竹骨雙面題字的綠箋泥金扇，不時地搖動著，與司禮監掌印太監王體乾說笑。宮娥端來一盤頂紅皮白的深州蜜桃，她看了看，伸出白白的肥手，取了一個顏色鮮紅的桃子，一口咬下去，蜜汁四濺，片刻間將桃核吐出，身後的宮娥忙將雪白的絲帕送上，她一把攥了揩手。又有宮娥捧著金缽盛了，獻上漱口的香茶，她吃了兩口，嘆口氣說：「老王，看來皇上病疴沉重，怕是沒有多少日子了。」

王體乾勸慰道：「皇上春秋鼎盛，想來只是小恙，不會有什麼大病的，以皇上洪福，又有九千歲與老祖太太千歲扶持，定會轉危爲安的。老祖太太千歲不必過慮勞神！」

「哎！」客印月輕嘆一聲，叫苦道：「自皇帝幼小之時，即由我撫育，比我親生的兒子都要盡心、都要周到，眼看著身登九五之尊，就想可是好好納福享樂了，誰知剛剛七載，皇上就……教我今後依靠何人？豈不是白白忙了一場，我怎的這般命苦呢？」說到傷心處，禁不住落下淚來。

王體乾朗聲說道：「老祖太太千歲撫育皇上之功，普天之下，若非聾盲，誰人不知，哪個不曉？不管是誰繼承了大統，豈會薄待了先帝的功臣？自然也滅不了老祖太太千歲潑天的富貴！」客印月依然面帶憂色，道：「我是過慣了錦衣玉食的日子，怕再也吃不得苦了。」

　　王體乾神色愈加恭敬，滿面堆著笑說：「老祖太太千歲撫育皇上，有功社稷，萬姓所睹，天下共聞，但凡大明子民，哪個不以國母禮待，不當菩薩供奉？若是老祖太太千歲肯屈尊的話，大夥兒想請到家裡怕都請不及，還不知要輪到什麼年月呢？再說，有九千歲上下內外聯絡謀劃，天道不變，誰敢熊心豹膽地動老祖太太千歲一根毫毛？」

　　客印月用手指著王體乾笑道：「你總會給我尋開心！細細想來，你說的倒也是，不過總不似當今皇上待我這樣好罷！」王體乾湊近她的耳根，輕聲道：「小的說句大不敬的話，若是有人膽敢不加禮遇，老祖太太千歲與九千歲何不代朱家治理天下？皇后的位子他人坐得，老祖太太千歲也坐得！」客印月用手掌輕批了一下王體乾的面頰，笑罵道：「又來哄我，誰家徐娘半老的還做皇后？」

　　王體乾反問一句：「九千歲豈會辜負了老祖太太千歲的一片深情？」客印月被攛唆得心癢不止，面現紅潮，宮女們也一起癡笑。忽然，魏忠賢大步跨進殿來，眾人一驚，忙收住笑容，跪地而拜。客印月起身迎道：「皇上龍體如何？可有好轉？」魏忠賢眉頭緊鎖，在客印月身邊坐下說：「若無神醫靈藥，聖上看來是難捱幾日了，爲之奈何？」

　　客印月答道：「皇上原本康健，旬月之間，病重如此，恐有妖孽作祟，也未可知？我小時也曾病重，恰好得遇方外奇人，說是精怪附體，教我父母一個禳祝的仙術，給全家人用大紅的布匹做成內衣，一齊穿了七七四十九天，我的病居然好了。」魏忠賢聽了，也覺有理，即刻命王體乾趕製金壽字大紅貼裡，分發給御前近侍太監穿上。

魏忠賢與客印月閒話幾句，又貼耳細說了些什麼，客印月面皮一紅，輕啐一口。魏忠賢訕訕地牽了她的手，二人出了殿門，分乘肩輿，先北後向西折，經弘德殿，出鳳彩門，來到咸安宮。宮裡早已用精繡花鳥的朱紅輕紗圍起大幔，裡面安放一張楠木雕花大床，床上整齊地擺著用紫檀製作的各種兵器，刀、槍、劍、斧、錘、鉤、棍、棒、鞭、抓……都是一尺長短，紫光閃耀，通體發亮，似是把玩使用多時。太監、宮女調好了香湯，伺候二人沐浴。洗浴已畢，小太監給魏忠賢拭乾身上的湯水，扶他背臥在大床上。客印月沐浴後換了寬鬆的緞袍，盤腿坐在床上，一手持斧，一手持錘，在他身上或輕或重地敲擊起來。當年，客印月年輕之時，單憑一雙玉手，拿捏得魏忠賢幾番消魂，後來體力漸覺不支，便命能工巧匠做了一套助力的器具，仿照十八般兵器的樣式，各有功用。斧、錘、鉤、抓地尚未敲打一遍，魏忠賢就已癱軟如泥，不住地大聲呻吟起來……

不知過了多少時辰，鄭仰田醒來，感到渾身冰冷，堂上熊熊的烈火仍然在燒著，堂內燈火通明，外面早已漆黑一片。他費力地活動一下身子，才發覺不知何時已平躺在了冰涼的地上。一天水米未進，腹中咕咕叫個不住，掙扎著想要起身，無奈一陣劇痛自腳底襲來，登時頭暈目眩，渾身竟無半分氣力，重重摔在地上。「師父！」恍惚中，他聽到有人輕聲呼喊，循聲張望，見屋樑上赫然吊著自己的徒弟。他心中一急，竟然一下子從地上坐了起來，大叫道：「徒兒！」

少年被綁著推桑上堂，一眼就看到了平躺在地上的師父，衣衫破碎，頭髮披散，血跡斑斑，早已沒了人的模樣，不知有多少處傷口，也不知是死是活，本待撲上前去，身子早被番役們牢牢拉住，只得大聲呼喊：「師父！師父！」卻見師父靜靜地躺倒著，毫無聲息。少年大哭，番役們七手八腳將他吊在樑上，又將一桶桶冷水潑向鄭仰田。少年見師父醒了，喜得大叫：「你們放了我師父，放了我師父！」

許顯純離了座位，背負雙手，踱著方步，來到少年眼前，笑道：「你該是個明事理的孩子，也是個孝順的徒弟。要救你師父倒也不難，只要將那日你師父對信親王講的話再說一遍，我就會放了你師父。」少年收住眼淚，冷笑道：「你們放過了師父，可是師父卻放不過我，小民豈是欺師滅祖的無恥小人！師父受刑，弟子何忍？不要多費心思了，你們動手吧！權當我替師父承受此苦痛。」

「好！好孩子！這般有情有義，眞是難得。大刑的滋味想必你還沒嘗過，本大人可不想教你小小年紀受此煎熬，還是招了吧！別不識時務！再說你師父到了本司，就是不死也得殘廢，他成了廢人，往後怎麼帶你行走江湖？何必還不顧性命這般護著他呢？」許顯純連哄帶勸，又拉又打。少年依舊搖頭，咬緊牙關說：「小民的性命是師父給的，若不是師父，早就餓死在老家了。今日能與師父一塊兒死，也算報答他老人家了。」

「那本大人就成全你！」許顯純一揮手，即刻上來兩個番役，從火爐中一人夾起一個鐵鞋，就要往少年腳上套，通紅的鐵鞋烤得皮肉火辣辣地疼，少年不由緊緊閉上了眼睛。

「慢著，慢著！你們不要難爲他。」鄭仰田乾裂的雙唇間發出一聲嘶啞低沉的喝叫，他掙扎著想用沒有被燙傷的那條腿支起身子，可是那條腿也被打得不聽使喚，剛剛離地數寸，力氣用盡，翻身摔倒。許顯純走到他身邊，冷笑道：「本大人是朝廷的五品命官，怎麼卻要聽你的吩咐？你說不要難爲他，可是你別難爲老爺呀！你要對得起什麼祖師爺，本大人也要向九千歲交差。你咬牙不說，那我只好拿你徒弟開刀，先斷了你師門的香火，看你還對得起對不起祖師爺？」

幾句話說得鄭仰田心如油煎，慌忙哀求道：「他還是個孩子，什麼也不知道，大人就高抬貴手放過他吧！」

「哼！放過他？那九千歲會放過本大人嗎？」許顯純奪過番役手中的火鉗，將鐵鞋放在火爐中又熱了熱，作勢就要往少年腳上套。鄭仰田頓時萬念俱灰，叫道：「你們不要難爲他，我說，我說！」伏地大哭起來。

「師父，不要求他們，徒兒不怕死，徒兒要與師父死在一起！」少年在樑上奮力掙扎，無奈繩索卻極結實，捆得又牢，動不得分毫，急得失聲痛哭。

「混賬東西！你動不動就說死，這樣爭強鬥狠，要是有個三長兩短，使我門道術失傳，師父怎麼去見你九泉之下的師爺，怎麼對得起開山的祖師吶！」鄭仰田雙手拍地，大哭大叫。

「師父愛你如子，你應該遵命領情才是！」許顯純眉開眼笑，暗讚此計大妙。笑吟吟地隨手將火鉗扔掉，行刑百戶忙遞上雪白的手巾，他抹淨了手，說道：「這又何苦！早說了何至於會傷成這樣呢？說吧！」鄭仰田說：「你們先把我徒兒放下來，我囑咐他幾句話。」

少年一被解下房樑，便飛身撲到師父跟前，跪下大哭。鄭仰田強忍悲聲，哽咽道：「徒兒，師父恐怕再也不能照顧你了。我死不足惜，只要你能繼承師父衣缽，光大師門，師父就含笑九泉了。」

「師父——」鄭仰田抖抖地伸出右手，撫摸著少年的臂膀，見那片淤血顏色轉淡，咧嘴欲笑，卻覺氣血翻滾，竟笑不出聲來。喘息一會兒才說：「你若能活著出去，千萬要把師父的骨灰運回老家福建莆田，歸葬祖塋，也算你我師徒一場。師父早年既隨你師爺修道，不及侍奉雙親，也只好到地下再盡孝心了。」

「好了，絮叨什麼？盡說此不著邊際的廢話！」許顯純已不耐煩。鄭仰田卻不理會，用盡平生力氣抱住少年，在他耳邊低語了幾句：「今日說與不說，師父怕是都難以逃出此地。爲師就只說出測的字，如何解說，只要你守口如瓶，大可活著出去。切記，切記！」然後扶著少年歇息一會兒，喘喘說道：「信親王測的字不過是一『巾』一『帽』。我已將解說之法傳授了徒兒，普天之下恐無第二人可以破解。」說著，張口噴出一股鮮血，身子向後仰倒。

「師父——」少年靠近鄭仰田，見師父已將舌頭咬斷，不由大哭起來，許顯純等人也暗吃一驚。「師父壞了門規，對不起列位祖師，對不起……」鄭仰田口中嚅囁，血水順腮嘴流下，嘴唇漸漸翕合。

許顯純大怒，喝道：「若不是九千歲要什麼口供，早將這老殺才壁挺了，本大人何嘗受過這等鳥氣，卻問不出什麼話來？快將這具爛屍首拖出去餵了野狗，這小狗才先押在詔獄，好好看管！」少年恍若未聞，止住哭聲，兩眼怨毒地盯著眾人，許顯純渾身一震，似是感到了寒意。

魏忠賢來到了宣武門外柳巷的文殊庵。

狹窄的胡同邊上兩棵粗大的古柳，相傳是永樂年間遷都北京之時栽的，枝條變得有些稀疏，頗顯老態了。小巷深處，露出一角飛翹的灰色屋檐，門上一塊小小的匾額：文殊庵。眉白如雪的住持秋月老和尚得知魏忠賢到來，親自迎出禪堂，合掌道：「不知檀越光降，有失遠迎，望乞恕罪！」

「大師客氣了！多日疏於問訊，弟子今日特來登門叨擾，還請大師勿怪才是。」魏忠賢滿臉堆笑。

「檀越說的哪裡話來！若不是檀越常年捐贈香火錢，小庵怕是早就香冷煙滅了。」秋月一邊不住感謝，一邊將魏忠賢等人領向內堂雅室。走進大雄寶殿，魏忠賢說：「弟子先禮拜我佛。」就在蒲團上拜了幾拜，隨行的李朝欽、裴有聲捐了香火錢，一齊進了後院。

小小的天井，一棵海棠，兩棵開花將要掛果的石榴，三間堂屋，安詳靜謐。落了座，魏忠賢笑道：「大師，此處鬧中取靜，眞是清修的福地，令人不覺暗生向佛之心。」

「檀越乃是紅塵中的貴客，不憚敝寺簡陋，也是與我佛有緣。」秋月單手合掌道。

「大師客氣了！當年弟子在河間府肅寧縣老家欠人賭債，難以償還，不得已自宮求進，來到京師，苦無門路，若不是大師慈悲，哪裡進得了宮？哪裡會有弟子今日的富貴？」魏忠賢說得頗為動情，想起以前的苦難，幾乎要落下淚來，強自忍住，向門外招手道：「快將禮物呈上來！」

李朝欽、裴有聲捧著兩個錦緞的包袱應聲進來，一一奉上，魏忠賢親手打開一個包袱，裡面是一盒兒一包兒，盒子是個精雕的錫盒，上刻五祖弘忍深夜傳經圖，弘忍半臥佛榻，六祖慧能跪地仰頭受命，雙手托著法衣袈裟，栩栩如生。魏忠賢笑吟吟地打開錫盒說：「大師，這是弟子特意命孩子們從嶺南第一禪林普陀山採摘的佛茶，其色深紅，其味甘甜，茶樹相傳為六祖所植，所謂曹溪聖水、南華佛茶，吳越地方人人仰慕。」說著，又打開小包兒說：「這把江南人人艷稱的大彬壺，乃是當朝名手龔春的高徒時朋之子大彬所製。用此紫砂壺泡佛茶，其色味遠勝其他。大師慢慢品嘗，自會體味。」

秋月點頭命徒弟收了，合掌道：「檀越苦心，教老衲如何生受？」

魏忠賢笑說：「些許薄物，弟子還怕難入大師法眼，又命人搜尋了兩件寶物，一併獻與大師。」將另一個包袱在懷中略略一放，遞與秋月道：「這包袱裡的物件乃是佛門至寶，弟子不敢褻瀆，煩請大師開光。」

秋月聞聽佛門至寶四字，定力雖高，心下也甚覺好奇，將包袱接過，小心揭開外皮，裡面是一層白綾，剝開白綾，卻是兩個小包兒，所用的不知是什麼布料，都已破舊不堪，顏色莫辨。秋月將一個解開，只覺霞光萬道，驚得撟舌不下，又顫顫地解了另一個包兒，現出紅氣千條。饒是得道高僧，竟也目瞪口呆，頗為失態，喃喃自語道：「老衲何德，見此寶物。想是在夢中不成？」魏忠賢見秋月癡癡發愣，喝采道：「大師的確是高僧，竟能認得出來！」

秋月將兩件寶物端端正正地放了，起身離座，躬身禮拜，頓時血湧雙頰，童顏白鬚，儼然神僧的模樣，高唱佛號：「阿彌陀佛，若不是老衲眼拙，這便是東海普陀山紫竹林觀音院內收藏數百年的唐代千佛袈裟和血書貝葉經，乃是普陀的鎮山之寶。不知如何到了京師？」

魏忠賢見他如此虔誠，心裡暗覺可笑，隨口道：「這有何難？弟子只是一句話，那浙江巡撫張延登沒出半月，便送到了京城。」

「阿彌陀佛，得觀此佛門至寶已屬萬幸。出家人怎可妄動貪念，奪人之愛？」秋月目光中生出一絲神采，迅即又消失得了無影無蹤。

「大師過謙了。以大師的德行，放眼海內，實在沒有二人。弟子一心向佛，滿腔赤誠，還望大師笑納。」魏忠賢滿口謙辭。

秋月嘆了口氣，未置可否，問道：「檀越可是有什麼事要老衲出力？」

「這……」魏忠賢看看左右，略略沉吟。「若是用得著老衲，檀越不妨直說。」秋月轉頭侍立在門邊的兩個小沙彌擺手道：「你倆去看看海棠果可有熟的，給檀越摘些嘗嘗鮮。」

「佛法廣大，遍施眾生。弟子知道大師善於觀人，請大師再看看弟子的流年運氣如何？」

「檀越，可否先答應老衲一事？」

「大師請講！」

「將千佛袈裟和血書貝葉經送還普陀。」

「佛門至寶，難道大師不喜歡？」

秋月合掌道：「老衲不敢犯貪戒，壞了多年的清修。再說，佛法並無什麼南北，千佛袈裟和血書貝葉經在普陀山與在文殊庵原沒有什麼分別。望檀越體恤！」

「弟子禮敬我佛，並無他意。」魏忠賢十分不解。

秋月起身，面向佛龕中的金身道：「出家人四大皆空，人生的苦諦要看得清楚，方能成得正果。檀越不必相強，以免壞了老衲的德行。」

「弟子受大師之恩，得了人生這場大富貴，心願沒有償還不了的，只是不知如何報答大師？」魏忠賢面色現出一絲悲戚。

秋月笑道：「老衲當年也未想教檀越報答，何況檀越供奉我佛多年，也算盡了情意。檀越若心猶不甘，可將對我佛的一片赤誠化作對天下黎民的恩德，隱忍棄殺，也不枉禮敬我佛一場。果能如此，則國家萬幸，黎民萬幸。今日檀越所求，可放心說來，老衲自當盡力。」

「大師既如此說，弟子不敢強人所難，就依大師之命，將千佛袈裟和血書貝葉經送還普陀。」此時，小沙彌已經煮好佛茶，用紅漆托盤獻上，登時滿室茶香。魏忠賢端起茶盅呷了一口，話轉正題：「前些日子，在高粱河上有一個方外術士給信親王測了字，弟子遍求破解，至今未獲。請大師指點！」

「測字？本非我佛門中事，恐老衲有負所求。」秋月歉聲說。

魏忠賢道：「大師常言，凡事不可執著於本相專一求之。大師佛法精深，悟透眾生，三千世界，萬丈紅塵，盡在法眼，何必過謙？」

秋月點頭道：「釋、道兩家，各有本原，並無多少牽涉，好事者強爲合流。檀越既是心意決然，老衲就勉爲其難，斗膽猜一猜。煩請告知是哪個字？」

「是一『巾』一『帽』二字。」

「以此二字推算檀越流年吉凶？」

「正是。」

秋月起身，低首踱步而行，在密室繞了幾周，望望魏忠賢道：「檀越，我佛雖重現世，也重來生。老衲閱人雖多，但素來未入占卦求卜一道，說得不合檀越心思處，休要怪罪。」

「難道有什麼凶險？還求大師直言。」

「其一，巾幗者，覆蓋頭顱，高於身體，可謂極矣至矣！其二，巾幗皆爲身外之物，可即可離，所謂日中則昃，月圓則缺，否極泰來。以此推論，檀越的富貴仕途似是已至極頂。以檀越眼下的權勢而言，似也難以復加。」

「可否百尺竿頭再進一步？」魏忠賢目光灼灼地看著秋月。

秋月嘆道：「此話原本不通。既已到的竿頭，再進一步，豈非跌落塵埃？人生於世，全憑各自的機緣，機緣完足，方能功德圓滿。像檀越眼下的富貴，已屬不可多得，應戒之在貪，適可而止，貪多勿得，反累己身。所謂廣廈千間，身臥不過五尺；萬里長江，口飲不過一瓢。若妄動他念，恐非長壽之福。」

「那弟子如何處之？」

「收攝心性，廣施恩德，緩解眾怒，或可免災。」

魏忠賢冷冷一笑：「依大師所言，豈不是束手待斃、任人宰割了？」

「哎！」秋月重重地嘆聲說：「愛人即是自愛，殺人即是自殺，檀越何必爭勝鬥狠、嗜殺不休呢？」

魏忠賢辯駁道：「所謂人在江湖，身不由己，大師教弟子如何收手？」秋月一笑，緩聲說：「檀越如有心收手，隨地都是洗手的金盆。」

魏忠賢面色登時通紅，恨聲說：「大師畢竟是方外之人，哪裡領會得世俗爭鬥的險惡？我不殺人人便殺我，弟子積怨甚多，就算是弟子要放過他人，他們卻放不過弟子！弟子金盆洗手，教手下無數的義子義孫依靠誰來？」

秋月低垂白眉，閉目道：「塵歸塵，土歸土，哪裡來哪裡去，何須顧忌許多？看來檀越還是撇不開名利二字。」魏忠賢見話不投機，起身道：「冤孽早已造成，並非一朝一夕可以化解。大師不必勸解了，自行珍重吧！」說罷，傳了李朝欽、裴有聲，起身上轎，頭也不回地去了，把個秋月老和尚怔在當場。

將近二更，月色微明，夜有些深了。

秋月盤腿端坐在禪床上，神情肅穆，閉目數著佛珠，若不是赭黃的法衣、雪白的眉毛，直是一尊石雕泥塑的古佛。良久，他忽然睜開雙目，朗聲向外喊道：

「了塵！」話音未落，從外室走進一個小沙彌，躬身施禮說：「師父喚弟子何事？」

「快去後院，將你師叔浴光請來。」

不多時，了塵引了一個滿身酒氣的胖大和尚進來，急忙躲出禪堂，將門反關了。胖大和尚也不施禮，直聲問秋月道：「師兄，深夜有什麼事？誤了咱吃酒。」

秋月聞聲略皺一下眉頭，無奈地說：「你又犯戒飲酒，如何面對眾弟子？」

「酒肉穿腸過，佛祖心中留。咱只禮佛祖，管弟子們做什麼？」浴光歪歪地在蒲團上坐了。秋月搖頭道：「老衲心中有佛，卻也不飲酒。」

「飲酒與求佛既然無礙，吃一些又有何妨？」

「老衲不與你鬥嘴。」秋月望著浴光說：「師弟，老衲深夜把你喚來，並非像往常那樣苛責你。老衲也想通了，執著於儀式皮相其實是沒有達到空的境界。老衲愚頑，今日才勘得破此中的眞義，與師弟的修爲實在相去甚遠。」

浴光聽得愕然，酒已醒了幾分，便要出語詢問，秋月擺手制止道：「你先不要說話。先聽老衲說完，老衲有兩件事要託付你。」

「什麼事？」

「一是接掌本庵方丈之位，二是……」

「什麼？師兄說得哪裡話？咱才不會受此俗累呢！」浴光搖頭大笑道。

秋月正色道：「師弟難道要文殊庵群龍無首嗎？」

「有師兄在，怎會無首？」

秋月霜眉一斂，悲聲說：「老衲的大限到了，哪裡還顧得了這許多？」

浴光一下酒醒了一半還多，疑惑地說：「師兄可是有了什麼魔障？」

「不錯。」

「我佛慈悲。」浴光在蒲團上正正身形說：「師兄，還有哪件事？」

秋月低聲說：「今日我庵的最大施主魏忠賢又來布施，求老衲指點前程，老衲盡心導其向善，他卻一意孤行，似有不臣之心。當年老衲在涿州泰山神廟遇到他時，曾施恩與他，日後他富貴至極，老衲本想藉其權勢，光大佛門，不料卻只知前因，難料後果。如他事情敗露，文殊庵勢必牽扯進去，毀庵滅佛，萬劫不復，豈非事與願違？老衲罪深，我佛何辜？眾弟子何辜？」秋月淚水漣漣，浴光心中不忍，卻又無法勸說，只好呆呆地看著。

「師弟，老衲無德，興寺雖有微末之功，不料卻惹來浩劫，實在百死莫贖。老衲一死，保存文殊庵就全靠師弟你了！」說著，離開禪床，在浴光身前跪了下來，謝道：「師弟，請受老衲一拜！」

「師兄萬不可如此！」慌得浴光急忙起身扶了，但秋月還是執意拜了，拉著浴光的手說：「師弟，這第二件事你也替老衲還了人情。」

「哪裡的人情？」

「老衲料想魏忠賢沒有什麼好下場，但是他多年布施文殊庵，對我佛也算禮敬，倘若有一天他遭西市斬首，師弟敢不敢買些酒肴送他？」

「知恩圖報，理當如此，也是前世的因緣。」

秋月抖抖僧袍說：「這只是其中的一層意思，更深的一層是要保全文殊庵。」

浴光含淚道：「那時眾人都躲避唯恐不及，但是又能逃到哪裡呢？咱依情而動，其情勢必動人，人棄我取，師兄所言確是妙招！只是師兄到時親自祭奠，又有什麼不可呢？」

秋月解說道：「那時老衲為勾結魏忠賢的元凶，豈會得到寬恕？若老衲已死，必可滅除罪孽，最少也是少了彈劾的把柄，再加上師弟哭奠，想必會受人憐憫，又有魏忠賢的黨羽分散眾怒，我佛可安。這幾步缺少一環，文殊庵也許就難免一劫。」

浴光的眼淚終於忍不住流了下來，哽咽道：「師兄捨生保庵，咱一定不負所託。師兄放心去吧！」

「好，好！師弟平時不拘小節，必能成得大事。先師臨終之言看來不誤。命弟子去燒香湯，老衲要沐浴了。」秋月心事安排已畢，登時覺得心靜如水，語調和緩、低沉，臉上現出滿足的寶光，起轉身形向佛龕拜下去。「阿彌陀佛——」浴光情不自禁地隨著下拜，那尊金佛臉上依然綻開著笑容，慈祥地俯視著腳下的芸芸眾生。

佛堂外面，滿天的星斗，光華如水，只是月兒殘了。

三更天，夜風微微地吹起，大雄寶殿前堆起一堆高高的木柴，浴光率領數十位弟子圍站在柴堆四周，合掌默誦經文。老和尚秋月從殿中穩步走出來，大紅的袈裟，赭黃的僧袍，更加顯得寶相莊嚴，儼然神座上走下的佛陀。他看看四周的弟子，最後將目光定在浴光身上。浴光默默地看著秋月，二人目光交會在一處，浴光輕輕地點點頭。秋月粲然一笑，由兩個小沙彌扶著邁上柴堆，閉目合掌端坐。

火點起來了，越燒越旺，響起劈劈剝剝的聲音，秋月的眉毛和僧袍已經燒了，他在火中難捱地哆嗦著，但依舊強撐著合掌端坐。

「方丈——」有人喊了起來，更多的人應和著，哭成一片。

第四回　田美人對月奏仙曲　李永貞賭酒吐真言

田妃移身端坐琴旁，略一調試，皓腕微起，纖指輕揚，錚錚鏦鏦地彈奏起來，十指或張或收，或急或徐，指間流出珠玉般的清音，衣袂飄飄，隱隱散出蘅蕪香氣，微起朱唇，婉轉玉音，用吳儂軟語唱出一曲妙詞，乃是宋人柳三變的《望海潮》。

漸近中秋，天高雲淡，金風送爽，最是宜人。

澄清坊內，東起校尉營，西至甜水井胡同，南接帥府胡同，北鄰金魚胡同，宮殿沉沉，紅牆綠瓦，八千餘間屋舍連成一片，在秋日的陽光下熠熠生輝。這便是歷代大明皇室眾位皇子出藩前居住的所在，人稱十王府。

一彎新月高掛西南天際，夜天澄澈，星漢燦爛，巍峨高大的信王府外樹影婆娑，巨大的石獅子威嚴地踞守在府門左右，飛檐下高懸大紅宮燈輕輕地搖曳。夜風吹送來淡淡的花香，王府內花園裡，花影扶疏，怪石嶙峋，一座寬大的高臺上，四周宮燈低垂，若明若暗，高臺中央擺放著花梨木鑲嵌漢白玉石面的六角花臺，四周一男三女圍坐在紅木琺琅鏤空圓繡墩上。

那個男子身高八尺，略顯消瘦，赫然便是高梁河邊那位藍衣公子，但此時他衣著華貴，白面朱顏，氣宇軒昂，一變文弱書生的模樣，他正是天啓皇帝的弟弟信親王朱由檢，那三個麗裝女子是他新婚的妻子——周妃、田妃、袁妃。石桌上擺了各色精致的果盤、食盤，滿盛著香瓜、雪梨、蜜桃、葡萄、石榴，還有絲窩、虎眼糖、裁松餅、茯苓糕各色的甜食……，四人談笑賞月。夜露初起，淡淡的月光恰似繚繞的青煙，籠罩得高臺上的人兒宛若世外的神仙。

「今夜月白風清，正宜賞月，本想與妃子作幾首詠月的詩，只是新月小如妃子的秀眉，少了許多清輝，也作得幾回了，怕難再有好詩出來。」信王竟似有些失望，輕嘆一聲。

周妃道：「一鉤足以明天下，何必清輝滿十分。是何等的氣魄胸懷，王爺的詠新月詩寫得空前絕後，眞個教人無法續寫了，高人在座，我們姐妹豈敢言詩？」

田妃道：「古人說畫眉深淺入時無，若非眉如新月，又哪裡會吟得出如此的風流蘊藉？」

信王點頭道：「月華固然不必強分多少的，各有風姿。月下的人又各有情懷，自然各有意會。如此，不妨再比試一番？」

袁妃道：「王爺，如此良宵，何必將人家累得頭也生疼？不如田姐姐彈上一曲，以消長夜，豈不愜意！」

田妃假意推辭道：「數日不彈，手生荊棘，怎好聒噪？」

信王笑道：「不必過謙了！本王早已向兩位妃子稱讚過你的琴藝。」

周妃道：「王爺常說妹妹的琴聲響遏行雲，端的神妙。如此推辭，敢是嫌我等不解音律？」

田妃輕喟一聲，雙目流過信王的臉頰，心頭歡喜，口中卻道：「既然王爺謬讚，姐姐有命，不敢掃了大夥兒的雅興，只好獻醜見笑了。」

袁妃拍手道：「姐姐的琴固然彈得極好，但是月夜吹笛，豈不更妙？王爺不是常說姐姐的笛聲裂石穿雲嗎？」

「是呀！長笛一聲人倚樓，那是何等的意境！若是田妹妹在角樓上或是深閨裡橫吹，王爺又會難眠了。」周王妃也調笑道。

田妃道：「吹笛的場所一定要寬闊空曠，並且要講究時令，春夏秋三季最爲相宜。若在京師，時令最好春夏之交，地點莫如紫禁城內河，風和日麗，水清波細，菱藕初生，禽鳥翔集，景物之勝，儼若江南，意境趣味自是不同，他處不可攀比。」信王聽了，內心忽覺有所觸動，面色不禁有些黯然。

周妃見信王似顯不悅，忙岔開話題，笑道：「妹妹可是想揚州老家了？三秋桂子，十里荷花。春水碧於天，畫船聽雨眠。那般風光旖旎，自然天籟，怕是紫禁城什麼小溝小渠不可比的！」

信王聽了，神色一緩。田妃才覺失言，感激地朝周妃點點頭。

此時，宮女已將田妃珍愛的大聖遺音琴與核桃木琴架取來，擺了綠影斑駁的古銅鼎爐，燒起龍涎香。這大聖遺音琴乃是唐朝的古物，奇、透、潤、靜、圓、勻、清、芳，九德俱備，金徽玉軫，龍池鳳沼，在夜光下越發顯得體式古穆，色彩斑斕。田妃移身端坐琴旁，略一調試，皓腕微起，纖指輕揚，錚錚錝錝地彈奏起來，依次是信王新近譜寫的訪道五曲：《崆峒引》、《敲爻歌》、《據桐吟》、《參同契》、《爛柯遊》。就見田妃十指或張或收，或急或徐，指間流出珠玉般的清音，衣袂飄飄，隱隱散出蘅蕪香氣，眾人沉浸在無邊的遐想與秋思之中。田妃微起朱唇，婉轉玉音，用吳儂軟語唱出一曲妙詞，乃是宋人柳三變的《望海潮》。

東南形勝，三吳都會，錢塘自古繁華。煙柳畫橋，風簾翠幕，參差十萬人家。雲樹繞堤沙。怒濤捲霜雪，天塹無涯。市列珠璣，戶盈羅綺競豪奢。重湖疊巘清嘉，有三秋桂子，十里荷花，羌管弄晴，菱歌泛夜，嬉嬉釣叟蓮娃。千騎擁高牙。乘醉聽簫鼓，吟賞煙霞，異日圖將好景，歸去鳳池誇。

歌聲蕩漾，如江南彎彎溪流中隨波輕搖的烏篷小船，又如酒旗高掛的小店木桌上、竹椅旁散亂擺放的琥珀色米酒，那是水裡的江南，霧裡的江南，煙裡的江南，夢裡的江南，遊子的江南，不！那是女兒的江南……眾人一時竟自癡了，個個眼裡似是有淚水要溢出，卻歡喜地滿滿地蓄著；禁不住要大聲喝采，並留在心中、阻在嘴頭說不出來，只覺一經說出，就會俗了人，敗了興。

周妃輕笑道：「妹妹不愧是南國的妙人，一曲清歌竟似帶來了江南的湖光山色、迷濛景象，真個是身臨其境，感慨萬千！愚姐與袁妹妹自幼生於江北，長於江北，不會什麼江南菱歌，就唱個岔曲湊湊趣兒罷！」說著，並不起身吐吶，也未命人伴曲，便清唱起來。

「金風涼爽，秋景悠然，東籬菊綻，楓葉初丹。欣聞林外蟬聲咽，晴空雁字在雲間。猛然看，秋山如妝秋水靜，秋雲似羅片片連。趁此際，性怡然，採菊花，攜小籃；採荷芰，乘小船。到晚來，一輪明月、月光如水，遙望著，秋江之上水如天。」卻也字正腔圓。

眾人剛道聲好，袁妃說：「既然姐姐唱了，小妹不好推辭，好歹也和一曲罷！」當下請田貴妃以笛相伴，笛聲方起，歌喉隨發。

雨霽風清，暑退涼生。秋來院宇，蟋蟀初鳴，為報新秋第一聲。一天增爽氣，四野快時晴。炎光退，暑氣清；氣爽衣裳薄，涼生一枕風。寒雲終不雨，露冷蓮房墜粉紅。蟬鳴聲斷續，熒焰高低照暮空。一天秋色好，有筆畫難成。雁鴻影裡雲連塞，砧杵聲中月滿城。何處無端一聲笛，喚起金風、風落梧桐，團扇投閒日，書窗試短檠。莫管西風搖落事，從今後，不受炎蒸暑侵凌。

兩曲歌罷，夜風漸起，似從遙遠的天外浩浩地吹來，恍惚可以聽到落英漫舞空中和黃葉灑落地上的聲音，眾人不勝唏噓，心頭暗生悲秋之意，但覺西風殘照，霜冷長河，無限淒涼。

殘月斜斜地掛著，靜靜地映照著大地山川，時光像在流逝，又像早已靜止……

信王見三個妃子都已唱了，也覺文思泉湧，難以遏制，拊掌說道：「仙音妙詞，令人如臨閬寰聖境、海外神山，心體輕浮，飄飄欲仙。此曲只應天上有，人間能得幾回聞？本王也亂吟幾句粗詞，以博妃子一笑。」長身玉立，便要吟唱。

卻見一個小太監匆匆跑來，在王府總管高時明的耳邊低聲說了幾句，高時明面色一變，怕擾了信王的興致，欲言又止。信王回頭看了他一眼，問道：「什麼事？」高時明慌忙走到切近，附在信王耳邊報道：「宮裡來人了。」

「是誰？」信王一驚，接聲急問。

「司禮監秉筆兼衣帽局掌印太監李永貞。」

「為何而來？」

「送花。」

「夜裡送什麼花？」信王一驚。

「送來二百品牡丹，不知是什麼緣由。」

「吩咐下去，在大殿迎接。」說罷，信王命散了宴會，直奔大殿。

信王府的大殿雖不比皇宮，卻也透出皇家獨有的威嚴與富麗。大殿裡紅燭高燒，香煙繚繞，信王剛剛坐定，高時明就引著一個頭戴烏紗描金曲腳帽的高瘦太監進了殿門。

「信王爺聽說李公公光臨，吩咐小的要在大殿會見。王爺怕是已在裡面等了，公公請。」高時明邊說，邊將李永貞引讓進來。李永貞在幾個小太監的簇擁下，昂首跨進殿門，上前跪了，細聲細語地說：「奴才拜見信王千歲。」

信王笑道：「罷了！快起來看座。」一個信王府的小太監早已搬了三彩雙雲龍繡墩，李永貞坐了，又有一個小宮女獻上香茗。

「李公公……」信王笑問。

李永貞欠身說道：「不敢！王爺面前，還是稱奴才的賤姓吧！以免折了奴才的壽。」

「也好，就依宮裡的規矩叫小李子吧！夤夜而來，可有要事？」

李永貞啜一口茶，答道：「魏上公差奴才給王爺送些花卉。」

信王故作驚喜道：「宮中事務繁多，魏公公日理萬機，難得顧念本王，只是無功受之，殊覺愧慚！」

「王爺貴為帝胄，又是當今聖上的御弟，按理兒說，要不是王爺禮賢下士，就是奴才們想高攀還都不敢呢！魏上公常跟奴才們說，誰把他老人家放在眼裡，他老人家就把誰放在心裡。王爺雖說尚富於春秋，但畢竟也算奴才們的主子，這貴賤之份不能亂，尊卑之禮不能越呀！」

李永貞口齒伶俐，言辭得體，信王竟覺心頭一暖，似是極為受用一般，隨聲讚道：「魏笑。

「本王正要欣賞一下魏公公的名花！是宮裡培育的，還是豐台草橋選送的？」信王面帶微笑。

李永貞諂笑道：「王爺金口，奴才一定回稟九千歲。」然後對門外命道：「小劉子，快將那些名種牡丹搬進殿來，請王爺品鑒！」

中書房掌房劉若愚答應一聲，領著七八個小太監將二百盆牡丹搬進大殿，按照次第一盆盆環列起來，不多時，就擺放成了一個舒緩的塔型花山，層層疊疊，錯落有致，果然個個花朵飄香，鮮艷欲滴。

排在最上面的是一棵碩大的黃牡丹，碧綠的葉片上掛著一幅長長的棉料素馨紙宮箋，上面工整地書寫著一行：

「司禮監秉筆太監兼掌東廠　臣魏忠賢恭獻」。

李永貞指點著說：「這些牡丹全是魏上公命草橋園丁培育的新種，育了苗後在冰室裡栽種，控制了花期，故能歷經酷夏延至八月才開。這株御袍黃就是依時令在三、四月份綻放，也極其名貴，難得一見。另外這幾株綠蝴蝶、瓜瓤紅雖然不及御袍黃名貴，卻也是世間珍品。」

信王離座走到花山前，略俯下身子，湊近御袍黃、綠蝴蝶、瓜瓤紅，輕輕一嗅，不勝歡喜道：「哎呀！魏伴伴在宮裡日理萬機，替皇兄分憂，為天下謀利，還眷顧本王，將鍾愛之物分贈，足見摯情。深宮窈遠，本王不便面謝，勞煩小李子替本王多多拜謝。」

「王爺說的哪裡話來？王爺是當今皇上的御弟，魏上公常說兄弟本是一體，伺候皇上即是伺侯王爺，心疼王爺即是心疼皇上。當年王爺留住大內勖勤宮時，皇上、王爺奴才們一起侍候，倒也還方便，如今王爺出宮別居，奴才們不僅不能再像以前那樣侍候王爺，就是見王爺一面也難。這次上公爺命奴才到王府請安，奴才又見著王爺，眞是天大的喜事，要是奴才不怕素來卑賤，有污王爺府門，不需魏上公的鈞旨，早巴巴地跑來了。王爺看這幾朵牡丹，還順眼吧？」李永貞閃動著一雙深陷的眼珠，越發顯得心機不可揣測。

信王微笑道：「魏伴伴用心如此，教本王如何生受？強將手下無弱兵，小李子眞是越來越長進了！」

李永貞起身拜道：「王爺謬讚，折殺奴才了！」然後告辭說：「王爺要是沒有別的吩咐，奴才們就回宮覆命了。」

信王哪裡肯放，忙說道：「本王出宮將近一年，賞花飲酒，超然物外，好鮮衣，好美食，好駿馬，好華燈，好煙火，好梨園，好鼓吹，好古董，好花鳥，好丹道，被高時明這幾個奴才稱作十好先生，倒也逍遙自在。只是有時太過閒暇，便覺無端鬱悶，老想有什麼新鮮的東西可玩兒？今日你既然來了，正好講講宮裡的趣事，逗本王一樂，怎可輕易就放你走？先打發隨從回去吧！」

李永貞笑道：「承蒙王爺抬愛，奴才就多叨擾一會兒。」

便對劉若愚命道：「你們回去稟告魏上公，這些牡丹王爺已經收了，我在王爺這兒多侍候片刻，請上公爺安心。」劉若愚答應一聲，照例領了茶酒賞錢，由高時明一路送出了王府。

信王起身道：「人生得意須盡歡，莫使金樽空對月。如此良宵，本王恰有美酒，豈可錯過？」

李永貞本來好酒貪杯，酒後話語不禁，聞聽美酒二字，惹動了酒蟲，心癢難止，嘴上卻說：「無功不受祿，夜將深了，王爺府上，怎好如此叨擾？」

「莫放春秋佳日過，最喜風雨故人來。你我份當主僕，情在故舊，多時不見，本王也想念宮中的故人呀！」李永貞聽了，覺得信王語出肺腑，似是一片赤誠，但隱隱感到又像暗含著什麼，一時難以明瞭其中的眞意，暗自揣摩，與信王跟在高時明身後，出了大殿，向殿後的花園走去。

新月將沒，星漢燦爛。後花園裡，枝影搖曳，暗香浮動，園子中央聳立一座尖頂飛檐的四季亭，亭內燭影搖紅，杯盞齊列，早已備好了酒宴。信王親陪入席，命李永貞坐了賓席，高時明坐了下首，在一旁相陪。

李永貞見滿席山珍海味，不亞於皇宮御膳，尤其見桌上東西各排列兩個精緻的細瓷酒罈，東邊翠青，西邊鮮紅，各用明黃的宮錦封口，心中大喜，知道東邊擺放的是金莖露，西邊擺的是太禧白，都是聖上專用的極品御酒，不由酒蟲蠢蠢欲動，難以忍耐，口中卻說道：「奴才何幸得嘗人間佳釀，王爺豈不是要折殺奴才了！」

信王假怒道：「小李子，莫不是本王離了宮廷，你就瞧不著了？」

「奴才怎敢？」

「本王幼時多仗魏伴伴看顧，本欲相邀過府，專意答謝，怎奈府邸狹小，魏伴伴看慣了深宮大內，怕是用不慣這裡的椅榻，吃不慣這裡的糙米呢！你今日深夜而來，如同魏伴伴親臨，本王喜出望外。此兩種御酒，乃是本王新婚之時，皇兄所賜，今日良辰，一起分沐聖恩，也是本王與小李子的緣分，定要一醉方休！」

此時，侍宴的小太監將金莖露、太禧白開封，亭內登時蕩漾起酒香，李永貞不由深深吸了一口，讚道：「果然不似世上的凡品！」

兩個小太監在三人面前各放兩隻紙般薄的青花酒盞，又各把青花海水行龍扁壺、青花纏枝蓮執壺，銀線般地將酒注滿。信王端杯勸酒，三人一齊將兩杯次序乾了。

李永貞閉目良久，不禁喝道：「人言金莖露爲君子酒，清而不冽，醇而不膩，味厚而不傷人；太禧白晶瑩澄澈，香氣瀰漫，今日一嘗，果然如此！」

「小李子，你在宮中多年，怎會初次品飲？」信王問道。

李永貞忙說：「奴才在宮中所飲都是魏上公命尚釀局釀的秋露、荷花蕊、佛手湯、桂花、菊花漿、芙蓉液、君子湯、蘭花飲、金盤露等，名色雖不下二、三十種，然沒有一種及得上這兩種御酒的。萬歲爺也賜過兩次御酒，都是寒潭香和秋露白。今兒託王爺洪福，得嘗御酒中的極品，看來奴才天生了一副喝美酒的好脾胃，哈哈……」

信王道：「以小李子如此幹練，不怕沒有好酒喝的！哪天皇兄高興，說不定也要賞賜這人間佳釀呢！」

李永貞搖手道：「王爺說笑了。奴才不出什麼差錯，就燒香念佛了，哪裡敢想萬歲爺這般的賞賜！多謝王爺吉言，奴才先敬王爺一杯。」

信王一飲而盡，將酒杯放了，問道：「小李子，聖上近來還好吧！本王多日沒有入宮拜見了。」

「好，好！萬歲爺康健如昔。」

「近來風聞聖上多時不再上朝聽政，可是眞的？」

「這個嘛！」

李永貞看看信王，嘻嘻地笑了兩聲，極爲神秘地說：「是好些日子沒上朝了，可不是什麼龍體欠安，而是宮裡幾個妖媚的妃子搶著要給萬歲爺生個龍子，萬歲爺一時心軟，就被纏磨住了。再說萬歲爺也想有個皇子、公主解解悶兒了。」

信王仍舊覺得有些不安，生什麼皇子、公主似乎不必耽誤上朝聽政，心下雖有疑惑，但知道李永貞的心機頗爲深沉，一時不敢深問免得反令他警覺。李永貞也早有戒備，怕信王一再追問不好回答，便先發制人，端起酒杯道：「奴才也聽說了王爺的一些傳聞，不敢打聽，就算向王爺稟報吧！」

信王不以爲然道：「就是天大的事兒，也等將這杯酒喝了再說。」李永貞將酒乾了，見信王依然平靜，似是心中沒有一物，暗自躊躇，不知該說還是不該說，但是話已出口，無法收回，就乾笑道：「其實也不是什麼大事，聽說王爺到高梁河遊春踏青，遇到了兩個江湖術士？」

信王心頭一凜，不露聲色道：「本王在府裡悶得久了，城中的各種風味也吃得膩了。聽說高粱河邊的小吃味道極美，就換了便服，去了一趟，果然不錯。」說著臉上顯出一副回味無窮的模樣，反問道：「本王的丁點兒蹤跡竟也傳到宮裡頭了？」

李永貞卻不回答，並說道：「王爺何等尊貴，只帶了兩個隨從出遊，那些東廠的錦衣衛怕王爺遇險，就追隨左右暗裡護衛，所以才知道王爺的行蹤。」

信王尚未應答，卻聽遠遠傳來一陣冷笑：「難道徐某當眞已是老得不中用了，連幾個浪跡江湖的小混混也打發不了？」

李永貞聞聲望去，園門外走進兩人，正是高粱河邊的那個灰衣老者和年輕夥計。李永貞一見，忙笑道：「徐兄的修爲名震京師，兄弟豈敢小覷？不過有道是雙拳難敵四手，餓虎還怕群狼，一旦遇警，還是人多些的好。」

灰衣老者卻覺心中不悅，佛然道：「李公公說咱功夫不濟也就罷了，萬不該詆毀萬歲爺和朝廷大臣。」

「兄弟如何是詆毀了？」李永貞見他用大話壓人，倚老賣老，暗自冷笑。

「當今天下雖不敢說路不拾遺，夜不閉戶，卻倒也太平，怎麼李公公動輒就是什麼匪人什麼強盜的？咱卻不明白了，那麼盜在哪裡，匪人又在哪裡？咱隨王爺遊春，見的都是些良民百姓，何曾見過強盜的影子？」

李永貞沒想到他會有此說，饒是機智多辯，也不免一時語塞，回答不出。

信王見灰衣老者言辭犀利，咄咄逼人，忙道：「不必爭執計較，小李子也是關心本王的安危，應該沒有其他的意思。你們算是故交，快過來相見。」灰衣老者登時領悟，笑道：

「老李，你我相識也有三十幾年了，我徐應元平時怎樣，也瞞不過你。剛才不過是與你說笑幾句，得罪之處，還望包涵。」

李永貞滿臉堆歡道：「徐兄這樣說，豈不是把兄弟當成了外人？你我兄弟多年，哪有什麼包涵不包涵的！身後這位小友是誰，給兄弟引見引見。」

那年輕夥計趕忙上來說：「小的王承恩拜見李公公。」

信王命徐應元坐了末席，王承恩在一旁侍立添酒，眾人一邊說笑，一邊豪飲。一會兒，信王假作酒力不濟，教高時明扶了，步出園子，低聲命道：「小李子此來，並非只送什麼花卉，必有他圖，你想法將他灌多，也好套問出些眞情。」高時明點頭領命，轉回亭中，命王承恩也入了席，賠笑道：「李公公駕到，平時難得一見，今兒可得好好喝幾杯。」

李永貞忙說：「萬歲爺和信王爺同出一轍，你我侍候的主子還分什麼尊貴不尊貴的，都是兄弟，要是用宮裡的稱呼不是見外了？要是看得上咱，叫聲哥哥，咱心裡更受用些。」

徐應元將酒壺取過，翹起大拇指道：「夠義氣！今兒咱就兄弟相稱一回。王爺走了，只剩下咱哥兒幾個，王府裡有的是好酒，今夜不醉不歸。」

李永貞按耐住腹中大動的酒蟲說：「徐兄，小弟公事在身，還要回去稟報魏上公，不敢久留的。況且宮裡一旦落鎖，再難進去了，宮外過夜可是犯禁的，小弟怎敢壞此規矩？改日小弟做個東，再請幾位怎樣？」

高時明端杯笑道：「誰不知道李公公是上公爺手裡的紅人兒？宮裡頭的事兒都當著半個

家呢！裡裡外外哪個不相識，誰敢有膽將公公攔在宮外？再說，公公親自出面兒辦事，上公爺還有什麼不放心的？」

李永貞剛才見信王對魏忠賢言語恭敬，還以爲不免含有幾分客套，此時聽三人如此恭敬，似非虛詞浮誇，大覺受用，暗忖道：正可再逗留一時，從他三人口中探聽信王的底細。有此念頭，又自恃量大，應聲道：「承蒙三位抬愛，咱再推辭豈非是不知好歹了？既是將話說到這個份兒上，小弟酒量雖淺，也要陪三位飲上幾杯。只是你我兄弟並非外人，不必互相敬了，一道喝怎樣？」

「好！」高時明、徐應元齊聲稱讚，王承恩量淺，作聲不得。那金莖露、太禧白雖是天下罕見的佳釀，醇厚無比，但窖藏多年，卻也頗有勁道。王承恩原本打定主意，拼著一醉，奉陪到底，誰知幾杯過後，已感不支，身形搖晃，堪堪伏案要睡，李永貞自然不會放過如此良機，問道：「老弟，你平日跟隨王爺左右，形影不離，有人密報王爺對魏上公頗多不滿，可有此事？」

高時明、徐應元大驚。高時明急忙阻攔說：「他已然醉了，李公公口齒再伶俐，還能問出什麼清醒的話來？」李永貞擺弄著手中的酒杯，嘿然說道：「都說酒後吐眞言，小弟是看看他說不說實話？」

「什麼……實話？」王承恩抬起一雙醉眼，打著酒嗝說。

徐應元道：「怕是要吐了，莫弄污了酒菜。」忙過來將他扶到亭角，用手在他後背連拍幾下，責罵說：「攀上了老李的高枝也不能這般高興，命也不要地亂喝。哪有一點兒做奴才的樣子，被王爺知道，不知道要怎樣責罰你呢！快張嘴，吐出來會好受些。」

王承恩忽然覺得後背一片灼熱，如被滾湯澆淋一般，登時通體大汗，酒意去了許多，心知徐應元用上乘的內功替自己將酒逼出不少，暗暗感激，長長吐出一口氣來，似是要將肚中的酒勁兒壓了下去，依舊搖晃著回到座位，端起一杯酒說：「李大哥，小弟再與你喝！」說著，自己就往嘴裡倒，只是入口的少，撒到衣領和脖子上的多，似是已然神智不清。

李永貞暗喜，也端起杯子喝了，追問道：「兄弟，你倒是回哥哥的話兒呀！」高時明額頭沁出細細的汗珠，看了徐應元一眼，見他神情悠然，才略覺心安。

王承恩隨手將酒杯放了，揮手一拍額頭，順勢將酒杯帶倒，幡然說道：「咳！小弟倒眞是忘了。哥哥是說魏上公罵信王爺？」

「老弟喝多了。哥哥是說信王爺罵魏上公。」李永貞拍拍王承恩的肩頭。

「不、不會，王爺常跟小弟說魏上公是萬歲爺的心膂重臣、國家棟樑，還說李哥哥學問深湛，文采極好，一天要替魏上公朱批許多的奏章，這怎麼是罵人了？噢！不是只爲一個人，連哥哥也一塊兒罵了。」哇的一聲，翻身又要嘔吐。

高時明怒道：「來人，將他拖出去，醒醒酒。」過來兩個小太監將王承恩左右架了，撲通一聲，丟進了園內貯水的荷花大缸裡，浸泡幾下，又架回到亭子邊兒。王承恩嘴裡兀自叫嚷：「罵了，一起罵了……憑什麼要罵，還罵我哪……我可還嘴了，罵你個狗血、狗頭、狗血噴頭……」

高時明皺起眉頭，厲聲道：「怎麼又拖回來了，還嫌不夠丟人顯眼？拖回房去，趕明兒稟了王爺，再好好調理這個不長進的東西！」

然後對李永貞歉然道：「李公公見笑了，堂堂信王府內竟有這樣混賬的狗頭，兄弟身爲總管，眞要活活愧煞了。」

李永貞見王承恩言語並無絲毫紕漏，疑是徐應元暗中做了手腳，只是自己眼拙看不出，假意誇讚道：「言重了！王兄弟性情直率，倒是個血熱心熱的人。酒後失態，你我怕是常有的，有什麼打緊的？」

徐應元斟滿酒，一把將李永貞拉了道：「這話深合我心，若不失態，又豈是眞心喝酒的人？想當年咱與魏上公一同入宮，在孫暹公公手下當差，也是每日喝酒賭錢耍子的，醉了就睡，餓了就吃，何等痛快！今兒個碰到老弟，也要歡飲幾杯才是。老弟呀！哥哥日後許多地方尚需你看顧，就敬你一杯，權作相求。」

李永貞性本好酒，經不住來回攛掇，將酒一口呑下。暗思方才王承恩醉酒，眞眞假假，有意遮掩，其實欲蓋彌彰，似有所圖，不可不向眼前二人探聽明白，喟嘆道：「九千歲提起以前的舊事，總是教我們這些晚輩不勝景仰！聽說老哥哥的功夫恁是了得，一直未曾領教過，今兒給小弟開開眼？」

徐應元連連擺手，乾笑道：「那些都是假的，不過給哥哥臉上貼金。咱這點兒三腳貓的功夫，莊稼把式一個，要說老弟沒見過也就罷了，魏上公還不知道？哈哈哈……」高時明也順水推舟道：「功夫好的都在皇宮大內，老徐從宮裡被趕出來，功夫已屬不濟了，提起此事，他每每大爲傷情，李老兄快不要出他的醜，說什麼功夫不功夫的了。」

「不能吧！聽說老徐又練了什麼高深的功夫，不會是藏著遮著吧！」李永貞探問道。

「哪裡有什麼新功夫，不過是咱年老體衰，被趕出皇宮氣不過，就想這麼個法兒，假說練了新功夫，妄想回到皇宮，也好找回面子罷了！」徐應元解嘲道。

高時明拿起酒瓶，往壺中斟滿了酒，說道：「不要提那些不快的事兒了，喝酒！喝酒！」三人痛飲起來，不多時，一罈金莖露和一罈太禧白已是空了，徐應元又揭開一罈金莖露的御封，將酒壺倒滿。此時就覺酒意一陣陣湧來，頭重腳輕，忙催動內力，將酒向體外逼出，霎時全身熱汗蒸騰，酒力消去了大半，就換了大杯，滿滿地斟了給李永貞，問道：「聽說近些日子紫禁城外面錦衣衛增派了人手，四處盤查，想必是宮裡出了什麼事兒吧？」

李永貞雙手扶定酒杯，乜斜起眼睛，似笑非笑道：「老徐，還是少打聽事兒，多喝兩杯酒吧！知道多了，沒什麼好處！」

高時明見他有了幾分酒意，向徐應元使個眼色，便要輪番敬酒，起身勸道：「醉裡乾坤大，壺中日月長。還是做酒仙快活！」

徐應元等李永貞放下酒杯，乘著酒興，將身子歪到他身邊道：「那些軍國大事咱哥們兒不聞不問，也不想知道。不過，萬一牽涉到咱哥兒幾個的前程，老弟可要提前知會一聲，免得咱措手不及，失了分寸事小，毀了前程，丟了性命，可對不起咱兄弟一場！」

李永貞那一大杯酒下肚，饒是酒量不弱，也覺腹內翻騰，血氣上衝頭頂，加上金莖露和太禧白的後勁兒極大，那胃裡有如錢塘江的潮水一般一浪浪往心頭湧來，平日深沉的性兒又少了幾分，當下顯出一副頗爲仗義的模樣，嘆聲說：「不是小弟口緊，實在事關重大，再說前途難卜，對咱弟兄們的干係是大是小、是好是壞，都是一朝天子一朝臣的事兒，眼下還看不清楚，說不明白，就看各自的造化了。」

「一朝天子一朝臣，這話是何意？難道事關萬歲爺……」徐應元低聲問。李永貞卻已覺失言，便低頭只顧用筷子夾菜，恍若未聞。高時明又給他將酒斟滿了，說：「李公公再請滿飲此杯。」

「怎麼還喝？」李永貞嚥下嘴裡的菜。

高時明情辭懇切地說：「李公公有上公爺庇護，就是有天大的事體也是不怕的。到時還請李公公在上公爺面前多多美言，看顧看顧，給兄弟一個出路，就是鞍前馬後的活兒，弟兄們也感激不盡呢！」

李永貞聽得心裡舒服，答應著將酒喝了幾口，卻聽徐應元自語道：「李老弟本領通天，什麼要緊的事體，竟然教他也擔上心了？」李永貞見他執意追問，有意逗他，笑道：「老徐也鑽起牛角尖兒來了！能教咱擔心的事兒，普天之下倒也沒有幾件。你若猜得出，小弟自然會解說明白；若是猜不到，錯一次罰一杯。哈哈，可願意賭一賭？」

「賭？哥哥最喜歡，但這酒卻實在不敢喝了，就教老高替飲怎樣？」

高時明慌忙推辭：「小弟酒已經多了，不敢參與賭酒，就做個證人吧！」

徐應元卻將眼睛一翻，拍案叫道：「是不是你做總管，咱是副總管，教你替一杯就失身分，丟面子了？」

李永貞見徐應元酒意似濃，卻又忌憚他以內力將酒逼出體外的功夫，怕中了他誘敵之計，順勢勸道：「老徐酒似是喝多了，高老弟不是那樣眼睛朝天的人。咱也不要什麼證人了，誰不知道高老弟海量，你只管猜來，他怎會賴賬不喝？」

高時明賠笑道：「小弟遵命就是。」

哪知徐應元三猜不中，無奈將大杯的酒接連乾了，搖晃著伏到桌上，口中仍咕噥道：「怎麼就輸了，輸了……」李永貞用眼睛看著徐應元，見他身形不動，笑推高時明道：「想知道宮裡的事卻也不難，如不願比酒，便將消息交換如何？」

高時明口中哼哼唧唧道：「什麼消息？」

李永貞看看酣睡了的徐應元，詭秘地問：「信親王在高粱橋邊的荷香閣裡聽到了什麼？」

「兄弟沒有隨去，哪裡知道？你當去問老徐。」說著作勢要吐。李永貞暗笑道：你身爲總管，焉能不知？只是酒尚喝不多罷了。笑道：「兄弟，再飲三杯，不論猜得出猜不出，咱都回個話。」取過酒壺一連給他斟了三杯。

高時明醉眼朦朧地抬頭道：「小弟先猜後喝，若喝不了便說出荷香閣……」重重地打了一個酒嗝。

「好！」李永貞心頭狂喜。

「哪個妃子生了龍女？」

「非也。」

「建州的韃子打到關裡來了？」

「非也。」

「可是萬歲爺龍體欠安？」高時明兩眼乜斜著眼前的三杯美酒。

「不錯。萬歲爺是病了多日了。」

高時明神情木然，並沒有什麼反應，伸手端起一隻杯子緩緩倒入口中，第三杯似是再難下嚥，都灑在了胸前的衣襟上，嘴一張，噴得滿桌污穢，腥臭難聞。李永貞忙捂了鼻子，起身離席，眼見二人不醒人事，懊惱異常，自語遮掩道：「今夜賭酒，大覺痛快！若不是怕違犯宮禁，眞要賭到天亮呢！夜已深了，不便向王爺當面辭謝，替咱多多拜上千歲。」恨恨地走了。

鉤月隱去，西風漸緊，後花園裡飄來果子成熟的氣味，許多小蟲依然不知疲倦地低鳴短吟，秋夜，寧靜、香甜、令人沉醉。信王眉頭深鎖，不住地在大殿裡徘徊。青煙繚繞，宮漏滴答，宮燭高燒，信王的身影時而高大瘦長，時而矮小短粗，時而高掛在牆上，時而融沒光影裡。

一陣急急的腳步聲，由遠及近，信王的心狂跳起來，儼然感到那腳步聲如同天際滾滾的雷霆震動著大殿，激蕩著耳鼓，眼睛不由熱切地轉向殿門。

「不出王爺所料，奴才果然探聽到了一件、一件驚天的大事。」高時明幾乎剛過門檻兒就跪倒在地，不及調勻氣息，急聲稟報。

「平身，快講！」信王見他滿身刺鼻的酒氣，猜知酒席上勢必十分凶險，忙命他平身。

「萬歲爺已病了多時。」

信王心頭頓覺紛亂異常，向前跨了一步問道：「小李子喝了多少酒？」高時明一時不明白他的意思，又不敢胡亂揣摩，答道：「二斤以上。」

「他的酒量將近三斤，看來只喝到了八分。」

「奴才該死，有辱重託。」一陣酒意湧來，高時明不禁眩暈起來。

「不怪你們，一來他心懷戒備，二來你們操之過急，打草驚蛇了。不過有他這一句話，本王就明白了魏忠賢為什麼沒由來地派人過府送花。」

「想必是藉以刺探王爺有何動靜。」

信王卻不理睬高時明的言語，又問道：「人打發走了？」

「是。已經送回宮了。」

信王吁了一口長氣，坐到寬大的紅木椅上，沉思片刻，猶豫道：「該不會是假托皇上生病來試探本王吧？」

「難道魏忠賢忌憚王爺，想對王爺不利？」

「……」信王不語地望著殿外沉沉的黑夜，毫無表情。

「難道是萬歲爺對王爺不放心？」高時明感到了無邊的恐懼。

信王搖頭道：「不會！去年張國紀一案，謠傳他要刺殺皇上，擁立本王，皇上都沒有懷疑。皇上正值盛年，富於春秋，不會突然之間考慮起身後之事。本王平日小心謹慎，對魏忠賢也禮敬有加，唯恐授人以柄，皇上不該對本王有什麼猜忌，以此而言，小李子說的應該是不假！」

高時明若有所思地說：「果眞如此，萬歲爺無後，依血脈而論，一旦龍馭賓天，王爺當承大統，正大位。奴才恭喜……」

信王厲聲說：「休要胡說！」高時明嚇得跪倒在地，不敢抬頭。信王低聲命道：「想個法子到宮裡探聽一下，看看消息是否可靠？」

「奴才下去和徐應元商量一下。他宮裡熟人多，路子廣，親走一趟，定不會空手而回的。」

「還是找個面目生功夫好的去，以免一旦有什麼閃失，將火引燒到王府，反倒與人把柄，禍患不小！」信王目光熾烈地一閃。

「王爺是教暗訪？」

信王點頭。高時明爲難道：「府內有些身手的都是由宮裡調撥的，個個面孔爛熟，面孔生些的一時沒有，就是找到了也未必可靠。不如命徐應元易容混入宮裡，萬一被識破，他路徑都熟，身手又好，脫身自是不難，當不至於暴露而殃及王府。」

信王沉吟片刻道：「也好！只是切記不可暴露了形跡！」

「奴才知道。」

信王閉上眼睛，高時明便小心地退了出去。

第五回

魏忠賢篡位定毒計
張皇后護國獻良謀

張嫣聽他自稱信王府的管事太監徐應元，驚得花容失色，這才看出眼前這個人比陳德潤略微高大一些，身手敏捷，隱隱有一股江湖俠客的豪氣，忙問：「你是怎麼進來的？」

皐成門內，一座巍峨壯麗的宅院，青瓦灰牆，黑漆大門，乃是魏忠賢新近修建的一處別墅。這裡本名玉淵潭，有泉自地湧出，其水至冬不竭，柳堤環抱，桃花流水，沙禽水鳥多翔集其間，景氣清爽，風光秀美，為金代章宗皇帝完顏景遊幸之所，相傳當時曾有隱士王郁居於此，築臺垂釣，因名釣魚臺。

神宗萬曆初年，皇親武清侯李偉在此修建別墅，世代居住。魏忠賢看好了這裡的景致，搶購過來，命人重加修葺，增廣規模，門至七楹，重檐飛角，院重五進，皆開天井。大門正中上方高高懸起一塊巨型門匾，上書「敕造府第」四個金漆大字。大門後面的垂花門上懸了一方黑漆木匾，題著「釣魚古臺」。進得門來，曲折遊廊，階下石子漫成甬路，院中樹木山石隨處而在，亭臺樓閣，高屋華堂，疏朗地散落著。

穿過三層儀門，只見一個大院落，高屋廣廈，軒峻壯麗，兩邊廂房鹿頂耳房鑽山，四通八達，一條大甬路，直出大門。抬頭迎面就見一個鎏金九龍青地大匾，匾上寫著「養源齋」三個斗大的字，左下方又有一行小字：書賜廠臣。下鈐天啓廣運之寶。齋南疊石為山，淙淙溪流在齋前匯集為一泓池水，微風吹拂，碧波蕩漾，這便是聞名京師的玉淵潭。潭邊迴廊半抱，小亭翼然，正房廂廡遊廊，也都小巧別致，不似養源齋那般軒峻壯麗。齋西臨潭一個垂釣處，建有舫型房舍，取名瀟碧軒。

此時軒門微閉，四面花窗大開，魏忠賢剛剛用過晚膳，寬衣懶臥在鋪了象牙涼席的西施榻上，露出一身肥白鬆弛的細肉，客印月穿了短袖無腰的水紅緞袍，依偎在他身邊，小心地給他捶背捏腿，隨著手臂的上下揮舞和腰肢的扭轉，兩個肥大的乳房在袍子裡面不住地顫動，似是噴薄欲出。魏忠賢一時竟看得癡了，伸出右手，將一個略垂的乳房向上輕輕托起，轉而彎曲五指，將乳房罩住。客印月出掌將他的手打落，嗔笑道：「還沒有做完日課呢！心急什麼？」

魏忠賢嬉笑道：「這也是日課呀！不是每天必做的嗎？」

「在宮裡忙了大半日，肉皮不緊了？腰也不酸了？那倒可好，咱還省力呢！」客印月停住了捶打的雙手。

魏忠賢支起身子，一把攬住她的腰肢，笑道：「怎麼會離得了你這雙妙手喲！腰著實還酸呢！」說著，翻身伏臥在榻上，「可你的這對寶物也離不開呀！可記得初次見你的時候，咱家直直地盯著看個不住？」客印月笑罵道：「當時就知道你是色中餓鬼，要將人生吞活剝了似的。」

「哎！本來是皇太子享用的，卻被你偷嘗了。」客氏假意嘆一口氣，取了白艾和紅燭，要給魏忠賢炙烤。

「深宮多怨婦，你丈夫侯二死去多年，不也巴不得嗎？」

魏忠賢悶聲說道：「他小小年紀，黃毛乳口，怎麼吃得了那麼多？再說他指爪纖細，怎會令你骨軟……」話音未落，猛聽親隨太監王朝用從門外稟道：「九千歲，五虎等人業已到齊了，在養源齋候著呢！」

魏忠賢霍地轉過身來，卻撞到客印月肩上，她右手歪斜，灼熱的蠟汁滴落到魏忠賢的背上。魏忠賢痛得低吟一聲，卻也顧不得擦拭，下了床榻，不捨地說道：「來得好快！看來今兒是無福消受你了。」

「只要你有心，議完了事兒再來也不遲呀！我可等你了。」客印月忽被攪擾，大覺掃興，神情怏怏不快，竟似不依不饒。魏忠賢在她的乳下一捏，笑道：「不如一齊去，免你等得心焦，過後咱家豈不是要多花幾分氣力了？」

二人一邊調笑，一邊穿戴起來，穿過遊廊，到了養源齋。五楹歇山頂的大正房，面南背北，堂屋內裡左右各立一個高大的楠木柱子，上面分掛一幅烏木嵌銀字對聯：不盡泡波連太液，依然晴翠送西山。正中安放大紫檀雕螭翹頭案，案後是一個虎皮高腳靠背金椅，後面是黃花梨鑲大理石插屏式座屏風，紫檀條案上擺著三尺來高的青綠古銅鼎，一邊是金彝，一邊是一座黃銅鍍金的西洋大鐘，又有一對永樂官窯粉彩大瓶分列左右。地下兩溜各八張楠木雕花靠背羅圈交椅，上面已經坐滿了人，見魏忠賢和客印月進來，齊齊地站起身來，唱喏道：「拜見九千歲、老祖太太千歲。」

魏忠賢在條案後坐下，揮手命眾人坐了。王朝用忙將搭著銀紅撒花椅搭的花梨木圓交椅在案旁放了，用拂塵在金心綠閃緞大座褥上連拂幾下，客印月才坐了。魏忠賢看看眾人，有吏部尚書周應秋，兵部尚書霍維華，號稱五虎的太子太保兵部尚書兼左都御史崔呈秀、太子太保兵部尚書田吉、太子太傅工部尚書吳淳夫、左副都御史李夔龍、太常卿倪文煥五個心腹謀士，五彪之首錦衣衛左都督田爾耕、錦衣衛都指揮僉事許顯純。另有秉筆太監李永貞、涂文輔、石元雅、王國泰四人分列末座，獨獨缺了王體乾。正待詢問，李永貞起身道：「稟九千歲，王總管怕宮裡一旦有事，失於應付，不敢離開，並將乾清宮管事王朝輔也留下了，特命小的代爲稟告。」

「知道了！正該如此。」

魏忠賢擺擺左手，望了李永貞一眼說：「昨日你到信王府喝了不少酒，那金莖露和太禧白還順口吧！」李永貞心裡不禁驚恐起來，急忙辯白道：「昨夜小的去信王府，本不當喝酒，但看到信王滿口稱頌九千歲，怕他口是心非，陰有圖謀，壞了九千歲大事。正好他死活留小的吃酒，小的想正可將計就計，藉吃酒探探他的口風。」

「可有什麼其他說道？」魏忠賢依舊輕聲地問。

李永貞答道：「小的將信王手下高時明、王承恩灌醉了，酒後所言倒是也沒有對九千歲不恭之處，小的這才踏實了。」魏忠賢臉色一緩，抬手指著末座的王國泰道：「咱家安排你在信王府當差多年，信王到底對咱家怎樣，你心裡還明白吧？」

王國泰離座答道：「小的所聞所見，與李公公所言並無多少出入。」

魏忠賢臉色一霽道：「還好！只要不貪酒誤事就行。來呀！把酒搬上來。」門外的王朝用帶兩個家奴進來，懷裡各抱一個大罈進來，眾人仔細看時，赫然就是金莖露和太禧白。魏忠賢看著眾人道：「永貞這次到信王府，飲酒都不忘使命，咱家心裡也是歡喜。盡力做事就要賞罰分明，這兩罈酒，咱家珍藏了不下五年，今兒就賞與永貞。高官厚祿，金銀珠寶，咱家從來都不吝惜，只要事兒辦得好，該賞則賞。」李永貞忙跪倒謝恩，眾人紛紛叫道：「願爲九千歲效死力！」

魏忠賢笑吟吟地擺擺左手，又說道：「大夥兒好久沒有湊齊了，上次聚會還是你們爲咱家慶賀六十壽誕的日子。這次召你們來，是想問問你們，榮華富貴享膩了沒有？」眾人不防他突發此問，不禁一臉茫然，面面相覷。

魏忠賢站起身，繞過條案，負手踱步說：「你們也許有所耳聞，萬歲爺病得厲害。咱家這潑天的富貴是哪來的？誰給的？一半靠自己，一半靠萬歲爺。這個擎天的柱子要是倒了，咱家哪裡還有什麼不到頭的富貴？今兒叫你們來，就是問問你們如若富貴還沒享受，該怎麼辦？」

眾人這才明白了魏忠賢的話意，田爾耕叫道：「爹爹多慮了。依孩兒看來，宮裡各個衙門都由咱的人執掌，又有一萬多的操兵和四萬多的淨軍，皇城外面有孩兒的數萬錦衣衛，京師五衛營三十萬兵馬也由咱的人掌握，護衛京師的九邊百萬重兵，監軍多出自爹爹門下，閣臣六部更是多爲爹爹提拔，內外如鐵桶般牢固，什麼人能將咱的富貴生生地奪了去不成？」

魏忠賢森然地說：「還是萬歲爺。」

「皇上對爹爹言聽計從，怎麼會如此？爹爹在說笑吧！」田爾耕滿臉的惘然，其他眾人也一齊望著魏忠賢，似也不信。魏忠賢並不解答，目光轉向另一排坐在首座的崔呈秀。這崔呈秀年紀五十出頭，白面微鬚，身穿御賜的大紅蟒衣，上爲二品錦緞補子，腰裡橫著玉帶，穩穩地坐在交椅上，一直沒有作聲，見魏忠賢眼睛看著自己，知道自己該說句話了，當下欠起身形，乾咳一聲說：「田大哥說的有幾分道理，但若細細想來，還嫌太過自負了些。古語說：凡事預則立，不預則廢。爹爹的眼光極爲深遠，非是常人所及。居安思危，見福知禍，爹爹之言大有深義。」魏忠賢暗暗點頭，也頗爲受用，回到座位，靜靜地看著眾人。

田吉點頭道：「九千歲用心良苦呀！千里之堤，潰於蟻穴，一旦一個小地方出了毛病，沒了皇上這個擋箭牌，我等的富貴說不好就化作一場春夢，田都督難道忘了當年的東林黨？」

田爾耕撇嘴笑道：「緹騎四出，抓來詔獄，關的關，殺的殺，又有什麼不好辦的？當年的楊漣、左光斗、黃尊素、周順昌等人並沒有掀起多大的風浪。」

「田都督說得眞輕巧！你是只派了幾個人，可知道九千歲費了多少精神？」田吉陰陰地說。崔呈秀接著說道：「田大哥，打打殺殺固然不可少，但是遇事還應多用點腦子，再說用兵也講究個韜略呢！」

田爾耕冷笑道：「那些膽敢反對爹爹的，咱見一個殺一個，滅他九族，知情不報者連坐。看還有人敢捋咱的虎鬚不成？何必文謅謅地庸人自憂。」

「難道不怕激成民變？」倪文煥將仰在椅子上的肥胖身子一收，眼睛望望魏忠賢。魏忠賢依然無語，默然地看著眾人。客印月明白他心裡必是有了一些不快，尖聲說道：「俗言養兵千日，用在一時。九千歲這幾日一直寢食難安，今兒是要向你們討個計策的，怎麼自各兒窩裡鬥了起來？」屋內頓時寂靜下來，眾人的目光在魏忠賢和客印月的身上掃過，然後相互對視，不敢再爭執。

魏忠賢哈哈一笑：「不錯，是要求個長久富貴的法兒。你們剛才講的也各有情理，但咱家不想冒什麼風險，必要萬無一失。咱家如今年紀大了，榮華富貴享得也夠了，該吃的吃了，該玩兒的玩兒了。那先朝的王振、汪直、劉瑾怎麼樣？還不如咱家吧？要說咱家輸得起了，但還是不敢輸呀！想想你們跟隨了咱家這麼多年，要是一招不愼，導致滿盤皆輸，咱家也對不起你們和你們的子孫後代不是？」眾人聽了忙噤了聲，周應秋起身流淚道：「孩子們到了今天這個地步，全仗爹爹栽培提拔，爹爹所慮，非孩子們所及，但孩子們心懷愚忠，願效死力。有什麼打算，爹爹吩咐便是。」

魏忠賢環視一眼眾人說：「你們都是咱家的左膀右臂，倘若我們父子一心，什麼事兒不能成呢？」田爾耕看看身後的許顯純說：「爹爹，拿主意，動心眼兒，孩子們身爲武夫，勇猛有餘，智謀不足，就出點蠻力吧！」

李永貞、涂文輔、石元雅、王國泰四個太監一直看著議論，也不甘落後於人，李永貞獻計說：「萬歲爺未有子嗣，一旦晏駕，依例當選立近支，以血脈而論，嫡親莫若信王，但是信王年爲十八，已經成人，恐難馴服掌握，日後行事相互多有掣肘，不如從旁支選一個年幼的孺子，由九千歲攝政，與現今的情勢當不會有什麼大異。如此，孩子們又能照享榮華富貴，天下依舊太平無事。」涂文輔附和道：「那就選立福王的孫子怎樣？當年神宗皇帝可是本來要立福王爲太子的，這樣有理有據，也會減少朝野的猜忌。」

石元雅窺視著魏忠賢，見他將身子微微後仰，靠到椅背上，瞇起眼睛，知道這幾句話很合他的心意，後悔被李永貞、涂文輔二人搶了頭功，就不敢怠慢，高聲說：「九千歲，小的也有一個計策，萬求老人家不要推辭。小的想九千歲是朝廷的擎天白玉柱，架海紫金樑，一旦龍馭賓天，九千歲何不登了大寶，統治天下？如此，必是大明之幸，萬民之福。」不料魏忠賢面色一沉，厲聲道：「咱家本是萬歲爺的輔臣，一向忠心耿耿，取而代之，豈不遭萬民唾棄？你怎麼竟想出這般狼心狗肺的主意，難道想將咱家置於不義之地？」

「自古天下有德者居之。當今朝野思治，可謂久矣！九千歲繫天下眾望於一身，不可冷了大夥兒的一片熱腸！」王國泰媚笑道。

魏忠賢一拍椅子的扶手，大喝道：「怎麼還如此胡說？」眾人不敢出聲，魏忠賢怒氣沖沖地看著眾人，見他崔呈秀、田吉二人漠然地坐著，嘴角隱隱含著冷笑，問道：「呈秀、田吉，你們二人冷眼觀望，想必是還有什麼高見吧？」崔呈秀回道：「倒也不敢說是什麼高見，只是對李公公幾人所言有點兒擔憂。」

「二弟擔得哪門子的憂？你怎麼膽子越來越小了？」田爾耕滿不在乎地說。魏忠賢面色一沉，呵斥道：「不要多嘴，聽他說下去，做了好幾年的都督，竟還是這樣沉不住氣？」

崔呈秀看看田吉，田吉欠身說：「孩兒怕說出來掃了九千歲的興致，也拂了眾位弟兄的好意，不說也罷。」魏忠賢似有些不耐煩道：「說吧！咱家不怪你。」

「孩兒勸九千歲千萬不可聽信石元雅、王國泰的話，他們實是敗壞九千歲的德行！孩兒請求再敢有此言語者，依律嚴懲不貸。」田吉本來深陷的眼睛裡閃爍著寒光。

李永貞、石元雅、王國泰幾人暗中懷恨，石元雅嘲笑道：「必是他心裡想說的話被我四人搶了先，覺得臉上無光，心中怨恨，故作驚人之語罷了。」王國泰更是哭拜倒地說：「請九千歲治他個擾亂軍心之罪！」崔呈秀起身將王國泰扶起，笑道：「王老弟，還沒有見到敵手，咱自己弟兄切不可亂了陣腳呀！」

「那也不能把我們哥倆當作了壞人，只他自各兒是忠良呀！」王國泰依然忿忿不平。崔呈秀勸慰道：「老弟先不要著急，少說幾句，大夥兒一心為了九千歲，又沒有什麼不是處，言語深淺些，也都要見諒，以大局爲重才是。」把王國泰拉回了座位。

客印月見眾人又吵嚷起來，心下煩躁，急急地說：「呈秀，你就心裡頭的想法趕緊說了吧！我這心口堵得厲害，就差把心嘔出來了。」崔呈秀並不急於說出，偷眼看著魏忠賢，見他用粗胖的手指將耳旁的一朵鮮花摘了，嗅了幾下，往上一拋，看它飄搖落地，緩聲說：「呈秀，既是奉聖夫人也等得心焦了，你還隱忍著，打算賣個好價錢不成？」

「不敢！孩兒並沒有待價而沽之意，只是想聽聽大夥兒的高見。依孩兒來看，當今的情勢不外乎兩個辦法。一是立幼子，一是仗勢自立。而仗勢自立，固然可以一勞永逸，萬載富貴，但師出無名，恐難成功。自古以來，未有內官位尊九五的先例，再說大明江山已然歷經了二百餘年，朝野臣民心向朱家者尚多，所謂人心不可欺，一旦不測，爹爹多年的功勛恐將化爲烏有。不如走立幼子一途，但是立幼子必要勸說皇后一道行事，由皇后垂簾聽政，自是無懈可擊，朝臣自然甘心追隨，如此必可萬無一失。」崔呈秀侃侃而談，似是胸有成竹。

魏忠賢似被他的話打動，頷首說：「如今能與咱家相爭的怕是只有信王一人，他以情理勝，咱家是以實力勝。若能阻止信王登基，大事即成。到那時，擁立一個小皇帝，咱家來攝政，盛況必能勝於目前。」

崔呈秀附和道：「爹爹所料極是。但擁立之事天下矚目，從長計議，不宜操之過急，也不宜恃強豪奪。爹爹攝政，更不當明言。此事於古無徵，朝臣必會一力反對，犯了眾怒，樹敵太多，局面怕也不好收拾。」

魏忠賢聽他對攝政之事頗有微詞，頓覺不快，嘿然道：「爲天地立心，爲生民立命，爲往聖繼絕學，爲萬世開太平，是人人想要做的。凡事總會有一個領先、立規矩的，像漢代的王莽那樣奸邪都可攝政，咱家品德自信並不虧於王莽，反倒不能做了？」說罷，似是有些悲傷地閉上雙眼，仰頭向後靠在椅背上。

崔呈秀見魏忠賢有些惱怒，忙辯解道：「爹爹誤會了，孩兒之意是既求長久之策，必要名正言順，以免招惹朝臣物議，難堵天下悠悠之口。」

「何必這般繞彎子？快講與九千歲聽呀！」客印月怕一時弄僵了，急忙搭言催促。崔呈秀道：「老祖太太千歲，孩兒並不是反對爹爹做攝政王，只是怕爹爹太執著於攝政王的名位，反受其累。」

「此話怎講？」客印月嬌聲問。

「那要看爹爹是求名還是求利了？」

魏忠賢微微睜開眼睛，將身子前倚到几案上，問道：「求名怎樣講？求利又怎麼說？」

「若求虛名，爹爹可以全力爭什麼攝政王，儘管不少朝臣反對，但也料無大礙，只是爹爹已經被尊爲九千歲，天下遍建生祠，又有哪個朝代的攝政王權勢威望能夠至此的？還在乎什麼名位？若是求利嘛……」崔呈秀故意頓一頓，查看一下魏忠賢及眾人的臉色，接著道：「孩兒想爹爹只要擁立了小皇帝，張皇后勢必垂簾，太后垂簾，於古有稽，宮掖內廷，近水樓臺，擺布好她，易如反掌，那時別說什麼攝政王，簡直就是沒有名份的皇帝呢！又豈是什麼攝政王可比的？」

魏忠賢面色緩和下來，卻憂慮道：「只是那小張嫣一直對咱家懷有敵意，又恨咱家將她父親罷了官，恐難說服。」客印月也罵道：「那個小蹄子當年還將老娘好一頓的羞辱，若不是皇上開恩，老娘早就被趕出宮去了。她與咱們一直勢如水火，怕是借不上什麼力的！」

崔呈秀笑道：「爹爹、老祖太太多慮了。所謂此一時彼一時，皇上康泰之時，她貴爲皇后，又得皇上憐愛，自然有實力與爹爹互爭長短，一比高下。若龍馭賓天，她膝下又無所出，還能依靠誰人？難道她眞會將自己和家族的富貴置之度外嗎？」

魏忠賢大覺有理，不住點頭。客印月似是茅塞頓開，眉開眼笑道：「聽了呈秀一席話，我倒想起一段戲文來。」

魏忠賢不以爲然地說：「你們婦道人家就知道聽戲摸牌，這件事怎麼扯到什麼戲文上去了？」

「是有這麼一齣戲文呀！」客印月對魏忠賢的不屑渾若未覺，也不以爲意。崔呈秀殷勤問道：「哪一齣？」

「狸貓換太子。」

「狸貓換太子？」眾人不由愕然驚聲。

「是呀！」

「何爲太子，何爲狸貓？」魏忠賢尚未領會，一旁察言觀色的吳淳夫、李夔龍、倪文煥、霍維華、周應秋等人紛紛喝采道：「此計大妙！」客印月愈覺飄然，歡聲道：「可教張嫣假稱有孕，到時暗中將你侄子魏良卿出生的兒子抱入宮中，充個龍種，榮華富貴豈不是沒頭的！」

魏忠賢一陣大笑，拍著客氏肥白的雙手，讚道：「看戲看出門道來了，卻也不是光玩耍找樂子。不妨一試！」眾人一齊稱頌：「老祖太太千歲見識超人，眞個是一箭雙雕的好計！」

崔呈秀不覺駭然，心知此計並不穩妥，成功即會好上更好，無以復加，但若失敗，勢必萬劫不復，正所謂不是魚死就是網破。爲何定要這般冒險，而不求穩妥踏實？自己可還有好大一家子人呢！他越想越覺心驚肉跳，霎時冷汗遍體浸出，濕了中衣，耐著性子靜坐不語。

「呈秀，你以爲如何？」魏忠賢見他未隨眾人稱頌，知他必有疑慮。

崔呈秀笑道：「老祖太太千歲所言固然高妙，但孩兒斗膽以爲有兩點難處不容迴避。」

「什麼難處？」魏忠賢眉毛一斂，客印月向他瞟來。

「朱姓子孫，張皇后可能會容易接納；九千歲的侄孫，張皇后則未必願意扶持，所謂狸貓換太子，實際是改朝換代，張皇后身爲國母，恐難參與其中，是爲第一難處。第二難處是朱姓藩王遍封天下，多富可敵國，若是行事不秘，走漏風聲，天下洶洶，流言四出，眾位藩王勢必起義兵勤王，京師不過彈丸之地，何以抗拒？果眞至此，不但大事不成，而且我輩危矣！遑談什麼榮華富貴？」

養源齋裡一片沉寂。崔呈秀又望望田吉，田吉離了座位，走到屋子中央，先向魏忠賢、客印月各施一禮，才說：「小的以爲崔二哥說的極是。九千歲與老祖太太千歲權傾一時，位極人臣，榮華富貴來之不易，誠宜加倍惜之。」

魏忠賢聽了，默然良久，嘆道：「常說買賣越小，越怕折了本錢。看來買賣大了，也是一樣的。呈秀、田吉，人要是老想著留條退路，就會失了銳氣。你們都富貴慣了，也都賠不起了。」

崔呈秀情知魏忠賢已生疑心，也不急於辯解，只揀感恩的話說道：「孩兒如今的富貴都是爹爹所賜，不敢有忘！孩兒所言也不是萌生了什麼退意，只顧惜身家性命，實在是怕爹爹一招不慎，落得晚景淒涼。」滴下幾行淚來。魏忠賢聽他說得越發難聽，只道是有心咒他，面沉如水，極爲不悅。

田爾耕霍地起身喝道：「二弟，切莫聳人聽聞！哪裡會有那般的險惡？哪個不從，便教錦衣衛抓了，東廠的牢獄可都是空的！」崔呈秀以爲他有意威脅，冷笑道：「若是忠於爹爹也要羅織入獄，天下之大，眞不知要再建多少座牢獄了！」

「住嘴！」魏忠賢左手重重地一拍桌子，威嚴地喝道：「都什麼時候了，竟還這般爭吵不休！咱家的事體已有九分的緊迫了。」

眾人低頭不語，屋內又沉靜下來，幾乎可以聽到軒前潭水流動的聲響。一言未發的倪文煥試探著說：「若九千歲定要用狸貓換太子的計策，不妨偷偷蓄養幾個宮人，教她們各自懷孕，到時選一個日子合適的孩子，奏知皇后，既然是先帝遺腹，或可矇混過關。」

魏忠賢嘉許道：「如此就嚴密多了。時事緊迫，還是分頭行事。奉聖夫人負責挑選宮人，永貞……不，還是呈秀去試探一下小張嫣。此事最爲緊要，若她肯合作，諸事自然容易得多。」

客印月說：「我已安排了小德子監視張嫣。」

「就是你身邊的那個陳德潤？還算機靈！只是他一身細嫩的皮肉，你眞捨得他跑前跑後的？」魏忠賢大覺滿意，看著客印月滿身的肥肉，竟略帶淫穢地調笑起來。

張嫣剛踏入坤寧宮，就有一個年輕的太監急急過來跪下：「奴婢陳德潤給娘娘請安。」張嫣見他眉清目秀，說話斯文，手腳乾淨俐落，頓生好感，命他起來，又問道：「你是哪裡來的？」

「回娘娘的話，奴婢伺候得老祖太太千歲好，就升做了坤寧宮總管。」陳德潤神色恭敬地答道。張嫣心中一驚，重新上下打量陳德潤道：「我並沒有換人的旨意。」

「老祖太太千歲看娘娘日夜操勞憂思，怕宮裡人手不夠，就舉薦奴婢來伺候娘娘。」

張嫣冷冷地說：「是來監視我的吧！」

陳德潤嚇得跪倒在地，叩頭道：「奴婢不敢，奴婢不敢！」

張嫣幾乎一字一頓地說：「知道就好！既然你來了我坤寧宮，就要懂規矩，若是吃裡爬外，也必是知道下場如何！」

陳德潤慌亂地應道：「是，是！奴婢忠於萬歲爺，也忠於皇后娘娘。」他本是極懂風月的妙人兒，在客印月的咸安宮每日裡花前月下，過慣了風光旖旎的日子，享盡了女人的溫情，原以爲哄騙女人的方法並沒有什麼不同，沒料到剛到坤寧宮就被迎面澆了一頭冷水，一時嚇得不知所措，面色蒼白，冷汗直流，風趣的言語和文雅的舉止自是難以使得出來。

張嫣也頗忌憚魏忠賢、客印月，見他嚇得哆嗦，便不再呵斥，換了臉色道：「你退下吧！忠心當差，我自會看重你。」陳德潤口中期期艾艾地退了出去。

張嫣在紫檀鑲金的龍鳳椅坐著，閉上眼睛，似是看見魏忠賢與客印月躲在宮裡的角落嘿然冷笑，注視著自己的一舉一動，那咄咄相逼的神氣，不禁使張嫣感到了無邊的恐懼。閉目靜養了一會兒，更覺身體疲乏得似乎支撐不住，渾身骨頭拆散了一般，酸軟得像剛剛蛻殼的樹蟬，蜷伏在鳳榻上，心裡紛亂不堪，額頭隱隱作痛，一刻也靜不下來，全無一點睡意。皇上沉疴難起，詔令不通於內外，魏忠賢大權在握，一旦恃強圖謀不軌，諸位藩王大多遠離京師，難以及時趕來勤王，自己一個柔弱女子，身無縛雞之力，如何是好？早定繼位人選，固然可以絕奸黨邪念，安天下民心，但奸黨勢大，恐怕未能登基，卻已身首異處了。張嫣頭疼欲裂，不敢再想下去，將眼睛緊緊閉著，剛剛有了一點兒朦朧的睡意，李宜笑悄悄走進來，輕聲稟報說：「兵部尚書崔大人求見。」

「宣！」張嫣翻身坐起，命將湘妃簾放下。

崔呈秀滿面笑容走進大殿，放下手中的牙青色包裹，隔著湘妃簾施了君臣大禮，張嫣命人賜座，揶揄道：「崔尚書本事可眞不小！聽說皇城都封了，不准外臣入內，你怎麼竟會來到坤寧宮？」

崔呈秀不以爲意，笑道：「聽說娘娘這幾日心神焦慮，微臣特來給娘娘千歲分憂。」

張嫣不悅道：「我貴爲天下之母，何需一個二品的外臣分憂？你身爲兵部之長，理應時刻想著爲國爲民，報效朝廷才是，怎麼不在外廷思慮軍國大事，卻巴巴地趕到宮裡來？」

崔呈秀臉上一熱，辯解道：「內廷爲天子之家，所謂天子家事即是國事。微臣所論之事若關乎社稷，內廷外廷當如廟堂江湖一般沒有分別。」

張嫣心裡暗哂，但他巧舌如簧，倒也難以辯駁，淡聲問道：「你所論的是什麼關乎社稷的大事？」

崔呈秀將那個牙青色包裹捧了獻上道：「聽說娘娘喜歡讀《史記》，微臣家裡正好有一部宋版的《史記》，請娘娘鑒賞。」

「若是這等大事倒不必了。宋版《史記》大內書庫怕是不下七、八部，還有六朝和唐人的卷子抄本，還會沒有善本供我讀嗎？」

崔呈秀訕笑道：「那是自然，微臣帶回去就是。聽說娘娘精讀《史記》多遍，尤其喜歡《趙高傳》，不知可有此事？」

張嫣心中大驚，暗道：這乃是我與皇上的問答，當時旁邊並沒有幾個人，怎麼竟會被外臣知曉，那坤寧宮裡還有什麼私密可言？不禁氣惱道：「你這個兵部尚書什麼時候改做了大理寺正卿，竟跑到宮裡勘案推問來了？」

「微臣惶恐，只是隨口道及。敢問娘娘可喜歡《春申君傳》？」

「《春申君傳》？」

「李園及其女弟的故事，娘娘怎麼看？」

圖窮匕現，張嫣恍然大悟，反問道：「崔尚書必定也想知道我怎樣看《呂不韋傳》吧？」

崔呈秀聽皇后語含譏諷，忙笑道：「微臣只是爲娘娘今後的富貴著想。」

「你身爲朝廷大臣，皇上恩賜你蟒衣玉帶，榮耀至極，難道就不爲大明江山著想，不怕有負多年皇恩？」張嫣的語調不由高了起來。

崔呈秀囁嚅道：「皇上龍體不豫，儲君之位久虛，娘娘膝下又無所出，一旦皇上賓天，娘娘將依靠何人？」

「依靠何人？我上靠蒼天、祖宗，下賴朝臣、黎民，只要大明的江山不改朱姓，哪個繼位的新君敢不禮遇先皇的未亡人？」張嫣正氣凜然。

崔呈秀嘆口氣說：「娘娘一心以江山社稷為念，微臣萬分感佩！只是新君若非娘娘親自遴選，對娘娘的禮遇必會大有差別。還請娘娘三思為上！」

張嫣本來極為沉痛，聽了崔呈秀之言，才明白朝廷上下已不再關注皇上的病情，而是在觀望誰繼承皇位，心頭湧上一陣悲涼，幾乎難以自持。她轉念一想，緩聲問道：「我近日心思全在萬歲身上，一時無暇顧及其他。你以為哪個宜於承繼大統？」

崔呈秀感佩道：「娘娘對皇上情深如海，一片赤誠，真是我等做臣子的終生師表。儲君一事，微臣以為娘娘可以遴選一位年幼的王爺，視如己出，親加撫育，親情既如母子，愛意勢必發自肺腑，娘娘的太后之位自然穩如泰山。」

「年幼新君，黃口孺子，懵懂無知，如何治理天下？」張嫣似是有些心動。

崔呈秀心中暗喜，遊說道：「可由娘娘垂簾，再選一位大臣攝政，豈不萬全？」

張嫣念頭一閃，想起先朝的張居正，那時萬曆皇上年幼，張居正以內閣首輔的身分專擅天下權柄，將皇上視若無物，動輒耳提面命，大加訓斥，一時皇權掃地，天下只知有張居正，而不知有萬曆皇帝，大臣攝政難免專權，終非朝廷之福，張居正當時若有得隴望蜀的不臣之心，廣植翼羽，必定又是一個王莽。她越想越覺心驚，呼吸似乎都艱難了。瞬息之間，張嫣面色紅白變幻，好在隔著湘妃簾，崔呈秀並未看到。張嫣將語調儘量和緩下來，不露聲色地問：「依卿家之見，誰可攝政？」

崔呈秀心頭暗喜，故意沉思片刻，正色答道：「滿朝文武，當以魏上公攝政爲宜。」

「……」張嫣看著崔呈秀，不置可否。崔呈秀繼續勸道：「魏上公德高望隆，攝政有他人不可及之處。當今四海之內，遍建生祠，亙古未有，足見歸心，自是可以垂衣裳而天下大治。魏上公身爲內監，出入宮掖方便，隨時可與娘娘商討國事，娘娘所想所求可以即刻滿足。」

張嫣憤懣異常，冷笑道：「魏伴伴可是都安排好了，才命你來稟知我？」

「娘娘說笑了，做臣子的怎敢。魏上公是怕娘娘今後會受委屈。」

張嫣厲聲說：「於我大明江山無害，那就罷了。若是包藏禍心，另有所圖，我斷然不會答應。只求一時苟活，如何對得起泉下的祖宗！」

崔呈秀見她聲色俱厲，也是暗自吃驚，想不到一個柔弱的女子竟有這般見識，忙勸道：「如今大明江山懸於娘娘一人之手，望娘娘當機立斷，早降懿旨，以定萬民之心。」起身告退，情辭竟是十分懇切。

張嫣見天色已經暗下來，傳了晚膳，剛剛進完。忽見陳德潤從殿外一閃而進，發怒道：「大膽奴才，不告而入，還有一點兒規矩嗎？」

陳德潤並不畏懼，走到近前，詭秘一笑，急急地低聲道：「信王千歲命奴婢前來叩拜皇后娘娘！」

「信王？」張嫣睜大了眼睛，吃驚地看著陳德潤。

陳德潤答道：「奴婢不是陳德潤，是信王府的管事太監徐應元。」

「你是怎麼進來的？」張嫣驚得花容失色，這才看出眼前這個人比陳德潤略微高大一些，身手敏捷，隱隱有一股江湖俠客的豪氣。

「奴婢唯有如此，行事才會方便些。」徐應元兩耳聽著四周的動靜，又低聲說道：「王爺得知萬歲爺龍體欠安，如今魏忠賢業已封鎖皇城，王爺怕他會對娘娘有所不利，特命奴婢探看宮裡的動靜，問明娘娘有什麼旨意？」

張嫣嘆息道：「眼下皇上病體日漸沉重，依血脈而論，信王當繼承大統，但魏忠賢蠢蠢欲動，想另立幼主，情勢危急，最好想法子讓信王進宮，見皇上一面，好趁皇上清醒時，草了繼位詔書。」

「王爺隻身入宮，一旦走漏風聲，豈不是自投羅網？」

「情勢已急，難以從容，只好如此。若再瞻前顧後，反被魏忠賢有機可乘。今日皇上清醒勝於往日，我這就到乾清宮，尋機勸說皇上。最遲明日定更時分，千萬將信王送入宮來，到乾清宮西便殿面見皇上。」

徐應元還要再問，殿外隱隱傳來雜亂的腳步聲，慌忙從後門疾步躍出，急急地過了交泰殿、皇極殿，折身向東，眼看東華門在望，忽然後面有人喊道：「小陳子，小陳子！你要出宮嗎？」徐應元毫不理會，低頭快走，不料後面的那人追了上來，一把抓住他的肩頭，並道：「怎麼才去伺候娘娘，就不理老相識了？」

徐應元悚然驚覺，想起自己裝扮的還是陳德潤，忙抬手將臂上的那隻手反握了，取出兌換的一塊散碎銀兩隨手送出，笑道：「娘娘緊急差遣，不敢逗留，回來再向老兄賠罪！」

「快些回來，今夜早半個時辰關門。」那人喊道。

徐應元一面應答，一面加快腳步，驗看了腰牌，穿過東華門，出了皇城，早有一輛騾車過來，徐應元急忙上了，車夫揚鞭，向信王府疾馳。

第六回

朱由檢榻下承遺命
魏忠賢殿外試閣臣

那太監忙飛跑回去，一會兒玄武門首領太監王朝輔急急趕來，呈上出入簿錄，王體乾急忙翻看，駭然地說：「怎麼？竟有小德子！」好似見了活鬼一般。

出入

徐應元回到信王府，已近申時，信王正在書房看田妃畫蘭，聞知皇兄病重，便想連夜入宮。但聽說皇城守備森嚴，難以出入，一時束手無策，焦急萬分，在房裡不住地來回徘徊。田王妃勸阻道：「自古君子不立危牆，何況王爺萬金之身，一旦有變，進退不得，如何是好？」

「入宮最爲緊要的莫過於各道門禁，只要平安到了內廷，夜裡容易遮掩，反倒安全些。」信王安慰說。

田妃看著徐應元的模樣，擔憂道：「只怕進去容易出來難。」

信王忙問：「如何容易？」

田王妃笑道：「卻要委屈王爺了，未免有失王爺的尊嚴。」

「事急從權，只要見得哥哥一面，受此委屈何妨！」信王雙目炯炯，望著窗外西斜的日頭，急聲問道。

徐應元搖頭道：「王妃所言，奴婢領會了。奴婢的易容術就是將王爺男伴女裝，也是不難，難的是王爺的聲音無法改變，怕被那些宮中的舊友遇到識破！」

田妃笑道：「何必定要王爺說話呢？一個爛醉如泥的人怕是話說不完整的，別人也不會多計較什麼！」眾人一怔，隨即一齊喝采起來。

夜幕降臨，大街上喧鬧依舊，古樹旁乘涼的人們談古論今，稗史小說，鬼怪精靈，引人入勝。酒樓、茶肆、賭坊、勾欄燈火輝煌，人聲鼎沸，喝茶鬥酒，猜拳行令，調笑紅袖……皇城白晝的繁華、威嚴漸漸移到了風光旖旎的溫柔富貴鄉裡來。

殘月高掛，夜涼如水。一匹高頭大馬拉著一輛烏篷的馬車在大街上奔馳，密不透風的車廂裡赫然端坐著陳德潤，而趕車的馬夫卻是徐應元，他們在急急地趕往皇宮。進了皇城，向北一轉，馬車在東華門外停下。徐應元跳下車來，微微撩起車簾，從懷中取出一瓶酒，先遞與陳德潤喝了一口，然後將瓶中的燒酒在他周身上下胡亂灑了幾下，先將酒瓶在懷裡藏了，伸手再將陳德潤扶下車來，門口已有人喝問：「什麼人？」

徐應元答道：「是陳公公回來了。」

守門的首領太監帶幾個人過來道：「是小陳子呀！回宮還算及時，再晚了，你小子可要睡宮外受罰了。咦！這不是老徐嗎？你來做什麼？」

徐應元這才認出此人乃死去的乾清宮暖殿高永壽的堂兄高永福，忙滿臉堆笑說：「我道是誰？原來是高公公當值，陳公公奉命出宮，正與兄弟巧遇，就多喝了幾杯，醉得人事不醒，兄弟只好將他送回來了。」

「呵！你小子也恁勢利，小陳子剛伺候上娘娘就請他喝酒，什麼時候也請請咱哥兒幾個？」高永福嘴裡罵罵咧咧。

徐應元賠笑道：「高公公說的哪裡話來，小弟平日就是想請弟兄們還怕不能賞臉呢？改日弟兄們閒暇，小弟做個東主，好好喝上一喝！去柳泉居可好？」說罷，從身上取出二十兩散碎銀子遞與高永福，「此許碎銀，權當請弟兄們的茶錢，煩請幫忙將陳公公送回，千萬不要教皇后知曉。」

「看在銀子的份上，老徐放心轉回吧！咱派弟兄把小陳子送到坤寧宮就是。」高永福掂著銀子說。

徐應元懇求道：「千萬別將陳公公送到當值的宿處，還是將他送到以前乾清宮的值房內先醒醒酒吧！以免皇后知道責罰，誤了他的前程。」

「好吧！」高永福驗了太監專用的官字牙牌，揮手將陳德潤帶走，徐應元一直望著他們遠去。

乾清宮西便殿，天啓皇帝坐臥在龍床上，病體似乎減輕了一些，精神也勝於往昔，就命太監、宮女們都退下，只留皇后張嫣一人在身旁服侍，他細細端詳著張嫣，見她容貌清減了許多，全身上下滿是疲憊之色，不由惹動了心中的柔腸，歉然說：「這些日子苦了你，朕心裡實在不安，你可要好好愛惜自各兒，不要輕賤了身子。」

張嫣淚盈雙眼，望著天啓羸弱的身形，哽咽道：「臣妾勞皇上費心了。」忍不住鼻子一酸，淚水悄然淌落。

天啓將她的手抓到掌中，溫存道：「朕實在捨不得你，想你入宮那時，身形也是這般消瘦。宮燭高燒，新人如花，何等快樂！只是三宮六院，佳麗眾多，朕不想傷害一人，難以專情，冷落了你。如今朕身染沉痾，怕不久於人世了，你年紀輕輕，朕拋得你好苦！」天啓眼中也閃動著淚光。

張嫣將頭輕輕貼到天啓的手上，面帶愧色道：「只恨臣妾無福，不能多伺候皇上，也沒有給皇上生得龍種，致使儲君之位久虛，皇上身後無嗣，實在有負皇恩，有愧祖宗！」

天啓微笑道：「你不必自責，朕不怪你。剛才魏伴伴奏言，後宮兩個妃子有孕月餘，朕也不算無嗣了。若得麟兒，今後還要勞你細加看顧，替朕費心撫養調教，稍稍長大，你既可垂簾，由魏伴伴攝政。朕便可無愧於列祖列宗，含笑九泉了。」

張嫣大驚，抬頭急問：「二妃子有孕，臣妾一直未有耳聞，怎麼今日突然有此消息？」「是魏伴伴親口所奏。」

張嫣心急如火，定了定心神，才說：「皇上五月既病，當時雖寵幸過幾個嬪妃，敬事房的起居注上並未記載有人懷孕。數日後皇上用藥漸多，不再行男女之事，怎會有懷孕月餘的妃子？此事斷然是假的，背後必是有人弄神作祟，皇上萬不可中了狸貓換太子之計，使大明江山易主改姓！」

天啓面現失望之色，怏怏地說：「此言有理，令朕心下豁然。方才朕只顧了歡喜，心智昏了，竟被蒙到鼓裡。只是垂簾攝政之事，朕已傳口諭給魏伴伴，如何是好？」既急且愧，連咳幾聲，面色青紫。

張嫣忙給他輕揉後背，開導說：「皇上若要更改也不難，不妨可另草詔書。臣妾愚見，最緊要之事當屬立誰爲儲君，以免朝野觀望不決，莫衷一是，勢必會有人妄生分外之念，覬覦大寶，激成變亂。皇族宗室中唯信王血脈最近，保我大明江山社稷，當速召信王入宮！」

天啓點頭，但面色悲愴，似是心有不甘，躊躇道：「傳位五弟倒也合乎情理，朕是擔心魏伴伴不願輔佐他，反而會害他性命。方才你說皇城已被封鎖，五弟又如何進得了宮？」

「臣妾以爲五弟能夠進宮固然最好，皇上可當面託付。若不能進宮，皇上不妨草下詔書，臣妾自可設法將詔書送到信王府，他日金鳳銜詔，遍告天下，誰可更改？」

天啓無力地嘆息道：「傳朕口諭，命信王入宮覲見。」

張嫣看一眼高大的西洋教士進貢的自鳴鐘，合掌默默禱告：「若蒼天佑我大明，信王也該到了。」

剛剛定更，喊夜的宮娥手持宮燈和金鈴，在乾清宮門前列隊，口中高唱「天下太平」，向日精門、月華門走去，鈴聲與歌調相應和，餘音裊裊，不絕如縷。張嫣回望著寬闊的宮門，忽見陳德潤閃身而入，身後並無他人，心中惴惴不安，正待要問，陳德潤卻搶步拜倒，低聲哭泣道：「皇兄，臣弟來看你了！」說罷，俯在龍床邊不住流淚。天啓驚異來人的裝束，問道：「你是五弟嗎，爲何如此模樣？」

信王悲聲道：「漫說紫禁城，就是皇城以外也守衛森嚴。若非如此，怎能見得到皇兄？」兄弟二人相對而泣，大有人神相隔、天上人間之感。張嫣忙勸道：「皇上，信王既來，還是快將血書錦詔交付與他，再召當值的閣臣進宮草擬遺詔，以免遲久生變！」

天啓點頭，側起身子，拉著信王的手，將血書錦詔遞與他說：「五弟與朕同氣連枝，血脈一貫。朕膝下久虛，當由五弟繼承大統，五弟可要做堯舜那樣的聖君呀！」

信王將血書在黃龍緞子上的遺詔高舉在頭上，慌忙跪在床下，推辭道：「皇兄此話，臣弟萬死莫贖。當年朝野傳言國丈欲謀害皇兄，擁立臣弟，事過多年，至今想起仍覺心驚肉跳。太祖御撰《皇明祖訓》諭示：『凡古王侯，妄窺大位者，無不自取滅亡。』臣弟謹記，時刻不敢有忘。太祖又諭：『凡自古親王居國，其樂甚於天子，何以見之？冠服、宮室、車馬、儀仗亞於天子，而自奉豐厚，政務亦簡。若能謹守藩輔之禮，不胡作非爲，樂莫大焉。』臣弟只想做逍遙快活的信王，與皇兄長伴，不想做什麼皇帝，總攬萬機，晚眠早起，勞心焦思，憂天下難治，慮黎民勞苦！」

天啓拍拍信王的頭，流淚說：「朕豈會聽信讒言而離間骨肉，當年朕可曾相信？如今朕不想讓出皇位，也不能夠了，朕已沒有多少時日，也捨不得你。」

「臣弟幼失皇父，全賴皇兄養育，不如讓臣弟代皇兄而死！」信王以頭觸地，淚如雨下。

天啓頷首道：「朕知道五弟的一片忠心，也足感寬慰了。」

張嫣見信王神色猶疑，急說：「皇上並無他意，若一味推辭，難道要將祖宗的基業拱手讓與外姓他人嗎？」

信王神情一肅，拭淚道：「臣弟不敢！」忙將血書錦詔收好，貼身藏了。

天啓喘息一會兒，笑道：「你可還記得當年，朕剛做了皇帝，你以爲好玩兒，問朕可不可以也做一做，朕戲言讓你幾年，不料竟成讖語！如今你就要做皇帝了，有件事兒可要替朕辦好。」

「臣弟遵旨。」

「自古道長兄若父，長嫂若母，皇后深明大義，嫻靜莊重，極力勸朕傳位與你。日後五弟可要善視中宮，好生奉養，爲朕彌補相負之憾。」交代完畢，唏噓不已，張嫣早已哭成了淚人。

首輔黃立極、次輔施鳳來二人自天啓病重之時，便在乾清門外的內閣值房內當值，一個多月來不曾離開半步，出不去紫禁城，其他閣臣也進不來。聞聽皇上詔宣，急急趕來，見西便殿裡只有皇上、皇后和信王三人，不覺愕然，忙跪請了安，見皇帝骨瘦如柴，形似鬼魅，竟又似比早間更加不如，心裡暗自悲戚。天啓抬手示意他倆平身，乾咳幾聲說：「中五、鳳來，朕欲傳位於信王，你們草詔吧！」

黃立極花白的鬍鬚抖動幾下，面容顯得更加蒼老，正了正頭上的烏紗帽，撣撣一品仙鶴補子服，叩頭說：「皇上聖體未能霍然勿藥，卻憂思祖宗基業，顧念天下萬民，微臣感激莫名。草詔一事，可要宣知司禮監？」

「朕想草詔後，再召魏伴伴等人來宣讀。」

黃立極回稟道：「自永樂爺以來，草詔要有內臣參與，閣臣筆錄，內臣加蓋御寶，已是我大明的成例。眼下內臣不知，尚寶監已然關閉，無法用寶，如何草詔？」施鳳來也推諉說：「非是臣等不奉詔，實在是不合成例。」

「朕意已決，不必多言！」天啓用力過度，大口地喘氣。張嫣暗罵閣臣年老昏聵，只知明哲保身，不顧大體，也催促道：「事情緊急，可在詔書上加蓋皇上閒章，再有皇上親筆畫押，以密詔傳位。」

「這也是祖宗成例，趕緊辦吧！」天啓喘息更加急促，顯得疲乏不堪。二位閣臣對視一眼，忙將筆墨備好，凝神靜聽諭示。天啓看看跪在地上的兩位老臣，又看看皇后張嫣，不由流下眼淚，珠光滾動，反而憑添了幾分生氣。張嫣掏出絲巾，要給他擦拭，天啓搖頭說：

「朕這一輩子歡樂夠多了，何妨流幾滴眼淚？朕心裡並非不知足，什麼也都嘗過了，該享樂的也享樂了。太祖爺總是感嘆做皇帝累，朕卻未覺出來，看來朕不是個好皇帝。」天啓自嘲地笑笑，話鋒一轉，似是不勝憐惜：「如今朕卻玩得累了，要將這個重擔交給信王。五弟，難爲你了！朕沒有給你留下什麼，你多辛苦些，我大明的江山是高祖皇帝出生入死打下的，你要替朕守好，不要教朕對不起列祖列宗。廠臣忠賢、監臣體乾，還有中五、鳳來都是國家棟樑，都堪大用。」天啓一連說了這麼多話，累得伏倒在床上，大口喘息起來。張嫣急忙過來輕輕地揉拍著他的後背和前心。

黃立極接過施鳳來擬好的詔書，略略清一清嗓子，躲閃著環視了一眼，顫聲說：「皇上，臣等擬好了遺詔，請皇上御覽！」

「不必了！就念與朕聽吧！」天啓緊緊閉著眼睛。

「奉天承運，皇帝詔曰：……若夫死生常理，人所不免，唯在繼統得人，宗社生民有賴，全歸順受，朕何憾焉！皇五弟信王由檢聰明夙著，仁孝性成，爰奉祖訓，兄終弟及之文，命紹倫序，即皇帝位。勉修令德，親賢納規，講學勤政，寬恤民生，嚴修邊備，勿過毀傷。內外大小文武諸臣協心輔佐，恪遵典則，保固皇圖，因布告中外。」

「好，好！快用了寶吧！你們可要盡心輔佐儲君。」天啓挪動了一下頭。

咸安宮裡，用繡著花鳥的紅色輕紗圍起了一個大幔，魏忠賢與客印月躺在幔中的大床上，正朦朧地要睡去，親隨太監王朝忠從門外喊道：「九千歲，王總管派人有急事稟報！」

二人一驚，摟抱的雙手迅即分開，魏忠賢披衣而起，喝道：「命他進來！」

一個白淨的小太監戰戰兢兢地躬身進來，饒是知道有大幔隔著，也不敢平視，低頭垂目，細聲細語地說：「王總管派小的稟告九千歲和奉聖夫人，乾清宮西便殿傳出哭聲。」

魏忠賢急問：「可是皇上賓天了？」

「不是，皇上也在哭。」

「什麼人在宮裡？」

「皇上、皇后和當值閣臣，似乎還聽到稱呼信王的聲音。」

「都說了些什麼？」

「宮門口兒都由皇后派的人把守，小的們無法靠近，只隱約聽了幾句片段。」

「什麼時候宣信王入宮的？怎麼早不來稟報？」魏忠賢大怒。

「小的不知。」

「那信王是如何入宮的？四門都有錦衣衛和太監們把守，難道是飛進來的？」

客印月冷笑道：「問他做什麼？他一個小火者，最卑賤的人，能知道什麼？還是快去乾清宮吧！」

魏忠賢厲聲命道：「回去告知王體乾，給咱家盯緊了信王，看他如何出得了宮？」

乾清宮外，王體乾已經接到信報趕了過來，穿大紅直身、繫金扁條的乾清宮管事王朝宗忙過來參見道：「萬歲爺口諭任何人非召莫入，宮門被幾個皇后的近侍守著，小的也不敢擅入，不知裡面的動靜。」王體乾默然，聽著宮裡時哭時笑，斷斷續續，無法看個明白，心裡萬分焦急，在殿廊之下不住地來回走動。一見魏忠賢與客印月到了，慌忙迎上來接了肩輿，稟告說：「皇上與閣臣還在裡面。」

「皇后呢？」魏忠賢惡聲問道。

王體乾道：「剛剛與陳德潤回坤寧宮了，當時小的剛剛趕上，前後腳的，只看了個背影。」

魏忠賢心下疑惑，不信似地問：「小德子竟進了西便殿？」

王朝宗忙點頭道：「來時便隨皇后進去了，小的本想進去伺候，卻被攔在了殿外，還不教靠得太近。只聽到不久殿內傳出哭聲，萬歲爺喊什麼五弟？話語聽不真切。工夫不大，又傳了閣老黃立極、施鳳來進去。一盞熱茶的工夫不到，倒皇后娘娘帶著陳德潤出來，向坤寧宮那邊走了。」

魏忠賢臉上閃過一絲笑影，說道：「既然小德子在場，必然知道詳情，快找他來回話！」

王朝用急忙帶人去找，不多時，回來稟報說：「陳德潤沒在坤寧宮值房。小的見寢殿已黑了火燭，怕驚動了皇后，未敢靠近。問了幾個太監、宮女，他們都說陳德潤今夜不當值。」

魏忠賢大怒，看著客印月道：「你可調教得好！有事尚不回來稟告，要他到坤寧宮何用？怕是早已另攀高枝，轉投了皇后，吃裡爬外吧？」客印月心裡一緊，隨即說道：「不會，他不敢！」

「那快將這個不長進的東西給咱家找來！」魏忠賢低吼一聲，王朝用忙帶人又去找了。

客印月也暗自痛恨陳德潤辦事不力，只因是自己舉薦的人，顧及體面，嘴裡自語似地猜測說：「不會是小德子剛才看到了什麼不該看的，遭了毒手吧？」

魏忠賢瞪了她一眼，恨恨地罵道：「這麼點兒事兒都辦不到，早就該死了，還可惜什麼？」想起那小火者的稟報，問道：「信王可曾入宮？」

王體乾趕緊回道：「四門都沒有發現。」

「那稟報說殿裡不住連呼什麼五弟的不是信王？」魏忠賢冷冷地看著王體乾。

王體乾心知他不滿沒有探明殿內的情形，推測道：「或許是萬歲爺要將皇位傳給信王吧？信王並未在殿內，也沒有入宮。一會兒，等黃立極、施鳳來出殿，問問他倆自然會明白。」

魏忠賢煩躁地說：「只怕是時不我待，教大魚脫了鉤，豈不是要大費周章！」

「九千歲認定信王眞的入了宮？不用說是紫禁城，就是皇城內外也都是鐵桶一般的嚴密，他怎麼能進得來？」王體乾心下十分不解，客印月也覺納悶，魏忠賢卻沉著臉，默然無聲。殘月升高，夜露已涼，永巷長街，黑漆漆一片。三人苦想靜等，王朝用從殿後面快步跑來，喘氣粗聲說：「找到、找到小德子了。」

「人在哪裡？」魏忠賢眼睛一亮。

「宮後苑堆秀山的石洞裡。」

「怎麼會在那兒？快教他來見我！」

陳德潤來了，是被半抬半架著來的，見陳德潤直挺著身子，一動不動，似是死去了一般。「怎麼送個死人來？小德子究竟遭了誰的毒手？」客印月不禁有些驚恐。魏忠賢也覺吃驚，用手探了他的鼻息，釋然道：「口鼻中還有氣息，想是被人做了什麼手腳，快叫大郎給他解了。」

「是被人點了穴道。」田爾耕在陳德潤腋下揉搓了兩下，見他手臂略略鬆動了，還是沒有醒轉過來。田爾耕見他面色漲紅，酣睡沉沉，又從他嘴邊聞到一股淡淡的香氣，才知他點穴後被灌了蒙汗藥，忙教人取來半瓢涼水淋灑到他臉上。片刻間，陳德潤悠悠醒來，見魏忠賢等人圍在身旁，嚇得手足無措，慌忙翻身跪了。魏忠賢嘿然一笑，用手指指乾清宮道：「小德子，剛才那裡面都說了些什麼？」

陳德潤心裡一片懵然，不知如何回答，低頭說：「小的一直在坤寧宮，哪裡知道乾清宮的事？」

「不知道？剛剛跟著皇后出了乾清宮門就忘了？奉聖夫人抬舉你到坤寧宮，你就一心跟了皇后？」魏忠賢左手一拍肩輿的扶杆，陳德潤感到那一掌竟比擊到自己心上還痛，身子不由哆嗦起來，搖頭說：「奴才剛才跟著皇后出了乾清宮？不會呀！奴才午後在坤寧宮外不知被什麼東西在腰間猛頂了一下，就什麼也不知道了。醒來就看到九千歲和老祖太太千歲了，何曾跟皇后來乾清宮了？」

田爾耕道：「看小德子被點的穴道，是用了極上乘的手法，下手又極重，五個時辰內穴道難以自解，又被強灌了江湖人慣用的迷藥，怕是已有六個時辰了，那時他已被藏在洞裡，並不會隨皇后到乾清宮的。」

「那隨皇后進了乾清宮的那個陳德潤難道是鬼不成？」客印月心下大不以爲然。

「不是鬼，是另有其人。」王體乾陰沉著臉道：「老祖太太，你看小德子身上穿的什麼？他的外衣想必是被人借用了去。」

客印月經他提醒，才發覺陳德潤身上只剩下大紅貼裡，沒有了長袖曳撒，頭上也沒有了烏紗描金曲腳帽，腰帶、牙牌不見蹤影，就連腳下紅面黑幫的靴子也被脫去了，急問道：「體乾，你說是何人所為？」

「有如此身手的人想是不會很多。」王體乾望著田爾耕說。田爾耕點頭道：「像是徐應元的手法，此人不光是點穴高手，更是精於易容之術。不過他扮作小德子，有何意圖？」

魏忠賢惱怒說：「有何意圖？可笑你終日打雁卻被雁啄了眼。那個小德子是什麼人？必定不會是徐應元，而是信王。」

王體乾醒悟道：「那個小德子被皇后的肩輿遮著大半個身子，似是看了小的一眼，卻不招呼，只顧低頭側臉，急匆匆地跟著走了。小的當時還以為被萬歲爺的病體嚇慌了，並未想到他卻是假的。」又陪著小心問：「是不是帶人去坤寧宮搜看一番？」

魏忠賢愈加不悅道：「體乾，平日你也算精明能幹，怎麼遇上大事，方寸就亂了，心裡也糊塗了？沒有真憑實據，怎麼搜？坤寧宮是普通的地方嗎？」

魏忠賢來到乾清宮，王體乾看他面色陰鬱，心裡惴惴不安，他若暗恨在心，隱忍不發，最是教人提心吊膽，不知會有什麼責罰。此時見他當面呵斥，情知他怒氣漸消，頓時安下心來，恭聲道：「九千歲教訓的是。九千歲雄才大略，常人難及萬一。奴才們的仰慕之情，如江河之水滔滔不絕！」

魏忠賢大覺受用，左手一伸，叼住客印月肥嫩的手腕，緊緊一握，笑道：「雖說不能擅闖坤寧宮，可是坤寧宮外頭就不是皇后任意遮掩的了。先暗暗地將坤寧宮圍住，斷其聯絡，使其內外不能溝通，首尾不能相顧，只要信王人在坤寧宮，咱家倒要看看能躲得了幾天！等到皇上賓天，再躲還有什麼用？正好在宮裡除掉信王，看還有誰敢再來搶皇位？」

客印月聽了，就勢在魏忠賢的臂膀上掐了一把，嗔怒道：「你說計謀也就罷了，卻爲何無故攥人家的手腕，熱辣辣的疼！」

「想必是九千歲拿捏慣了，紅袖添香氣，玉腕助決斷，也未可知？」王體乾諂笑道。

客印月輕啐一聲，笑罵道：「難得你們也懂了風情！是哪個對食的相好教的？」

田爾耕嘿嘿連笑幾聲說：「可笑信王不知死活，竟送上門來了！」

王體乾奉承道：「九千歲天命所歸，天命所歸！正好找個夜闖宮廷的罪名，不問姓名，抓住殺了，神不知鬼不覺地除去了信王，還有誰敢捋九千歲的虎鬚？」

「老王，該是龍鬚了！」客印月想到魏忠賢早已一根鬍鬚也無，醒悟過來笑得彎腰難起。王體乾頓覺愕然，尷尬地摸著光禿禿的下巴，自知失言，後悔不迭，一時怔在當場，不知如何掩飾。魏忠賢面色一寒，叱罵道：「都什麼時候了，卻還胡亂耍笑取樂！若是誤了咱家的大事，教你們個個不得痛快！體乾，多派些人手，將坤寧宮暗暗圍了，不許放走一人！」

「是不是等黃立極、施鳳來出來再坐實一下？」王體乾問。

魏忠賢左手一搖，斷然說：「不必了。做大事者不可有婦人心腸，寧可錯殺一千，也不能漏掉一人。兵貴神速，不得拖延！」然後一腳踏在跪著的陳德潤身上，森然道：「小德子，論理誤事該殺，但此事罪不在你，權且記下，許你帶罪立功。若是再誤了咱家的事兒，哼！你該知道怎麼交代！」竟沒有踹下去。

陳德潤清醒後便已明白事關重大，以爲難逃一死，沒想到魏忠賢網開一面，罰打都免了，忙磕頭哭道：「奴才誤了這麼大的事，自知對不起九千歲，就是要奴才的小命來換也是心甘的，九千歲不打不罵，如此寬宏大量，奴才心裡好生難受。」

客印月一把將他拉起，劈面一掌，罵道：「你這個不成器的東西！九千歲是看我的面子才饒你不死，快滾下去做事吧！再不小心，看你有幾個頭來？」陳德潤提著褲子羞愧地走了。

黃立極、施鳳來從乾清宮出來，見魏忠賢、王體乾、客印月等人守候在殿外，無法躲避，只好硬著頭皮上前招呼施禮。魏忠賢乾笑一聲：「兩位閣老什麼急事，非等咱家不在時入宮，可是要乘機參劾不成？」

黃立極平日就畏懼他氣焰熏天，有時不免曲意逢迎，深怕丟了烏紗，辜負了十年寒窗，人人做夢都想得到的首輔尊位。雖說是奉詔覲見皇上，但如此機密大事竟瞞了司禮監，自己廁身其中，撇扯不開，想想方才草詔竟似作賊一般，兀自惶恐不安。聽他出言咄咄逼人，倍加了小心，低聲下氣道：「上公說笑了。本相與鳳來當值，蒙皇上見召，夜入乾清宮，哪裡會是參劾上公？」

「是咱家誤會了。敢問萬歲爺召你們什麼事兒呀？」魏忠賢見他謙卑，語氣登時和緩下來，臉色一變，笑容可掬。

黃立極一時語塞，不知如何應對。施鳳來忙答道：「不過是看了看皇上的病情。我等當值，每日數次探視請安，如此例行公事已是一月有餘，上公爲何今日忽有此問？」魏忠賢不料他不卑不亢，與平日諛詞奉承迥異，竟敢反過頭來詰問，笑容一斂，目光陰狠地盯著他。

施鳳來似無怯意，從容說：「皇上不過是一時感嘆人生短暫無常，心灰意冷，黯然神傷，不能自已，世間眞主也有人情，喜怒哀樂不能盡免，並不奇怪。」

魏忠賢見他言語滴水不漏，便直言追問道：「聽說信王進了宮，方才你們必是商量儲君一事吧？可擬了遺詔？」。

「非也！」施鳳來斷然否決道：「殿內只有五人，想必九千歲也已知道，並沒有什麼信王。夜已深了，尙寶監自然早落了鎖，請不出御寶來，如何草詔？九千歲若是還不相信，可將本相上下搜尋一遍。」黃立極也低低地說：「本相身上也可一搜，以示清白。」聲音細如蚊足。

魏忠賢盯了二人片刻，左手緊緊地握著玉帶，忽然哈哈笑道：「兩位大人志在顧命，咱家也不會妨礙你們富貴，只想知會兩位不要有瞞人之心，俗語說：背人沒好事，好事莫背人。算是提個醒吧！」

黃立極俯首答道：「豈敢，豈敢！儲君與草詔之事哪裡會少得了上公？此事重大，我等參與其中，也不敢妄置一喙！我二人怎可與上公相比並論，實在惶恐。」

魏忠賢急切之間探不出一絲口風，心裡暗暗發狠：等咱家捉了信王，再教你們狡辯開脫？客印月見魏忠賢不語，咯咯一笑說：「要說萬歲爺對九千歲確是恩寵有加，昨日還有口諭要他輔佐皇后娘娘垂簾，他推辭再三，險觸聖怒，只得應了。你們二位身居外廷要職，今後仰仗之處還多。若是你們與九千歲內外相合，上下呼應，天下還有什麼事辦不成！」

黃立極附聲說：「上公功高蓋世，理應攝政。本相年紀老邁了，怕是難出什麼大力了。」

「有心就好。」客印月輕拊一下手掌說：「替九千歲出力，不分什麼老少男女，但求是有心人。施閣老以為然否？」

施鳳來婉轉道：「九千歲是我大明的肱骨重臣，操勞國事，為君分憂，我等替九千歲出力即是為朝廷出力，並無多大區別。只是攝政之事，關係極大，但憑皇上口諭恐不合祖制？」

「難道大人懷疑口諭有假嗎？」王體乾面色一沉。

黃立極忙補充說：「有無作假，姑且不論。鳳來之意是以為未有草詔，恐招天下物議！」

「此是皇上親口所言，你們想抗旨嗎？」客印月尖聲冷笑。

施鳳來不緊不慢，侃侃而談：「攝政之事遠起周公，然古代茫昧，時世久遠，詳情不可稽考，自是難以學得。漢賊王莽，託古改制，名為輔佐帝王，實是包藏禍心，終至萬世唾罵，遺臭百代。以致後人羞言攝政二字，千餘年來，再無踵繼之人，究其緣由，不外乎恥與莽賊有同，上公奈何做此瓜田李下之事，敗壞德行，自污節操？再說按照先朝景泰年間的成例，攝政理應是親王方有資格，上公作為異姓要想如此，恐怕沒有辦法收服天下之心，並且會把從前為國為民的一片忠心付之東流了！不免授人以柄，予人口實，則天下以上公為何如人也？如若一些小民乘機妄議胡言，以致桀犬吠堯，實在有污令名，竊爲上公惜之！」一席話鏗鏘有力，又八面玲瓏。

魏忠賢聽得面色紅白不定，十分不悅，暗道：平日裡這些閣臣對咱家言聽計從的，怎麼眼見萬歲爺病重，咱家要去了靠山，竟如此違逆頂撞起來？看此情形必要保住眼前這榮華富貴，以免一旦落魄了，反被這些反覆小人取笑，那時還不知道會怎樣怠慢藐視咱家呢？當下拂袖道：「事在人爲，咱家雖說不是什麼親王，未有皇族血脈，但有爲君爲國的一副熱腸。你們看重攝政什麼？咱家卻以爲不過勞神勞心的差事，未必就比咱家如今的權位尊貴了。無奈萬歲爺有旨，咱家又是利君利國的事不敢辭的秉性，說不得只好勉爲其難了。兩位若不信，可以再回去當面問問皇上，也可順便奏上一本！」

黃立極、施鳳來二人見他說得越發厚顏無恥，直若街頭潑皮光棍一般，竟不知如何應答，又沒有直言怒斥的膽色，支吾幾聲，便要回値房。魏忠賢伸手一攔，喝道：「事到如今，你們還執迷不悟，咱家有萬歲爺口諭，你們以爲不足爲憑，咱家倒要看看信王有什麼憑據？搜！」

黃立極、施鳳來大驚，待要分辯，早上來幾個錦衣衛捉了搜身，從黃立極袖中將聖旨搜出。魏忠賢哈哈大笑，將聖旨一把抓過，見上面尙未鈐寶，冷冷地看著他們道：「這是什麼聖旨？沒有用寶，不過一張紙片罷了，寫它容易毀它也容易。看信王怎麼即位？」說著幾下將聖旨撕得粉碎，隨手一揚，那聖旨頃刻間雪片般地四散飄落。黃立極、施鳳來一言不敢再發，顫顫地退向乾清門，魏忠賢仍覺餘怒未消，還要責問，一個太監飛跑到肩輿前稟報：

「剛才皇后出宮了！」

「什麼？去了哪裡？」魏忠賢大驚。

「萬歲山壽皇亭，說是要拜月爲皇上祈福。」

「出玄武門時，可曾見到面生的人？」

「沒有。」

「都是什麼人隨從？」

「小的去取門禁簿錄。」那太監忙飛跑回去，一會兒玄武門首領太監王朝輔急急趕來，呈上出入簿錄。王體乾急忙翻看，駭然地說：「怎麼？竟有小德子！」好似見了活鬼一般。

魏忠賢一把奪過簿錄，摔到地上，用腳亂跺，長嘆數聲：「罷了，罷了！信王必是假冒小德子混出宮了！」

客印月咬牙切齒道：「果眞有膽，可惜竟教他逃了。」

魏忠賢惡聲惡氣地說：「要將萬里江山交付與你，你的膽子怕是比他還大。」

「冒險入宮就要萬歲爺這一句話嗎？」王體乾驚問。

「一句話？哼！是一句天大的話！誰不想要這樣一句話？自古以來，子弒父，弟謀兄，還不是爲了這句話？」魏忠賢越說聲調越高。

「不光是一句話，信王身上怕是還藏著傳位的密詔？」王體乾望著魏忠賢，探詢地說。

「那自然不用說了，黃立極、施鳳來必是草詔之人。只是信王竟敢入宮，也入得了宮？有如此膽識，看來眞是個厲害的角色！不像李永貞說的每日衣冠不整，面有病容，與妃子縱情聲色。」魏忠賢佩服之下，不僅有些恐懼起來。客印月和王體乾也驚恐得對望一眼。客印月深以為然地說：「裝給小李子看的唄！隨便裝個樣子就騙人。」

王體乾附和說：「定是信王的韜晦之計，想不到信王早有東山之志，咱們倒小瞧他了。」

魏忠賢切齒道：「好在信王剛剛出宮，速派人馬追殺，傳令九門提督太監金良輔五城兵馬司協助緝捕。躲得過初一躲不過十五，今夜逃了無妨，他要登基，還是要入宮的。那時咱家自有法子擺布他，豈不似甕中捉鱉一般容易！」

「還真是這個理兒！就像蛾子撲火一般，這皇位不知會燒死多少蛾子呢？」客印月看著王體乾急急走了，伸伸腰肢道：「真是乏了，回去歇息吧！有這些孩子們呢！」

魏忠賢若有所思道：「不怕魚兒脫鉤，只怕沒了香餌，卻也生了鏽。魚都不會釣到，何況是深淵裡的金鰲？」

「九千歲，萬歲爺賓天了。」乾清宮御前牌子王永祚奔出殿來，驚呼起來。魏忠賢急忙進殿，見天啓已直挺挺地臥在床上，兀自大睜著兩眼，似有無窮的眷戀與遺憾。魏忠賢、王體乾拜倒在地，泗涕長流；客印月更是捶胸頓足，放聲大哭，登時宮裡一片忙亂……

注：戰國時期，楚國一個名叫李園的人將貌美如花的妹妹獻於春申君，月餘而有孕，妹妹與春申君商議，自請侍奉楚王，所生之子，後來繼承了王位。

注：戰國時期，巨商呂不韋將自己有孕的侍妾獻給秦世子，後生嬴政，掃六合，一天下。兩個故事都是竊國奪權的範例，為後世許多狼子野心之徒津津樂道。

第七回

新儲君遭擒兵馬司
小書吏報信指揮使

曹選心裡一驚，急忙出門觀看，就見院子裡站著十幾個錦衣衛，一色緹服白靴，腰挎彎刀，繫著黃銅雙魚腰牌。為首一人身前的補子上繡一個怪物，似龍非龍，身上生鰭，出沒水波之中，赫然是品級極高的飛魚服，從衣飾知道來人官職近似錦衣衛千户，他冷冷地望著曹選。

信王朱由檢混在皇后張嫣的儀仗裡出了玄武門，也不敢去尋等在東華門外的徐應元，獨自一人朝東向王府井疾步而行，平是乘車騎馬慣了，才跑出幾百步，便累得雙足酸軟無力，口中氣喘如牛，無奈只得緩下慢走。此時夜深人靜，殘月微明，四下黑漆漆的，朱由檢沿著大街迤邐而行，向南遠遠望去，只見宮城東牆外隱隱有燈籠遊動，知道那是宮城四周的紅鋪禁軍在依次巡視，銅鈴搖振，叮噹作響，依稀可聞。突然一串火光在黑夜裡浮起飄搖，隨即傳來嗒嗒的馬蹄聲響，一隊人馬迎面而來，燈籠火把照亮了半條街，朱由檢正要躲避，早被兵丁們發覺，上前扭住推搡到一個騎馬的人前，「曹大人，捉到了一個犯禁的太監。」

朱由檢定睛一看，高挑的一盞紅燈籠上寫著「五城兵馬司御史曹」幾個工整的大字，知道是五城兵馬司在皇城巡夜的人馬，正要分辯，那曹御史用鞭梢一指，喝問道：「你是哪宮的太監，可知快到午夜淨街的時分了？」

朱由檢登時醒悟，尖著嗓音答道：「咱在坤寧宮侍候皇后娘娘，方才隨娘娘到萬歲山壽皇亭拜月，一時走散，迷了方向，並非故意犯禁。」

「陳德潤？拿牙牌驗看。」

朱由檢將雙面浮雕雲紋花飾黃色象牙腰牌遞與兵丁，兵丁雙手呈上，曹御史看了，又借著燈光看看朱由檢，見他面容清瘦，白面無鬚，伸手從懷中取出一卷白紙，護衛的兵丁忙將燈籠高舉，曹御史看了上面的圖形，喝道：「拿下！」

朱由檢叫道：「為何抓我？」

曹御史說：「本官奉上司之命捉拿盜寶出宮的太監陳德潤，還叫什麼屈來？」

朱由檢大急道：「都是一些小人見咱侍候皇后心生嫉妒，惡意誣告，請容咱明日向皇后娘娘辯白。」

曹御史聽了，心裡不由躊躇起來，知道宮裡相互傾軋頗爲劇烈，哪一方也得罪不起，若不明就裡，輕舉妄動，說不得會引來殺身滅門之禍，當下笑道：「陳公公，下官也是奉了上司所命，身不由己，至於宮裡的事體，下官本不知情也不敢動問，就煩請公公降尊到兵馬司衙門委屈一夜，明日一早下官稟報上司，決定公公去留。」

朱由檢求告道：「宮外留宿依例要受重罰，難道大人忍心教咱離了坤寧宮，去幹那些灑掃的賤役，或是被發配南海子種菜？」

曹御史將馬鞭一晃，說：「公公說得其情可憫，下官有心放了公公，只是職責所在，上司追問下來或是被人參上一本，不好交代，還請免開尊口，不要多費唇舌了。來呀！請陳公公到兵馬司衙門。」話音剛落，上來兩個粗壯的兵丁架起朱由檢就走。

承天門外，一個兩進的四合院兒就是巡城御史的衙門。低矮的門頭只在門框下面左右的基石上雕刻著兩個小獅子，入門見到稍顯高大一點兒的房子是辦公的正堂，轉過一個小小的垂花門，裡面還有一進院落，那是衙門本官家眷的住所。已過二更，坐北朝南的正房內依然燈火通明，三個婦人正在摸牌玩耍。正中坐著一位年近花甲的老婦人，左首一位三十出頭的婦人，上身白銀條紗衫兒，搭襯著大紅遍地錦比甲，下身密合色紗挑線縷金拖泥裙子。右首那個一個婦人年紀還要小上幾歲，上身是金線滾邊淺紅比甲，下身束一條嫩綠水泄長裙，頭上都是珠翠堆盈，鳳釵半斜。對面是一個十五、六歲模樣的小書吏，身穿黑色皂綠色盤領衫，頭戴黑色布巾。老婦人打了一個哈欠，問小書吏道：「化淳，快三更了吧？你二叔怎麼還沒回來？」

那小書吏回答說：「奶奶，還差兩刻三更，二叔想是快回來了。」

左首的婦人也說：「婆婆，不要擔心著急，官人每夜例行公事，早一會兒晚一會兒有什麼打緊？」

「我倒是不擔心，只是等選兒回來才會安心，多年的老毛病，改不了嘍！」老婦人笑著打出一張紙牌。

右首那個年輕的婦人乖巧地逢迎道：「婆婆的一言一行足夠媳婦與姐姐學上一輩子的！」

老婦人雙眼瞇起，臉上笑意更盛，說道：「所謂舐犢情深，老來也是難免的。再說我只剩下他一個兒子，化淳的爹娘死得早，只有依靠他了。」說著竟落下幾滴老淚。

「你們哪個大膽惹老太太生氣了？」隨著一聲笑問，曹御史一挑簾籠從門外大步跨進來。

「官人！」兩個年輕婦人起身迎上來。

「二叔回來了。」那少年搶先將曹御史的披風接過掛好，曹御史過來給老婦人請安，那老婦人一邊命他坐了，一邊擦淚笑道：「沒有哪個惹我，是我自各兒想多了。」

「娘親又想了些什麼？」

老婦人道：「還不是你那死去的大哥！」

曹選勸慰道：「娘親不要傷心了，哥嫂雖說去世了，畢竟留下了化淳侄兒這個骨肉，如今又接到了京城，一家人團聚了。化淳在兒子手下做了書吏，也掙上了銀子，憑他的機靈勁兒，日後不愁沒有個好出路，哥嫂泉下有知，也會含笑的。」

老婦人破涕爲笑，說：「可是對得起他們呢！不知道教你爲了多少難，受了多少苦？今晚還算平安吧？」

曹選笑道：「娘親放心，太平光景當差能有什麼不平安的？今夜奉命抓了一個犯禁的太監，關在了前衙。今夜皇城傳警，嚴令緝拿此人，孩兒僥倖遇到，怕是一場不小的富貴呢！」

「二叔，太監什麼樣？侄兒還沒見過呢。」曹化淳好奇地問道。

曹選摸著鬍鬚道：「你才來了幾天，就什麼都能知道！太監平時都在宮裡頭，是不輕易出來的，你哪裡會見到？不過日子長了，總會見到的，他們常到一些繁華的店市買些宮裡用的東西。」

「那皇宮是不是很大？金鑾殿威嚴得很吧？」曹化淳不依不饒地追問。

曹選不耐煩地擺手阻止說：「聽說是大得很呢！我又沒進去過，哪裡會知道得恁仔細。小孩子家，不要亂打聽，小心教東廠的坐記將你當作叛逆抓了去！」

「乖乖，二叔那樣大的官兒也沒進過皇宮，我並不信！那坐記又是些什麼人？」

老婦人笑道：「化淳，你二叔巡夜也累了，有事明日再問也不遲的。早些歇息吧！」

曹選點頭說：「夜已深了，娘親也該歇息了。」

西廂房裡，一燈如豆，曹化淳躺在床上，翻來覆去難以入睡，心裡老是想著抓回來的那個太監，越想越覺好奇，索性起身，悄悄向外衙摸來。大堂門上高掛著兩盞氣死風燈籠，裡面十分寂靜，空無一人，四下尋看，見東南角的小屋內隱約閃著燈光，曹化淳摸到門前，透過縫隙向裡觀瞧，見一個清秀的少年被鬆鬆地捆著手腳，曲蜷在一張破舊的木床上，身上的穿戴確實與眾不同，頭戴烏紗嵌線捲頂內相帽，腰間紮一條犀角帶，腳上一雙紅面黑幫薄底的靴子，一個神情猥瑣的老頭在旁邊打著瞌睡，心不在焉地看管著。曹化淳見那少年與自己年歲相仿，更覺好奇，將屋門輕輕開了，走了進去。那老頭聽得門響，睜開眼睛，忙上前施禮道：「少主人，還沒睡呢？」

曹化淳見是大堂的老衙役李福，敷衍道：「睡不著，見這裡亮著燈，就過來看看。」

李福心知他來京沒幾日，少年心性，什麼都覺新鮮好奇，勸道：「這裡骯髒得緊，小爺還是回房歇著吧！」

「看守犯人卻也有趣，咱替你一替，你歇息去吧！」曹化淳嬉笑道。

李福本來忙了一日也累了，睡得正好卻被喚起看守犯禁的太監，心裡正自暗恨那太監，感嘆今日倒楣，聽他要替看守，不禁驚喜道：「那敢情好！只是被大人知曉，擅離職守，要被責罰的。」

「天知地知，過往神靈知，只要你不說咱不說，二叔豈會知道？放心去吧！」

「可千萬不要出什麼差池。」

「恁的囉嗦！」曹化淳怒道。李福賠笑退了出去，隨手將門鎖了，諂笑道：「那就有勞小爺了。」說著掂了掂手上的鑰匙。「還是不信咱怎的？」曹化淳見他鎖門取了鑰匙，心下惱怒，本待要罵，李福轉眼間已不見了，氣得一腳將床邊的矮凳踢開。

朱由檢懊惱了一番，靜下心來閉目苦思脫身之計。忽聽門響，微微睜了一下眼睛，見進來一個瘦小的少年，換走了那老看守，然後一聲不吭地圍著自己身子轉了兩圈，只顧笑嘻嘻地看。朱由檢猛地睜開雙眼，曹化淳驚得向後跳開一步，失聲道：「咦！你還沒有睡呦！」

朱由檢以爲是曹御史的公子，看他稚氣未脫，一口南方的音調，仍有幾分天眞頑皮野氣，冷冷地說：「睡與不睡，與你何干？」

曹化淳見他睜開眼睛，又張口說話，脆生生的京韻京腔，拍手笑道：「喔呀！我可看到太監了，這樣一個俊秀的太監！」說著，竟在床邊坐下來，問道：「皇宮裡可好玩？」朱由檢冷冷地看了他一眼，閉目不語。

「說話呀！問你呢！」曹化淳不禁心急起來。

朱由檢依然閉著眼睛，搖頭說：「你一個小毛孩子，知道什麼？知道又有什麼用？」

曹化淳將小嘴一撇，不服地說：「哼！你不就是早來京城幾年嗎！有什麼了不起？早晚我也會知道你們知道的那些事兒！你說不說？不說我可搔你癢肉了。」兩手作勢要抓朱由檢的腋下。他的手尚未觸到，朱由檢渾身卻禁不住搔癢起來，幾乎忍不住要笑出聲來，心頭火起，忙喝道：「有話只管問，不要胡鬧！」

「那好，皇宮裡是不是很好玩？」

「是。」朱由檢不再執拗。

「人多吧？」

「太監十五萬，宮女也有十萬還多。」

「乖乖，那麼多人！比一個州府還多。那老皇帝有幾個老婆？」

朱由檢見他懵然無知，心下暗覺好笑，不禁又想起沉疴在床的皇兄，眼圈一紅，心裡大覺酸楚，黯然說道：「哪裡是什麼老皇帝，還年輕著呢！」

「你哭什麼？想是皇帝老兒欺負你年紀小，對你不好？」曹化淳頗有些不平。

朱由檢苦笑道：「不，他對我很好。」

「他到底幾個老婆，你還沒說呢！」

朱由檢道：「有皇后、皇貴妃、妃子共七人。」

「咦！不是三宮六院七十二嬪妃嗎？怎麼只有這幾個人？沒勁兒，沒勁兒！」朱由檢見曹化淳搖頭鼓舌一副不以爲然的樣子，將身子略略翻動幾下，微笑道：「《禮記》上說：『天子后立六宮、三夫人、九嬪、二十七世婦、八十一御妻，以聽天下之內治，以明章婦順，故天下內和而家理。』算不得數，皇帝的老婆可多可少，不一定就是那樣的數目。我朝孝宗皇帝只立一位皇后，未納一妃一嬪。」

「《禮記》是本什麼書，你帶了嗎？借我看看。」

朱由檢更覺好笑，說：「看你沒有念過幾年書，《禮記》上面講的全是家國廟堂之事，你不懂，看了卻也沒用。」

曹化淳似是有些失望，不耐煩地說：「什麼蝦果貓糖？沒甚意思，我一個男子漢大丈夫，又不是小孩子了，要那些東西有什麼用？」隨即眼珠一轉，探問道：「你也沒有見過皇帝吧？剛才的話想必是糊弄我的！」

朱由檢見曹化淳如此狡黠，大覺有趣，自負道：「普天之下，見過皇帝次數比我多的，怕也沒有幾人。」

曹化淳見他言語之中隱含一股豪氣，心下思忖道：看來不似假的，若是假的他必不敢將話說得這樣滿。臉上登時現出無限佩服神往之情，道：「老兄既然如此吃得開，不如帶我到皇宮裡走一趟怎樣？」

朱由檢更覺好笑，問道：「你去皇宮幹什麼？」

「看看皇帝的老婆有多俊？金鑾殿有多氣派？日後回到老家，也好向咱那幾個夥伴諞上一番。」曹化淳得意起來，彷彿已經從皇宮回來，對面床上的人不是朱由檢，而是老家的夥伴兒。

「我帶你去倒是可以，只是怕你到宮裡亂說亂動，連累了我。」朱由檢兩眼看著曹化淳。

曹化淳大急道：「不會！不會！我知道禮數的。」

朱由檢似是有些信了，說：「那好，我教你做件事，看看你到底可不可靠？若是做得好，進宮包在我身上。」

「要我做什麼事？該不是讓我把你放了吧！那可不行，是要挨二叔打的。」曹化淳將手亂搖。

朱由檢笑起來，說：「哦！原來是曹御史的侄兒，失敬了！那我就稱呼你一聲小兄弟了。你大可放心，哥哥豈會教你為難？只是要你幫我一個小忙，到時自然有人來放我，怎會連累於你！」

「那倒可以商量。說吧，什麼事兒？」

「你先將我腰裡繫的東西拿出來。」

曹化淳用手在他腰間衣內一摸，掏出半個巴掌大的玉佩來，上面繫著黃色的絲線，通體晶瑩剔透，閃著幽幽的光芒。朱由檢說：「夜已深此了，要你將這塊玉佩送到前面不遠的地方，你可敢？」

曹化淳胸脯一挺，說：「有什麼不敢的？十幾里的山路咱夜裡也是走過的。快說是哪裡？」

「南城兵馬司衙門東南邊的周府你可知道？」

「認識，這周圍大大小小的地方幾天就看遍了。」

「你快將這個玉佩送到那裡，親手交給副指揮使周奎大人，他自然會獎賞你銀子的。」

「你叫什麼名字？萬一他問起來，我好回答。」

「我叫朱由……不用了。他見了玉佩，就會知道的。」

「豬油？你身上也沒幾兩油呀！京城眞是大，竟有起這樣怪名的！」曹化淳不解地自語道。

朱由檢看他天眞的樣子，問道：「你的名字怎樣稱呼？入宮時也好叫你。」

「咱叫曹化淳，抓你來的御史是我二叔。」曹化淳說著出了小屋，又轉身回來問：「你就不怕咱把你的玉佩昧下了，眞的放心交給咱？」

朱由檢說：「你不是還教我帶你入宮嗎？」

「好，咱這就算說定了。」曹化淳起身就要出門，想起屋門鎖了，伸手一摸，想要扯開，不料那鎖十分牢固，冷笑道：「這豈會難得住咱？小哥哥，得罪了！」返身將朱由檢身上的繩索連緊了幾下，自覺難以掙脫，看看南牆上的方格小窗，將條凳放牆角處，踏上試探著搖晃窗櫺，此屋本已年久，破舊失修，又非專門關押人犯的牢獄，搖晃之下，中間一根木條竟自朽斷了。曹化淳探頭出去，見離地不甚高，回頭一笑，縮著雙肩，團身爬出，沿著大街的牆根向南城兵馬司衙門快步跑去。

南城兵馬司副指揮使周奎是信王妃周氏的父親，做了皇親不足半年的時間。他祖籍浙江蘇州，從父輩起才來到京城居住經商，倒也薄有家私，就在城南置辦了一所小小的四合院。女兒被選做了信王妃，他的身分一下尊貴起來，就近恩賜了個南城兵馬司副指揮使的閒職，堂堂皇皇地吃上了俸祿，一進的四合院也換成了三進的大宅子。每日閒來無事，到兵馬司點點卯，就回家鬥雞走狗玩蛐蛐養鴿子，過得極是安逸。這幾天剛剛懋買了兩隻名品鴿子：一隻叫做坤星，金眼，鳳頭，背上有七顆銀白的星斗，左三右四；另一隻名爲紫袍玉帶，長身矮腳，金眼紐鳳，毛色漆黑，唯有脖子上長了一圈兒雪白的羽毛，好似一條玉帶。他對這兩隻極是喜愛，一會兒也割捨不下，大白天忙著照顧鴿子蹲房，觀察其形狀、神態，熬得乏了，夜裡還在惦記著飲水餵食。今夜剛剛睡下，聽到鴿子咕咕的叫聲，忙起來添了些料食，卻隱隱聽到前面門房有吵鬧聲，怕驚擾了鴿子，氣沖沖地來到前院，見管家、門子正與門外什麼人爭吵，忍著性子乾咳一聲。管家慌忙迎上來說：「老爺，怎麼將您老人家也驚動了。

都怪這小殺才，深更半夜送什麼東西？還非要親手交給老爺，小人情知老爺歇息了，便說明日替他轉交，他卻死活不允。」

門子忙挑了燈籠過來，高高舉起替周奎照亮。藉著閃動的燈光，周奎從門上的小孔向外一看，見是一個瘦小的少年，呵斥道：「什麼要緊的東西非得深夜送來？擾了老爺好夢。你若想耍什麼花樣，訛老爺的賞銀，可要看清了這是什麼地方，惹惱了老爺，教人捆了，一早送你到刑部過大堂！」

曹化淳並無懼色，也不著惱，說道：「敢問此處可是周老爺府上？」

「正是。」周奎見他言語恭敬，氣消了幾分，拈鬚而答。

曹化淳道：「如此最好。小的才不屑與這般潑皮的門房講話，竟還向小的要什麼跑腿錢！」

那門子被當面揭了底細，惱羞成怒，遮掩道：「休要胡說！大膽小賊，你爲何深夜騷擾老爺？」

周奎聽那門子挑撥，隱隱不快，卻自恃身分，不好惡言直斥，隱忍著淡聲問道：「你是哪裡來的，送什麼東西？」

曹化淳報了名姓，從懷中取出玉佩遞與他說：「送玉佩的人說你看了就會認識，還要你給賞錢呢！」

周奎接過來，見玉佩上雕一條三爪雲龍，極其眼熟，似是哪裡見過。正在冥想，管家驚道：「這不是我家小姐大婚時，皇上御賜的那對龍鳳玉佩嗎？」周奎豁然記起，女兒大婚之時，皇上特命匠作局磨製了一對龍鳳玉佩，雲龍玉佩賜予信王朱由檢，飛鳳玉佩賜予女兒，惹得當時多少人眼熱，嘖嘖稱讚。周奎手捧那件雲龍玉佩，不由渾身顫抖起來，遍體汗水，難道是朱由檢出了什麼事？急忙命門子將小門開了，放曹化淳進來，問道：「那人什麼模樣？」

「模樣清秀，一身太監打扮，比我也大不了幾歲。」

周奎心下疑惑，堂堂帝胄怎會太監打扮，不是這小賊想訛銀兩吧？追問道：「你可問了他的名字？」

「叫什麼豬油，好怪的一個名字。」

「是不是朱由檢？」

「他並沒說什麼鹹呀鹽的。」

「他人在何處？」周奎更加焦急了。

「押在我二叔的衙門裡。」

周奎大笑道：「老爺知道你是胡說了，他就是犯了什麼罪，也該交由宗人府處置，怎麼會被押在一個小小的南城兵馬司衙門裡？你說，這玉佩是在哪裡偷的？再嘴硬，明日便將你送官！」

「若是偷的，豈有自己送回來的？」曹化淳斜視著冷笑道：「老爺可是捨不得幾錢賞銀，欺我年幼嗎？我也是當過公差吃過公飯的，這幾句堂審的套話卻來詐誰？老爺不賞錢倒也罷了，若是耽誤了大事，怕是後悔不及的。」

「你不過一介小小的書吏，也好大言說什麼公差公飯的！權且信你。只是你敢不敢一同去？」

「我本來也要回去的。」

「好！」周奎不敢怠慢，忙回房換了官服，喊了幾個當值的兵丁，向御史衙門而來。

曹選歇在小妾的房裡，剛剛親熱了一番，乏乏地正要睡去，就聽前院的門子在門外低聲呼叫：「大人，南城兵馬司副指揮使周奎大人求見。」

曹選聽了，急忙起身找衣服，那小妾卻不依，拉著他的胳膊不放道：「哪裡來的潑皮如此不識相，沒由來地擾人好夢！」

曹選賠笑道：「心肝兒，快些放手，他雖說是我的屬官，可還是當今御弟朱由檢千歲的岳父老泰山，萬萬怠慢不得，不好一味以屬官相待。你安心睡覺，我去去就來。」

「我可等你呀！」那小妾撒嬌道。

曹選口裡應承著，來到前院的東廂房小客廳，見周奎正在那裡不住地來回走動，曹化淳在一旁侍立著。周奎上前施禮，曹選慌忙攔了，招呼坐下道：「老皇親深夜光降，可是有什麼喜事？」

周奎道：「叨擾大人，有罪有罪！」看看廳內沒有旁人，低聲道：「聽說大人抓了一個犯禁的太監？」

「老皇親好快的消息。」曹選心下警覺起來。周奎忙道：「那本是一個內親，酒後頑皮，搶著與宮裡的小太監換了衣服耍子，不料跑到大街上，衝撞了大人。」

曹選淡聲道：「那個太監所言與老皇親所言並不一致，他自稱是宮裡的太監，還是坤寧宮的管事呢！」

「都是酒後胡言，大人不可信他。」

「那老皇親之意是……」曹選故意將話停住，兩眼看著周奎。

周奎道：「想求大人高抬貴手，放了這個行事胡亂的奴才。」

「宮裡追問下來，怕不好交代吧？」

周奎寬慰道：「大人請放寬心，這不關宮裡多少事的，如何會追問？」

曹選礙著他是皇親的面子，不好直言斥責，語調略微一冷，語含譏諷道：「老皇親說得輕巧，既是宮裡的人，如何不會追問？你看上司連夜發來的緊急公文，說要捉拿盜寶出宮的太監陳德潤，正與令親像貌並身上的牙牌相合，若是放了人，上司追問下來，咱這芝麻大的一個小官，骨頭也要壓碎了，怎比得了老皇親，穩如泰山似的。」

周奎見話不是頭，既不敢用強，也不敢得罪，取過圖影看了，賠笑道：「是卑職解說不周，令大人擔心了。內親只是頑皮，酒後失德搶了陳公公的衣帽牙牌耍子，並非宮裡的太監，更非圖上所畫的人，宮裡斷不會追問的。」

曹選暗道：我又不是三歲孩童，豈是輕易騙的？越發不悅，慍聲道：「不是太監，又是什麼？明明一身太監打扮，白面無鬚，還會假得了？」

「的確不是太監，卑職不敢欺騙大人。」周奎離座恭身說。

曹選心裡不住地冷笑，教我放人，誰可承擔干係？伸手攔道：「老皇親不必如此多禮。既是內親，自當看顧，只是咱官微權輕，也不敢造次，宮裡豈有小事？若非太監，與宮裡無關，還好商量；若事關內廷，怕是無能爲力了。」

「卑職所言句句是實，大人不信，可驗明正身。」

「好！若不是太監，就教老皇親領回。」曹選起身，與曹化淳一起引領著周奎來到關押朱由檢的小屋，李福早已驚醒趕來，忙取了鑰匙開門。朱由檢見了周奎略一點頭，周奎見他手腳被縛倒在破床上，幾乎按耐不住要上前解了綁繩。曹選看看朱由檢與周奎，對門口道：「化淳，你來驗驗他的身子。」

「怎麼驗？」

「摸摸他的下身，看看他尿溲的東西在不在？」曹選命道。

「脫了褲子再看，豈非更加明白？」曹化淳一味少年心性，只知好玩。

曹選厲聲道：「休得胡言！」曹化淳轉身低頭吐舌，不敢再耍笑，但見朱由檢怒目看著自己，嘻嘻一笑，說：「小哥哥，對不起了！」伸手向朱由檢褲襠處摸去，堪堪觸及，猛聽大門外一片拍打吵嚷之聲，手掌驟然停住。曹選怒道：「快去看看門外什麼人這樣大膽？給我抓了，用板子侍候！」

曹化淳還沒邁步，就聽小屋的門外有人陰惻惻地說：「好大的口氣，小小的巡城御史也敢在天子腳下說這般大話？」

曹選心裡一驚，急忙出門觀看，就見院子裡站著十幾個錦衣衛，一色緹服白靴，腰掛彎刀，繫著黃銅雙魚腰牌。為首一人身前的補子上繡一個怪物，似龍非龍，身上生鰭，出沒水波之中，赫然是品級極高的飛魚服。那人冷冷地望著曹選，曹選大為惶恐，身子竟涼了半截，忙上前施了禮，顫聲道：「卑職不知大人光臨，請到客廳用茶。」

「你這沒什麼品級的官兒會有什麼有品級的茶？再說咱是奉旨拿人，也不是來喝你什麼茶的。」那人語調傲慢陰冷。眾位錦衣衛也紛紛喝道：「我家指揮大人難道深夜巴巴地來喝你什麼爛茶嗎？」曹化淳不知深淺，張口正要喝罵，周奎忙伸手將他的嘴捂了，低聲命他不要亂動，跨出屋子，笑道：「哎呀！小老兒道是哪裡的神祇到了，原來是錦衣衛指揮崔大人，失迎了。」

崔指揮翻眼看了，擠出一絲笑容道：「老皇親深夜怎麼也在此處？」

「有些公事正與曹大人請教。崔指揮怎麼大駕到此，該不是來抓小老兒的吧？」

「老皇親取笑了，聽說五城兵馬司抓了一個犯禁的太監，咱特來提審。」

「好快的消息！」周奎一拉曹選道：「曹大人，這位是錦衣衛指揮崔應元大人，與都督田爾耕大人、北鎮撫司許顯純大人、東廠理刑官孫雲鶴大人、東廠司理楊寰大人眾稱五彪，乃是九千歲手下得力的幹將。小老兒去年在太常卿倪文煥大人府上與崔大人曾有一面之緣。」

曹選忙上前重新施了禮，將崔應元往廳堂裡讓，崔應元道：「你這骯髒的地方還要坐什麼？九千歲的公事要緊。休要囉嗦！咱一路追趕下來，沒了蹤影，可是在你們這裡？」

「回崔大人的話，卑職是抓了一個犯禁的人，可不是太監。」曹選滿臉堆笑。

崔應元森然地看了身後的隨從一眼，一個錦衣衛忙上來說：「那布店的老闆分明是說他抓了一個太監。」崔應元嘿嘿地笑了，對曹選說：「那布店老闆是東廠的坐記，斷不會走眼的，快帶咱們去看看抓來的人。」

曹選道：「那關押的地方骯髒不堪，欽差大人還是先到廳上喝茶稍等，卑職親將人犯帶上，請欽差大人過目辨認。」

「好！快去快回。」

曹選將眾人讓到客廳，急忙返身回到小屋，不禁大吃一驚，見木床上的朱由檢身上全然沒有了太監的服飾，頭戴儒巾，身穿藍布直裰，腳上的皂靴也換成了雙臉布鞋，全然沒有了太監的打扮，一時嚇得渾身顫抖，滿臉是汗，低聲說：「老皇親，怎麼令親變得如此模樣？不是要害下官嗎？」

周奎道：「他本來不是太監，小老兒將帶來的一身衣裳與他換了，大人不必害怕。若依然是一身太監打扮，人卻不是太監，那才會害了大人呢！」

曹選無奈，怕遲了令人生疑，忙將朱由檢的雙腳依然捆了，架出了小屋。崔應元見進來一個儒服少年，將茶碗一放，對曹選道：「你不是把人換了吧？」

曹選腿一軟，幾乎要坐到地上，擦擦臉上的汗水說：「崔大人說笑了。卑職與人犯非親非故，何必強加遮掩，拿一家老小的性命玩鬧呢！」

崔應元起身圍著朱由檢身體轉了一圈兒，上下看看，突然伸手向他下身一捏，朱由檢痛得彎下腰去，崔應元卻哈哈大笑道：「還是個雛兒吧？東西竟這樣小！」眾錦衣衛一齊大笑起來，曹選這才覺得那顆懸著的心落了下來。

崔應元道：「打擾了，既然不是出宮的太監，也許是那坐記老眼昏花看錯了。不過咱向人買起數也花了不少的銀子，若是這麼回去，兩手空空的，賠了銀子的事小，九千歲處恐怕難逃責罰，豈不是賠了夫人又折兵？咱何時做過這等賠本的買賣？」說著拿眼睛翻翻曹選，用手指著朱由檢道：「終不成將這少年帶回去打樁，看他的模樣，想必也是家境殷實的，幾兩銀子不會拿不出的。」

曹選明白他們意在趁機打劫，嚇得手足無措，兩眼不住地看周奎。周奎笑道：「崔指揮爲京師平安，連夜緝拿逃犯，萬分辛苦。明兒個小老兒奉上五百兩銀子，送到府上，與大人作茶錢，些許薄禮，萬勿見卻才是。其他弟兄們，等公事完了，請到舍下一聚。小老兒那裡有陳年的花雕，還有江南侑酒的歌伎……大夥兒一塊兒樂樂如何？」

崔應元瞇眼笑道：「老皇親如此說，反教咱不好推辭了。咱正要到府上叨擾，聽說你新近憋了幾隻名品鴿子，也好見識見識。」

「崔指揮也有此好？那小老兒可眞是吾道不孤了。」

「也是剛剛待見的。就是沒找到什麼可心的玩意兒！」

「是喜歡飛放的、玩賞的，還是哨音的、翻跳的？若要飛放，舍下有銀灰串子，其色如同初生鉤月，雙翅末各有一條灰線，飛得最爲高遠。若要玩賞，舍下有最小的丁香鴿子，嘴小如麥粒，頭小似胡桃，腳紅賽丹砂，通身皀色，兩眼如玉。還有一種鸚鵡白，有蓮花鳳，最爲嬌媚……」

「大人！」一個錦衣衛自堂外飛身而入，在崔應元的耳邊輕聲說了幾句話，崔應元問道：

「只找到了靴子？」

「是。」

「可知人往哪裡去了？」

「不知道。」

「快去搜尋！」說罷，崔應元起身道：「多有叨擾，改日再到老皇親府上請教。」

周奎連道不敢，曹選大著膽子問道：「那這人犯……」

「不是，不是！九千歲明令要找的是個太監，他那個東西還在，怎麼會入得了宮？若要入宮，須得將那話兒……」崔應元做了個砍切的手勢，然後起身率眾人離去。

曹選恭送崔應元等人出了衙門，汗水淋漓回到廳堂，責怪周奎道：「老皇親可把咱嚇苦了！」

周奎賠禮道：「事出倉促，有那身衣服怕說不清楚，再給大人惹上什麼禍，卑職就教手下將衣服偷偷藏了，並將一隻靴子到外面扔了，正好可以將他們引開，以示人犯並非本衙此人，而是另有人在。驚擾大人半夜，卑職深愧於心，改日到柳泉居爲大人擺酒賠罪。」說話間，曹選命人去了朱由檢身上的繩索，周奎辭別了曹選，帶朱由檢出來。曹化淳跟到大門口，問道：「小哥哥，什麼時候帶我入宮？」

朱由檢拉起他的手說：「剛才錦衣衛說的話你想必也聽到了，進宮要把下身淨了，苦痛得緊呢！」

「那宮裡那麼多太監都不怕，我就會怕了？別是你反悔了，不想帶我進宮了吧？」曹化淳有些忿忿不平。

朱由檢笑道：「那好，你既是願意，回去問問你二叔，他若同意，改天到前門外找個活好的饒陽師傅給你去了勢，將養好了，我派人來領你入宮。」

曹化淳眼淚汪汪地說：「那我等你了。」

「快走吧！天色不早，都近四更了，府裡怕是急翻天了。」周奎在一旁催促道。

信王府裡，一片寂靜，大殿裡卻燈火通明，「怎麼王爺還沒回來？」三個王妃反覆追問回府的徐應元，徐應元已將事情經過講了三、四遍，眾人也問不出、想不透其中的緣由，高時明、王承恩等人更慌得團團轉，不知如何是好。眾人呆坐良久，徐應元哭拜道：「三位主子，都是奴才年老無能，竟將王爺看丟了，要不是爲了報信，奴才也就不回來了。奴才這就去再找一遍，拼著一死，闖到宮裡，也要找到王爺！」

周王妃阻攔不住，徐應元往外就走，正好與邁門而入的周奎撞了個滿懷，周奎笑吟吟地說：「不用去了，我把人送回來了。」眾人看時，見幾個手持兵器的軍士護衛著一個滿身儒服的秀士走進大殿，登時歡顏雀躍。

注：買起數謂辦案的花費。

第八回 涂文輔兵圍信王府 韓翠娥夜巡日精門

徐應元正待要講，忽聽一陣的長長喊聲傳來，「天下太平」，急忙住口噤聲，向外張望。突然，眼前出現了一排暈紅的光點，像春花的初紅，像水浸的朱顏，夢一般地靠近著。近了，更近了，一排宮燈，一串手鈴，一隊宮女，一樣齊整柔柔的步子，在月華中向文華殿而來。

日上三竿，信王起來用過早膳，品了一口上好的陽羨雲茶，想起昨夜的經歷，兀自心跳不已。將過未時，三位王妃都過來再次問安，信王忽覺大有重逢之感，剛將出入內廷的經過講來，高時明慌張地跑來，驚恐萬分地稟告說：「王爺，大事不好了！」信王從未見過高時明如此驚慌失措，急問：「什麼事？」

「忠勇營提督涂文輔率三千人馬不知爲什麼圍住了王府。」

信王神色一凜，將茶盞慢慢放下，若有所思地問高時明道：「他們說要怎樣？」

「奴才見他們來勢洶洶，急忙回來稟報王爺，好教您有個準備，沒來得及問他們話，只命家丁告知他們先在府外候旨。」

「他們來了多久？」

「不過一盞茶的工夫。」

周王妃命高時明道：「快保護王爺從後門逃走！」田、袁二妃也花容失色，急道：「王爺快走，不要顧念我們姐妹！」

信王見她們個個雨打梨花似的，兀自驚慌地哭，輕笑道：「不必害怕，老子雖云：『兵者，不祥之器也。』但涂文輔率三千人馬來並非不祥之兆。」

田妃氣道：「如非不祥之兆，難道還會是喜事不成？」

周王妃也勸說道：「敵情未明，王爺還是躲避一下的好，以免他們圖謀不軌，那時後悔哪裡來得及？」

信王搖頭道：「他們眞要抓人，當今東廠錦衣衛遍布天下，逃得了一時逃不了一世，本王可不願做喪家之犬？」略一停頓，又無限溫柔地說：「本王也捨不得你們姐妹，生不同時死同穴，能與在地下廝守，又有何憾？」

田王妃跺腳道：「都什麼時候了，王府被圍，闔府上下將難逃繩索刀斧之厄，王爺竟還有心思與給我們姐妹寬心耍笑！」

袁王妃也哭道：「王爺，你莫不是氣糊塗了，才這般言語顛倒？」

周王妃將淚眼擦了，看看信王，見他眼睛一如往昔般地沉靜，並無慌亂的神色，伸手拉了他的袍袖問：「妾妃駑鈍，一時難以明白王爺話中的深意。」

「到時你們自然明白了。」信王仰頭望望透過花窗的條條日光，兩手輕輕一拍，驚嘆道：「你們哭的模樣竟也這般楚楚動人！本王與你們相處一年有餘，從沒有見你們哭過，梨花一枝春帶雨；幽蘭露，如啼眼。古人誠不我欺，當眞是驚心消魂，令人憐愛！本王原道美女宜顰宜笑，今日才知還宜悲呢！」

田王妃背過身子，怒道：「人家關心你的安危，你倒還有心思調笑？要看什麼雨打梨花，偏不給你看！」

信王面色一窘，見她們哭得兩眼泛紅，淚滴香腮，大覺憐惜，收住笑容，緩聲道：「你們不必擔心，涂文輔不過是報信來了，並非對本王不利。」

「報信？」三位王妃一怔，齊齊不解地看著信王，越發覺得他的話難以琢磨。

信王回位坐下，招手教她們也坐了，取過田王妃手中的竹羅小扇把玩，輕喟道：「三千忠勇營軍校並非來圍抄王府，涂文輔想必是來迎接本王入宮的。」

「昨夜王爺入宮何等艱難，今日怎麼卻來請了？」高時明忍不住打斷他的話。信王反問道：「你可聽到府外有吵鬧動靜嗎？」信王見他搖頭，解說道：「若是輔奉旨查抄王府，軍校早已衝殺進來了，豈是幾個護衛家奴抵擋得了的？司禮監、錦衣衛做事辦案何曾如此忍耐過？想是他們意不在此。」

「他們為何如此？」眾人望著信王，十分不解。信王含淚道：「看來皇兄已然賓天了。」

眾人既驚且疑，高時明搶先問道：「依照本朝禮法，擁立新君當是由外廷王公閣臣具表勸進，反覆三次，然後方可登基繼位，哪裡有內監迎立之理？」周王妃道：「魏忠賢莫不是想搶擁立之功？」

信王微微一笑：「不單是搶擁立之功，怕還有更為歹毒的計謀。」

「那會是什麼計謀？」眾人心頭一沉，袁王妃憤然作色道：「他這樣興師動眾，顯然有威脅王爺之意，豈不怕冒天下之大不韙？」

信王搖頭道：「不然。魏忠賢此舉雖有挾持之嫌，但迎接儲君連夜入宮，商議大行皇帝喪禮之事，變通禮法，事急從權，也無不可。此乃儲君分內之責，豈能推辭？」

周王妃嘆道：「難道竟這般無可奈何？不能想個法子拖延，等明日天明入宮？」

信王袍袖一拂，起身踱步說：「魏忠賢既然不敢貿然行事，看來尚未完全控制大局，因此舉棋不定。以他如今的權勢地位，想必不想失敗，不想賠本，自然不會走險招，不會輕舉妄動，幹沒有把握的事。本王若不入宮，反而引他生疑，對本王更加防範，說不定還會促使他下決心，加快行動。」

田王妃落淚道：「如今王爺身繫天下萬民重望，孤身涉險，一旦不測，豈非束手就擒，坐以待斃？」

信王勸道：「本王入宮一可驕敵之兵，魏忠賢定以爲本王胸無城府，年幼可欺，必然麻痹大意。再說不入虎穴，焉得虎子，不入皇宮，如何做皇帝，治天下？」

田王妃幽幽地嘆道：「眼下紫禁城中的荷花怕是已然殘了，殘荷冷雨，不勝淒涼，笛也不好吹了。妾妃也不想到紫禁城裡吹什麼笛子，月夜良宵，望吳臺上，輕吐慢弄，大夥清賞，也不眾人生之樂。」

「妹妹眞是天生一副悲天憫人的心腸，忽喜忽哀的，眞教人憐！」周王妃見信王心意已決，情知再勸也是無益，忙岔開話題，對著信王拜道：「妾妃給王爺道喜了。」信王卻淡然道：「按理說是天大的喜事，只是還不到慶賀的時候。」

周王妃笑道：「等王爺到了皇宮，正了大位，自然會普天同慶的，那時群臣入賀，王爺怕是應接不暇了，顧不得妾妃姐妹了。」

「能那樣自然是好，可是天下不如意事常十之八九，怕是未必呢！」信王道：「此次本王入宮看似喜事，其實卻隱藏著極大的凶險，正所謂福禍莫測，前途未卜。」眾人見信王眉頭深鎖，言語詭異莫測，心裡剛剛湧出起的一點喜悅一時全無。

「那不入宮就是了。」田王妃淚眼婆娑。信王苦笑道：「本王也想推脫，只是那三千忠勇營守在門外，他們可會願意？」

「王爺貴爲帝胄，他們豈敢用強動粗？不妨一試。」

「不必用強動粗，魏忠賢知道本王不會違了皇兄的旨意，辜負了皇嫂的一片苦心。」

「那也不必連夜入宮呀？必是魏賊假託聖旨，要將王爺騙入宮裡。」田王妃恨恨地說。

「難道矯詔一事是今日才有的嗎？他們剿滅東林，誅殺異己，有幾次是出自皇兄的本心？近年京師民謠說：『委鬼當朝立，茄花滿地紅。』你們難道不明白這句隱語的意思？」

高時明應道：「這句話奴婢也是知道的，委鬼二字相合即是魏字，以指魏忠賢；茄字與客字同音，以指客印月。」

信王點頭，依然不住地踱步道：「魏忠賢派軍兵來迎本王入宮，其實也是不得已才走的一步險招。他本沒料到本王會進宮面聖，及至發覺，便想將本王捕殺，卻沒想到本王從容出宮回府。」

周妃疑問道：「那魏賊為何沒有入府追殺？」

「他若殺入府來，勢必路人皆知，天下沸然，他也落個亂臣賊子之名，人人得而誅之。兩敗俱傷，他豈會願意？」

袁妃大悟道：「因此他便一計不成再施一計，派人再迎王爺入宮。」

「不錯。本王入宮，他自然布下天羅地網，尋機刺殺。等而下之，可藉擁立之功，傲視群臣，利用宮內各機要之處的心腹親信，多方掣肘，欺君罔上，擅作威福，甚而挾天子以令諸侯，將本王玩弄於股掌之上。恩寵如舊便罷了，一旦失寵，必全力反撲，爭個魚死網破。若是本王畏懼，拒不奉詔，更是遂了他的心願，他便趁機轉而擁立他人。此可謂一石三鳥，考慮極是周全。」

「那王爺豈非左右受制，進退兩難了？」高時明大急，他自信王年幼時既前後伺候，極有感情，眼見信王富貴發達，成了一人之下，萬人之上的親王，喜得拈香念佛，誰知好景不長，就要身處險地，不由暗自傷心難過，險些落淚。

「進總比退好吧！快接涂文輔進來，免得時辰久了，惹他生疑。」信王教三位王妃到內室迴避了。

不多時，進來一位頭戴烏紗的男子，大紅蟒衣，飛魚服，腰繫鸞帶，配著繡春刀，將召信王入宮的聖旨宣讀了，上前見禮道：「奴才涂文輔給千歲爺道賀。」

信王抬手命他平身，問道：「皇兄幾時晏駕的？」

「未時一刻。」

「依我大明祖制，迎立新君乃是閣臣之責，爲何卻不見他們前來？」

涂文輔忙道：「閣臣正忙於料理聖上後事，難以分身，因此九千歲特命奴才迎駕。」

信王心裡不住冷笑，推脫道：「本王心痛皇兄猝然賓天，身體陡覺不適，你且回去稟報魏伴伴，本王歇息一夜，明日再入宮。眼下皇兄剛剛駕崩，宮裡的事體正多，教他不要太過費心勞累了。」

「聖上駕崩，許多大事茫然無序，魏上公亟待王爺入宮主持大政，求千歲爺不要爲難奴才，以免魏上公面前，奴才不好交代！」涂文輔話裡軟中帶硬，「再說奴婢帶了營兵就是來護送王爺的，王爺不入宮，三千兒郎斷無活著回營之理，求王爺成全！」

高時明喝道：「大膽奴才，竟敢對儲君無禮，欺君犯上可是死罪！」

涂文輔冷笑道：「你我同為奴才，咱奉命行事，高兄何必大言壓人？」

高時明一時語塞。信王見推脫不掉，溫聲道：「本王是怕入宮幫不上什麼忙，反而礙手礙腳，教魏伴伴和朝臣愈加勞煩。按理說，皇兄只有本王一個血脈至親，就是沒有聖旨，也要哭祭一番的，這是為臣子的禮數，也是做兄弟的情分。你且到下面用茶，待本王先在府中祭奠一番，然後隨你們入宮。」

涂文輔辭謝道：「奴才不敢，還是在外面恭候王爺大駕吧！以免那些無知的手下驚擾了百姓。」

「如此最是周全。」

涂文輔恭身退出大殿，三位王妃從內室出來，齊聲埋怨道：「王爺，你竟答應了入宮？」

信王見她們語含關切，勸慰道：「入宮一事不容拖延，只好相機行事，你們擔心也是無益，反教本王心裡不安。」

「怎樣入宮？如需要多帶人手，各配寶刀寶劍等隨身利器，奴才這就下去準備。」高時明含淚說。

「不必，皇宮雖如虎穴龍潭，但人手再多，也多不過宮裡成百上千的侍衛，何況還有幾萬人的操兵，反倒教魏忠賢等小覷了。本王幼時在勖勤宮聽李選侍講關大王單刀赴會，當真是萬古流芳的大英雄，不勝仰慕，正可效仿一番，帶幾個平日的親隨，到宮裡走一遭，你們可有膽量前往？」

高時明搶先道：「奴婢侍奉王爺，多年未曾離開過，就算奴婢一個吧！」王承恩也不甘後人，急切地說：「奴婢也要與王爺一起入宮！」

信王尚未回答，門外一人應道：「奴婢出入皇宮多次，路徑熟悉，還是奴婢陪伴王爺去吧！」話音剛落，徐應元閃進大殿。

田王妃悲聲說：「王爺身臨險境，賤妾無力襄助，若是知道有今天，賤妾豈會學什麼琴棋書畫，練得一身武藝，也好隨身保護王爺！」袁王妃也說道：「有周姐姐留守王府，足矣！賤妾與王爺入宮，好歹有個說話解悶兒的人，也好同度如此難捱的長夜！」

信王豪氣頓生，朗聲道：「此地非易水，何故蕭然作此別離之狀？本王還要與你們在宮後苑裡賞花奏曲，哪裡就一去不返呢！」兩眼望望三位妃子，忍住心中酸痛，緩聲道：「本王就與徐、王二人入宮，高時明留守照應府內。你們安心在府中等待，切不可自亂陣腳。」

周王妃含淚道：「王爺多多珍重，不要以我們姐妹為念，只要王爺平安，便是上蒼對我們姐妹的垂憐。」

信王擺手命眾人退下，只留下高時明。信王道：「看來此事文武百官尚不知曉，若將消息傳揚出去，一些王公勛臣勢必趕來分搶擁立之功，魏忠賢必會有所顧忌，行事起來多有掣肘，那就多了幾分把握。只是如何散布出去呢？」高時明眼睛一亮道：「去柳泉居。」

「嗯！是個好主意。要是去柳泉居，一定少不得此人。」信王忽然覺得勝算的把握又多了一些。

「哪個？」

「田弘遇。」

「田老爺，田妃的父親？」

「不錯。你速傳命給他，此事非他不可。」然後又密密叮囑一番，高時明不住點頭稱是。叮囑完畢，正要起身，卻見三位王妃卻又在門口等候，信王勸阻道：「你們不必送本王了，只是暫別，如此鄭重反令人傷情了。」

「妾妃回來只想與王爺說一句話。」周王妃兩眼微紅，田妃、袁妃在一旁癡癡地望著信王。

「不會是一齊隨本王入宮吧？」信王看她們柔腸欲斷，幾乎不願入宮。周王妃卻道：「妾妃不敢相隨教王爺擔心分神。只是怕魏忠賢在宮裡做什麼手腳，便與兩個妹妹蒸了六張薄薄的麥餅，王爺可藏在袍袖之中，以充饑餓。千萬不要吃宮裡的一口飯食，喝宮裡的一口湯水，時刻小心提防魏賊的奸計！」說著將麥餅用絲帕裹了，親為信王藏好。信王解說道：「魏賊無非是想先據要津，挾天子以令天下，未必加害本王，自擔弒君之罪。他乃大奸大惡之徒，當不屑於耍什麼小伎倆！我命在天，豈是一個閹豎隨意擺布的！」說罷，大踏步地出了府門。

涂文輔正自等得焦躁，不住地徘徊，眾軍校更是不住騷動，見信王等人出來，急忙迎上去，竟遞過一匹馬的絲韁，並非車輿。信王接過來，高時明搶身跪伏馬下，含淚道：「奴婢伺候王爺上馬。」信王用手在他肩上輕輕一拍，低聲說：「事關重大，切不可出了岔子。」跨步踩著他的脊背上了馬，前呼後擁地走了。三位王妃率領家人久久地站著，望著信王的背影漸行漸遠，慢慢融入秋日火紅的餘輝之中，止不住淚水長流。

東安門外稍北有一所別致的院落，本是錦衣衛管轄的禮儀房，為選養奶口以候內廷宣召之所，俗稱奶子府。府內始終預備著立即可以哺乳的「坐季奶口」四十名，還有替補的奶媽「點卯奶媽」八十名。每年二、五、八、十一月開始更換新的奶媽，從剛生了孩子的乳婦中選出二十名，以供內宮備用，從光祿寺領取報酬。這裡是客印月初來京師落腳的地方。當年她十八歲，撇下剛滿月的兒子來到京城，恰好遇上宮裡選奶媽，便到奶子府報了名。此時魏忠賢正在東宮為剛生下皇長孫朱由校的王才人典膳，便與錦衣衛的人來為皇長孫挑選奶媽。魏忠賢見客印月面色紅潤，身材豐滿，豐乳肥臀，一眼就相中了。過了兩年，侯二死了，客印月也攢下了些銀子，就將兒子國興接來京城，沒有了什麼牽掛，一門心思撲在了皇長孫的身上。朱由校做了皇帝，便將此處賜了她作私邸，撥專銀修建，體式模仿江南園林，曲徑迴廊，假山怪石，院中矗立兩所大屋，一左一右，左邊的大屋四周遍栽疏竹，秋風吹拂，竹影婆娑，取名竹風閣。右邊的大屋略高，四丈上下，分為兩層，最是驚奇並無樓梯，窗下一座飛來的假山重重疊疊，依山石的形狀各為階梯，盤升而上，與二層的欄杆相連，便成了上樓的曲徑。樓下牆邊密植四季花草，香氣流動，鳥蟲低吟，雅號吟香樓。竹風閣內，魏忠賢高坐在紫檀雕牡丹花開圓滿富貴太師椅上，焦躁地對兩旁侍立的親隨太監李朝欽、裴有聲說：「五虎、五彪還沒到齊嗎？」

「回九千歲，五彪已經到齊，五虎只到了田吉一人。」

「命他們先進來！」

不多時，五彪田爾耕、許顯純、崔應元、楊寰、孫雲鶴與田吉來到竹風閣，剛要議事，崔呈秀與吳淳夫、李夔龍、倪文煥急急地趕來。魏忠賢見他們氣喘吁吁的樣子，大爲不悅，責斥道：「事情緊急，你們卻如此遲延，大事都被你們耽誤了！」

四人見魏忠賢滿臉怒氣，相互對視一眼，不敢落座。崔呈秀上前辯解道：「爹爹，孩兒們出來之時，本來時辰還早，途中聽說了一件事，略微商議了片刻，不想竟延誤了。請爹爹寬恕。」

「什麼事？」

「聽說爹爹將信王迎接入宮了，不知可是眞的？」

「嗯。」魏忠賢輕哼一聲，臉上依然陰沉似水。崔呈秀並不慌恐，緩緩地說：「敢問爹爹可是想挾天子以令諸侯？」

魏忠賢被他猜中了心事，嘴角微露一絲冷笑，似嘲似讚地說：「看來我們父子算是英雄所見略同了。」

「孩兒如何比得了爹爹老謀深算？再說孩兒並不贊成迎接信王入宮。」

魏忠賢側臉看看崔呈秀，忽然想起了乾清宮前施鳳來的那番話，花白的眉毛不由微微皺起，兩隻陰鷙的眼睛射出寒光，「哈哈哈……」接著又連笑幾聲，問道：「你是別有高見，還是想改換門庭？看來咱家這兒池子小了，容不下大魚了。」

崔呈秀恭身答道：「高見實在不敢當，折殺孩兒了。若說改換門庭的話……」話到此處，略一停頓，兩眼稍稍上翻，窺視著魏忠賢，見他身子忽然前傾，神情似是極爲惱怒，於是摸著三綹梳理得齊整順直的髯鬚，傲然說道：「放眼天下，爹爹之外，自信再沒有什麼人教孩兒如此心折欽服。」語調極爲懇切。

魏忠賢似是極滿意他的回話，將身子向後鬆鬆地一仰，臉色一緩，說道：「咱家算是沒看錯人。你爲何反對迎接信王入宮？」

崔呈秀卻不直言回答，並反問道：「孩兒想知道爹爹如何看待一個前輩古人？」

「哪一個？有話直說，何必吞吞吐吐。」

「一個奇男子，一個高瞻遠矚、當機立斷的大丈夫。」崔呈秀目光閃爍地答道。

「快講，恁的囉嗦！」

「三國的曹操曹孟德。」

「曹操？聽書看戲也還知道。」

「爹爹以爲曹操橫掃江北，定鼎中原，靠的是什麼？」

魏忠賢似乎觸動了心事，惱怒道：「曹操手下文臣多如草，武將猛似雲，何事不可成？」

崔呈秀卻道：「曹操手下確是不乏良材，其所成就也較劉備、孫權爲多，但卻忙碌一世，只落得個魏王名號，哪裡比得上蜀、吳二主建國稱帝。以此而言，豈非可惜？」

「你道曹操爲何不稱帝？」

「孩兒看來，並非是他沒有實力，也並非不想做皇帝，只是錯在一味沽名釣譽。」

「沽名釣譽？」

「曹操大權在握，封魏王，加九錫，設天子旌旗，出入稱警蹕，卻依然禮遇漢獻帝，並未取而代之，爹爹以爲原因何在？」

「……」

「並非曹操仁慈，其實是他既想謀篡帝位，又怕世人唾棄，因此想建不世之功，以求皇帝禪讓，終至錯失良機，悔恨不及。」

「有什麼不敢？曹操手執天下權柄，生殺奪予皆可，人人噤若寒蟬，誰敢不從？」魏忠賢不以爲然。

「不是怕人不從，而是怕予人口實，爲千夫所指、萬人唾棄，怕天下群雄紛起，眾叛親離，成爲獨夫民賊，枉費了半世的心血。所謂名不正則言不順，舉凡做事都要先要找個合適的理由。恰恰是此念頭將他害了，不得不以魏王了卻殘生。」崔呈秀一氣說出這樣許多話來，大有置生死於度外的豪氣，不禁自我欣賞自我欽佩起來。

魏忠賢聽完，並未應答，而是回坐到太師椅上沉吟起來。崔呈秀見他心意似是有些改動，接著說：「今日看來，曹操應該說遠勝其子，只是他既想撈得浮名，又想得什麼實利，天下哪有如此的好事，做婊子又立牌坊？曹丕卻不同其父，無尺寸之功，依然自立爲帝王，單刀直入，並不畏首畏尾。以此來看，一個躊躇，一個果敢，曹操該是不如其子了。」

魏忠賢嘆道：「咱家並不好比那曹操。」

崔呈秀道：「爹爹權勢並未小於曹操，如何先氣餒了？」

「咱家已是刑餘之人，如何做皇帝，統萬民？」魏忠賢想到自己壯年困頓自宮，心痛難言，神情頓覺萎靡下來。

崔呈秀勸道：「事情成敗之機在於決斷，而不必好什麼名分。看來爹爹尚未會意，孩兒再講一位古人。」

「哪位古人?爹爹讀書不多，你只顧講什麼古?」魏忠賢有些不耐煩。

「此人爹爹當不會陌生，他的出身也卑賤得緊呢!」

「是哪個?」魏忠賢忽然想知道說的是誰。

「漢朝韓信。」崔呈秀將雙手背負於身後，從容說道：「此人做齊王時，曾有一個精通相術的高人蒯通勸他再進一步，不知爹爹可曾聽說此段故事?」崔呈秀見魏忠賢搖頭，便仔細講道：「當年蒯通勸韓信自立為王時說，貴賤在於骨法，憂喜在於容色，成敗在於決斷，以此參之，萬不失一。相君之面，不過封侯，又危不安。相君之背，貴乃不可言。韓信並非生就帝王相貌，只是他生逢其時，所謂風雲際會，只要掌握先機，當機立斷，自然勝出一籌。」

魏忠賢聽得一片懵然，見眾人沉思無語，不禁心煩意亂，起身道：「你們暫且商議，咱家出去走走。」說罷，自顧步出竹風閣，向右拐彎，來到一座兩層的高樓前，望著樓上通明的燈火出神……

信王到了紫禁城，暫住在紫禁城東南角、東華門內的文華殿。文華殿五楹開間，單檐歇山屋頂，東西配殿及後殿各五楹，東側跨院稱傳心殿，院內有一井名叫大庖井，井水甘甜，名冠京華。文華殿初建時是東宮太子的正殿，房頂上覆蓋綠瓦。後來由於所立太子年紀幼小，不能處理政事，嘉靖十五年便將此處改作了皇帝便殿，換成黃瓦，每年春分、秋分兩季在此舉行著名的經筵典禮。每次經筵的前一天，皇帝到文華殿東的傳心殿向孔子牌位祭告。

經筵當天，再從乾清宮乘輿入文華殿升寶座，聽講官進講。自萬曆朝開始，經筵日稀，漸不舉行，文華殿不免冷寂起來，信王的到來才使這裡熱鬧了起來。大殿內外布滿了侍衛，太監、宮女出出入入，將大殿打掃得煥然一新。

信王還未出宮住在勖勤殿時，曾來過這裡幾次，依稀記得舊時景象，似是並沒有什麼改變。正殿飛檐下懸著一個藍底金字的匾額，上書「文華殿」三字，不知出自何人的手筆。進了殿門，迎面是兩個上下貫通的粗大立柱，左右各有一句抱柱聯，「四海昇平，翠幄雍容探六籍；萬幾清暇，瑤編披覽惜三餘。」乃是萬曆朝首輔建極殿大學士張居正親筆所書。殿中置御座，龍屏南向，御座上方居中高懸一個黑底金字的大匾，神宗皇帝祖親筆御書：學二帝三王治天下大經大法者。御座之東稍南設御案，御座之南稍東設講案，御座之西設銅壺滴漏。一雙半人多高的金色銅鶴口銜粗如細燭的玄香東西相對而立，旁邊各有三山小銅屏風障金銅炭爐。御案上放著一部古書，閃黃錦緞的函套，已然變得暗黃的竹紙，古色古香。信王過去一看，見是北宋刊版的《易經》，旁邊放著太醫院特製翻動紙頁用的漚手香，一把壓書的金尺。紫檀雕荷花筆筒裡放著幾枝竹雕雲龍紋筆、銅胎景泰藍鑲嵌寶石湖筆，剛剛用了一點兒的天下太平龍香御墨烏黑發亮，青玉雕雙龍箕形硯洗得極爲潔淨，已是多日不用了。德化窯白釉雙龍戲珠筆架上竟還放著一枝雕龍紋白玉筆，龍紋獅紐鎮紙上的金獅張牙舞爪，栩栩如生。信王見殿中景象依舊，只是物是人非，十幾年的時光倏忽而逝，皇祖父、父皇還有皇兄都已不在了，心念及此，禁不住暗自傷感。此時徐應元、王承恩在大殿內外四下裡細細看了一遍，未見什麼異常，心神略定。信王坐在御案後歇息，身子乏乏的，卻難以入睡，徐應元、王承恩侍立左右，更是絲毫不敢鬆懈。

已近定更時分，信王坐得久了，便與徐應元、王承恩步出大殿，到殿前的月臺上活動一下手腳。當值的侍衛、宮女若即若離地伺候著，向月臺上觀望。此時月明星稀，天穹格外高遠澄澈，月光如水銀般地灑下來，滿地銀白，殿前的十幾棵高大松柏在月影中愈發顯得粗壯挺拔，也似有幾分陰森肅殺。徐應元道：「王爺，奴婢聽說乾清宮丹墀之下有一個老虎洞？」

「不錯。本王髫齡之時曾與皇兄在乾清宮玩耍，發現此洞，深窈難知，上面便是御街。據說此洞通往皇城外，是當年永樂爺所修造的。」

徐應元眼裡閃過一絲喜色，讚道：「好個隱蔽的所在！不知王爺可還記得路徑？」

「依稀記得此洞的開啓機關，在丹墀上面的兩座鎦金獅子嘴裡。獅子的舌頭都是可活動的，左邊爲開，右邊爲閉。」

「王爺，眼下如此平靜，大違常情，奴婢想那魏忠賢必是蓄勢待發，不動則已，動則必取要害。方今他暗我明，我們已然處於劣勢，奴婢想出一計，不如趁魏忠賢尚未行動，王爺設法躲入……」徐應元正待要講，忽聽一陣長長的喊聲傳來，「天下太平」，急忙住口噤聲，向外張望。

那喊聲由遠而近，似從天際飄來，似從江南水鄉的蓮塘、葦蕩、竹樓飄來，帶著少女如蘭的氣息，有等待的哀怨，也有相逢的欣喜，更有無助的愁苦……信王心裡頓時充滿了神奇而甜蜜的憐愛，舉目望去，前面是沒有盡頭的黑暗，不知那種吟唱的聲音從哪裡傳來，不禁憑添幾分惆悵。突然，眼前轉出一排暈紅的光點，像春花的初紅，像水浸的朱顏，夢一般地靠近著。近了，更近了，一排宮燈，一串手鈴，一隊宮女，一樣齊整柔柔的步子，在月華中向文華殿而來，「天下太平」婉轉的吟唱與清脆的鈴聲相應，如仲春新剝的竹筍，似夏日滴雨的蓮葉，像蒸熟的新鮮糯米，香、嫩、軟、滑，倏然來到信王身邊。杏花，春雨，畫舫，笙歌……信王恍如走入了夢境，飛到了天闕，輕聲問道：「宮中舊例，巡夜從乾清宮始，經日精門、月華門，再至乾清宮止。今夜怎會到得此處？」

眾人一齊跪地，為首的一人嬌聲答道：「今夜新君入居文華殿，破例巡夜至此。」

信王見那女子身材窈窕，面目姣好，問道：「你叫什麼名字？」

「韓翠娥。」

「家鄉哪裡？」

「洞庭湖上。」

「怪不得你們的喊聲帶有迷濛的煙水之氣，原來是江南的一朵碧蓮移到了宮廷。」信王笑道。

韓翠娥回答說：「聖上天縱神明，竟似知道我們的來歷。這些姐妹也都來自江南水鄉。」

信王喜道：「江南可採蓮，蓮葉何田田。採蓮南塘秋，蓮花過人頭。原來不出京城，就可觀賞江南風光。」說著，抬頭望望滿天星月，「如此月夜良宵，卻又勝似江南了。」

一陣夜風浩浩吹來，隱然有了一絲涼意，信王心念一動，說道：「只是風雨之夜，衣濕燈滅，不但大煞風景，且又倍受寒苦，思想起來，令人酸楚。」

韓翠娥見信王語含悲憫，眼角似有淚光，心中大震，叩頭道：「我等姐妹生在水鄉，長在水鄉，自幼跟隨父母風裡來雨裡往，吹打得慣了，不覺得苦。」

信王見她口齒伶俐，應對有禮，一時惹動滿腔柔腸，說道：「本王登基，當命工匠仿照江南園林，在巡夜的路上搭建迴廊，以遮風雨。」

「謝皇上！皇上悲天憫人，視黎民爲己出，定是個中興的好皇帝！」韓翠娥不覺淚流滿面，將頭深深地叩下去，眾宮女也齊聲喊道：「萬歲，萬歲，萬萬歲！」那些當值的太監、宮女、侍衛看得呆了。

巡夜的宮女漸漸遠去，信王兀自望著她們的背影，王承恩勸道：「王爺，該回去了！」信王轉過身來，猶是嗟嘆不已。那些當值的太監、宮女、侍衛見他如此仁厚，暗自感佩，眼中露出幾絲熱望。信王回到殿中，心情愈發鬱悶起來，眼前總是晃動著那淡紅的燭火，一隊婀娜多姿的女子在冷濕的夜露中緩步而行……良久，才漸漸安定下來，便覺腹中饑餓，忙取出袖中麥餅，與徐應元、王承恩吃了一些，忽然想起殿外當值的那些太監、宮女、侍衛，就命王承恩傳侍衛首領入殿，問道：「夜裡當值可有餐飯？」

「沒有。」

「餓了怎麼辦？」

「只好忍著。」

「饑腸轆轆，一旦宮中有警，怎會有力氣抵擋？」信王不解。

那人答道：「好在當值的人多，以十當一，有道是餓虎還怕群狼呢！再說宮裡房屋眾多，外人難知路徑，卻也不會出什麼大事的。」

信王怒道：「不出大事？先朝的梃擊案天下共聞，十幾年的時光就淡忘了嗎？」

「奴才們不敢！」

「既言不敢，本王也不追究，只是腹餓體乏，武備鬆弛，何以保衛宮廷？平日你等飯食由哪裡供送？」

「光祿寺。」

「傳旨光祿寺準備夜膳酒食，就說本王要犒賞夜裡當值的人，每人半斤酒。」

「多謝王爺恩典！」那人起身欲退出殿外，信王道：「且慢出去，將你的佩劍留下，本王一看。」那人將佩劍取下，遞與王承恩，退出大殿，飛身而去。不多時，大殿外面瀰漫了飯菜和美酒的香味兒。王承恩悄聲說：「王爺先把玩寶劍，奴婢出去一下，向眾人探探虛實。」

「切記不可飲食！」信王將寶劍拉出劍鞘。

王承恩答應著走了出去。爲首的侍衛一見，急忙將手中的酒壺遞過來，媚笑道：「公公，若不嫌棄，就來喝幾口小人的酒！」

王承恩以手相拒，笑道：「哥哥說的什麼話！小弟巴不得與哥哥們親近呢！只是滴酒未曾飲過，就陪哥哥們閒話一會兒如何？」

「公公有何見教，小人們洗耳恭聽。」

王承恩說：「自古帝王多有異相，或降自天上，或生於自身。初聽此言，小弟也不相信，只道是著書的人胡亂編造的，後來親眼見得一件事體，這才不得不信了。」

眾人聽了，一齊停止了吃喝，抬頭詢問地看著王承恩，侍衛首領問道：「公公見的什麼

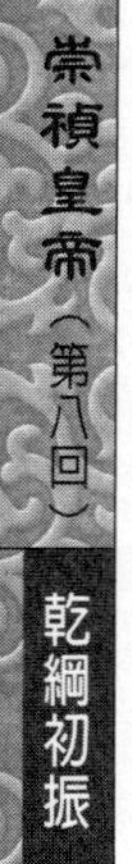

事體？」

「你們可知道信王千歲早年住在哪裡？」

「聽說是勖勤宮。」

「不錯。在勖勤宮裡，信王千歲曾做了個神奇的夢，現在想來確是龍飛九五的吉兆。」

「請公公講仔細些！」附近的人慢慢地聚攏來，遠處難以過來的人則不住張望。

「那年正是五黃六月，正午時分，信王千歲剛剛午睡，忽然烏雲四合，雷雨大作，一聲霹雷，驚得千歲從夢中醒來，言說夢見兩條烏龍纏繞在宮中的柱子上，口吐火珠。小弟忙跑去看時，只見兩柱之下水漬淋漓，尚有遺跡。此時雷雨已停，院中的水井忽然噴湧，數條尺餘長的金色鯉魚隨水躍出，活蹦亂跳，千歲聞知，命人用木桶盛了，到西苑太液池中放生。哥哥們，這可不是異相嗎？」

眾人聽得出神，那侍衛首領道：「千歲爺確是真龍天子！」眾人一齊仰目向大殿內望去，信王獨自在案後秉燭而坐，卻不見了身邊的徐應元，高大粗圓的宮燭燃出碗口大的光華，幾乎籠罩了信王的全身，似是加了一層黃色的龍袍，眾人不禁跪了叩頭，雖起伏不一，但個個神情肅穆，虔誠得如佛堂金身腳下的信徒。

殘月將隱，夜色深濃了……

注：客，北方方言音與茄同。

第九回

朱由檢藏身老虎洞
周王妃禱月望吴臺

二人攜手來到香案前，一齊拜了幾拜，周王妃焚香，合掌禱告，田王妃含淚吹簫。香煙繚繞，冉冉升騰……微風遠遠地從天際吹來，高大的古樹搖擺著枝葉，發出沙沙的聲音，似乎要淹沒了幽幽的簫音，田王妃用力吹來，忽覺心頭一熱，吐出一口血來，軟軟地倒在了地上，手裡緊緊地握著玉簫。

信王府內，燈火通明，闔府上下仍未安歇。周王妃坐在大殿裡，手持竹羅小扇，等著高時明的音信。四周寂靜無聲，只有羅扇輕搖帶動氣流的漂浮，外面的樹蟬又開始了斷續的低吟。周王妃忽然覺到了幾分燥熱，香汗漸出，羅裳微濕，她極想走出殿門，到外面的夜風中徜徉舞蹈，任習習涼風吹拂起片片羅衫，那豈不是一隻早春花叢裡飛舞的粉蝶嗎？可惜已不是春天了，哪裡還能盡情恣意地呼吸花香？她幽幽地嘆口氣，思緒飛到了百聞尙無一見的紫禁城，飛到了那個清瘦文雅的男子身邊。她想不出他在做什麼，也不知道宮殿的模樣，只想能偎在丈夫身邊，一如往昔地過平靜安寧的生活。想到丈夫貴爲帝胄，今夜卻只能乾呑麥餅，無水無湯，更無菜肴，一時倍覺淒苦，難道天將降大任於斯人，必先勞其筋骨，餓其體膚嗎？

「王妃娘娘，奴婢回來了。」

周王妃猛然從遐想中醒來，卻見高時明不知何時已經回到了大殿，忙問道：「事情可還順利？」

高時明答道：「奴婢依計而行，先到了周老爺府上，周老爺說一家的富貴全靠娘娘而得，既爲一體，自然盡力。周老爺連夜賞了手下兵丁每人五十兩白銀，命他們各自再廣招親朋，一齊扮作巡夜的兵丁，暗暗等在通往紫禁城的官道旁，見到朝臣入宮，即尾隨其後，以壯聲勢。」

周王妃嘆道：「難得他老人家如此識得大體，竟將身家性命置於度外。朝臣們可有什麼動靜？」

「還沒有消息，等田老爺去了柳泉居便會有分曉了。」

「哎！倘若魏賊深夜發難，王爺他們人單勢孤，支撐得幾時？恐怕只有束手就擒了！」周王妃想念及此，更為焦慮，一時間無邊的憂愁襲上心頭。

高時明勸道：「人算總不如天算，王爺吉人天相，娘娘還是寬心歇息。過幾日王爺登基，冊封皇后，事情多著呢呀！娘娘不可太過憂勞了。」

「如此倒好！費點兒心神也是心甘的。」周王妃起身到花窗下，望著沒有盡頭的黑夜，忽然聽到一縷簫聲傳來，似遠似近，若有若無，何人終宵獨奏，鍾情若此？她靜靜地聽了良久，不覺淌出淚來，顫聲問道：「夜已深了，是誰在吹簫？」

「是田妃娘娘。王爺走後，她就一人登上望吳臺，說若非王爺回來，便一刻不停地吹奏。」

「你們不知道勸勸？不停時吹奏，中氣耗損過多，會極傷身子的。」

「奴婢勸了幾次，勸不動呀！平日裡和和氣氣的田娘娘，今兒個卻是臉色青白，嚇得奴婢不敢再上臺去了。」

周王妃不再追問，一年多的相處，也多少知道了她的秉性，王爺面前也是有脾氣的，平時一副嬌嗔的樣子，表面柔柔弱弱的，只是一旦鐵了心卻是個九牛拉不回的主兒。周王妃心裡暗嘆一口氣道：「唉！吩咐下去，我去陪陪她，到望吳臺上禱月，為王爺祈福。」

「婢子請九千歲金安。」吟香樓旁，兩個手提燈籠的侍女迎上來，舉燈為魏忠賢引路。魏忠賢問道：「奉聖夫人可在？」

「正在樓上沐浴。」

「引咱家去見她。」魏忠賢命旁邊竊笑的親隨太監李朝欽、裴有聲留在下面。

侍女掌起宮燈，將樓旁的假山照亮，三人拾級而上。二樓的廳堂收拾得甚是雅潔，前廳後堂，前廳一明兩暗的三間屋，異常寬大，一排黃花梨插屏式座大屏風將廳堂隔開，上頭高懸御書「母儀天下」四個金漆大字。廳上滿擺了一堂精巧的黃花梨几椅，大屏風下居中是一個大几案，一邊四把圓背椅，几案上正中供奉一尊五彩佛坐像，右首是一尊彩繪金漆普賢菩薩坐像，佛像前的黃地紫釉雙龍趕珠紋雙耳爐裡青煙繚繞，几案的兩旁擺著一對釉裡紅四季花紋玉壺春瓶，裡面各各斜插了幾枝時鮮花卉。南牆皆爲紅絲楠木雕製，一水兒花窗，花窗外建遊廊，其上重檐飛角，遮日避雨，圍以雕欄，廳內花窗下一溜兒黃花梨曲腿方形花几，擺著各不相同的樹木山石類盆景。下面是木板堆砌，並未鋪什麼紅氈猩毯，更覺不俗。廳堂的右首擺一座黃花梨六扇隔扇屏風，後面是黃花梨六足折疊式榻，下放一個紫檀木腰圓形腳踏，上首放一個剔填彩漆花鳥圖小炕桌，桌上滿是各色的糖果糕餅盒子，剔紅雕漆牡丹紋蓋盒、剔紅牡花瓣式盤、剔紅花卉紋圓盒、剔彩八寶雲鶴紋圓盒、五彩開光式瑞獸紋八角蓋盒……還有一對綠釉黃彩寶珠蓋罐，五光十色，精致可愛；一個雕漆花卉長方盤上盛了幾隻黃澄澄的鴨梨。魏忠賢坐了片刻，按不住心頭的焦躁，起身向後堂觀望，隱約看到珠簾後面，放著一個半人多高的斗形木胎鑲銀澡盆，四周錦簇繡叢一般，站滿了衣裙明艷的侍女，盆裡灑注了玫瑰花露，熏得滿室濃香。客印月已經寬衣浸泡在水盆裡，堪堪露出頭臉，頭髮散亂四垂，遮頸蓋面，越發顯得肌膚雪白晶瑩，嬌嫩細膩。魏忠賢一時竟看得癡了，身不由己走到盆邊，撈起客印月的肥白的臂膊一嗅，笑道：「好香！」

客印月睜眼一看，見是魏忠賢，佯嗔道：「什麼時候來不好，偏偏等人家洗澡時來，又教下女們心裡取笑！」

魏忠賢拍拍客氏的肩頭，笑道：「在竹風閣裡就聞到香氣了，哪裡還坐得住？就是神仙也沒心思定什麼計策了。」

「怕是計策還沒定好吧？」

魏忠賢笑容一斂，嘆道：「眼睛還是那般毒，竟瞞不過你！看來咱家年紀大了，涵養功夫卻不到家。」

「你如今志得意滿，哪裡還有什麼顧忌？比不得多年前了，將尾巴夾得緊緊的，四處做好人！再說，我面前何須遮遮掩掩的？這麼多年了，我也知道你了，你也知道我了不是？這幾天，大夥兒都像熱鍋螞蟻似的，棲棲遑遑地成了沒頭的蒼蠅，哪裡有什麼心思好色聞香，就知道你剛才是哄我的。」客印月在蒸騰的水汽中張致起來，似嗔似喜，眼波流動。魏忠賢一把將她的手抓了，站到水盆邊兒看著她水中的玉體道：「這會兒已不是哄你的了。」

客印月媚媚地一笑，柔聲說：「哪個怪你了？又不是故意冷落，我豈是不識大體的人？那件事兒倒底怎樣了？」

「正在商議，一直難以定奪。」

「怎麼還在商議？已近二更了，要等天明再動手嗎？我本想沐浴後去竹風閣與你同等喜訊呢！唉！還有什麼興致沐浴，更衣！」兩邊的侍女伸手扶了，客印月跨出澡盆，披了寬鬆的絲袍，在寬大的矮腳榻椅上半躺半坐。一個侍女手擎紅木托盤站在一旁，托盤裡整齊地排列著四疊雪白的毛巾，每條上面都用黃絲線細繡一隻金鳳，四面鎖了萬字不到頭花邊，每疊二十五條，整整一百條，四個麗裝的侍女運掌如飛，就見條條毛巾如初夏的梨花片片灑落。侍女們給客印月拭淨了身子，取出象牙梳子，在嘴裡沾了唾沫，爲她整飾了雙鬢，又換了麗衣華服，一個香噴噴、美艷艷的宮裝婦人便齊整地站起身來。「走！且去看看他們還要爭論到什麼時辰？」

兩個侍女舉燈在前面照路，魏忠賢一手擁了客氏，急急循假山下樓，不料走得十幾步，一腳踏空，身子向後便仰，客印月待要拉他，反被他帶得身形不穩，二人雙雙跌落到地上。眾侍女一聲驚呼，李朝欽、裴有聲急忙搶過來將二人扶起。好在山下芳草如茵，離地又不甚高，摔得並不沉重，只是衣冠歪斜，髮綰散亂，神情頗覺狼狽。客印月氣惱道：「剛剛熏香的衣服，洗淨的身子，又骯髒了。」

魏忠賢勸道：「待會兒咱家親與洗淨。」

客印月道：「這骯髒的樣子也不便見人，且在外面略略梳理一番，到窗邊聽聽他們說些什麼？再進去不遲！」

「這樣進去也是無妨的，他們誰敢取笑？」

「背人說實話，酒後吐眞言。你若進去在上面穩穩地端坐了，他們必是有所顧忌，哪個敢肆意放言？」

「有理，有理。」魏忠賢手拉客印月的衣袖輕輕靠近窗邊，掩在竹影裡細聽，卻見屋內寂靜無聲，二人心頭不禁納罕起來。

徐應元回到了文華殿裡，見了信王與王承恩，稟告說：「張娘娘已知道王爺入了宮，囑咐王爺多加提防。」

信王感激地點頭道：「娘娘可安好？」

「並無大礙，只是傷心過度，面容清瘦了許多。」隨後徐應元催促信王與王承恩互換了衣服，與王承恩一齊跪地道：「奴婢不能隨身侍奉，王爺一切小心。」

「快起來。」信王忙抬手命二人起來。徐應元對王承恩道：「咱們也不必拘禮了，以免被人窺破了行跡。」

王承恩流淚道：「王爺不以奴婢卑賤，平日禮遇甚隆，奴婢就是粉身碎骨，也難報答萬一。趁奴婢還有這口氣兒，先叩拜萬歲爺了。」說罷，二人行了大禮，命侍衛進來，將御案上的寶劍扔還給他，指著一身太監服飾的信王道：「本王想連夜到乾清宮祭奠皇兄，又怕擾亂內宮，便命他代替本王，悄悄拜祭奠，你派幾個人手帶他去。」

那侍衛道：「我等職責是護衛王爺，既然王爺留在文華殿，小人不敢輕易分減人手。」回頭向信王賠笑道：「公公，並非是小的不想護送，實在不敢抽派這裡的人手。不過宮裡崗哨林立，極是平安的，公公只管放心前去，斷不會出事的。」

信王笑笑道：「不必護送，還是王爺尊貴些，可要小心護衛著。」望望徐應元、王承恩，邁步出了殿門。

周王妃在庭院裡遙望南天，月落星稀，碧空澄澈，夜風乍起，一縷簫音斷斷續續，吹奏著一曲曲柔柔的吳歌，仔細聽來，依稀是《鳳求凰》、《上天臺》、《阮郎歸》幾支曲子。周王妃也覺酸楚，腳步不由緩慢下來。簫聲混著晚開的花香，隨著微風蕩漾、飄散。江南、江南、江南，那夢裡的江南，青山上的翠竹，石橋下的綠水，如霧如煙的梅雨，如醪如漿的米酒，秦淮河的歌船畫舫，歌船畫舫裡的絲竹之音，吹簫鼓箏的玉人兒，似近似遠，若隱若現。二十四橋明月夜，玉人何處教吹簫？

後花園裡，矗立著高聳的望吳臺。那是信王為周、田二妃遙望故園，以解思鄉之渴所建的。台高十丈，四周圍有石欄，上面擺放石桌、石凳，是個賞月的好所在。田王妃並未坐在石凳上，而是斜倚危欄，輕輕吹奏，一腔柔情如怨如慕，都從簫中傾流而出。周妃拾階而上，輕聲喚道：「田妹！」

簫聲戛然停止，田妃轉頭迎上來，粉面上掛著幾顆瑩瑩的珠淚，月光映照，星星閃閃，「姐姐！」田妃縮著肩頭低低地抽泣。

周妃卻作笑顏，勸慰道：「妹妹吹奏多時，想必也乏了，回去歇息吧！」

「王爺他可是有了訊息？」田妃抬起頭來，似有幾分欣喜。

「還沒有。姐姐深夜登臺，正要為王爺禱月祈福。」

田妃輕喟一聲，「王爺走時，妹妹立下誓願，在望吳臺上為王爺奏曲，不得平安訊息，絕不停歇！」

「由姐姐祈福也是一樣。妹妹身子本來就弱，若王爺歸來，見妹妹焦慮得花容減色，教姐姐如何交代？」話到傷情，周妃眼圈不由紅了。

田妃淚水長流，哀泣說：「妹妹既不能為王前驅，就吹簫助姐姐禱月吧！」

周妃愛憐地說：「有妹妹奏曲，過往神靈必會保佑王爺平安的！」說罷，二人攜手來到香案前，一齊拜了幾拜。周妃焚香，合掌禱告，田妃含淚吹簫。香煙繚繞，冉冉升騰……微風遠遠地從天際吹來，高大的古樹搖擺著枝葉，發出沙沙的聲音，似乎要淹沒了幽幽的簫音，田妃用力吹來，忽覺心頭一熱，吐出一口血來，軟軟地倒在了地上，手裡緊緊地握著玉簫。侍女們急忙將她扶起，在石凳上坐了，取出帕為她揩了血漬。田妃花容慘淡，見周妃關切地看著自己，神色焦急，無力地笑道：「妹妹無用，心竟似要嘔出了！」

周妃忍不住哭道：「妹妹這般糟蹋身子，王爺知道了，必是不能安心的。」

田妃閉上眼睛，輕聲吟道：

望吳臺，望吳臺，
望吳臺上望夫來。
三更夫不歸，
心焦儂發白；
四更夫不歸，

肝摧泣血出；
五更夫不歸，
願作臺下鬼。

眾人聽了，一片唏噓悲泣之聲。周王妃憑欄遠眺，夜色茫茫，望吳臺高，卻望不到遠處的紫禁城，更望不到紫禁城裡的信王。啪地一聲，她轉頭看時，田妃腰間掉出一物，摔在臺上竟未破碎，原是只青花小瓷瓶，兀自在台上滴溜溜轉個不停。高時明俯身小心拾起，變色道：「田娘娘竟備下了鶴頂紅！」

周妃情知鶴頂紅乃是天下至毒的藥物，駭然地問：「妹妹怎麼竟尋此短見？」

「若王爺回不來，妹妹便要隨他去了。」田妃身子一歪，斜斜地倚在欄杆上，手中的玉簫直墜往臺下去了。

「細想起來，挾天子以令天下，倒是極其穩妥。若不扶持個尸位的皇上，怕是難以成功。方今天下，忠於大明的臣民何止千萬？四處所謂效忠爹爹，不過是迫於形勢，情非得已。更有那些反覆小人，朝秦暮楚，可共富貴不可共患難，斷不能信賴！可用之人，不過京師東廠、錦衣衛數萬而已，且不乏憑藉聖上之威，一旦事急，無有可用之將，更少可用之兵，為之奈何？」許顯純打破了屋內的沉寂。

崔呈秀反駁道：「顯純所言大謬！掌權奪位最怕的是那些忠臣，又怕什麼小人來？小人越多行事越容易。」

「願聞其詳。」

「小人本性原屬首鼠兩端，見利忘義，最易爲我所用。只要給他們些蠅頭小利，他們便會如附骨之蛆、聞腥之蠅，趕也趕不走的。喜歡高官厚祿、榮華富貴，事情就好辦得多！」

「話雖如此，但如今的情勢自與先漢時不同，難以相提並論。」

「有何不同？」崔呈秀向前欠了一下身子。

「當時正所謂秦失其鹿，天下共逐之。秦自二世既已失去人心，以致天下群雄並起，人人皆可取而代之。如今大明江山已歷二百餘年，萬民尊仰，莫不以朱姓爲正宗，怕是不容他人有異志的。」

「顯純誤會了。我心中所想其實與九千歲挾天子之計大同小異，此事最爲緊要處是挾哪位天子。上次我等商議好了狸貓換太子之計，不得已還可選小福王千歲。一個傳位密詔竟亂了九千歲心神，爲迎什麼信王入宮。那信王性情沉靜，一直生長京師，在錦衣衛的眼皮底下，這麼多年卻沒有暴露什麼行蹤，城府之深，豈可小覷？斷不如小福王易於控制。所謂養癰成患，若爲他所乘，你我連個喪身之地怕是也沒有的。」崔呈秀想必是坐得久了，起身離座，搖頭吟詠道：「夫聽者事之候也，計者事之機也，聽過計失而能久安者，鮮矣。聽不失一二者，不可亂以言；計不失本末者，不可紛以辭。夫隨廝養之役者，失萬乘之權；守儋石之祿者，闕卿相之位。故知者決之斷也，疑者事之害也，審毫釐之小計，遺天下之大數，智誠知之，決弗敢行者，百事之禍也。故曰『猛虎之猶豫，不若蜂蠆之致螫；騏驥之局躅，不如駑馬之安步；孟賁之狐疑，不如庸夫之必至也；雖有舜禹之智，吟而不言，不如瘖聾之指麾也』。此言貴能行之。夫功者難成而易敗，時者難得而易失也。時乎時，不再來。願足下詳察之。」他吟詠完畢，停下腳步，似笑非笑地看著許顯純問道：「許撫司難道忘了長樂宮懸鐘之室韓信臨死時的話？」

「什麼話？」魏忠賢再難忍耐，大步走進閣內，客印月隨在後面。眾人忙過來參拜，魏忠賢擺手教免了，只將眼睛看著崔呈秀。崔呈秀答道：「當年呂后派武士捆綁韓信，羈押在長樂宮懸鐘之室斬首，韓信恨聲說：『吾悔不用蒯通之計，乃爲兒女子所詐，豈非天哉！』願爹爹體察一下他當時的心境，不要錯過這個時機。」然後以手爲刀做了一個砍頭的動作。

魏忠賢遲疑道：「咱家已將信王接到文華殿，若動手將他殺了，豈不是授人以柄了？」

一言未發的田吉看看崔呈秀、吳淳夫、李夔龍、倪文煥四人，冷冷地說：「大行不顧細謹，殺人何必一定要找什麼理由？找也容易，就說信王見了大行皇帝傷心過度而死再擁立一個年紀小些的朱姓近支，大事即成。」

客印月拍手笑道：「立福王的子孫最好，萬曆老皇爺不是早有此意？正好可以堵住天下眾人的嘴。」

田爾耕叫道：「當斷不斷，反受其亂。我等籌劃之事，信王未必沒有所聞，若不除掉信王，他日後悔不及！」

倪文煥接著說：「一旦信王登基，那時人爲刀俎，我爲魚肉，只有被人宰割的份兒了！」

客印月點頭又說：「剛才大夥兒的理論，我與九千歲在窗外都聽到了。九千歲原本也沒有取代朱姓的意思，只想選個聽話的皇帝，才能不減如今的榮華富貴。若說攝政一事，數年來，天下權柄多出九千歲，早有攝政之實，百姓共知，又豈再有反對之理？信王與我們平日往來不多，又已是成人，不易控制，要保榮華富貴，必要殺他。然後在選個年紀小的，不是可以更好地挾天子而令諸侯嗎？此時倘若還要一味多慮，必會誤了大事！」

崔呈秀聽了，點頭讚道：「老祖太太千歲所言，令人撥雲見日，皇上人選確實至爲關鍵。若選立得人，既可防天下萬民之口，又可福祿連綿不絕。不過，是不是選立小王爺，似容有可商。福王雖在盛年，但傳聞他養尊處優，每日酒池肉林，秉燭夜遊，笙歌達旦，唯以享樂爲事，看來也是好侍候的。」

許顯純點頭道：「崔大人所言極是。東廠的坐記每月都有密報，自福王離京入藩洛陽，以尋歡作樂消除未能繼承大位的苦痛，萬曆老皇爺駕崩，鄭貴妃再難受寵，福王更是失去了依仗，就斷了念頭，四處搜羅古玩名器、美女艷姬、山珍海味，一味快活逍遙，從不問政事。」

魏忠賢離開太師椅道：「咱家將信王迎入宮裡，是忌憚他有傳位密詔，即位之事也難以隱瞞。咱家原想試探一番，他若畏懼，拒不奉詔，便可趁機擁立他人。若入宮則令他知難而退，逼他俯首聽命。此舉也是不得已爲之，若先將他殺了，皇族盡在藩地，偌大個京城也找不出可以替代之人，皇位久虛，豈非更是授人以柄了？但權衡起來，既是信王心機深沉，還是殺了他爲上策。」他左手向空一握，忽地站定身形，「就由五彪率人馬入宮拿人，五虎在此準備一下勸進福王的表章。一旦殺了信王，即刻以八百里快馬連夜送往洛陽，迎接福王入宮。」

田爾耕起身道：「孩兒定取信王的人頭獻與爹爹。」

乾清宮前，數十個太監在殿外檐下侍立著。一個清瘦的太監含淚遙望著殿內的燈火，心中悲痛難以抑制，不由向殿門走去，似乎想到靈前撫屍哭拜一番，不料被人從後面一把抓住衣領，「大膽的奴才！不好好伺候著，要去哪？」

「去殿裡看看。」清瘦太監看著那個肥胖的太監，知道是乾清宮管事太監王朝宗。

「殿裡？哼！那也是你去的地方？」王朝宗冷笑道。

清瘦太監怒道：「去哭拜皇……上。」不知怎的，清瘦太監生生把什麼字嚥下去，期期艾艾地說出一個「上」字。

「哈哈哈！你一個小小的太監也有資格去哭拜嗎？好好站著吧！」王朝宗手上一用力，將信王拉回，力道未盡，清瘦太監雙腿也許站得酸軟了，支撐不住，摔倒在地，一時竟爬不起來。眾人個個笑得渾身亂顫，但皇上剛剛賓天，誰也不敢出聲。王朝宗嘴裡呸地吐了一口，轉身走向殿門。一個身材矮小的小太監伸手將他拉起，輕聲問道：「你也是新來的？」清瘦太監隨口應答。

「你家在哪？」小太監又問。

清瘦太監沉思一下，答道：「河間府。」

小太監極為興奮，附到清瘦太監的耳邊說：「卻原來是同鄉呀！我是河間府獻縣人，你呢？」

清瘦太監又想一想，說：「河間城裡。」

「河間城裡我去過，我爹就是在那請的動刀師傅，爲我淨了身。」小太監想起往事，似是恨意未消，轉而問清瘦太監道：「你家既在城裡，怎麼卻受得了這般苦楚？落得肢體不全？家裡也窮嗎？」

清瘦太監道：「家裡原本還算殷實，只是爹爹嗜賭如命，被幾個光棍閒漢設了局，將幾百兩銀子盡情騙賭了去，又欠了別人的高利貸，沒法子只好送我到師傅家裡寄養，換幾兩銀子還債，師傅給淨了身，我就入宮了。」

那小太監嘖嘖稱奇道：「天下竟有這樣狠心的爹！把一個清秀端正的兒子捨得送到宮裡？小弟命苦，自幼沒了爹娘，跟哥嫂過活，不想我那不賢的嫂子，嫌棄咱沒什麼本事，視作個眼中釘、肉中刺，日常將半碗冷飯打發咱不算，還每日將一些不鹹不淡的話語說與咱聽，我一怒之下，在爹娘墳上磕了頭，謝了養育之恩，就偷著跑到城裡，淨身進宮了。師傅爲我去勢的時候，疼得昏死過去，醒來見下面的寶貝兒沒了，插了一節麥秸管兒，光著身子躺在挖了一個小洞的門板上，不敢多吃飯，怕拉屎撒尿用勁憋崩了傷口，就喝臭大麻水，整日地腹瀉拉肚子，幾乎要了小命。那屋子臭得，至今想起來還噁心。如今還欠著師傅十兩銀子沒還呢！」

小太監一席話觸動了清瘦太監的心事，不由哽咽起來，與那小太監相對而泣。小太監道：「你方才爲什麼要去裡面？」

清瘦太監道：「想去看看皇上，平日離得遠遠的，都看不甚清，沒想到駕崩了還不教看。」

「你要去看也是容易的，待會兒輪到我燃換香燭，你替我去就行了。我才不要看死人呢！夜裡會嚇醒的。」

「你叫什麼名字？」清瘦太監感激地問。

「馬元程，還不快來上香？」門邊一人低喝道。

「叫我呢！你快去，低些頭，可不要教人認出來呀！」

清瘦太監拍了一下馬元程的肩膀，馬元程低低問道：「你姓什麼？」

「朱。」那清瘦太監含糊地吐出一字，低頭疾步而去。

殿裡的香燭堪堪燃盡，清瘦太監取過香燭，四下偷看，見皇后張嫣與張妃、范慧妃、李成妃、容妃五人排坐在龍床邊，爲天啓皇帝守靈，低首垂淚，眾太監、宮女都在殿外伺候。他從容換好香燭，彎腰藏到丹墀下的陰影裡，伸手在上面金獅的嘴裡一按，陰影裡一扇小門無聲地打開了，他嗖地鑽了進去。一會兒，門閉如故。

殘月漸漸隱去，文華殿沉浸在無邊的黑暗裡，只有殿內還搖曳著一盞孩兒臂膊粗的紅燭，信王以手托腮，依伏在御案上，睡眼朦朧，又強自忍耐，不停地撫弄御案上的那兩個鎮紙金獅。一旁的徐應元盤膝打坐，閉目養神，兩耳聽著四周的動靜。夜深了，浩浩的西風從遠處吹來，樹葉嘩嘩作響，秋也深了，竟有了一絲寒意，信王連連打了幾個冷顫，起身要從御案後出來，忽見徐應元雙眼一睜，露出逼人的精光，「不要走動！有人來了。」

信王正在驚異，殿外的侍衛已然喝叫道：「什麼人？竟敢夜闖文華殿！」

「哼！是誰在這裡値勤？竟然也不睜開狗眼看看，胡言亂語什麼，想必是活得不耐煩了！」爲首的一人喝罵著走上前去，抬手一掌，將侍衛打得連退幾步。其他侍衛本要上前幫忙，待看清了來人的面貌，慌忙跪拜道：「原來是田都督，小的們有眼無珠，冒犯了虎威，實在是該死！該死！」

田爾耕冷笑一聲，用手指點道：「你這幾個狗奴才想是埋怨天黑無光，看不清本大人的面貌了？」

「大人聖明，目光如炬，眞是體恤小的們的苦衷！」那幾個侍衛磕頭觸地。

「體恤你娘個腳！天黑看不清本大人的面貌，難道連本大人的聲音也聽不出來了？聽不出本大人的聲音也算就罷了，難道連九千歲的腳步聲也聽不出來了？」田爾耕罵得興起，一腳踢在侍衛身上，幾個侍衛倒作一片，也抖作了一團。

「大郎，都什麼時候了，還在管這些雞毛蒜皮的小事兒！就這一會兒工夫，難道忘了該做的大事了？」魏忠賢趕上來不悅地說。

田爾耕恨恨地說：「便宜了你們這幾個王八羔子！」說著扶魏忠賢下了肩輿。

魏忠賢走進文華殿，見信王伏在御案上似是睡著了，身體不時抽動幾下，徐應元垂手侍立，神情肅穆。魏忠賢乾笑道：「老徐，你我怕是有五六年沒見面了吧？怎麼不進宮找我賭上幾把？咱們是多年的老交情了，反覺生疏了，豈不有負昔日一同侍奉太子之誼？」

徐應元神色恭敬地回答說：「是有幾年沒見著九千歲的金面了。咱不過是個下等太監，與九千歲何止天壤之別，哪裡敢驚動呢！再說九千歲做的是大買賣，玩兒的是大手筆，咱這幾個斤兩哪裡有本錢陪九千歲耍呢？」

「好！有膽色，有骨氣！還像咱當年那個光棍的樣子！忙了大半夜，想必也累了，教孩子們替你當個班兒，咱賭上一回如何？」

徐應元略躬一躬身，說道：「多謝九千歲美意！咱職責所在，不敢擅離，恕難奉陪！」

田爾耕大怒道：「老潑皮！九千歲看在舊相識的情分上抬舉你，你怎敢駁他老人家的金面？」右手一探，將徐應元的手腕叼住，用了五成的氣力，向前一帶。原想這乾瘦的老頭怕是要飛出殿門了，不料徐應元卻紋絲未動，雙腳牢牢地釘在地上，如同生根了一般。田爾耕頓覺失了臉面，暗暗用了十分的功力，卻覺那手腕緊緊黏在掌中，難以甩脫。當下惱怒，左手成拳，挾風擊出，觸及徐應元的胸口，卻如同打到棉花堆裡，力道盡失，一時怔住。

魏忠賢笑道：「老徐，不想你遊身八卦掌加上太極的修爲，竟然如此精純！大郎，何必較那些蠻力？改日再請教也不遲。信王千歲，不必裝睡了，老奴也有兩年沒見千歲了，今夜教老奴好生看看。」

信王本來伏案假寐，聽了魏忠賢的話，知道掩飾不住，就揚臂打了一個哈欠，揉了揉眼睛，吃驚道：「如、如何來了這麼多人？」

魏忠賢上前道：「王爺，老奴是特來請安的。老奴將王爺迎接到宮裡，本該即刻過來見個禮，不想宮裡的事務太多，一時沒分開身，耽擱了多時，請千歲海涵！」

「哪裡！哪裡！魏伴伴憂心勞神，小王感激在心。夜已深了，還是早去歇息吧！請的什麼安，倒教本王不安了。」

魏忠賢又上前一步，雙眼盯著信王，見他微微顫抖著，心裡不住冷笑，嘴上緩緩地說：「王爺吩咐，老奴這就遵命回去，不過還有一件事要稟告千歲。」

「什麼事？」

「大行皇帝尚有遺腹子在，想問問千歲如何處置？」

「這……」信王看看徐應元，但徐應元臉上更是一片茫然，不知如何回答。

魏忠賢催問道：「是不教他出生，還是千歲讓位呢？」

「這……要是生出麟兒，小王理應讓位。不過……不過，在孩子出生之前，本王也不妨暫時掌管朝政。」信王支吾幾聲，倒也進退兩可。

「來人！」卻聽魏忠賢大喝一聲，「給我將這個假冒王爺的賊子拿了！」眾人吃了一驚，田爾耕也呆呆地愣了片刻。魏忠賢罵道：「你們這些奴才！對一個假王爺畢恭畢敬，實在蠢笨之極！」一把將信王抓住，劈面一掌，叫道：「這人說話尖聲細語，頷下沒有喉結，必是一個閹……該死的奴才。搜他的下身！」

田爾耕聞言，身形一晃，滑到御案的後面，右手伸出二指，向信王的襠下一插一挖一捏，幾個動作一氣呵成，電光火石一般，信王想要躲避，已是不能。田爾耕觸手之處，頓覺空空如也，當下變指成爪，五指如鉤，向信王襠下一按一攥，隨即飄身退後，說道：「九千歲明察秋毫，實在神鬼莫測！這人的下邊果然空無一物了。」

魏忠賢看看假信王，森然道：「說！信王究竟在哪裡？不然……」他眼前一花，便覺呼吸艱難，脖子被一隻鐵手死死扼住，出聲不得。

「徐應元，快放了九千歲！」田爾耕等人大叫道。

徐應元將魏忠賢肥胖的身子抓離地面，喝道：「爺爺入宮就沒打算留著這條命！今天爺爺與魏老賊同歸於盡，死也值了！」

假信王從御案後面跑出來，大罵道：「小爺今夜正要爲國除了你這奸賊！」說罷，對準魏忠賢的頷下咬去。只是魏忠賢肥頭大耳，頷下贅肉甚多，又被徐應元的手腕遮了，牙齒才堪堪咬破了些許皮肉，便嗅到一股奇香，登時天旋地轉，倒在地上，渾身乏力，癱軟如泥。饒是徐應元那樣好的身手，內力深湛，及待發覺，也已吸入少許，禁不住這股香氣之毒，手臂勁道皆無，站立不穩，與魏忠賢一起翻倒在地。眾人一驚，許顯純疾步上前，將魏忠賢抱起，摸出一個藥丸餵下，扶到御案後面坐了，又將地上一個開蓋的青花小瓷瓶收入懷中，對著徐應元冷笑道：「你們兩個不知死活的東西，竟敢在九千歲身上打主意，眞是不自量力！你以爲內功了得，怎比得了咱天下無雙的大內名藥！哈哈哈哈……」他想到瞬息之間立了大功一件，九千歲必然會多有獎賞，不由開懷大笑起來。

田爾耕見被他搶了首功，心下有所不甘，揶揄道：「顯純，又是你一線飄紅的神效！看來你下毒的功夫精進了不少，竟沒有看到如何出手。嘿嘿，眞是高明之極！」說著，搶上前來，十指微屈，點了假信王的穴道，又在徐應元身上用錯骨分筋手法，拿捏了幾下，拍手道：「給了他們解藥，問他們信王到底藏到了哪裡？」

此時，藥勁已緩，魏忠賢清醒過來，田爾耕、許顯純急忙過來請罪。魏忠賢不怒反笑：「罪責不在你們，都是徐應元狼子野心，犯上作亂，待過了今夜，再好好收拾他。快命人四處搜拿，定要將信王找到，就是肋生雙翅也不容他飛出紫禁城！」

注：群仙液，即美女的口水。以此梳頭之法，客印月自稱得於海外異人，能令人至老不生白髮。

樓

第十回

田皇親酒樓通消息
英國公深夜闖宮門

「吁——」一連幾聲叫喊，一輛油壁烏篷的騾轎停在了酒樓前。門口的夥計急忙跑上來，打起轎簾，伺候轎中的來客下車。車上下來一位鬚髮皆白的紅臉老者，素服角帶，舉止沉穩，氣度非凡。

皇后張嫣尚未回到乾清宮，便聽到一片哭聲，急忙下肩輿進了西暖閣，見張妃、范慧妃、李成妃、容妃都已在此哭拜，才知天啓皇帝剛剛龍馭賓天，一時顧不得皇后威儀，失聲痛哭，引得眾人又陪哭了一回，才止住悲聲，命四個妃子回宮歇息，獨自一人靜靜地坐在龍床邊，淚眼婆娑地摸著體溫猶存的天啓皇帝，不再哭啼，只是不住地流淚。她想起了剛入宮的那年，宮花、禮炮、鐘鼓、雅樂、大紅的褘衣、閃光的珠冠和霞帔，還有自己緋紅的臉頰、天啓皇帝那喜悅的眼神……似乎都隨著浩蕩的西風逝去，永遠不會回來了，除非是在夢裡，在一個人孤寂獨處時的沉思遐想中。夜深沉，她忘記了倦乏，也忘記了恐懼，暗暗驚佩自己敢如此切近地面對死去的人，在漆黑一片的夜裡，竟然絲毫沒有感到害怕、恐慌，反而覺得要比第一次在西便殿面對他的時候沉穩得多，自如得多。忽然，遠處傳來一陣嘈雜的聲響，在寂靜的皇宮內城傳得很遠，越來越近，越來越響了。張嫣似是不忍吵醒天啓皇帝，起身移步，扶門觀望，只見數十盞暈紅的宮燈遠遠地向乾清宮飄來，一群人結隊而至，身佩刀劍的錦衣衛捆綁推搡著一個身穿衮服的清瘦男子和一個老太監。皇后隱約地見了，心裡大驚：難道那被抓的人是信王嗎？急對外吩咐道：「王朝宗，看看是什麼人如此大膽，深夜入宮抓人？」

王朝宗望一眼在值房裡的王體乾，見他也在向這邊張望，不敢隱瞞，稟道：「是五彪手下的錦衣衛。」

「抓的是什麼人？」

「奴才看了一眼，像是信王千歲。」

「爲何要抓他？」

「奴才不知。」

「快將他們攔下，皇上屍骨未寒，怎敢如此對待堂堂帝胄！」張嫣粉面通紅，語調嚴厲。王朝宗聽了恍若未聞，竟站在一旁動也不動。張嫣卻待呼喝，五彪率錦衣衛已來到殿前，施了君臣之禮。張嫣慍聲道：「皇上駕崩，你們不在府衙舉哀守制，卻夜入後宮抓人，眼裡還有王法嗎？」

許顯純答道：「娘娘千歲，聽說皇上遺命信王繼承大統，魏上公即刻派人將他迎接入宮，特命臣等護衛，不料問訊起來，未見遺詔，看來定是假冒的，意在乘亂謀篡！先皇重臣俱在，豈容這般賊子佞臣猖狂？魏上公怕皇后人單勢孤，特命臣等連夜捉拿，以保社稷。」

張嫣冷笑道：「如此說來，難得魏伴伴一片護國丹心了！信王受先皇遺詔，我在身邊親見，你們何以斷定有假？未有皇命，深夜捉人，擾亂宮掖，徒生警蹕，驚動先皇之靈，你們可知罪？」

許顯純乾笑幾聲，說：「臣等見信王拿不出遺詔，言語支吾，神情猥瑣，必是心懷鬼胎，居意不良。情勢緊急，臣等已將生死置之度外，只好先靖亂黨，再請皇命。」

「一派胡言！先皇所書衣帶詔，我親手付與信王。想必他入宮匆忙，未將衣帶詔帶在身上，有何可疑？」張嫣厲聲喝問。

楊寰忙答道：「娘娘息怒，魏上公是想請信王爺過府敘話，也許令娘娘誤會了。」

「深夜敘什麼話？就是敘話也該他入宮請命覲見，豈可勞動信王？縱非信王，有捆綁著敘話的嗎？」張嫣鳳眉雙聳，杏眼圓睜。

「也許是臣等領會錯了。不過，剛才他們破口大罵，詆毀朝廷重臣，也該讓他們知道法度！」

「你們爲虎作倀，卻還如此巧辯？自古刑不上大夫，何況先皇血脈？縱使觸犯律條，也當由宗人府處置，豈會交付外廷！你們幾個做奴才的，卻要犯上拷問主人嗎？」張嫣連聲斥責。田爾耕早已按耐不住，森然說：「說有口詔，難以爲憑；風傳信王有皇上血書衣帶詔，但皇上病重，如何書寫？說不得有人盜用皇上之名，也未可知！」

張嫣大怒，戟指罵道：「大膽！我日夜在皇上身邊侍奉，誰能盜用皇上之名？先皇剛剛晏駕，你竟欺君罔上……」氣得言語急促，似乎說不下去了，轉身看到跟進殿來的王體乾，問道：「王總管，人可是你放進來的？」

「是。先皇在時，奉魏上公與老祖太太千歲之命入宮，不論日夜，慣例不禁。奴婢不敢阻攔。」王體乾慢聲細語。

「今夜並非追究你放人入宮之責，是問你司寶局可輕動過玉璽寶印嗎？」

「若非奉旨，奴婢也是不敢，何況司寶局那幾個奴才！」

「哈哈哈……」田爾耕臉上笑意更盛，「衣帶詔既未加蓋玉璽，看來更是假的，一文不值！」張嫣略定了定心神，嘲諷道：「宮裡的事體你們怎會知曉？王總管，可將此事講與他們明白。」

王體乾環視五彪，說道：「平日的軍機大事，是要加蓋玉璽的。若遇事情危急，不及或不便加蓋，可以鈐印皇上私章，權威與加蓋玉璽等同，但機密則較加蓋玉璽遠甚。」

五彪聽得愕然，張嫣乘勢對王體乾說：「國家不可一日無君。快將信王鬆了綁，暫時留在乾清宮，明日臨朝，也好為先皇奉安。」

不料田爾耕大笑起來，道：「哪裡有什麼信王？不過是平時左右伺候的一個小輩而已！」張嫣不明就裡，眼見那男子身穿袞服，體態衣飾與信王一般無二，怎會不是？王體乾略愣一下，疾步上前，順手取了宮燈，高高舉起，照在袞服男子臉上，驚道：「確非信王千歲！」袞服男子一言不發，王體乾轉身照了旁邊的老太監，怔道：「這不是先皇當年在東宮的貼身太監徐應元嗎？失敬了。」

那太監一直閉目不語，運功抵禦錯骨分筋手之痛，怎奈體內之毒剛解，內力一時提不起來，疼得額頭之上汗水涔涔。正強自忍耐，聽王體乾喊出自己的名字，微睜雙眼，露出一絲苦笑道：「難得王大總管還記得故人。」

「那他是誰？」王體乾問道。

徐應元見瞞不過，就答道：「信王千歲的親隨太監王承恩。」

許顯純道：「將他的臉擦了，看看他的本相！」

兩個小太監在殿外的鎦金銅缸裡取了水，許顯純對著王承恩迎頭一潑，抬手將臉上的假面皮扯下。許顯純將他們身上的繩索去了，嘻嘻一笑，問道：「信王在哪裡？兩位還是說了，免得皮肉受苦。」二人雙目緊閉，低頭不語。田爾耕急道：「連夜將這兩個奴才押往東廠，就算是鐵嘴鋼牙，咱卻不信那幾個新做的刑具撬不開、砸不碎？」

徐應元、王承恩一聽，面色大變，相互對視了一眼，奮力掙脫，喊道：「王爺，奴婢們不能再為王爺盡忠，先走一步了！」雙雙向大殿檐下的蟠龍巨柱撞去。

田爾耕大喝一聲，「留住他們！」幾個錦衣衛一起一縱，飛身趕上，出手有如閃電，幾乎同時將他倆的手腕、肩胛鎖住，拖了回來。田爾耕上前手掌連揮，只聽得啪啪之聲不絕，霎時，兩人臉頰腫脹，在數盞宮燈的映照下，越發鮮紅無比。

孫雲鶴面上堆歡，道：「田大人的朱砂神掌果然已到九重的境界！」然後面向徐應元、王承恩，眼現殺機，怪聲說：「你們既已中了神掌，很快就會從臉上開始，自上而下，如萬隻螞蟻搔咬，奇癢難當。看你們說不說信王的下落！」話音未落，二人早已跌倒在地，隨處翻滾，雙手在臉上、身上亂抓，直抓得鮮血淋漓，兀自不停。眾人看得心驚肉跳，張嫣又急又怕，說：「快與他們解了，以免失了信王的下落！」

田爾耕一經提醒，也覺出手太過辛辣，就取了解毒的丹藥給他們灌下，立時止了癢。張嫣命人將他們扶起，問那王承恩道：「信王哪裡去了？」

王承恩道：「娘娘，奴婢現下不能回答。請娘娘恕罪。」

「你為何要冒充信王？」

王承恩笑道：「若非奴婢冒充信王千歲，若非娘娘及時趕到，就是有一千個信王恐怕也隨先皇去了。」徐應元笑道：「娘娘，信王千歲此時已然到了安全之處。普天之下，也只有三人知道他的下落。娘娘不必問了，到了可以說的時候，奴婢定會稟告娘娘。」

「三人知道？」田爾耕脫口而問。

「不錯！我倆之外，還有王爺自己。」徐應元一本正經地說。

田爾耕面色鐵青，礙於皇后面前不好發作。張嫣擔心說：「信王身負先皇遺命，倘若失去下落，如何向歷代祖宗向天下萬民交代？王總管，你親將此二人鬆綁羈押在乾清宮檐下，不得有誤！」然後向五彪道：「你們出宮去吧！」五彪不敢有違，率錦衣衛轉身快快而去。張嫣心裡暗暗鬆了一口氣，轉身進殿，猛聽有人喊道：「魏上公、老祖太太千歲駕到」不禁怔住。

護國寺街西口外南側路東的一家酒樓，一溜兒九間門臉兒，三層樓閣，最高一層中間端端正正掛著一個朱漆紅地的大匾，上書「瀛州酒樓」四個金色大字，瀛州既是傳說中的東海三仙島之一，又是魏忠賢老家肅寧府治河間的古稱。此處本名柳泉居黃酒館，建於嘉靖年間，院中有一眼古井，清澈甘冽，不下西山玉泉之水，所釀製的北京黃酒聞名天下。井旁一株古柳，樹下疊堆三塊宋徽宗年間的花石綱，風吹雨蝕，青苔斑斑。文人雅士常年聚會於此，生意十分興隆。魏忠賢的侄子魏良卿眼熱酒館白花花的銀子流水一般，店家賺得滿坑滿谷，就打著皇店的旗號，半買半占，增其舊制，重加修葺，竟成了官員士紳聚會的所在。在此可以極快地知道一些宮中消息、官場秘聞，夠一定品級的官員可以比在衙門還快地看到邸報，探聽消息、跑門路、找關係的各色人等一時趨之若鶩，生意越發地興隆。已是定更時分，酒樓上下依然燈火輝煌，酒菜飄香，人來人往，絡繹不絕。

「吁——」一連幾聲叫喊，一輛油壁烏篷的騾轎停在了酒樓前。門口的夥計急忙跑上來，打起轎簾，伺候轎中的來客下車。車上下來一個鬚髮皆白的紅臉老者，素服角帶，舉止沉穩，氣度非凡，在幾個家奴的簇擁下，逕直走入酒樓。酒樓的掌櫃是魏良卿手下的一個門客，名叫郭均，一見進來的老者，趕忙從櫃檯後面出來，躬身施禮道：「國公爺是要飲酒還是專看邸報？」

「明天的邸報可來了？」

郭均賠笑道：「國公爺，還不曾到來。宮裡傳了話來，邸報要停上幾日，何時刊印小的也不知道。這幾日許多大人都來打問，沒想到國公爺今夜會親臨。」

「怕是來個家奴討不回去，每回都是等得心焦等得失望。」郭均見老者似是有些不悅，忙賠笑道：「國公爺說笑了。敝店要是有邸報，只要爺捎話過來，小的敢不奉上，哪裡還消爺派人來？這幾日斷是沒來的，小的膽子再大，也不敢欺瞞爺的。」

老者捋鬚一笑說：「聽說這裡的酒菜極佳，早就想來嘗嘗，只是一直未得方便。今夜咱也不是來取什麼邸報的，只要酒菜來吃。」便要邁步上樓，不料郭均卻在前面似攔非攔地說：「國公爺可是要個樓上的單間雅座？」那老者面色一沉，慍聲道：「老夫可是在樓下散桌吃飯的？怕老夫沒銀子付你嗎？」郭均一躬到地，解說道：「小的斷不是這個意思，只是今晚樓上的單間雅座都被人包了。」老者似是不信地問：「都包了？」

「是！不敢欺騙爺，確實被人全包了。」

「什麼人包了？教他讓出一間，咱付雙倍的價錢。」

郭均為難道：「這怕是不妥，敝店的信譽與一般商家無二，不好出面如此的。」

老者自恃身分，不悅道：「你不好如此，老夫親去與他講！」

郭均笑道：「國公爺何必與這些世俗小民爭什麼長短！爺要是願意吃什麼酒菜，小的命人連夜送到府上，爺可清清靜靜地吃，豈不更好？」

「這是什麼話？我張惟賢憑祖上的威名功勛襲得英國公爵位，怎的竟連一間吃飯喝酒的單間也難到手，傳將出去，豈非辱沒了先人的英名？」老者大怒，面皮漲紅，聲調也高了起來。原來此人乃是大明勛臣英國公張輔的七世孫。

「什麼人敢惹國公爺生氣？」話音一落，門外含笑進來兩人，也是一色的素服角帶。老者看了喜道：「看來吾道不孤了。長公、宗道，你們也來飲酒嗎？樓上不知被哪個龜孫子全包了。」那個被稱作長公的身材略顯矮胖，鬚髮半白，面色紅潤，乃是萬歷朝的探花郎官拜左柱國少師兼太子太師吏部尚書武英殿大學士張瑞圖。另一個身形高瘦、面色黑黃，乃是禮部尚書兼翰林學士來宗道。幾個月來，天啓皇帝龍體不豫，不能臨朝，近日以來，竟沒了皇上的消息，不知皇上還能捱得幾日，尤其要命的是不知道繼位的新君是誰，更上與自己的仕途、富貴息息相關，謎底一日不揭，便會一日心神不寧，寢食難安，本來一直安排得力家奴每日打探，卻沒有聽到絲毫消息，張瑞圖身爲閣臣更加按耐不住，便約來宗道同來酒樓，吃酒打探。

「二十多個單間全包了？什麼人如此豪闊？」來宗道似是追問，又似是自語。張瑞圖也不禁暗自驚詫。「是個揚州的客商。」

「什麼來歷？請什麼客人？」來宗道不由對這個揚州客商憑添了許多興趣。

郭均道：「請三位老大人權且在大堂小坐，小的命人用屏風四面隔開，也好說話。」

「那倒不急，邸報要是來了，先拿來一閱。」張瑞圖慢聲細語道。

張惟賢不滿道：「哪裡有什麼邸報？老夫來了便問，才知已停了幾日，眞教人心焦。」

張瑞圖聽說邸報還沒有來到，向張惟賢揖揖手要走，來宗道攔道：「今夜難得與國公爺、閣老相會，下官斗膽做個東主，請兩位屈尊小酌幾杯老酒如何？」

張瑞圖不好推辭，略帶幾分陰鬱地乾笑道：「國公爺既然有此雅興，作陪何妨！」

郭均謙卑地點頭道：「三位老大人賞光，實在令人喜出望外。敝處的幾味小菜雖說略有薄名，不過是貴客爺們抬愛，要是比起三位老大人府上的廚子來，怕是不啻雲泥之別了。」

「哈哈，要是說起家宴，咱新近招了一個江南的廚子，手藝實在非同一般，一手杭州菜古雅可愛，色味俱佳。他日再邀兩位大人過府品嘗。來來來，說得已經食指大動了，還是上樓吧！」張惟賢心直口快，性情率眞，偌大年紀，提起美味佳肴，兀自難以忍耐，不禁眉飛色舞起來。說話間，一人多高的紅木大屏風圍成了一個簡便的單間，張瑞圖細看，見屏風上鏤刻著自己的行草名作《後赤壁賦》，三人又起身欣賞一番。小二捧了上好的香片獻上，郭均伺候完畢，在一旁垂手說道：「要說此人原本沒什麼來歷，只是揚州的一個富商，販賣一些綢緞……」

「不必囉嗦！」張惟賢本是性急的人，嫌他枝蔓，揮手阻止。

「好！好！長話短說，他是信親王的岳父老泰山。」

「姓田還是姓周？」張瑞圖冷冷地問。

「姓田。」

「噢！原來是田弘遇！」張瑞圖微微一笑道，「他倒是個豪爽有趣的妙人兒。不過，他怎麼包了這許多的房間？」郭均正覺難以回答，樓上卻有人喊道：「在座的各位客官聽了，我家老爺恰逢大喜，今夜包了兩層雅座宴請天下有緣之人，只要說上一句賀喜的話兒，就可以上樓盡情吃喝，品嘗美酒佳肴！」霎時間，樓內一片歡騰，大堂吃飯、等座的食客紛紛上樓道賀，大堂一下子變得異常冷清。張惟賢頗覺不快，心裡不免有了幾分不平，恨聲說道：「還沒到皇親國戚的位子，京師重地，竟然這般張狂！」

來宗道不屑道：「他不過是憑了女兒那張狐媚妖艷的臉兒，窈窕婀娜的身段，才落得這五品的閒差，能有什麼真本事，又張狂到哪裡去？」轉頭對郭均命道：「去喊田弘遇下來回話！就說樓下有人要見他。」

「小的明白，絕不敢亂說的。」面皮白皙身材瘦小的田弘遇在二樓大搖大擺地坐著，冷眼觀看上樓的食客，多是膏粱子弟和一些寓京的富商，沒有見什麼高官顯爵之人，正自焦急，猛見樓下屏風隔成的單間周圍有幾個家奴模樣的人四下逡巡，便要想法前去探詢，見郭均急急跑上來，笑嘻嘻地說：「田爺要請的人可齊了？吩咐下面開宴嗎？」

「好！那些空餘的酒宴，就邊吃邊入席吧！銀子嘛，咱一錢也不會少的。」

郭均見眾人多數高談闊論，叫嚷吵鬧，便附到田弘遇耳邊低聲說：「下面有幾位客人不方便上來，請田爺下去講話。」

「是哪一個？」田弘遇頭也未抬，用嘴吹一下手指上碩大的貓眼金戒，心裡暗暗高興，總算沒有白破費我一萬兩雪花銀哪！

郭均看得眼熱，恨不得一把奪了，戴在自己手上，強自忍了，不露聲色地說：「田爺去了自然會知道！」田弘遇故意沉默了片刻，目送著郭均下樓回去稟報，然後起身下樓來到屏風外，高聲問道：「是哪位朋友要找我田某……嗚呀！原來是三位老大人。」說著，故作吃驚地上前施禮。

「罷了！」張瑞圖微微擺一下手，問道：「你可認識我們？」

田弘遇搖頭道：「與三位第一次見面。」

張瑞圖冷冷地看著他，威嚴地說：「可我卻知道你。」

「怎麼知道……」田弘遇見三人大模大樣，舉手投足之間有一種逼人的氣勢，陡然感到了一絲慌恐。

「你一個五品的差事，這般大作聲勢地喜慶，難道不知朝廷律有明文，五品以上不准在閒雜場所聚集宴飲？」張瑞圖語調愈加嚴厲。

來宗道不待他回答，語含譏諷地說：「或許是超擢任用，榮升了二品大員，也未可知。」

張惟賢年老遲鈍，心地實誠，聽得十分不解：「此言差矣！是否超擢任用，長公你自然該知道。」倒似有意湊趣一般。

田弘遇更覺三人來頭不小，故意賣個關子，答道：「下官一時高興，忘乎所以，竟犯了朝廷的法紀，多謝大人指點。」

來宗道卻不依不饒地追問道：「什麼高興的事兒？是生了兒子，還是納了一房小妾呀！」

「可比這事兒大得多！」田弘遇滿臉帶笑。

來宗道忽然湧起老貓戲鼠般的快意，慢條斯理地催道：「那就說吧！興許我們也要給你道聲喜，討杯酒吃呢？」

「此事關係國運，三位大人面前不知道該不該講？」田弘遇用眼睛不住地在三人身上掃來掃去，欲言又止。

張惟賢急聲說：「既是關係廟堂家國，但講無妨。老夫張惟賢，這兩位是大學士張瑞圖大人、禮部尚書來宗道大人。」張瑞圖知道他性急如火，待要阻攔，已是不及。

「原來是國公爺、閣老和宗伯三位老大人，下官不知，多有怠慢，罪過，罪過！」田弘遇起身，重新施過禮，故作驚訝地說：「三位老大人執掌國柄，日理萬機，難道沒聽說宮裡的事兒？」

「宮裡發生了什麼事？」三人不由直起身子。

「眞的不知道？不會，不會呀！」

張惟賢大聲說：「這幾日紫禁城內外戒備森嚴，禁止出入，無詔不得進宮，外廷哪裡會有宮裡的消息！」

田弘遇撓頭道：「三位大人可知道皇上已經賓天了？」

三人霎那間如遭雷擊，面如土色，張惟賢一把抓住田弘遇的手臂，喝問：「此話可是眞的？」

「千眞萬確！這事豈是可以隨便說謊的？」

張瑞圖咬緊牙關，一字一頓地說：「若是有半點虛言，你想必知道會是什麼後果！詆毀聖上，蠱惑天下，可是要凌遲滅門的！」

田弘遇兩手亂擺道：「不敢！不敢！下官豈會拿身家性命耍笑取樂？」

「那好，你是從哪裡得知的消息？」

「這麼說信王被迎立進宮的事兒，你們也不知道？」

「什麼？信王被迎立進宮了？」三人驚得嘴巴大張，撟舌難下。

田弘遇心頭暗喜，接道：「九千歲派秉筆太監涂文輔率三千忠勇營將士護衛信王進宮，怎麼沒有知會滿朝王公和內閣輔臣？再說此事怕是已經傳遍了京師，三位大人竟然不知道？」

「九千歲派人迎信王千歲進宮，意欲何爲？」三人停止追問，心頭不住地揣摩，屏風內一時寂靜得如同窗外的黑夜。田弘遇見三人呆坐無語，知道自己的消息攪亂了他們的心神，忙自語說：「想是九千歲怕大家與他搶了頭功，因此暗裡行動。看來九千歲的榮華富貴怕是要與大明江山一樣千秋萬代了！」

張惟賢一掌擊到桌上，叫道：「如此好事，咱豈可後人！也要連夜入宮，以表丹心。」

「不可，不可！」張瑞圖搖頭道。

「有何不可？」來宗道急問。

張瑞圖目光閃爍，令人難測，他看看張惟賢、來宗道，又看看田弘遇，說道：「哎呀！田老弟怎麼還一直站著，快坐了說話！你我同殿稱臣，哪裡有這麼多禮法？今後仰仗老弟之處還多呢！剛才言語不周，萬不可往心裡去，我也是專心顧念聖上，一時情急。」

「閣老怎麼卻對下官見外了，下官還靠大人們提攜，今後風雨同舟，些許小事怎會記在心上？」田弘遇朗聲笑道，張瑞圖也附和著大笑幾聲，對張惟賢道：「國公爺此心此情，我自然明瞭，只是我們連夜趕去，城門必然不開，老大人肅立終宵，怎堪忍受？不如我們分頭知會百官，明日四更齊集午門，上表勸進。有田皇親為證，擁立之功，斷不會少的！再者人多勢眾，城門也不會不開。」

田弘遇本來想激他們連夜進宮，也好保護信王平安，但見張瑞圖老謀深算，知他不明魏忠賢的意圖，不敢輕易涉險，聽得心中焦躁，卻也無計可施，暗暗禱告道：看來只好盡人事而聽天命了。想起方才來宗道的嘲諷，笑道：「信王繼位登基，宗伯大人說該不該好好慶賀一番，怕是比生子納妾還要歡喜得多吧？」

「那是，那是！應該，應該！」來宗道額上忽然流出了汗水，身上的中衣不覺也已浸透。樓上酒宴方酣，猜拳行令，笑語喧嘩，煞是熱鬧。

聽到喝喊，眾人循聲望去，只見遠處紗燈、角燈、黃炬、亮子數百，明如白晝，迤邐而來，似是漂浮在夜空的無數星斗。前面一架肩輿，後面一頂青紗涼轎，隨從宮婢數百人，前提御爐，焚燃沉香、龍涎香，氤氳如霧，好似月宮中的仙人。不多時，來到了乾清宮。原來客印月見五虎草擬了勸進的表章，五彪仍舊沒有音信，在竹風閣中坐臥不寧，恐怕宮中有變，顧不得夜深路黑，急急趕來，聞說魏忠賢在文華殿歇息，便與他會作一處，先奔乾清宮來祭拜大行皇帝，正好聞報五彪與皇后僵持不下，急忙趕過來。兩副肩輿落地，親隨太監李朝欽、裴有聲忙將過來攙扶。魏忠賢、客印月下得轎來，見張嫣尚站在殿檐下，略見了禮，來到徐應元、王承恩面前。魏忠賢看著徐應元紅腫的臉頰，哈哈一笑，似是不勝惋惜地說：「咱家又晚到一步，教老弟受苦了。」

徐應元冷笑道：「上公爺客氣了。早來晚來，還不是一樣！」

「怎麼會？想是五彪一時心急，失了分寸。咱家聽說信王走失，心裡也是急的。信王是咱家迎入宮的，萬一有什麼閃失，豈非有負先皇所託？如何向滿朝文武、天下百姓交代？老弟要是顧看昔日的情面，就告知一聲信王千歲在哪裡，咱家也好放心。」

徐應元咬牙道：「別的都好說，就是要小的這條賤命，也儘管拿去，眉頭都不會皺一皺。只是要問信王千歲的去向，恕難從命！」魏忠賢用手指輕彈一下徐應元的臉腮，見他痛得渾身一顫，輕笑道：「好，有骨氣！看來東廠的刑具有些不管用了，可有什麼新鮮的玩意兒教老徐見識見識？」說完看著許顯純。許顯純冷哼一聲，上前看了徐應元一眼，陰陰地笑道：「啓稟督公，屬下剛剛製作了兩件刑具，正好一試。」

「都是什麼樣的？」魏忠賢將鬢角的一朵鮮花摘下，在鼻子邊兒一嗅，隨即用手一攥，輕撒而出，花瓣飄零，散碎落地。

「一種叫紅繡鞋，一種叫金壽杖。紅繡鞋是生鐵所鑄平底低幫的鞋子，型號各異，依據人犯腳掌的大小使用。生鐵本是黑的，等在烈火中燒上多時，便會裡外通紅，穿在腳上極像二八女子的繡鞋，因此取了這個雅號。金壽杖則是用熟銅打造的一根手杖，頭粗尾細，上刻壽字。以此打人有個好處，肌肉糜爛，皮膚卻絲毫不裂，反而光潔圓潤，有如處子，似返老還童一般。只是爛肉污血一時無從排出，就在皮下潰爛長瘡，化膿生蛆，稍稍一碰，如同萬蟻鑽心，初時還覺疼痛，後來變成痲癢，更加不可忍受，多數親手將自己的皮膚抓裂，污血四溢，噴湧而亡。」

魏忠賢聽了，面色陰沉道：「構思還算奇妙！嚴刑峻法原本是警君子救小人的，正所謂不以霹靂手段難施菩薩心腸。」然後語氣一緩，對王承恩說：「你們想必是受人指使，受人蒙蔽，怕咱家搶了迎接新君的頭功。這迎接新君的功勞人人有份，咱家豈會獨享？你若說出信王的下落，咱家必保奏你到宮裡做一份體體面面的差事。」

「上公爺不必多費口舌，賣主求榮，非我所為！王承恩既敢入宮，就無所懼！」

客印月早聽得心中煩躁，厲聲道：「不必與這班奴才囉嗦！快去各處搜查，定要在天明前找到信王！」

張嫣怒道：「後宮嬪妃無數，都已安眠，衣衫不整，這些錦衣衛深夜查找，成何體統？皇家顏面何存？」

客印月笑道：「那就命我手下的太監、宮女搜查，今夜我特地多帶了一些，也夠用的。」她略頓一下，對手下人命道：「速去各處搜查，發現異常，即刻傳報，錦衣衛隨時援手。」

張嫣高聲道：「且慢！後宮皆為我統攝，我沒有下令，哪個敢去？」

客印月見皇后執意阻攔，心中雖然惱怒，但是拘於禮法，也不敢任意施為，當下咯咯一笑，說道：「娘娘，我命人搜查，一是為了皇后的清譽，二是怕有人趁機混入宮中，擾亂宮廷。」

「爲了我的清譽？一派胡言！」

「娘娘誤會了。試想夜色已深，信王不安居文華殿，而在宮中隨意走動，輕則有人議論娘娘管理後宮無方，這重則嘛……」客氏故意將語氣收住，一雙妖冶的雙眼似笑非笑地看著張嫣。張嫣聽出了她的話外之音，登時粉面通紅，氣得說不出話來。魏忠賢趁機揮手道：「仔細地搜！不要放走一個隨意入宮的人。」張嫣看著眾人奉命散去，全不將皇后放在眼裡，不禁暗自傷神，返身入殿，對著仰臥在床的天啓皇帝垂淚。

將近四更了。紫禁城外寂靜得沒有一絲聲息，宮裡燈火輝煌，四處人影幢幢，不時傳來幾聲年青女人的尖叫和錦衣衛的高聲喝問。魏忠賢與客印月坐在乾清宮前等候消息，半個時辰過去，各處搜遍了，也沒見到信王的蹤影，「難道他出宮了？」魏忠賢暗想，「不會，上次已下死命，沒有咱家的手令誰也不准出宮。除非他會飛檐走壁，插翅騰空！」客印月見他沉思，就問田爾耕道：「還有哪裡尚未搜查？」

「都查過了。各宮各院，太監、宮女的房裡，御花園的假山、樹上都看了，連御水河也用木杆撈了一遭。」

「噢……」客印月腦海裡將紫禁城各個角落轉了一遍，也想不起信王會藏在哪裡，卻見魏忠賢兩眼看著乾清宮，當下疑惑道：「難道會在裡面？」魏忠賢卻不答話，起身向宮裡走去，客印月緊隨其後。

魏忠賢在龍床邊跪拜，客印月也隨著跪拜幾下，神情悲戚。魏忠賢道：「萬歲爺，老奴來看你了。今夜老奴搜查大內，實屬不得已，望萬歲爺看在老奴多年伺候的份兒上，饒恕奴婢驚駕之罪。」連連叩頭，兩眼四下巡視，猛然伸手在床下一摸，面現失望之色，起身到御座、屏風各處查看，依然杳無蹤影。他在丹墀上徘徊一遭，目光落到那對鎏金銅獅子身上，竟自無聲地冷笑了起來，伸手在左首的銅獅口中一摸一按，突然喝道：「有刺客！」

田爾耕、許顯純一聲呼喝，手下錦衣衛、乾清宮當值眾侍衛搶進殿來，各自拔出刀劍將殿內眾人團團護住，張嫣嚇得大驚失色，倒靠在龍床上。客印月待要躲藏，卻未見陌生人來，站在眾護衛身後，定定心神道：「刺客在哪裡？」魏忠賢用手向腳下一指，眾人看丹墀上並無異樣，正自迷惑，卻聽一陣扎扎的聲響，丹墀下緩緩啓開一扇小門，田爾耕、許顯純搶步將洞口堵了，喝道：「大膽狂徒，竟敢到宮裡行刺，快出來納命！」

那個清瘦太監從洞中爬出來，被田爾耕、許顯純將手臂抓了，上來幾個錦衣衛便要捆綁。清瘦太監將身子一挺，怒道：「本王乃是太祖血脈，哪個敢無禮？」眾人聽得一怔，魏忠賢心裡暗惱田爾耕、許顯純沒有趁出洞時一刀將他殺了，喝道：「一身太監衣帽服飾，會是什麼太祖血脈？必是入宮的刺客，快拉出去斬了！四下仔細搜尋，看他有無同黨。」

清瘦太監將臉上面皮一撕一抹，冷笑道：「魏伴伴，你不認識本王了？」張嫣、客印月吃驚地抬頭觀看，見那太監赫然便是信王。門外的太監、宮女更是目瞪口呆，大睜著雙眼齊齊地向內張望，心裡暗自吃驚。田爾耕、許顯純與眾錦衣衛見此情形，不由將刀劍收了，向後退開。清瘦太監用手撣撣塵土，門外的太監、宮女忙取來清水，伺候盥洗。那清瘦太監從容淨了面，上前祭拜大行皇帝，又與皇后張嫣見了禮。

魏忠賢急步走下丹墀，圍著清瘦太監轉了一圈，問道：「若是信王王爺，咱家卻要問問，怎麼不在文華殿，深夜變服易容來到乾清宮？」

清瘦太監悲聲說：「故地重遊，幼時與皇兄相處的情景，歷歷在目，宛如昨日，傷心難寐，想來祭拜皇兄。又怕衰服前來，行動不便，就與王承恩互換了衣服。」

魏忠賢追問道：「那又爲何藏身老虎洞呢？」

清瘦太監道：「本王傷心過度，誤觸了機關，跌落洞中。也是吉人天相，正愁找不到出路，魏伴伴將機關打開，可謂救駕的功臣。」

魏忠賢聽了，後悔方才鹵莽了，盤算不夠周全，若是偷偷命人從另一洞口潛入，將信王一刀砍在洞裡，神不知鬼不覺，豈非大妙？或是派人守在洞口，還怕不能將他活活渴死餓死，剪除心頭的禍患？片刻間，思前想後，心裡隱隱不快，嘴上埋怨道：「王爺只顧迷藏取樂了，可教老奴找得好苦呀！」

客印月撇嘴哂道：「虧他想得出來！貴爲帝胄，竟跑到什麼陰暗的老虎洞裡，怕是有什麼見不得人吧？」

朱由檢暗恨她說話陰毒，一時卻不知怎樣分辯。張嫣也覺惱怒，垂淚掩飾道：「難得信王兄弟情深。」

客印月淫笑一聲，擺動著腰肢說：「王爺恁的性急，怕是想見皇嫂吧！女大三，抱金磚。這女大六，豈不就是兩塊金磚了？」

張嫣心下怒極，冷冷地譏笑道：「你還胡言亂語，難道忘了當年的批頰掌嘴之痛了？」

客印月想起張嫣命幾個宮女輪番掌嘴的舊事，又羞又恨，作聲不得。

「天可憐見，奴婢們又見到王爺了。」殿外的徐應元、王承恩趁騷亂之際，搶入殿來，護在朱由檢身前。朱由檢見二人面目紅腫，問道：「你們爲何受此苦楚？」轉頭問魏忠賢道：「魏伴伴將本王迎入宮來，爲何卻對他們下此毒手？難道是項莊舞劍，意在沛公？」

魏忠賢沉吟道：「王爺誤會了，老奴家怎會對王爺有半點的不恭？王爺是老奴迎接入宮的，方才見不到王爺，卻見小恩子黃袍加身，詢問王爺去處，他們又咬牙不說，老奴家以爲這二人串通一氣，不利於王爺，就將他們拿了拷問。」

朱由檢道：「並非他們有所企圖，是本王爲見皇兄，命他們如此。」

許顯純必欲問罪，反駁道：「他們奉命假扮王爺，哪裡逃得過督公的法眼？只是這二人卻惱羞成怒，高聲辱罵督公，哪裡有半點做奴才的樣子？」

魏忠賢不依不饒道：「謾罵老奴也就罷了，小恩子身穿袞服，言語無狀，藐視王法，褻瀆皇室，其罪當誅！」

客印月也隨聲附和說：「誣衊朝廷重臣，也是死罪！」

朱由檢心下爲難，兩眼望著皇后。張嫣忙調和道：「他二人如此失禮，本該治罪，姑念不是他們自做主張，意在成全信王兄弟之誼，其情可憫，兼以皇上剛剛賓天，新君將要登基，不宜殺戮，權且記下，日後再罰。」

魏忠賢意在信王，也不想節外生枝，見皇后阻攔，便順水推舟道：「既是娘娘開了金口，就先留下他倆的狗頭。時辰不早，請王爺回文華殿歇息吧！」

信王道：「本王一身骯髒，殊失儲君威儀，理當更衣再回，以免朝臣見了不雅相。」

魏忠賢道：「明日登基大典，事務繁多，王爺宜養足精神，以受群臣朝拜。」

信王道：「本王性好潔淨，還是先沐浴更衣，否則也難以入眠。」

魏忠賢道：「萬歲爺賓天，皇后娘娘新寡，不便久留，王爺還是先回文華殿，明早再沐浴更衣不遲。」說著後一招手，田爾耕等人一齊向前，手按刀劍，躬身道：「王爺請回！臣等願意護駕！」

信王無奈，起身拜別皇后，便要回去，卻見門外身影一閃，一個帶刀錦衣衛飛跨進殿，到了魏忠賢身邊，低聲耳語，魏忠賢急急命道：「嚴守城門，一個也不許放進來！」

信王、張嫣等人正自驚愕，不知發生了什麼事，一個小太監氣喘吁吁跑進來，顧不得行禮，急聲說道：「娘娘，承天門外有許多大臣吵鬧，要入宮拜祭萬歲爺。」

張嫣聽了，不啻撥雲見日，問魏忠賢道：「今夜何人在承天門當值？」

「錦衣衛指揮僉事佘良輔。」

張嫣命道：「傳我口諭，守門太監即刻開門，放眾位大臣進來，也好商議皇上安葬之事。大行皇帝尚未入梓奉安，魏伴伴，你將御弟護送回文華殿，稍事歇息，明日一早也好主持大政。」

魏忠賢不想奉詔，爭辯道：「朝臣違制，不在東華門外待朝，卻擅自到承天門叫嚷，豈能縱容？」

那小太監道：「東華門禁軍把守森嚴，言稱時辰未到，不去景運門司鑰領鑰匙開門。眾位大人要找禁軍統領理論，那統領卻拒不相見，無奈才轉到承天門。」

魏忠賢道：「理當如此。深夜放外臣進來，於宮禁成例本不相合。」

張嫣罵道：「皇上駕崩，事情非常，諸位大臣出於一片忠心，豈可因循舊制，辜負他們？」她心神既已安定，言辭也周全了許多，憑添了幾分皇后的尊嚴。

魏忠賢難以反駁，惡狠狠地看著那報信的小太監，恨不得將他活活吞下，一直冷眼觀瞧的客印月連連冷笑，尖聲問道：「你是余良輔身邊的長隨小高子吧？」

「小的高起潛。」那小太監將目光望著別處答道。

「你可看得清楚？果眞是大臣們要入宮來，不是城中的潑皮刁民在那裡胡鬧？」

「回老祖太太的話兒，奴婢與余公公並守城軍士親眼所見，斷然不會錯的。」在客印月喝問之下，高起潛不禁哆嗦起來。

客印月見他愚笨異常，絲毫不領會自己的暗示，又盤問說：「夜深天黑，怎麼看得清楚？」

「雪白的燈籠上印的大字清清楚楚，城下的大臣也都自報了名姓。」

「到底是哪一個？」

「爲首的是英國公，其他人奴婢未及多看，就來稟報了。」

張嫣聽到來的是三朝元老張惟賢，登時又增添了幾分底氣，對高起潛厲聲道：「還不快去，只顧胡亂聒噪什麼！」高起潛不敢怠慢，匆匆向外便跑。魏忠賢喝道：「將他攔下！」未見田爾耕如何移動身形，高起潛已被他一把拉回，張嫣惱怒道：「魏伴伴，你要抗旨嗎？」

「老奴怎敢。」

「那爲何將小高子攔下？」

「老奴怕他謊報。」魏忠賢惡狠狠地看著高起潛，伸手道：「拿來！」

「上公爺要什麼？」高起潛惶恐地看看他，又將目光看著皇后。

「余良輔的信物！若是他命你稟報，必會交付與你。」

「余公公正在與大臣們理論，小的見情勢危急，自顧回宮稟報，沒有討得令符信物。」

「這麼說是你自作主張？」

「小的一心想著後宮的安危，怕驚擾了娘娘們。」

魏忠賢冷笑道：「好個忠心耿耿的奴才！如此巧辯！你可知道不從號令、擅離職守的下場？」

張嫣見魏忠賢一味拖延，阻攔道：「小高子既是心繫本宮，不必拘泥。快去傳下口諭，不得遲延！」

魏忠賢難以強攔硬阻，眼睜睜看著高起潛飛也似地跑走了，諂笑道：「娘娘，小高子所報事關重大，萬歲爺剛剛賓天，可不要出什麼亂子，老奴還是親到承天門查看一番，以免驚擾掖宮。再說果是國公爺不辭辛苦，深夜進宮，老奴也該前去迎接。體乾，你且護送信王千歲回文華殿吧！」

張嫣冰雪聰明，知道他想到承天門阻止大臣們進宮，含笑道：「護送儲君責任重大，我不放心別人。若魏伴伴定要去迎接英國公，不如陪信王一道去承天門勉慰群臣。」魏忠賢本怕信王繼位的消息傳布出去，更怕他與大臣們見上面，今夜再難動手，心裡不住地咬牙切齒，暗恨張嫣，後悔當時沒有將她廢了。

張嫣緩聲對信王說：「五弟，就勞你到承天門一趟。魏伴伴本是顧命元臣，此次又護駕功高，今後不可虧待了他。」

信王應道：「娘娘教誨的是。前日皇兄臨終遺命，口諭臣弟多多重用先朝老臣，言猶在耳，不敢有忘！」魏忠賢聽了皇后與信王話，默默無言，眼角竟擠出兩滴清淚，似是有些傷情。

「我苦命的哥兒呀！你就這麼狠心地撒手去了，教我今後依靠何人？你就這麼狠心……」客印月突然一聲嚎啕。

注：明朝舊制，皇家例有皇莊、皇店，僅北京就有皇店六處，都設在東安門外戎政府街，名爲寶和、和遠、順寧、福德、寶延、福吉，由司禮監掌管，每年流水帳不下白銀億兩。

注：亮子爲古代照明用具，類似火把。

第十一回

取懿旨隻身赴京營　變朝服專意窺天心

東首的偏門緩緩開了，高時明挨到門邊，見徐應元探出身子，趁張惟賢、張瑞圖、來宗道三人進門之機，右手閃電般伸出，將一角絹緞塞入高時明的懷裡。

紅色宮牆中間矗立起一座雄偉的城樓，上下兩層，下層設漢白玉須彌座，砌爲城闕樣式，中間有券門三道，貫通前後。上層垂檐廡殿頂，重樓五楹，六十根朱漆大柱支撐大殿，南北各開三十六扇紅木六棱環格扇門，四周環列女牆。紅牆巍峙，飛檐迎風，雕樑畫棟，金碧輝煌。城樓正中垛口設有宣詔台，乃是金鳳頒詔之處。每有詔令便用一條黃絲絛吊繫一隻木雕的金鳳，口銜詔書順牆垂下，禮部派員以朱漆朵雲盤承接，放在龍亭內，抬往禮部，黃紙謄寫，在長安左門外張貼，再分送各地，詔告天下。承天門口兩隻守門石獅威武高大，七座漢白玉砌成的玉帶橋穿過碧濤澄澈的外金水河，岸邊四隻雲龍雕柱的高大華表直指雲端，前面有一條青石鋪墁的御路，兩旁是聯檐通脊的千步廊，社稷門、太廟門、長安左右門、車輦房、文武台依次排列其間，最南頭的大明門上題著永樂朝大學士解縉手書的聯語：「日月光天德，山河壯帝居」。

已近四更了，承天門外，一片漆黑，透過千步廊，隱約可看到天街兩旁長安左右兩門裡微微露出星星點點的光亮，那是官署府衙的値房。文東武西，序列兩旁。長安左門爲「龍門」，有吏、禮、兵、工四部和大理寺、宗人府、欽天監、太醫院。長安右門爲「虎門」，有前、後、左、右、中五軍都督府和鑾儀衛御林軍，西南角則是錦衣衛的署衙。高屋廣廈，連成一片，院落深深，樹木高古……都隱沒在無邊的黑夜裡，沒有了白天的顯赫與威儀，稍遠的大明門更是看不到絲毫的形影，空曠，沉寂，偌大的群落竟似有幾分衰敗荒涼。倒是承天門上下，燈火交映，人頭攢動，比平日熱鬧了許多。外金水河北岸，聚集了百十口人，玉帶橋邊停著一頂大轎，錦披繡幕，牙青幔幃，四周垂著大紅鬚穗，轎頂五鶴朝天，杠上雙龍盤繞，一個蟒衣朝服的老者站在轎前，對著城樓上攘臂戟指，高聲呼喝：「我張惟賢歷侍三朝，數代勛封，連夜趕來哭祭聖上，你們哪個敢攔？」

城頭上百十名守衛的兵丁各持刀槍，簇擁著一個戴鳳翅盔穿鎖子甲的太監，那太監身材適中，面皮白淨，向下看了，乾笑道：「原來是國公爺，您老人家也是知道宮禁之令的，半夜深更，沒有聖上旨意，哪個敢開城門？小的沒有多長幾顆人頭，脖頸也不是鐵的，國公爺快不要爲難小的了。」

張惟賢仰頭望去，認出此人是錦衣衛指揮僉事承天門提督太監余良輔，官職雖說不過從六品，但爲總理宮門各處管鑰，只要他不鬆口，休想開門入宮，放緩語氣道：「余公公，你開了城門，有什麼罪責，老夫替你擔承。」

余良輔哈哈一笑，回道：「國公爺的盛情，小的心領了。只是私開宮門，罪同謀逆，豈可兒戲？小的職責所在，只知皇命，不知其他，國公爺休怪得罪。」

張惟賢見他話語滴水不漏，無法再勸，往身後招手，良久不見動靜，回頭卻見張瑞圖、來宗道穿了便服，站在騎來的馬匹後面，縮頭縮腦，不願露面，怒道：「兩位大人既然同來，爲何止步不前？」

張瑞圖賠笑道：「國公爺尚難勸動，何況咱這沒有勛爵的閒官兒？」

來宗道拱手道：「國公爺，卑職來得匆忙，不及換好朝服，如此在承天門外大呼小叫，有違禮儀，也不雅相。再說兩位大人面前，何須卑職胡亂聒噪？一切唯國公爺馬首是瞻。」

「那你們所爲何來？」張惟賢頗爲不滿。

來宗道侃侃道：「聖上駕崩，君臣之義自當儘快入宮行哭臨之禮，只是宮門不開，想必另有隱情，不便硬闖。聖人云：發乎情止乎禮義。還是當謀定而後動，以免非時之哭，不情之請，有擾掖廷。」

張惟賢見他二人一味觀望，明白他們意存進退，不想貿然行事，便棄轎換馬微服而來，緊隨在身邊的家奴手裡托了包袱，裡面想是包裹著朝服，冷笑道：「兩位當眞是謀略過人，打算得可謂周全之極。只是火中的栗子要想吃到口中，捨不得燒掉些汗毛怕也難的！」

張瑞圖聽得臉色一窘，惱他心性過直，不留情面，自嘲道：「咱又沒有御賜的鐵券丹書，倒有闔府的一家老小，哪裡敢犯什麼忤旨的事情，比不得國公爺位尊爵高，有那麼多祖上的蔭封世襲。」幾句話堵得張惟賢啞口無言，心裡忿恨不已，卻難以辯駁，知道口舌不是探花郎的對手，只將花白鬍子撅得老高，嘿然不語。

高時明早就帶著幾個隨從換了便服，各自腰裡圍著一個輕便的包袱，尾隨眾人來到了承天門外，躲在人群之中，不住地窺探動靜，眼見高大的城門緊緊關閉，又聽張惟賢、張瑞圖、來宗道三人爭吵，心下更覺焦急，一時想不出什麼主意，只在地上來回亂走。正在手足無措，忽聽一陣急促的馬蹄聲，就見天街之上一隊鐵騎驟然而至，眾人正要躲閃，那隊鐵騎卻勒腳停住，馬上的人紛紛跳下來，簇擁著一個白面微鬚盔甲閃亮的中年男子搖擺過來。高時明見是南城兵馬副指揮周奎，不由大喜。周奎上前與張惟賢見了禮，問道：「國公爺不在府內歇息，深夜到此可是有要事？」

「咱是要祭奠聖上。」

「祭奠聖上？」周奎故作不解。

「萬歲爺已經龍馭賓天了，國公爺要入宮哭祭，只是那守城的閹人不敢開門。」高時明上前答道。

周奎一腳將高時明踹倒，喝道：「哪裡的刁民，竟敢在這裡放肆？綁了！」

高時明一愣，隨即爬起身來，跳腳大罵，上來幾個兵丁將他推到周奎面前，周奎低聲道：「教人一齊呼喊，就是不開城門，或許也可驚擾魏賊。」

高時明暗暗點頭，便要掙脫叫罵，卻聽有人喊道：「那不是九千歲嗎？」眾人聞聲抬頭，見城門上亮起幾盞宮燈，李朝欽、裴有聲引著魏忠賢昂然走來，余良輔等人肅身直立，剛要上前拜見，就見御前牌子趙本政呼喝道：「儲君駕臨——」高時明聽得一顆心狂跳不止，儲君可是王爺嗎？當下目不轉睛盯著城樓，又是幾盞宮燈閃過，後面擁出一人，袞服王冠，正是信王朱由檢，左右跟著徐應元、王承恩，身後是田爾耕、許顯純和大內侍衛。高時明止不住眼淚淌落，幾乎要跪倒山呼。張惟賢早已跪在塵埃，痛哭失聲：「老臣再也見不到萬歲了。」

朱由檢手按女牆向下道：「英國公深夜哭臨，忠心可嘉，快將他攙起來。」周奎、高時明將張惟賢扶起，張瑞圖、來宗道忙將朝服換好，擠到前面朝拜，手裡高舉奏摺道：「微臣草就了勸進的表章，正要與英國公一起奏上王爺。」

朱由檢心裡暗暗鬆了一口氣，命余良輔道：「將城門開了，放他們進來。」

余良輔偷偷用眼角掃一下魏忠賢，見他只顧冷冷地看著下面的眾人，答應道：「奴婢遵命。不過外面人員蕪雜，多屬各府奴僕，可是只將張惟賢、張瑞圖、來宗道三人放進來？」

朱由檢頷首，看看身邊的徐應元，徐應元道：「王爺，奴婢敬重英國公的一片忠心，想下去迎接。」

「也好。」

東首的偏門緩緩開了，高時明挨到門邊，見徐應元探出身子，趁張惟賢、張瑞圖、來宗道三人進門之機，右手閃電般伸出，將一角絹緞塞入高時明的懷裡，與守城兵丁將門關了。高時明摸摸懷裡的物件，轉身點頭與周奎道別，帶著隨從匆匆地走了。

高時明領著幾個隨從來到僻靜之處，取出懷裡絹緞，隨從晃亮火摺子，幾人定睛一看，顏色明黃，展開細觀，赫然是皇后張嫣撫慰京營將士的懿旨，曉諭京營衛所無旨不得擅動，忙小心收了，解下腰裡的包袱，取出一套大內太監服飾，烏紗描金曲腳帽，圓領絳紗直身，大紅貼裡，犀角帶。其餘幾人烏紗小帽，青貼裡，明青袍，一起穿戴整齊，點了四周貼金的宮燈，沿著千步廊向南急行，過了社稷壇、太廟，向西轉入長安右門，穿過公生右門狹長的通道，一座高大的府衙迎面矗立，兩盞氣死風燈上端正地印著五軍都督府五個墨色的大字，一身盔甲的兵丁站立兩旁，見了高時明等人，不敢阻攔，急急向裡面通報。今夜當值的是協理京營戎政太子太保兵部尚書李春燁，忙迎出來，跪拜接聽了懿旨，供奉香案，連稱遵旨，高時明知道這京營武官們平日裡沒有邊防盜警，吃著錢糧，日日擎鷹走馬，品竹彈箏，極是受用。終日你一席我一席，都是蹴踘打球，輕裘肥馬，早忘了什麼習練刀兵，見他言語懇切，就告辭出來，便要回府報信。不料，剛出大堂，迎面撞上一個傳令的家奴，邊跑邊喊道：「提督大人有令，速調京營人馬入宮。」

高時明悚然一驚，喝道：「攔下！」幾個小太監上前拿了，高時明問道：「你是什麼人？可知這是什麼所在，竟敢亂闖？」

那人昂然道：「不過是五軍都督的白虎節堂，我家大人提督京營戎政，乃是九千歲提拔的。這裡咱平日常來常往，好似家內一般，你是哪裡的泥胎菩薩，爲何阻攔？」

高時明冷笑道：「提督京營戎政不過從一品的虛銜，五軍都督府乃是正一品的府衙，就是提督親臨也該告進，何況你一介賤奴？豈可放肆？」

「你是哪個宮裡的，也敢攔咱？」那家奴絲毫不懼。

李春燁聽了動靜，急忙出來，陪小道：「高公公，這是咱提督京營戎政大人的家奴宋三兒，沒甚見識，公公看下官薄面休怪。」

高時明喝道：「國家法度都是毀在這些小人之手！將他提到堂上，看看咱的來歷。」眾人將宋三兒擁到堂上，高時明用手指道：「睜開你的狗眼，看看供桌上是什麼？」

那宋三兒抬頭看了，大笑道：「不過是一角斷絹，有是什麼打緊處？你若要時，咱家主人稟上九千歲，滿箱滿櫃的全是，多少都有的，還不是九千歲一句話？調京營入宮可是九千歲的鈞旨，你敢阻攔？」

「大膽！你這狗奴才竟然不將皇后懿旨放在眼裡，罪同叛逆。李大人，咱可拿下了。」高時明用眼瞟一下李春燁，李春燁也暗惱宋三兒狗仗人勢，言語鹵莽無狀，卻都不敢開罪，忙笑道：「不消欽差處置，下官自有理論。」說著上前劈面一掌，罵道：「你這賤胚，沒由來胡亂言語，今日若不小示懲戒，豈不敗壞提督大人的令譽？來人，將他拖下，重責四十軍棍！」

高時明笑道：「李大人，這個賤奴不知法度，按理自該懲戒，大人當值，公務繁忙，咱替你監刑如何？」

李春燁本想做個樣子給欽差看，應個景而已，不想高時明卻要親自監刑，自己也正可脫了干係，一揖到地，面作感激道：「難得欽差大人體貼下官，有勞了。」便將高時明揖讓到案後，自己在案旁陪了。高時明微笑著在虎皮高腳椅上坐下，一聲呼喝，上來四個手持水火棍的大漢，上身青窄衣紅布背甲，下身遮膝女裙，分列兩廂站了，怒視堂上人犯。一個校尉上來手執麻布袋兜頭蓋臉將宋三兒腰上束牢，雙手臂膊不得左右動彈，用腳在他膝蓋彎處一蹬，單掌猛推他後背，宋三兒應聲而倒，向前趴在地上。

「著實打這狗奴才！」左右四個行杖者聽得將令，發一聲喊，高起軍棍，輪番抽打宋三兒屁股以下，一杖一呼，頓時血肉橫飛，宋三兒不及喊上幾聲，就已昏死過去。高時明道：「這賤奴雖藐視王法，但罪不至死，不可壞了他性命，你們且歇息了，等他醒來再打不遲。」說罷，端起茶盞慢慢品飲，竟無離開之意。李春燁只得強作歡顏陪了，不敢絲毫妄動，心裡不住地打鼓，紛亂異常，擔心惹出什麼塌天大禍來。高時明偷瞧一眼，見他汗水涔涔，順臉而下，笑問道：「深秋夜寒，李大人熱氣蒸騰，身體可謂強健得緊呀！」

李春燁尷尬道：「深夜欽差駕臨，戰戰惶惶，汗出如漿，實在失禮之至。」

「李大人所思所慮，咱心裡雪亮的，也不教你爲難，咱今夜親與守了衙門，將皇后懿旨蓋了都督府的印信，誰若亂動，就是抗旨，人人得而誅之，大人也就脫了干係。如此可好？」

「多謝體貼，多謝成全。欽差大人所慮極爲周全，敢不受命？」李春燁幾乎要跪下拜謝。

高時明道：「大人遵旨而行，忠心保國，聖上自會封賞，當不會再是什麼從二品的官兒，怕是會授二品的實職了，喜酒少不得要討上幾杯的。」

「若符吉言，柳泉居如何？公公可願一醉？」李春燁以袖拭汗，面露喜色。

高時明將身子向後一仰，實實地靠到椅子上，幽幽地說：「那時柳泉居只怕早已不再是如今的模樣了。」李春燁愕然地望著他，不敢言語，默默品味著他話中的弦外之音。

宋三兒疼醒過來，用胳膊一抬，微仰起頭，見四個執棍大漢依舊站在身旁，身子癱軟，伏在地上，一動也不敢再動。

承天門內至端門東西兩側各有廊廡二十六間，午門至端門東西兩側各有廊廡四十二間，這裡便是六部九卿和都察院所屬六科衙署的朝房。張惟賢、張瑞圖、來宗道三人拜見了信王千歲，將勸進表章獻上，便到朝房等候，朱由檢等人則轉回了文華殿。魏忠賢向朱由檢道了乏，率田爾耕、許顯純、崔應元、楊寰、孫雲鶴回到懋勤殿，剛剛坐定，五虎崔呈秀、吳淳夫、田吉、李夔龍、倪文煥也已趕進宮來，田爾耕不待他們說話，急聲道：「崔二弟快勸勸爹爹及早下手。」

崔呈秀看看魏忠賢，見他面色陰鬱，一言不發，目光游移不定，知道他此時正自思慮，不敢打攪，大殿裡登時安靜下來。窗外夜色濃黑，秋蟲也沉寂了。只有浩浩的長風不知疲倦地撥響樹葉、草尖、花叢和宮殿檐角垂掛的銅鈴，應和成自然的天籟。魏忠賢習慣地用左手抹一抹花白的眉毛，問道：「迎立福王的表章送走了？」

「已走了半個時辰，快到了霸州了。可要追回來？」崔呈秀小心地問。

魏忠賢搖頭道：「哪裡追得上？算了！」

崔呈秀聽出他話中似有些無奈和失望，問道：「爹爹可是不想殺信王了？」

「咱家正在權衡。」

「信王在哪裡？」

「文華殿。」

「夜深人靜，正好殺之。」田吉陰陰地說。

魏忠賢道：「太鹵莽了。」

「爹爹改變了主意？竹風閣裡不是商議好了的？」崔呈秀看看田爾耕，心裡不解，也不安起來。

「此事與大郎無涉，其中變故日後再慢慢細談，此時已有大臣入宮，不是殺他的時機了。再說京營將士遲遲未能入宮，想必有了什麼差池，該不是天意吧！」魏忠賢嘆道。

「事在人爲，天意可知。再派人去催！」崔呈秀心下不甘，仍要勸說。

魏忠賢道：「你話中的意思，咱家明白。人定勝天，不過聊備一說，若是如此，人間哪還有什麼失意敗北的？依咱家看來，前人這句話大大的不通，謀事在人，成事在天，天意也有不可測處，勉強爲之，不免會有些癡心妄想了。」端起几案上的茶盞，一飲而盡，又說道：「咱家自二十二歲入宮，到如今已整整三十八年了。當年來往京城的路上，在一個破敗的寺廟裡，見了一副對聯，至今清楚記得，是嘲弄那些沒有後人的，卻是極爲貼切。上聯是無子無孫盡是他人之物，下聯是有花有酒聊爲卒歲之歌。想這許多年，咱家及時行樂，也富貴夠了，本該放任了，只是世人把你們五虎、五彪、十狗、十孩兒、四十孫這樣稱呼了，放在咱家門下，就要與你們謀一個百代富貴的前程，咱家身後這麼多的人口，哪裡敢冒絲毫的風險？方才咱家權衡了，京營未能按時而動，天已四更，將要明瞭，不好再殺那朱由檢，但他既進了掖廷，任他再天縱神明，畢竟是個娃娃，咱家伺候過三代皇爺了，積攢了多少勢力與心計，卻擺布他不得？何況他正當弱冠，血氣方剛，必是多有所好。未做皇帝時，自然小心謹慎，做了皇帝，想必會尋歡作樂的，不然與平頭百姓有什麼兩樣？只要令他玩物喪志，咱家口含天憲，手握王綱，何事不可成？到頭來還不是一樣地安享榮華？」

倪文煥道：「爹爹此話極是合乎情理的，所謂生於憂患，死於安樂，憂勞可以興國，逸豫可以亡身，自然之理也。諒那朱由檢不過一個皇家紈絝，也屬凡夫，憑太祖爺的恩澤登了龍庭，受過多少歷練，會有多大本領？」

魏忠賢搖手道：「卻也不可小覷了他。」

「孩兒以爲他既食人間煙火，必然不會無隙可擊，只要咱投其所好，爲其所欲爲，不外乎珍玩美女奇巧之物，他心裡還會有什麼江山社稷家國黎民，甚至綱常倫理？」

崔呈秀憂慮道：「也確是一條穩妥的計策。只是不如人頭落地來得俐落，日後怕會生成什麼變故，惹出麻煩來。」

魏忠賢自負道：「只要咱家掌著司禮監，把持住內外，朱由檢便是孫猴子沒了棒耍，豈不是江湖人手中的傀儡了？」

「那你豈不成了走江湖、耍把戲的了？還掌什麼司禮監？」客印月擺著腰肢笑吟吟地進來，「就是誰入宮做皇帝，咱終歸都是要擺布的，若是不能擺布，換了什麼樣的皇帝，卻也沒咱什麼好果子吃的。我本是贊同呈秀的，方才還惱你動手遲了，如今想來，你倒想得長遠，正所謂見機行事，隨勢變化，能殺信王固好，不殺也未嘗不可，只是要多想些擺布他的法兒才好。」

孫雲鶴喝采道：「聽了九千歲和老祖太太所言，小的一顆心才覺放下。」

崔應元也道：「九千歲的心機，小的追隨終生，也是學不到萬一的，眞可羞煞了。」

魏忠賢臉色和緩了許多，滿臉含笑道：「這本不是咱家自創的，有那些前輩的老先生們爲咱家引了路。」

田吉道：「爹爹說的是哪一位前輩先賢？」

「好像是叫報什麼仇，又什麼良的。」魏忠賢思索道：「他講不可令皇帝有一日的閒暇，可謂至理名言，當年咱家侍奉大行皇帝也是學了他。」

田吉道：「可是唐代太和、開成年間的仇士良？」

「像是這個名字。」

田吉道：「仇士良掌文武大權，殺二王、一妃、四宰相，貪酷二十餘年，恩寵不衰，確實有自將之術，其方法不出爹爹所言。當年仇士良歸家養老時，宮裡的太監們凡是有官職的都一齊趕來送他，擺了十幾里的流水宴席，仇士良大為感動，臨別時送了眾人幾句話，要他們善事天子。那幾句話，孩兒愚鈍，卻還記得，就念與爹爹聽聽。」說著將雙眼看看他人，見崔呈秀微微一笑，明白他知道這幾句話的來歷，清清嗓子，吟詠道：「士良曰：『天子不可令閒暇，暇必觀書，見儒臣，則又納諫，智深慮遠，減玩好，省遊幸，吾屬恩且薄而權輕矣。為諸君計，莫若殖財貨，盛鷹馬，日以球獵聲色蠱其心，極侈靡，使悅不知息，則必斥經術，闇外事，萬機在我，恩澤權力欲焉往哉？』眾再拜。這幾句話出自《新唐書‧仇士良傳》，爹爹好記性，竟記得如此眞切。」

魏忠賢聽了，雖說文句多有不解之處，但大意卻是領會的，笑道：「咱家玩了一輩子，陪皇爺玩了幾十年，什麼沒有玩過？朱由檢究竟如何，咱家略施小計，試他一試。終不成他會是個沒有七情六欲的？」

「原來爹爹早有了打算？」五虎各自心裡一動，連聲諂媚起來。

「天女也有思凡心的！」

「就是出家的和尚咱也教他還了俗。」

魏忠賢用左手輕輕敲擊著几案，聽著眾人的阿諛之聲，神情不免得意起來，暗忖：錢到公事辦，火到豬頭爛。只要下了工夫，不愁他不入咱家的算計？

天交五鼓，六部九卿陸續上朝，因昨夜英國公張惟賢之事，余良輔被魏忠賢臭罵一頓，若不是王體乾、李永貞等人替他說話，自然會被脫下冠帶，驅趕出宮，余良輔嚇得不敢再離開城頭一步，對高起潛恨得深入骨髓，卻又無可奈何，就教他一起守衛，嚴加看管。此時，文武百官等候在承天門外，余良輔沒有魏忠賢的手令，不敢隨意開門，又不敢強加阻攔，只好親賠笑臉，勸百官回府改穿喪服行哭臨之禮，眾人忙起轎打馬，回府將朝服換下，急急趕來。余良輔見了，又問道：「眾位大人可曾將成服一併帶來？」眾人聽了，後悔不迭，忙又回去取了成服。反覆奔波兩次，天色已然大亮，皇城四門大開，百官進了承天門，各自在朝房待命，然後齊聚隆道閣。此時哀動六宮，工部在外計議梓宮及皇陵諸事，禮部檢查即位儀注，戶部也備辦協濟銀兩。

朱由檢早已盥洗完畢，命王承恩親去御膳坊做了燕窩羹，就在文華殿的御案上用了，剛剛收拾下去，英國公張惟賢等公、侯、伯、駙馬與閣臣黃立極、施鳳來、張瑞圖、李國楷率領文武百官捧著表章齊來勸進，反覆三次，朱由檢依禮謙遜一番，才答應下來。禮部尚書來宗道上大行皇帝尊諡「達天闡道敦孝章文襄武靖穆莊勤哲皇帝」，朱由檢道：「先帝敦孝，天下共聞，對兄弟也極友愛，朕在外邸之時，食米衣鞋應用之物，一律從豐，並恩及朕身邊的奴才，賞賜鐸針、枝個、桃杖，『敦孝』後面理應加上『篤友』二字。就先這樣定下來，等國喪期滿，選個祭祀的吉日，朕親到太廟祭告列祖列宗。」眾臣齊聲稱頌。朱由檢又將廟號選定為熹宗，命施鳳來、李永貞選擇陵地。禮部又將擬定的「乾聖」、「興福」、「咸嘉」、「崇貞」四個年號呈上，朱由檢看了沉吟道：「朕不敢妄稱天下之聖，也不敢自詡中興之主，『咸』字尾筆帶『戈』，其義不祥，怕主刀兵，現國力薄弱，百姓塗炭，息止干戈是當務之急，還是選『崇貞』吧！不過將『貞』字加上幾筆，換成『禎』字更好。」說著從白釉雙龍戲珠筆架上取了那枝雕龍紋白玉筆，青玉雕雙龍箕形硯裡王承恩早研好了雲龍紋朱砂墨，他略蘸一蘸，圈定了「崇貞」二字。

禮部又將登極禮儀程式呈進，次日清早，大行皇帝几案前設酒菜，朱由檢身穿孝服，親往祭奠受命。再往皇極殿前設香案、酒果之物，朱由檢戴冕穿袞行告天禮。然後往奉先殿謁告祖宗，到皇祖神宗宣懿劉昭妃前行五拜三叩之禮，再到大行皇帝梓宮前行四拜之禮，最後回到中極殿。餘儀如常。朱由檢看了點頭道：「朕明日登極，禮儀繁複，不能分身，諸多事情還要倚重勛臣。」禮部奏上，遣英國公張惟賢祭告南郊，保定侯梁世勛祭告北郊，駙馬侯拱辰祭告太廟，寧晉伯劉天錫祭告社稷。朱由檢道：「英國公年紀高邁，昨夜未能歇息，不便多勞動他，朕以爲可命寧國公魏良卿祭告南郊，其他人選一如所議。」眾人遵命。閣臣又令欽天監擇日登極，欽天監查閱了曆書，本月只有明日爲黃道吉日，雖說不免倉促些，也只得選了。

八月二十四日，修葺一新的皇極、中極、建極三大殿張燈結綵，陳設儀仗鹵簿，朱由檢戴著峨峨的冕旒，前後各有十二旒，每旒各綴十二顆五彩玉珠，玄衣黃裳的袞服上各繡日、月、星辰、山、龍、華蟲和宗彝、藻、火、粉米、黼、黻十二章，朱襪紅鞋，在建極殿接受了群臣的朝拜，正式即位爲崇禎皇帝。魏忠賢早已聽說崇禎命自己的侄子魏良卿祭告南郊，心裡一時猜不透崇禎此舉的意圖，頗爲猶豫可否按昨日之計再試探一下，見建極殿外臣的朝拜禮畢，暗命李朝欽將崔呈秀傳至懋勤殿，劈面便問：「呈秀，你道那黃口孺子爲何命良卿祭告南郊，可有什麼深意？」

崔呈秀被李朝欽呼喊時，眾朝臣多未散去，聞聽魏忠賢傳喚，紛紛側目，霍維華、楊維垣更是偷偷冷笑，崔呈秀極是尷尬，心裡隱隱不快，聽了魏忠賢的問話方定下心神，回道：「孩兒看不外兩種意思。一是如先帝一般恩寵爹爹，故有如此禮遇。二是安撫爹爹，以免爹爹心存疑慮。」

「咱家以為似不像恩寵，而是別有深意，該不會是麻痹咱家，佯為隱忍，別有所圖吧？」魏忠賢看著崔呈秀，目光游移不定。

「那爹爹可再依計試探。若摸不準崇禎的心思，怎好相機而行，哄住他呢？」

「只好如此，憑空是難以猜測的。若無實據，一味亂猜，怕是腦袋掉了，還不知道誰動的刀呢！好，你先下去吧，往後沒事咱家不會隨意傳喚你的，還是要避避風頭，看看風向，以免被人輕易抓到什麼把柄。咱家已派人與大郎他們也都說了，收斂些，小心無大錯。」

「爹爹英明。」崔呈秀退出來，暗忖會不會是剛才自己臉上帶出了不快之色，才使爹爹有此言語？眼下雖說風向未定，但若得罪了爹爹，卻也不是耍的，他不禁後悔起來，汗水登時浸透了中衣。

崇禎皇帝的寢宮依照慣例仍在乾清宮，只是改在了東暖閣。乾清宮重檐廡殿，面闊九間，進深五間，正中設金漆九龍寶座、御案，有東西暖閣。此時乾清宮早已布置一新，守在信王府擔驚受怕的王妃們也來到了皇宮，安頓在打掃整潔的後宮裡。崇禎將冕服換了，剛剛在便殿的寶座上坐下，魏忠賢就告知王體乾率領內宮二十四衙門正五品以上的大小太監一齊

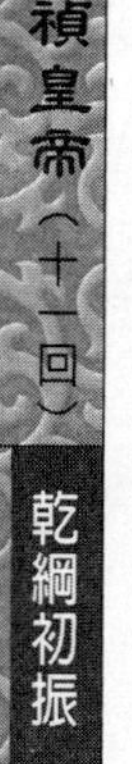

入內朝拜，行慶賀山呼禮。魏忠賢身穿葵花胸背團領衫，上綴四品補子，腰繫犀角帶，白襪皂靴，來到乾清宮外，王體乾見了驚慌起來，忙命隨身小太監回司禮監取普通朝服來，魏忠賢看看他身上的大紅蟒衣，頭上的九梁忠靖冠，制止道：「不必折騰了，出宮往返要半個時辰，哪裡等得及？再說這頭上、身上的哪一件不是先帝所賜，又不是你不顧禮法私自胡亂穿戴的，換與不換有什麼打緊的？」

王體乾一時難以琢磨透徹，不知他話裡的眞意，支吾道：「新君初立，小的想要隆重些才好，不知什麼避諱，就按平日裡的規矩穿戴了。可九千歲卻一身平常禮服，小的怎好如此僭越？」

魏忠賢和聲道：「你我一起侍奉萬歲爺，份屬同殿，情在手足，有什麼胡亂計較的？吉時已到，快進去朝拜，外朝的大臣都拜了，若再遲緩，豈不教人笑話咱這些內官有失禮數？」王體乾見他言辭平和，大違常態，更覺迷惑，不及細想，遲疑著與率眾人隨在魏忠賢身後依次入殿，倒身參拜，高呼萬歲。

崇禎命眾人平身，又給魏忠賢、王體乾破例在王爺賜了座。二人欠身略坐了，崇禎才見魏忠賢沒有依照公爵品級戴上簪朱纓下加翠額的的貂蟬冠，只按內監禮制穿了朝服，與王體乾一身袞蟒的賜服前後相映，心裡猜到他的意圖，故作不悅道：「魏伴伴臣可是不願朕繼承大統？」

魏忠賢見崇禎言語如此直露，卻不知哪裡觸犯了天顏，心裡暗驚，忙離座跪下道：「老奴惶恐，侍奉了三朝，自信忠於皇家，不知萬歲爺何故有此一問？」

崇禎嘆道：「先帝之時，聽說魏伴伴每逢內朝都戴貂襌冠，爲何朕登極之日，反而只穿四品補子服，可是朕德薄恩淺，有失先朝臣子之心嗎？」

魏忠賢仰頭答道：「萬歲爺此話教老奴汗顏無地，老奴對朝廷本沒什麼功勞，那貂襌冠不過是先帝爺念老奴勞苦數十年格外恩賜的。先帝在時，老奴每每想著穿戴，並非居功炫耀，實在是每時記掛著先帝爺的恩德，將先帝爺的恩典時刻穿戴，先帝爺看了，心裡也是歡喜。如今先帝爺賓天了，老奴哪還敢拿那些先朝的舊物來顯擺？早已好好收藏供奉起了，老奴也怕睹物思人，無端落淚，沖了萬歲爺的喜氣。萬歲爺要怪罪老奴，老奴心裡也不敢委屈，全怪老奴功勞微末，對萬歲爺並無尺寸之功，只能如此朝見，並非意存藐視。老奴此情可表日月，不敢有半點欺心！」說罷，竟滴下幾顆淚來，哽咽難語。

崇禎聽他講得懇切動情，心下不禁暗暗感佩，唏噓道：「魏伴伴於朕怎會沒有尺寸之功？派忠勇營接朕入宮，算得上大功一件。前些日子，先帝在龍榻前曾面諭朕，忠賢、體乾恪謹忠貞，可任大事。忠賢是難得的幹練之才，盡可將政務託付！魏伴伴可還記得？」

魏忠賢應道：「老奴不敢有忘。」王體乾也忙離座上前跪了叩頭。

崇禎道：「先帝之言猶在於耳，朕豈會刻薄勛舊大臣？魏伴伴有功不居自是美德，但若一味謙讓，不免虛情，又使朝野譏諷朕過於吝嗇，賞罰失度，捨不得加官進爵，賞賜珠寶，實在有損天威。」

「老奴愚昧，所見膚淺。這就下去將朝服換了，再來朝拜萬歲爺。」魏忠賢又叩了一個頭。

崇禎笑道：「那倒不必了。朕只是要你明白朕的心思，朕自會如先帝一般對待你，你也要如輔佐先帝一般輔佐朕，不必多慮。」

魏忠賢本是先存了爭鬥之心來試探皇帝的，但見崇禎一團和氣，心下難安，暗忖：這黃口小兒斷不會如此易處，天下哪有如此不費氣力的好事？等到崇禎以天啓皇帝爲例來勸說，不覺被打動了些，但心裡卻越發不安起來，崇禎怎麼看出了咱家的心思？要是單單這一件事也就罷了，若今後什麼事都被他猜到，那還如何相處？如何自安？想到這裡，不禁驚出一身冷汗，隱隱感到了一種恐懼和威脅，只是不知道恐懼和威脅會怎樣來，但帶來恐懼和威脅的人必定是眼前這個清瘦的少年，恍惚之間，他身上灼眼的珠光不是天下珍寶在閃耀，分明是刀劍那霍霍的煞氣。魏忠賢全身冰冷，怔在殿上，竟忘了謝恩。

「還沒輪到我們姐妹嗎？」殿外忽然飄進來一聲清脆的嬌呼，眾人眼前一花，一個風華絕代、體態婀娜的宮裝美人跨進殿來，身後緊隨著兩個宮裝的美婦。三人貌若天仙，施施然依次上前朝拜，殿上的人都驚呆了。

注：內宮二十四衙門：包括十二監：司禮、內官、御用、司設、御馬、神宮、尚膳、尚寶、印綬、直殿、尚衣、都知；設太監（正四品）、左右少監（從四品）、左右監丞（正五品）。四司：惜薪、鐘鼓、寶鈔、混堂。八局：兵仗、銀作、浣衣、巾帽、針工、內織染、酒醋面、司苑。合稱內宮二十四衙門。

第十二回

撫舊臣朱由檢封敕　哭先帝客印月出宮

客印月走到一個描金的黃花梨雕花大方角櫃前，將櫃門開了，取出一個二尺長短、一尺多寬的黃花梨官皮小箱，將箱蓋掀起，提出一個玲瓏剔透的鐵力木鏤花小匣，輕輕放在床邊的雞翅木方几上，用帕子抹了一下手道：「全在這裡了。」

八月二十四日崇禎皇帝承嗣帝位，布告中外詳述大行皇帝患病及死因，安撫天下。此時崇禎皇帝年僅十八歲，白天帶喪辦事，照常見人處置政務，還要每日早晚兩次到大行皇帝柩前哭靈，晚上退回御書房批閱奏章。一連過了七天，天天如此，實是苦不堪言，好在崇禎身體素來康健，又可在宮裡休息，倒還容易支撐。只苦了文武大臣們，每日吃住在値房，還要往隆道閣哭臨，三七之後方可回府。

這天已近定更時分，御書房內，崇禎換好了常服，烏紗摺角的翼善冠，前胸後背和雙肩各織金龍的盤領窄袖黃袍，身子一下輕鬆了許多，懶懶地靠在寬大的蟠龍御椅上，卻沒有絲毫的睡意，屋角的鎏金銅鼎熏出縷縷清雅的香氣，九個及屋高的大書櫥擦拭打掃得異常整潔，只是都上了封條，顯是久已無人掀動了。崇禎離開紫檀雕雲龍的御書案，走到書櫥前，撕去一處封條，拿出一函書來，卻是《永樂大典》的一冊稿本，回到御案後打開翻閱，一旁侍立的御前牌子王承恩輕聲地勸道：「萬歲爺勞累了一天，也該歇息了。與三位娘娘也有幾天沒見了，這大喜的日子正好說說話兒？剛才三位娘娘都派人催問過了，田娘娘還老大不高興呢！說萬歲爺心裡只有江山社稷，沒有了她們的份兒了。」

崇禎笑道：「這幾日忙得不能按老規矩用膳後翻綠頭牌子了，倒教她們難以預備。她們都是如何安置的？」

「按萬歲爺的旨意，周娘娘住坤寧宮，田娘娘住承乾宮，袁娘娘住翊坤宮。」

「剛才來的人走了沒有？」

「承乾宮的來人還再等萬歲爺的旨意。」

「教他先回去稟明田妃，朕先四處看看再去，舒坦一下筋骨，坐了大半天，也眞覺得乏了。」王承恩堆笑道：「那奴婢教承乾宮準備著。只是這黑燈瞎火的，哪兒的景物都不分明，不如天明了，奴婢再陪萬歲爺故地重遊，勖勤宮、御花園什麼的慢慢地看，奴婢這次進宮也要飽飽眼福呢！」

「也好。可不是嗎，以後看的日子長著呢！還是去看看美人。」崇禎眼裡露出幾絲狡黠，「帶路吧！」

崇禎跟在王承恩後面，剛剛走出十幾步，從大殿的廊柱後面閃出一條人影，二人嚇了一跳，王承恩疑是刺客，急忙護到崇禎身前，待要呼喊救駕，那黑影卻撲通一聲跪倒在地，連連叩頭道：「萬歲爺，求您給奴婢做主報仇！」

王承恩這才穩住心神，大喝道：「大膽的奴才，深夜攔路，驚了聖駕可是死罪！」御書房左右的錦衣衛聽到呼喝，紛紛趕來，一湧而上，七手八腳將那人摁倒在地，綁了個結實。那人掙扎道：「萬歲爺，您聽不出奴婢的聲音了？」

崇禎心裡一動，命那些錦衣衛道：「你們下去吧！將這人交與朕來審問。」眾錦衣衛答應一聲，霎時隱回原處，不見了蹤影。王承恩一手拉著那人，一手提著燈籠，轉回御書房。崇禎坐在御書案後，王承恩將那人一推，那人雙手反綁在背後，收腳不住，向前撲臥倒地。崇禎命王承恩守在門口，教那人抬起頭來。那人狠用氣力，才微微抬起，用下巴撐住地面，目光哀地看著崇禎。崇禎覺得此人極爲眼熟，不知在什麼地方見過。那人見崇禎發怔，費力地張翕著嘴巴說：「奴婢曾救過萬歲爺，萬歲爺難道忘了？」

念頭一閃，如電光火石一般，崇禎一下子想起了那個被人追殺的黑夜，脫口道：「你可是姓曹？」那人渾身顫抖，哭泣道：「萬歲爺還記得奴婢的賤姓，奴婢死也甘心了。」

「你是曹化淳。」

那人拼命點頭，嗚咽難語。崇禎急命王承恩給他鬆了綁，笑道：「朕前些日子答應過帶你入宮看看，怎麼沒等朕下詔，你自各兒就來了？可是等得急了，以爲朕將此事忘了？」

曹化淳哭道：「奴婢想不來都不行，沒有活路了。」

崇禎道：「出什麼事了？起來說話。」

「求萬歲爺給奴婢做主。」曹化淳竟哭出聲來，王承恩伸手將曹化淳的嘴捂了，萬分焦急，暗想：今兒個是萬歲爺大喜的日子，你這小殺才好沒眼力，竟哭哭啼啼，一旦萬歲爺發怒，錦衣衛還不將你餵了野狗？曹化淳強忍著哭聲，雙肩不住抽搐。

崇禎問道：「小淳子，到底怎麼了？你是朕的救命恩人，快稟上來，朕給你做主。」

「奴婢要報仇！」曹化淳流著眼淚抬起頭，目光怨毒得嚇人。

「與誰有仇？」

「魏忠賢！」

崇禎暗驚，命道：「且起來說話，朕想不到你與他有什麼干係？」

「他殺了奴婢全家，奶奶、二叔和兩個嬸嬸，就連還在繈褓的小弟弟也不放過。」曹化淳垂手站在御案旁，兩眼熱切地望著崇禎。

「可是爲了朕？」曹化淳點點頭，崇禎面現悲戚，良久不語，起身拍著他的臂膀嘆道：

「是朕害了你一家，朕今後要好好待你。」

「奴婢謝萬歲爺。」

「你是怎麼逃到宮裡來的？」

「萬歲爺走後的次日一早，二叔教奴婢去送公文，回來時就見成隊的錦衣衛將府門封了。奴婢不敢過去，先換了衣服，用灰土抹了臉再去打聽，原來魏忠賢那老賊知道二叔放走了信王爺，竟命錦衣衛緹騎將奴婢一家就地斬首，還到處搜查奴婢。奴婢本想出城，既怕被盤查出來，又怕錦衣衛去老家抓捕，就裝成乞丐，在京城遊蕩，正好趕上宮裡徵召太監，奴婢狠下心來進宮，爲的是尋個機會親手殺了那老賊！入宮以後，奴婢被安置在承乾宮侍奉灑掃，聽說信王千歲做了皇帝，奴婢心裡好生高興，但怕傳說有誤，就想見面確認一下，正好萬歲爺來了御書房，奴婢就躲在在周圍等著，見了一看，果然是豬油什麼。」言語之中，想起往日的慘景，悲從中來，不可抑制，將牙齒咬得咯咯直響，說到故人做了皇帝，卻也頗覺欣幸。

「放肆！你這奴才好沒規矩，竟敢直呼天子名諱！」王承恩沒有料到皇上竟會與這個剛入宮的小太監熟識，一時頗覺愕然，見小太監口沒遮攔，上前一腳將他踹倒，喝斥起來。崇禎笑道：「朕的名諱不是豬油，是朱由檢，你可記牢了。」想起曹家慘遭滅門之禍，不勝唏噓，問道：「你要朕怎麼補償你？是封你的官職，還是賞賜你金銀？」

「奴婢想要的萬歲爺知道，身外之物奴婢並不稀罕。」

崇禎搖頭道：「你是教朕爲難呀！小淳子，你要什麼都可以，朕都會答應，只是這個卻不行？」

曹化淳絕望道：「你是皇上，想怎麼樣沒有人敢攔你，卻說什麼不行？是了，莫不是你們官官相護，魏老賊給你的好處多，你就反悔不管小淳子了？」想到此處，他兩眼又湧出淚來，恨聲說：「奴婢明白了爲什麼昨兒個魏老賊穿著四品補子服朝拜，萬歲爺不但不怪，卻還褒獎他。只是萬歲爺難道忘了那老賊派人連夜追殺？忘了他派人兵圍王府？」

「有些事你不明白。」崇禎想起剛才的豪言，不由垂下眼瞼，不敢看曹化淳狂怒的目光。

「萬歲爺，咱小淳子也不強人所難，若是萬歲爺還記著小淳子出過一丁點兒力，就教小淳子待在宮裡，咱自家的仇自各兒報，拼著奴婢一條小命兒，就不勞萬歲爺費心了。」曹化淳一腔熱腸轉作冰冷，傷心之下，語調變得有些冷峭。

「你不明白，朕不好說，你也不必白白去送命。你既願待在宮裡，萬不可到處亂闖，還是去內書堂讀書，書讀多了自會有好處。」

「萬歲爺是怕奴婢招惹是非，才教奴婢躲起來吧？」曹化淳冷言冷語，崇禎面上更覺尷尬，正在僵持，忽聽門外有人說話：「王公公，萬歲爺還沒歇息？」

「原來是李公公，可有什麼吩咐？」門口的王承恩回道。

「都是自家弟兄，吩咐哪裡敢當？咱是見御書房還透著燈光，想必是萬歲爺還沒休息。萬歲爺剛剛登極，就這樣宵食旰衣，咱做奴才的好生感動，就自作主張教御膳坊做了燕窩羹，不知萬歲爺可要進用？勞煩公公進去問上一聲。」

崇禎在裡面聽了，知道來人是李永貞，示意曹化淳到書櫥後面迴避，不想曹化淳尚未轉身，李永貞就一腳踏進門來，曹化淳急轉過身，順勢用手將御案上的那一函書掃落在地，曲腿跪下，崇禎會意，喝道：「權且饒了你這奴才，下次再不可毛躁！」

曹化淳叩頭道：「謝萬歲爺。」起身將書放好，兩眼紅腫著退了下去。

李永貞見一個不認識的小太監雙眼哭得通紅，心下疑惑，聽了崇禎的話語頓時揣摩明白，讚道：「萬歲爺眞是天地般的胸懷，對奴婢們恁的寬容，奴婢們就是將一條命不要了，也難報答萬一。」

崇禎看著他，悠然一笑說：「他剛剛入宮，好多禮數都不懂，有個閃失也屬平常，得饒人處且饒人，何必定要與他一個孩子過不去呢？」

「萬歲爺英明，不用說這些剛進宮的，就是奴婢在宮裡當了二十多年的差，好多事情也是懵懵懂懂的，不盡了然。」李永貞用眼睛暗暗瞟一下崇禎，躲閃著說：「哎！有時想起來也爲難，也委屈，總是做些對不住人的事兒，卻又沒辦法。一個做奴才的，幹的就是差事，哪有什麼挑挑揀揀的份兒？有功勞是上司的，這罪過嗎？哎，只能自各兒擔著，怨什麼？只能怨自各兒命苦。要是遇上像萬歲爺這樣英明的主子，那可是奴才們的福分，今兒個見了這件事，奴婢心裡踏實多了。」

崇禎知道事情已是遮掩過了，但隱隱覺得他話裡有話，便說：「你在宮裡也算輩分高的了，這宮裡頭哪個不知道你精得猴似的，還會有什麼不順心的事兒？可是看朕入宮沒幾天就來裝糊塗吧？」

「萬歲爺，您可嚇著奴婢了，奴婢就是有天大的膽子也不敢啊！奴婢的苦處除了萬歲爺誰能寬慰？哎，不講也就罷了，這大喜的日子，奴婢再朝賀一番，表表心意吧！」李永貞跪下叩拜起來。

一旁侍立的王承恩聽他一味阿諛，恰似五葷六素在腸胃裡翻滾，忍不住要嘔要笑，見崇禎不動聲色，強自忍了，靜靜地看著李永貞行朝拜之禮，心裡也不禁佩服他獻媚之功，當眞爐火純青。崇禎問道：「有什麼事但講無妨，不必顧忌。」

「既是萬歲爺口諭，奴婢就直言不諱了。不過說起此事，奴婢心裡老大的悔恨，禁不住要抽自各兒嘴巴。當年萬歲爺出宮就邸之時，京城裡暫且沒有合適的住所，奴婢與工部尙書薛鳳翔奉旨爲萬歲爺興建府邸，奴婢想萬歲爺貴爲親王，與當今聖上同氣連枝，王府的規模體制應該超邁其他王府，可是工部一再稱國庫匱乏，加上瑞王、惠王、桂王前往藩國的花費，奴婢一連上疏請增銀兩，就是等不到回音，萬歲爺當時又用得急，只好將剛剛騰出來的惠王府修葺一新，勉強供萬歲爺居住。至今想來仍覺有負先帝所命，愧對萬歲爺。」

崇禎道：「此事已過多年，不必掛在心上。爲國理財，朕不怪你。不管是誰，從今往後只要忠心耿耿，以前的事朕並不追究。」

「謝萬歲爺。」李永貞跪下叩頭不止。

「你回値房吧！」

「那燕窩羹？」

「賞了你吧！」

「奴才怎好……」

崇禎擺手道：「下去吧！」

崇禎不等王承恩引路，憑著幼時的記憶，逕自出了御書房，向東折北，沿著永巷，過了景仁宮，穿過履和門、承乾門，放輕腳步，來到承乾宮前，停下向裡觀看。承乾宮裡，紅燭高燒，金鉤低掛，田妃端坐在書案後，手持青色竹管羊毫筆，在一張冷金龍鳳箋上細心地書寫著。兩個小宮女看到宮門口的皇上，就要上前迎接，卻被崇禎擺手制止。崇禎輕手輕腳走進來，悄悄站在田妃的身後，見雲紋翹頭楠木書案上滿是青花器皿，西王母蟠桃盛宴圖大筆海、鳳首文字水注、青蓮圖印盒、束蓮如意雲紋鎮紙、五峰筆架山、龍鳳雲紋長方筆蓋盒，青花如意燈座上插著嬰兒臂膊似的紅燭。書案的上首擺著一個精致的青花山水人物圖小花籃，裡面的時令花卉錯落有致，五彩繽紛。旁邊緊挨著一個青花纏枝花卉紋花澆，盛著半盞的清水，想必是剛剛澆灑過花籃裡的花枝。花枝的下面竟還有一隻玲瓏小巧的青花笛子……

崇禎正驚訝書案布置得精潔雅致，田妃已書寫好了，將筆在筆架上放了，用兩個纖纖玉指將冷金龍鳳箋捏起，輕輕吟哦：

百畝庭中半是苔，
桃花開盡菜花開，
種桃道士歸何處？
……

不提防後面伸出一隻手來，將冷金龍鳳箋憑空奪去，「前度劉郎今又來。嘻嘻，玄都觀裡怎會有如此標致的女道士？」驚得田妃身子一顫，回頭見是崇禎，嗔道：「可把人嚇死了！」軟軟地向後倒下。崇禎忙展開臂膊將她攬起，關切道：「朕本不想嚇你，聽說你在望吳臺上吹得口舌出血，朕想悄悄看看你可消瘦了？」

「妾妃知道皇上平安的消息，身體霍然痊癒，陛下你看可有什麼病態？」說著，輕輕脫出崇禎的懷抱，在寬敞的宮殿裡翩然起舞，凌波微步，腰肢婀娜，忽地一手向天，一手半彎於胸前，宛如一個玉雕的陀螺，在地上連轉幾圈，衣袂飄飄。崇禎一時看得呆了，不由向前跨出兩步，等她停下身子，一把抱住，讚嘆道：「愛妃眞如天女下凡一般，教人神蕩心馳。」

田妃仰面嬌喘道：「那陛下還這般晚才來，教人等得好不心焦？」

「有人攔路，朕才晚了。」崇禎歉然一笑，四下看看，眾人忙掩口竊笑著退出宮門。

「禁宮大內，竟敢阻攔聖駕？」田妃吃驚道：「可是魏忠賢？」

「不是，但與他有關。你可還記得朕是怎樣逃出御史衙門的？」

「妾妃知道是一個小書吏曹化淳送信給了周國丈。」

崇禎拉著田妃的手，坐到錦帳低垂的龍床上，點頭道：「不錯，多虧了他，可他卻被魏忠賢滅了門，只好躲入了皇宮當了一個小太監。」

「到了宮裡？」

「就是承乾宮的小淳子。」

「小淳子？那他攔陛下想怎樣？」

「教朕給他報仇。」

「陛下答應他了？」

崇禎搖頭無語。

「怎麼陛下不想幫他？」田妃似是有些失望。

崇禎無奈道：「朕眼下幫不了他。」

「陛下是一國之君，溥天之下，莫非王土，還做不到？」田妃不解。

「小淳子也這麼說，朕難以回答。」

「陛下必是有什麼遠慮。」田妃忽然感到剛才的言語有些咄咄相逼，忙寬慰說。

崇禎苦笑道：「更是有所顧忌呀！」

「妾妃明白了，事情不是一道聖旨那麼容易。」

崇禎撫摸著她那光潔的臉頰，頷首道：「那樣做皇帝未免太簡單、太容易了。朕明白魏忠賢暫且還不能動，也動不得，他還有不小的用處。」

「有用處？妾妃又糊塗了。」

崇禎道：「什麼明白糊塗的，如此良宵不擁美人而眠，還談論什麼國家大事，入寶山而空回，豈不呆傻了。」說著，伸手便解田妃的襦裙，田妃一笑，輕擺腰肢，欲避還迎，兩人頓時摟作一團。

直到九月二十一過了二十七天國喪，崇禎追謚生母劉氏為「孝純淵靜慈肅毗天鍾聖皇太后」，將劉氏棺木移至慶陵，與父親光宗皇帝合葬。又過了六日，冊封周妃為皇后，居坤寧宮。爲皇嫂張嫣上尊號「懿安皇后」，居慈慶宮。崇禎命將大行皇帝梓宮安奉仁智殿，待德陵建好後殮葬。率文武百官到仁智殿辭柩之後，喪事即告完畢。紫禁城內外撤去白幡，一色換上絳紗宮燈。第二天天剛放亮，崇禎正式臨朝。魏忠賢不等外朝散班，就匆匆趕到東城景山東街吉安所右巷的司禮監衙門。剛剛進跨進三楹的儀門，秉筆太監李永貞早已迎候到門外，一前一後進了大廳，在西邊順山房內等候的隨堂太監們一齊過來參拜。魏忠賢揮手道：「你們都去忙吧！」端起一把精巧的彩繪小壺，裡面盛滿了溫涼適中的東北野參湯，他對著壺嘴吸了一口，問道：「永貞，體乾怎麼還沒到？」李永貞賠笑道：「今兒個萬歲爺頭一天臨朝，王總管身爲掌印，理應伺候著。他說散班後，若沒什麼事體，再趕來司禮監。」

「都有些什麼摺子？」

「有請罷商稅的，請罷礦稅的，有請撤天下鎮守內臣監軍的，奏邊餉籌錢的……」

魏忠賢一皺眉頭，不耐煩地阻止道：「揀要緊的說。」

「還有楚王請建九千歲生祠的本章，工部郎中王惟先稱頌九千歲的奏摺。」

「可曾轉呈上來？」

「通政司通政使呂圖南將本送到了會極門，轉呈了內閣，小的知會了黃閣老，想必今日會條旨交內奏事房奏上了。」李永貞小心地說。

「嗯！是不是有點兒操之過急了？不過這樣也好，會儘快摸出深淺來。崇禎登極之日，咱家穿了平時的四品補子服，卻被他不知眞假地一番搶白。初一大朝後，咱家依例辭交『欽差總督東廠官旗辦事太監關防』金印，他溫旨慰留。初三，體乾也奏稱辭去司禮監掌印一職，他也不准，卻教徐應元協理。他如此不動聲色，意欲何為，眞教人摸不著頭腦。」

「萬歲爺剛剛登極，自然少不得九千歲這班顧命元臣幫襯。再說萬歲爺或許是忌憚熹宗皇爺御賜九千歲的那顆金印。」

「欽賜顧命元臣忠賢印？」魏忠賢低頭略一思索，似是默認，卻霍地將頭一抬，話鋒一轉，含笑道：「永貞，你昨夜進宮還見了什麼人吧？」

李永貞暗吃一驚，不敢隱瞞，恭聲道：「小的路過御書房，見裡面燈還亮著，就教御膳坊送了一碗銀耳羹。」

「崇禎和你說了什麼？」

「他正在責罰一個小太監，夜已深了，小的不敢叨擾，只請了個安，就退下了。」

魏忠賢似笑非笑地說：「永貞，天威難測，討好皇帝不容易呀！咱家給你提個醒，還是不要輕舉妄動的好。」李永貞身上冷汗直流，驚慌說道：「九千歲教誨的是。小的並無二心，皇天可鑒！二十幾年的工夫，九千歲也是知道小的的。」

魏忠賢起身離座，不冷不熱地說：「此一時彼一時。你若有什麼打算，咱家也不怪你，只是咱們多年位高權重，樹大招風，雖說一心為了萬歲爺，可也得罪了不少人，他們豈會善罷甘休，想必等著機會來咬咱們一口呢！咱家是怕你一時情急，做事失了分寸，落了單，遭了黑手，著了別人的道兒。」他邊說邊看著李永貞，饒是李永貞一向號稱精幹，此時臉上也淌滿了冷汗，面皮不禁青白了幾分，低頭俯首，一句話也說不上來。

魏忠賢過來拍著李永貞的肩膀，含笑道：「你與咱家相處這些年了，也知道咱家的為人稟性，不是斤兩計較的人，上次命你去探察信王，被他哄騙了，咱家卻也沒放在心上，但事不過三，往後萬不可如此了。如若壞了大事，咱家放過你，他人卻容不得你了。」

李永貞雙腿一軟，跪倒在地，垂淚道：「小的知罪了，求九千歲責罰。」

魏忠賢雙手將他拉起，臉上笑意更盛，勸慰道：「尚未臨陣，怎可擅罰大將？人非聖賢嘛！」李永貞感激地點點頭，明白剛才已在鬼門關上走了一遭，才略略放下心來，用袍袖將眼淚拭乾，便要請退，卻聽門外叫道：「大喜了，大喜了！」話音未落，蒼顏白髮的王體乾一步邁進門來，滿臉如綻開已過的枯菊。

「什麼喜事？」魏忠賢不由站起身子，這幾日憂急交加，心神煩亂，好幾天不見喜事了。

「恭喜爹爹！」一個戴六梁冠、穿赤色羅衣的中年男子急急地隨在王體乾身後跨入廳堂，魏忠賢只聽聲音就知道是號稱「十狗」之首的周應秋。周應秋乃南直隸鎮江府金壇縣人，封太子太師，官拜吏部尚書。魏忠賢忙命三人落座，那三人哪裡敢坐？齊齊地在他面前拜倒，口中稱頌不已，魏忠賢連叫了平身。周應秋道：「今日早朝，聖上以登極大典例行加恩，賜與寧國公和安平伯鐵劵丹書。」

「怎麼咱家那侄子良卿和侄孫鵬翼被御賜了鐵劵丹書？」魏忠賢半信半疑。

王體乾笑道：「千眞萬確。黃閣老今日將楚王請建九千歲生祠與工部郎中王惟先稱頌九千歲的奏摺票擬奏上，萬歲爺十分欣喜，親用朱筆批了，又趕上登極加恩，就格外賞賜了，本朝尚未有此先例，實在可喜可賀！」

魏忠賢聽了，淡淡地說了聲「知道了」，竟沒有了方才的急切，三人見他如此模樣，不知就裡。王體乾乾笑道：「九千歲寵辱不驚，心境恬淡，令小的欽佩萬分。」李永貞也說：「有一聯語寫得好：寵辱不驚，閒看亭前花開花落；去留無意，漫隨天外雲卷雲舒。最難得是九千歲的平常之心，將功名利祿看得淡了，心如止水，古井無波，這份兒定力小的就是來世也學不到。」周應秋更是不甘後人，竟向前倒身跪爬幾步，抱住魏忠賢的雙腿嗚咽道：「爹爹百代罕見的眞人，若離開爹爹，可教兒子怎麼過活？」

「唉！」魏忠賢聽了大堆的諛辭，並非像往日那樣喜形於色，卻嘆了一聲：「不知怎的，萬歲爺此舉，咱家心裡卻不安穩，咱家有什麼功勞，竟會得了這鐵劵丹書？該不會是欲擒故縱吧？」說得三人心裡暗跳不止。

王體乾笑道：「九千歲多慮了，萬歲爺是誰迎接入宮的？滿朝盡知，大夥兒背後都說九千歲見機得早，近水樓臺先得月呢？這擁立之功，天下哪個可及？單是憑此一舉，便是如同開國的勛臣，那洪武朝的徐達等人不都被敕封了，理所當然，有什麼不安穩的？」

周應秋道：「先帝爺遺旨稱讚爹爹忠誠，宜委任大用，咱大明朝哪裡離得開您老人家？如今先帝爺新崩，梓宮未安，聖上豈敢輕忘？依孩兒看來，萬歲爺當是想依舊重用爹爹，才多加撫慰，以收先朝舊臣之心。」

魏忠賢默然，良久才說道：「咱家總是感到賞賜也太過容易了，不知道崇禎的眞心。如今崇禎的身邊，唉！就是坤寧宮、承乾宮、翊坤宮都沒有咱家知己的人，就如眼瞎了一般。奉聖夫人也不似先前那般地百無禁忌了，怕也沒多少大用了，咱家怎能心安？看來光試探還不行，五次三番的也沒個準信，還需再想個別的出路。」

「萬歲爺和娘娘的身邊都換成了信王府的人，咱們一時靠不上邊兒。」李永貞有些無奈。

「咱家就是擔心這事兒，就怕刀架到脖子上了，還不知道消息呢？」一句話說得三人沉默起來。魏忠賢見了，大笑起來，「你們怕了？還是那句話，咱家玩了一輩子，什麼沒有見過？豈能怕了一個黃口孺子？不過是給你們提個醒，並非是長他人志氣，滅自家威風。咱家安逸了多年，早想尋個對手鬥上一鬥了。」

「全賴九千歲周旋。」

「全仗爹爹費心。」

三人正在奉承，一陣急急的馬蹄聲傳來，竟然直達內門，哪個如此大膽竟敢在司禮監內衙走馬，魏忠賢心下不禁有些憤怒，正要喝令將來人拿下，卻見親信太監裴有聲跌跌撞撞地跑進大廳，氣喘吁吁地說：「大事不好了。」

「什麼事？慢慢說。」魏忠賢語氣竟格外和緩，王體乾卻分明覺察到了他話語背後的不滿與焦灼。裴有聲用手將額頭的汗水抹去，稟報道：「萬歲爺剛剛下了一道旨意，尊張皇后爲懿安皇太后，冊周妃爲皇后，封田妃……」

「混賬東西，說這些沒用的幹什麼？」魏忠賢呵斥道。

裴有聲嚇得一愣，口中囁嚅說道：「萬歲爺是一起下的旨，小的就按……」

「囉嗦！」魏忠賢拍案大怒，王體乾三人都嚇了一跳，多年未見他發這麼大的火了，心裡也恨裴有聲言語糾纏不清，不得要領，都替他捏著一把汗。裴有聲本來就慌張，遭了斥罵，嚇得渾身哆嗦，顫聲道：「奉聖夫人在咸安宮裡哭呢！」

魏忠賢哼道：「她還哭先帝爺？眞是婦人之仁。」
「不是，萬歲爺有旨，命奉聖夫人明日出宮，不得逗留。」
「哦！教她出宮？」
裴有聲道：「萬歲爺說先帝已崩，奉聖夫人不宜再留在宮裡，就賞了一萬兩銀子，榮賜回歸私宅居住。」
魏忠賢嘆道：「她是過慣了錦衣玉食的日子，用慣了皇家的儀仗，寂寞不得了。體乾，你看怎麼勸勸她？」
「九千歲也教她出宮？」
「崇禎此舉合乎情理，咱家也不好上本勸阻。再說如今也比不得以往了，還是出宮的好。」
王體乾心下也覺爲難，暗怕沒由來地被客印月責罵一番，無端替罪，推讓道：「想必奉聖夫人不願出宮，小的怕是勸不了她。」
魏忠賢不悅道：「咱家不宜出頭露面，還是你們勸她趁早安安靜靜地出宮，不可任性胡爲，以免生出什麼事端來。」
李永貞見王體乾面現難色，急道：「九千歲，萬歲爺教奉聖夫人出宮，意在斷咱們的耳目，少了內應，往後咱們做事勢必越發少了準頭。小的倒有個計較，不知能否教奉聖夫人留下？」
魏忠賢不以爲然地說：「先帝駕崩，她待在宮裡也沒有用處了，只會惹亂子，不留也罷。咱家早想到了另外一個人，比她要有用多了。」

「九千歲，小的斗膽，以爲萬不可以功用而論是非。固然如您老人家所言，奉聖夫人已然沒有了往日的威勢，自然有人可以取而代之，但若任憑萬歲爺將她驅遣出宮，恐怕會橫遭朝野物議，不利於九千歲。」

「他們會怎麼看？」

「外朝那一班臣子最擅看風使舵，或許會認作九千歲失勢之先兆，怕是不會再依附而轉尋靠山，甚或反戈一擊。」

魏忠賢點頭道：「你給咱家提了醒，若是新君即位，還能一切保持舊觀，而非一朝天子一朝臣，朝野內外也不會意存觀望，自然最好，只是要教她留下，有違聖意，怕是也難？若輕舉妄動，引火燒身，豈非得不償失？」

李永貞道：「九千歲，若是教萬歲爺下旨挽留，與咱們當不會有什麼損失吧！」

「噢——」魏忠賢眼睛一亮，身子向前略傾，「講來聽聽。」

李永貞看看王體乾和周應秋，笑道：「小的一張嘴，王總管、周大人想必就明白了。兩位可還記得東方朔智留漢武帝乳母的故事。」

「的確是個高招，不妨一試。」王體乾讚道。

周應秋也醒悟道：「我還以爲是請個當世的司馬相如再寫《長門賦》呢？」

魏忠賢本來沒有讀過什麼書，也不識幾個字，聽得如墜五里雲霧，茫然無知。李永貞忙解釋道：「西漢武帝劉徹年間，有個詼諧機智的人物名叫東方朔，有一年，劉徹的乳母犯罪當死，明日將赴刑場，乳母登門去求東方朔，東方朔便授以奇計。臨行將別之際，乳母請見劉徹最後一面，見則痛哭，劉徹猶未起憐憫之心，乳母拜別劉徹，一步一回首，顧盼流連，依依惜別，東方朔在一旁大喝道：『兀那婆子，還看什麼？難道聖上還要吃你的奶嗎？』乳母悲戚難忍，淚眼婆娑地回望劉徹，東方朔又大喝道：『兀那婆子，不要癡想了，聖上如今業已長大成人，貴為天子，如再發病自會有年輕貌美的妃子侍候，哪裡還需你這老乞婆顧念侍奉？』劉徹聽了，想起往日的情景，禁不住淚下沾襟，喚回乳母，厚賜財物，命她回了老家。此之謂以情動人而致法外開恩，往往立收奇效。」

「崇禎並非劉徹，奉聖夫人也非崇禎乳母，如何打動？」魏忠賢仍覺不解。

王體乾似問似答：「那就要找人再寫一篇《長門賦》了。」

「爹爹所慮極是。當眞要找人再寫一篇《長門賦》，如今那裡去找司馬相如？奉聖夫人也不是陳阿嬌呀！」周應秋附和道。

王體乾見魏忠賢沒有領會，乾咳一下，慢聲細語地說：「當年漢武帝劉徹看好了他姑母的女兒陳阿嬌，誓言若得阿嬌當金屋儲之。後來他做了皇帝，果然將阿嬌立為皇后，但阿嬌一直沒有生下一男半女，又嫉妒別的宮妃得寵，遭漢武帝廢棄，囚在長門宮中，悲苦愁悶，夢想回復以往的日子，便找到當時的辭賦高手成都人司馬相如，以一百斤黃金為潤筆，託他寫成《長門賦》，呈給漢武帝，諷勸皇帝不記舊怨，重修前好。由此，陳皇后復得親幸。方才周太宰說如今難以找到司馬相如，並無大礙，咱們已經有了《長門賦》，哪裡需要什麼司馬相如畫蛇添足呢？」

「有了《長門賦》？」魏忠賢一怔，問道：「在哪裡？」李永貞、周應秋也暗忖：難道還有什麼人可作《長門賦》不成？

王體乾笑道：「在奉聖夫人手上。不知九千歲可否答應一試？」

「既有如此把握，不妨一試。體乾，教永貞與你一同去，有什麼言語不和，也好照應。」魏忠賢答應道，隨即目光冷冷地望著三人道：「只是不可因小失大！」

咸安宮大殿五楹，東西配殿各三楹，規模不下東西六宮。客印月獨坐在咸安宮暖閣裡的大紅紗幔之中，一動也不動，她已經接到了聖旨，奶媽終究要出宮的，無論如何也不會待上一輩子，只是仍舊覺得有些突然。客印月入宮已經二十三年了，按照皇宮的成例，入宮做奶媽的一等皇子斷奶就應離開皇宮，再也不許回來。客印月卻不同，天啓皇帝朱由校斷奶的時候正趕上神宗萬歷朝爭立國本爭餘波未平之際，由於東林黨的抗爭，神宗皇帝不得不立長子朱常洛爲太子，但鄭貴妃所生朱常洵長大成人，卻也不命他赴藩，仍留居京城，神宗不再臨朝。稍後，接連發生了「梃擊」、「紅丸」、「移宮」三案，皇宮上下哪裡顧不得上這些小節，哪裡有人注意一個小小的奶媽？客印月出宮之事就一再拖延下來，朱由校大婚後，宮裡有了皇后張嫣，大臣們依禮法上奏皇帝遣送她出宮。她出宮後，朱由校寢食不安，尤其吃不上客印月親手料理的「老太家膳」，朱由校一下子消瘦了許多，群臣無奈，只得同意皇帝將她接回。此後，客印月在宮裡與魏忠賢等人裡外呼應，朝野爲之側目，就是皇宮裡也沒有哪個敢說半個不字，出宮之事再也無人提及。客印月沒有聽到有人進來的動靜，待看到王體乾、李永貞二人，恍如不認識一般，並無一言半語，只是呆呆地看著。王體乾忙施禮道：「老祖太太千歲，九千歲命小的們來給您請安了。」

客印月微點一下頭，問道：「老魏呢？他不來送我嗎？想是不敢來了吧！」

李永貞道：「九千歲被萬歲爺喚了去，分不得身，先教小的們過來。」客印月忽地大哭起來，將大紅紗幔一把扯下，捶床怒道：「平日裡好好的，身前身後團團地轉，等到落魄有難了，卻躲著不來，拿皇上來搪塞咱娘們？好，有話就放開些講，何必掛個幌子，裝神弄鬼的，不爽利！咱娘們是沒甚大用了，原也不該指望什麼，誰教咱恩養的孩子短命走了呢？如今都是用人朝前不用人朝後，又有幾個存著良心可指望的？」

王體乾堆笑道：「老祖太太千歲，小的萬請您老人家消消怒火，不可意氣用事，九千歲時刻惦念著您老人家，聽說了這事，忙教小的們來勸慰。別說九千歲分身乏術，就是得了空兒，他老人家卻也不敢露面。如今紫禁城換了主子，一朝天子一朝臣，眼下不得不夾起尾巴來，只要將萬歲爺哄上了手，那時什麼話都好說，什麼事都好做。您老人家雖說遇到了難事，只要九千歲不倒，早晚間必有迴旋的餘地，就像當年東林黨將您老人家逼出了皇宮一樣，自然會有峰迴路轉的時機，還請您老人家將心安放，忍耐一些，切勿煩躁，小不忍則亂大謀，耐心地等喜訊便了。」

客印月略消了些怨氣，嘆道：「體乾，不是咱娘們不體貼老魏，只是他該早探聽清楚，知會與咱，好教咱有個準備，如今倒好，一道聖旨下來，什麼財寶怕是也帶不出宮的，豈不教人活活心疼死了？就是接了旨後，他也該來，多年廝守，這點情分也是該有的，咱娘們眼看奔五十的人了，過了這天沒那天的，想不了那麼多，看不了那麼遠，就求個舒坦暢快了。如今還能依靠何人？還不是幾個舊相識？若老魏如此，咱娘們渾似無腳蟹一般，哪裡可以存身？」她邊說邊落淚，雖說徐娘半老，但保養極佳，膚如凝脂，細白非常，兼以仍作閨中小女子之狀，含嗔蹙眉，也有幾分教人憐愛。王體乾平日裡憚於奉聖夫人的赫世之威與飛揚跋扈，不敢仰面細看，今日放膽看了，饒是偌大年紀，見她悲傷哀怨，也覺心神蕩漾，兩隻眼睛盯著看個不住。李永貞不敢驚動，也不便空身陪侍著，輕聲道：「老祖太太千歲切莫傷神，九千歲有個計較留住您老人家，若依此行事，或許可以挽回。」

客印月聽了，轉憂爲喜，拊掌道：「你卻早不說來，教咱娘們空流了這許多的眼淚！明日咱娘們既奏請聖上，到仁智殿走一遭便了。」

「那東西可要準備好。」王體乾被她雙掌響亮地拍擊聲驚醒，遮掩著將目光收回。

「那是自然。這些東西咱娘們收拾著多年了，一直小心珍藏著。」客印月下了大床，走到一個描金的黃花梨雕花大方角櫃前，將櫃門開了，取出一個二尺長短、一尺多寬的黃花梨官皮小箱，將箱蓋掀起，提出一個玲瓏剔透的鐵力木鏤花小匣，輕輕放在床邊的雞翅木方几上，用帕子抹了一下手道：「全在這裡了。」

注：梃擊案，萬曆中，神宗皇后無子，王恭妃生皇長子朱常洛，後鄭貴妃又生子朱常洵，神宗因寵幸鄭貴妃，便欲立朱常洵爲太子，但又怕遭到群臣反對，故遲遲不立太子。群臣深以爲憂，先後建言者蜂起，要求速立朱常洛爲太子，而言者輒得罪，被降被調者無數。

群臣力爭十五年，直至朱常洛已二十歲，神宗才勉從眾議，不得已立常洛爲皇太子，遣常洵離京赴藩國洛陽。四十三年五月四日，有男子名叫張差，手持棗木棍，突然闖入常洛所居的慈慶宮，打傷守門內侍便被擒住。先是御史劉廷元審問，奏稱張差瘋顛。但刑部主事王之寀爲審出實情，原來張差並不瘋顛，是由鄭貴妃手下太監龐保、劉成指使行動，因此朝臣皆懷疑鄭貴妃主謀，欲害太子。神宗見事情牽連鄭貴妃不可深問，遂命處決張差，並於宮中打死龐、劉二人，含糊了事。

紅丸案，太子朱常洛即位，廟號光宗。數日即患了嚴重痢疾，司禮監秉筆兼掌御藥房太監崔文升卻下瀉藥，使病情加重。鴻臚寺丞李可灼進紅丸，自稱仙方，光宗服用一丸，稍覺舒暢，諸臣退後，又命進一丸，次日天明即崩，在位僅一月。事後，有人懷疑鄭貴妃指使下毒，引起許多爭議，東林黨人給事中楊漣、御史左光斗、禮部尚書孫愼行等彈劾崔文升、李可灼用藥可疑，並攻首輔方從哲曲庇李可灼。於是李可灼被遣戍，崔文升被發遣南京，方從哲致仕而去。

移宮案，光宗死後，撫育皇長子朱由校的李選侍仍然留居乾清宮，並與心腹太監魏忠賢共謀挾制朱由校以把持朝政。於是楊漣、左光斗等擁入乾清宮，先搶出朱由校呼萬歲，然後力請李選侍由乾清宮移居曦鸞宮，朱由校乃即帝位，是爲天啓皇帝，廟號熹宗。

注：客印月出宮爲天啓七年九月初三，文中稍稍後移數日。

注：官旗本作官校，避熹宗諱改。

第十三回

求對食情戲前皇后
獻美女香迷新帝君

猛聽丹墀下一陣嘎嘎之聲，一扇小門豁然開啓，王承恩取燭一照，嚇得渾身一顫，裏面赫然盤膝端坐著一個小太監，雙手捧著一柱香，紅光點點，香氣撲鼻。那小太監見被發覺，也吃了一驚，丟了香便跑，卻被王承恩一把扭住，拉出來喝問道：「誰教你來的？」

宮後苑，珍石羅布，嘉木鬱蔥，秋菊怒放，絢麗多姿，古柏藤蘿蒼翠不減春夏。早朝已畢，崇禎攜三個后妃來到苑內。在欽安殿裡，禮拜了玄武大帝，遊興頗濃，登了萬春亭、浮碧亭、千秋亭、澄瑞亭，又來到園子東北的堆秀山下，那山卻是千萬塊太湖石堆砌成的，依苑北牆拔地而起，其高為宮苑第一，天晴氣爽，最宜登臨，每年九九重陽，皇帝皇后在此登高已屬成例。

山前兩個獅子石座上各雕一臥龍，口噴水柱，在秋日的映照下，幻化出七彩光華。山頂建有四角攢尖頂方亭一座，那便是御景亭，山東西兩側各有小路蜿蜒而上，或從山前門內的石洞沿石階盤旋而上，可直通亭中，洞口有嘉靖皇帝御書「雲根」二字。田妃望望山上的亭子，用香帕拭了汗，嬌喘道：「聖上，這麼多軒閣亭台，別說是逐一遊覽登臨，就是再上到山巔的亭子裡，妾妃也難支撐了。」

崇禎見她滿面粉紅，又看看周皇后、袁妃，問道：「若不然，朕一人登山，你們在下面歇息，賞賞秋菊？」

周皇后也覺乏了，只是見皇上一意遊賞，不好掃了興致，勉力撐著，聽皇上如此詢問，就趁機道：「聖上體貼，妾妃就與妹妹們在園內胡亂遊賞，恭候聖駕。」

崇禎似覺失望，擺手道：「也好。待會兒一起到絳雲軒品茶。」

袁妃道：「兩位姐姐且歇息片刻，小妹陪聖上登山如何？」

「好！朕與你比試一番，看誰先一步到得山頂。」崇禎喜道。

田妃偷偷看了一眼袁妃的一雙大腳，心知難以匹敵，轉頭對周皇后說：「姐姐，咱可比不得袁妹妹氣力悠長，還是去看看五彩石子路吧！小妹早聽說這石子路鋪綴得精細，花卉、人物、博古、建築、飛禽、走獸、吉祥圖什麼的，琳琅滿目，無所不包，令人如履錦繡，如涉花叢，姐姐可願去數數？」

周皇后點頭道：「可別忘了觀看聖上與袁妹妹的賽事。」四人各自在太監、宮女的簇擁下，正要分頭而行，一個小太監飛一般地跑進園來，稟報道：「萬歲爺，奉聖夫人進苑來向皇后娘娘辭行。」

周皇后看看崇禎道：「教她先在門外候著，等皇上登過了御景亭再說。」那小太監聽了，轉身下去，崇禎道：「慢著！傳朕旨意，教她到絳雪軒來。」

周皇后怕崇禎掃興，提醒道：「皇上也要見她？」

崇禎道：「朕也有一年多不見她了，如今她出宮辭行，還是見見的好。」

客印月隆重地穿了一身賜服，鳳冠霞帔，等在絳雪軒前。絳雪軒一水兒的金絲楠木門窗，窗櫺上雕著「萬壽無疆」的花紋。軒前的五株海棠樹枝葉粗大，翠綠欲滴，每當春夏之交，花朵盛開，色澤微紅，香氣遠襲，花瓣飄落之時，宛如紅色雪片一般紛紛降灑，最見風致。二十多年了，客印月在心裡暗暗喟嘆，她初見這幾株海棠便驚詫世上會有如此碩大的花瓣，以致於竟抱著酣睡的東宮長子朱由校在花前站立了半晌。

「客媽媽，萬歲爺宣您呢！」王承恩小心地在身邊陪著笑，引著她進了絳雪軒。客印月忙上前參拜道：「奴婢本來是向皇后娘娘辭行的，不想擾了萬歲爺的雅興，實在惶恐，就此一併辭了聖駕吧！」說著從懷裡取出一顆二寸見方四爪龍鈕的金印說：「這是熹宗皇爺賜與奴婢的，奴婢將它交還皇家。」王承恩取過呈上，崇禎看了，見上雕「欽賜奉聖夫人客氏印」篆形陽文，遞於皇后收了。

崇禎含笑道：「你對朕的皇兄有哺育之功，一家人似的，說什麼叨擾不叨擾的？朕倒是也想留你在宮裡多待些日子，只是如今皇兄駕崩，朕不可憑一己之私而壞了祖宗的禮法。朕給你撥一萬兩銀子當養老錢，皇后也拿了五百兩體己的銀子賞你，也算是榮歸故里，朕替你好生看顧侯國興，你放心出宮吧！要是什麼時候再想回來看看，先向皇后說一聲，安排你回宮走走。」

客印月謝道：「萬歲爺對奴婢的恩情眞是天高地厚，奴婢就要走了，臨行前想到仁智殿去一趟，求萬歲爺恩准。」

「難得客媽媽對皇兄的一片誠心，朕准你就是。」崇禎心下暗自琢磨道：她難道還要再哭祭一番？

當下笑道：「朕再賜你一樣東西，留個念想。」轉頭向門邊的王承恩道：「去乾清宮暖閣將皇兄親手御製的五彩梳匣取來，朕要賜與客媽媽，見物如見人，客媽媽也要保重。」

客印月離開了絳雪軒，上了宮後苑外停著的轎子，咸安宮的宮女們將她在宮裡的隨身用品收拾了幾大包袱，早已放在了轎子裡，她只好將身子側了幾側，才勉強擠轉得開。唉！非比往日了。以前轎子、車馬有的是，儀從煊赫，哪裡會如此憋屈？她在心裡幽幽地嘆口氣。

仁智殿乃是武英殿後的配殿，也是五楹開間，自成祖永樂皇帝始，在此安放大行皇帝梓宮，殿外有守護太監和禁軍的值房，平時只有一些畫師在此待詔暫住，與其他宮殿相比顯得分外冷清。

客印月進了大殿，見裡面白幡高掛，正中安放著熹宗皇帝的梓宮，几案上供奉著茭白、嫩薑、鱖魚、鮮藕、粳米、粟米、穄米、芋苗、沙爐燒餅，香煙繚繞，倍覺淒涼。客印月將懷裡抱著的黃龍緞包袱放下，伏到梓宮前面嚎啕大哭，淚如傾盆，只哭了幾聲，就一口氣憋在心窩，昏了過去。良久，慢慢醒轉過來，止住哭聲，將那黃龍緞包袱解開，現出一個黑漆彩繪嵌螺鈿黃銅片包角的龍紋小箱，兩個巴掌大小，竟有五層小抽屜，抽屜上各釘金環。她拉出最上層的抽屜，取出一團柔軟細短的胎髮，從下面的四層又依次取出略粗的剃髮、換下的乳牙、剪掉的指甲、剝落的痘痂，一一放在梓宮前的几案上，嘴裡喃喃說道：「哥兒，你這沒良心的，兩眼一閉，什麼也不管了。奶娘就是留著這些東西又有什麼用？還不是一樣地要離開皇宮？算了，這些東西我也不收拾著了，還給你吧！你要是還記掛著奶娘，就給皇上托個夢，教奶娘留在宮裡，奶娘實在不想離開。哎！其實我知道沒人再像你一樣對待奶娘了，留下與離開也沒甚分別，倒是走了省心，走了乾淨。」她悲戚地說著，又低聲地禱告了一番，才起身將那些胎髮、剃髮、落齒、指甲、痘痂收在一起，就著靈前的火燭燒了，慢慢地看著這些東西化作了一縷青煙，蒸騰、飄散……

殿外一片寂靜，她嘆了口氣，用手吃力地撐起身子出來，回首看看沉沉的宮闕，夕陽下正被團團暮靄籠罩著，瞧得不能真切，竟似遠了一些。殿外靜無一人。

近一個月的喪禮，皇后張嫣身心疲乏至極，從五月初六天啓皇帝病重到八月二十三日駕崩，一百單八天日夜煎熬，再到九月二十一日喪事完畢，二十八天傷心欲絕，本來就略微瘦弱的身子越發憔悴了，好在搬到了東華門內的慈慶宮，遠離了那些熟悉又令人傷感的地方。慈慶宮左為東華門，右為文華門，外為徽音門，建於嘉靖朝，面闊七間，進深三間，重檐歇山頂，東間開兩扇板門，其他每間上部各安雙交四碗橫披窗三扇，檐廊柱枋間為鏤空雲龍套環，枋下雲龍雀替，飾以渾金，宮內吊頂簇花蝙蝠圓壽字藻井，上百年了，仍舊富麗堂皇。前庭廣大，數十丈見方，黃綠琉璃磚圍砌透風燈籠矮墻，將其與西邊的端敬殿隔開，自成院落，四周遍植松樹，更覺寬敞僻靜，宮門前三座白石橋下波光粼粼，西海子之水蜿蜒流過，殿後有一處花圃，不過種些時令花卉，與東西六宮多植奇花異草迥然不同。

一朝春盡紅顏老，眞是紅顏老就死心了，如今卻是春雖盡紅顏尚未老，不知還有多少個春？春在怕愁多，春去憐歡少，春去春來干卿何事？自今往後，慈慶宮怕是只剩下冬季了。張嫣暗自飲泣。

崇禎皇帝對寡嫂格外優恤，一切儀從同於皇太后的規格，慈慶宮裡有十二個宮女，六名太監，慈慶宮管事太監還是以前坤寧宮管事牌子陳德潤，女官是李宜笑和楊翠袖。李宜笑、楊翠袖年紀都過二十歲了，跟了她有五六年的光景，剛到坤寧宮時李宜笑老是一副悲苦的模樣，楊翠袖總穿著淡綠的襖子，就給她倆賜改了名字。皇宮本是福地，吃食又好，半年不到，兩個人長得水靈靈的，紅臉粉頸，煞是可人，只是翠袖略胖些，這陣子也多虧了這兩個丫頭侍候得周到，她勉強支撐下來了。燕地的秋天晴朗少雨，日光暴曬，自古有秋老虎之稱，極是難捱。午後，天氣更為悶熱，一團團暑氣不斷地擁入屋子裡，張嫣感到有些躁熱，看看伏在門邊睡覺的翠袖道：「小袖子，銅盆裡還有冰嗎？」

翠袖聽了，起身道：「奴婢剛才放了些冰在裡頭，還化不完的。娘娘要是躁熱，奴婢給您掌扇吧！」

「身子好乏，且到床上睡一會兒，等我睡熟了，你就下去，我自各兒靜一靜！」張嫣懶懶地臥到床上，翠袖輕輕放下軟煙羅帳。不多時，張嫣沉沉地睡了，翠袖看看腳下粉底繡花弓樣繡鞋，怕弄出響動，想要脫下，卻又怕被娘娘看見責罵，慢移蓮步，輕手輕腳地出了門，囑咐門口的兩個宮女好生伺候著，自己回到了旁邊的值房午睡。

值房矮小，坐東朝西，一門一窗，屋內一几一凳一床，甚是簡陋。京師的九月，暑熱尚未退去，日光直直地射下來，將值房曬得有如蒸籠一般。翠袖進來一會兒，便周身是汗，睡意全無，卻又不敢遠離到殿後乘涼，只得略掩了門，摘下兩邊繡著海棠的烏紗帽，放在小几上，插在帽頂的那枝玲瓏精巧的金步搖兀自顫動不已。翠袖又將外面那件圓領窄袖遍刺折枝嫩黃小葵花的綠色對襟長褂解開了，略鬆一鬆下身的百褶紅羅裙，取一盆冷水隔著衣服擦拭，才擦得三四下，就聽得門響，不及回頭，身子已被一雙手臂緊緊地抱住。翠袖吃了一驚，低喝道：「哪個小猴崽子！這般撒野要作死嗎？再不滾，我稟了娘娘，看不剝了你皮！」

那人色膽包天，卻不畏懼，一手挾了她的腰，另一手趁勢順著解開的上衣摸到前胸，嘴裡不住地叫道：「小可人兒，叫哥哥看看，好撩撥煞人！」翠袖憑聲音聽出似是管事太監陳德潤，想到他清秀的模樣，不禁有些心動了，只是怕被人看見不雅相，忙央求道：「好哥哥，妹子知道是你了。妹子正在當值，心裡惴惴的，萬一事到一半娘娘喚了，怎麼能夠盡興？哥哥莫貪這一刻歡娛，容些工夫，妹子再與哥哥耍耍。」

陳德潤笑道：「你是被哥哥扭住了掙脫不開，才說這等軟話兒，平日裡不多瞧哥哥一眼的，哪裡能夠信你？」

「妹子也想多看哥哥的，只是娘娘面前半點孟浪不得。自哥哥來了坤寧宮，相貌俊朗，體態風流，妹子深宮寂寞，巴不得與哥哥說些體己的話兒，眼睛未看心裡也是看的，只怕哥哥心裡沒有妹子哩！」

「口說無憑，教哥哥香香！」陳德潤摟了翠袖的脖頸，將她的粉面扳過來，連吃了幾口，「好香，好香！」翠袖自成人以來，從未有男女之事，被他一摟一抱，身子早已酸軟，臉兒緋紅，兩眼含著羞怯似閉還睜。陳德潤大喜，將手慢慢探入她的下衣內，便要撕扯羅帶，卻聽有人遠遠地喊道：「袖姐，娘娘喚你呢！」

翠袖全身一激靈，猛地掙脫了去，急急整好了衣裳，取了烏紗帽便朝外走，陳德潤一把死死拉住，低聲罵道：「你這小浪蹄子將人哄得動火了，卻撇下不管，只顧個人當差，教哥哥好生難捱！今日莫說是娘娘，就是萬歲爺也斷不放的。」

「若再不放手，休怪妹子無情，可要喊了。」一句話嚇得陳德潤將手撒了，從懷裡掏出一個金鐲子道：「你若陪了哥哥，這個便是你的了。」翠袖伸手奪了，跳出門去。陳德潤見她情動了，也不追趕，笑吟吟地看著她走進慈慶宮去。

次日，陳德潤帶了一串珍珠墜子、幾粒瑪瑙珠子送給翠袖，翠袖撟舌不下，嚇得不敢收，顫聲問道：「這是哪裡來的？終不成你在哪個宮裡偷的？若是贓物妹子哪裡敢用？被人發覺告發了，說不得要問個幫凶的罪哩！」

陳德潤笑道：「你莫怕，這是有人賞給哥哥的。只要你順從了，哥哥自有好東西把與你。」

「哥哥要與妹子做夫妻，卻也用不了這麼多的聘禮。」翠袖聽他如此說話，認定是主子們賞的，就不再疑問，取過收在懷裡。兩人你貪我愛，陳德潤使出諸多風流手段，把個翠袖擺弄得欲仙欲死。一陣歡愛後，陳德潤推開翠袖，忽然長嘆一聲，兩眼直直發怔，翠袖翻起身子，湊過來道：「好好的發什麼呆？」

陳德潤道：「你哪裡明白哥哥的苦處？白白教你跟著心煩。不說也罷！」

翠袖將肥白的身子偎在他身上，笑罵道：「既是對食的夫妻，有什麼話不能說的？莫不是過手便不新鮮了，又看上了什麼新人？那妹子可不依你的！」

「哪裡是什麼新人，不過是別人用過的舊貨罷了。」

翠袖騰地撐起身子，看著陳德潤惡聲道：「這慈慶宮裡誰不知道咱與宜笑面貌相當，若是看上了她也就罷了，卻自去惹什麼舊貨，也不知是哪個爛蹄子風騷了，竟中了你的意，不怕自跌了身價？」

「那宜笑每日沉默寡言的，臉兒綳得緊緊的，教人怎麼有興趣？」陳德潤連連搖頭，似是極爲不屑。

「哼，宜笑門戶緊著呢！終日沉著臉，想是笑給萬歲爺看的！不像我輕易被你上了手，明珠投暗，後悔也不及了。」

陳德潤被她一頓夾七夾八斥罵，心下著惱，聲音不由高了起來，咬牙道：「左右是看不上，隨你怎麼誇她，有什麼打緊的！」

翠袖氣他言語張狂，冷笑道：「終不成是看上寡居的張娘娘了，正好她身邊少個體己的人兒呢！」

「看上娘娘有何不可？」

陳德潤目光迷離地看著翠袖道：「歷朝歷代守了寡的皇后有幾個身邊沒人的？就是做了皇帝的又怎樣，像則天女皇，那面首多得海了，幾十歲的人了，還夜夜尋歡左擁右抱呢！何況張娘娘不過二十幾歲，怎麼熬得了這一輩子！」

翠袖愣愣的看著他，像是陌路人一般，吸口冷氣道：「我那親爺爺活祖宗，摸摸你的頭還在嗎？這可是要滅九族的。」

「怕什麼？只要上了手，一輩子的榮華富貴，左右有她在前面擋著，我不信萬歲爺會對張娘娘動殺心。」

「萬歲爺不殺娘娘，還不殺你嗎？」翠袖在他額上點了一指。

陳德潤順勢將她的手腕捏了道：「那就要看咱的手段了，說不得那時娘娘會哭著替咱死呢？再說牡丹花下死，做鬼也風流嘛！先快活了，想那麼多做甚？」

「罷了，怎教我碰上你這冤家！」翠袖嘆氣道：「我本想過幾日趁娘娘歡喜時，將咱倆的事向她稟了，求她恩准，就不必這樣偷偷摸摸擔驚受怕了，誰想你竟起了這般的賊心！」

陳德潤見她悲苦萬分，心下禁不住憐愛起來，勸慰道：「你也不要如此害怕，我不過是說說罷了，切不敢對娘娘用強的，你若擔心我失了分寸，可尋個機會親與娘娘說。」

「你長了天大的賊膽，可不要牽扯上我。皇后新寡，說不得尚在傷神悲悼，她身分是何等尊貴，不知深淺的，教我與娘娘說什麼？」

陳德潤一把將她摟了道：「你就說咱人品風雅，極會說笑解悶的，娘娘若是有什麼煩悶，可隨時見召便了。」

翠袖沉吟片刻，伸出手掌道：「這樣還穩妥些，我自可替你去說，只是你怎樣謝我？」陳德潤欣喜起來，從懷裡取了一對晶瑩的玉鐲給她帶上，翠袖依舊不將手掌收回，陳德潤無奈又將一枝碧玉搔頭插到她頭上道：「小親親，可夠了？」

「不夠哩！」翠袖兩眼汪汪地看著他。陳德潤向前一撲，將她和身壓在床上，雙手去摸她的前胸，翠袖咯咯地笑著，伸出兩條白淨的胳膊略擋幾下，半推半就。

晚朝散了，崇禎將黃立極、施鳳來、張瑞圖、李國楷四位閣臣留下，賜了座。乾清宮東便殿裡，崇禎拿著幾個奏摺反覆展觀，四位閣臣在丹墀下面陪著，崇禎道：「這幾個摺子你們可都看了？」

「是。臣等都曾寓目。」黃立極離一下椅子，恭敬地點頭回答。

「如何條旨的？」

「這……」黃立極回首看看其他三位，躬身道：「臣等愚昧，以爲此事重大，欲恭請聖裁，因此不曾條旨。」

「這楊所修是什麼人？」

黃立極看著施鳳來，施鳳來忙道：「楊所修字修白，乃河南商城人。官拜右副都御史署南京通政使。」

崇禎道：「黃卿看來老邁了，不便久立，還是坐下回話吧！」黃立極惶恐地側著身子坐了，用袍袖略拂一下額頭的冷汗，聽崇禎接著道：「不曾條旨可是因他參劾的都是二品的高官，一個兵部尙書，一個吏部尙書？」

施鳳來忙道：「楊所修本爲吏部給事中，升爲南京通政使，便欲調回京師，求吏部尙書周應秋通融，遲遲未有動靜，就發洩個人胸中怨氣，反咬一口，但直參周應秋不免被人看破，不得已拉上崔呈秀。且此事非楊所修一人所爲，右都御史李蕃、吏科都給事中陳爾翼皆與其事，其意是欲推左都御史孫傑爲吏部尙書，故陳爾翼、李蕃次第上疏。臣等因牽連過眾，不敢妄論，須憑聖上獨斷。」

崇禎道：「聽說崔呈秀跑到都察院斥罵李蕃等人，實在有失大臣體統，消息是怎麼走漏的？他一個兵部尙書知曉此事竟比朕還早？」

四個閣臣面色大驚，張瑞圖叩頭道：「臣愚意以爲下頭有些酷吏錯會了聖上的意圖，妄自揣測聖上登極未久，必將急於事功，猛於求治，一味以苛察挑剔爲事，意在媚上取寵，其用心甚不可測。若說崔呈秀提前知情，怕是楊所修行事不密，走漏了風聲，臣等斷然不會亂講的。」

崇禎微微點頭，翻看餘下的摺子。李國槽道：「臣以爲此事多半因了個人恩怨，本無什麼大是大非，事後思慮起來不免生出悔意。今日臣在值房陳爾翼又上了摺子，就不是先前的意思了。」說著從袖中取出一個摺子，王承恩拿了呈上。

崇禎看了道：「欲因事生風，憂在不小，說的倒是實話。群臣流品，先帝早已分別清楚，該升的升了，該免的免了，該閒住的也閒住了，豈可不考實績而空論品行？朕初御極，天下殷殷望治，正要眾位卿家同心協力，共攘建州韃虜，開創百代太平，如何自相究詰，不怕鬧得禍起蕭牆？吏治清明是國家興盛的根本，你們要好生體會朕的心思，切不可捕風捉影，輕詆大臣，致生枝蔓。擬了旨退下吧！」

四位閣臣剛走，乾清宮管事太監趙本政進來稟道：「萬歲爺，魏上公有事求見，在門外候著呢！」

「傳他進來。」

魏忠賢進來參拜道：「這些時日來，老奴見萬歲爺夙興夜寐，憂勞國事，難有片刻歡娛，特選能工巧匠雕了一個江南春景的屏風獻上，萬歲爺閒暇之餘，不出禁中便若巡視江南，也是江南子民之福和名勝山水之幸了。」

「抬上來吧！朕尚未到過江南，正好一賞其山水勝處。」崇禎似極高興。魏忠賢向外一招手，門外響起叮叮咚咚的環佩之聲，崇禎正自驚訝，但見四個盛裝的美女各搬一扇屏風緩步走進來，將屏風輕輕放了，一齊上前盈盈下拜，禮儀頗爲周全。魏忠賢引著崇禎走到屏風前，笑道：「萬歲爺，這架五彩屏風上面所繪都是杭州西湖、虎丘幾處名勝，還算精細，萬歲爺勞乏了就看上幾眼，消解消解。」

崇禎仔細看那屛風果然精致非常，邊框爲江南的香楠鏤刻，色澤微紫，紋理極美，清香宜人，中間竟爲名震天下的蘇繡，絹薄如紙，兩面各有用金絲銀線精心織就的圖案，針線細密，以針作畫，設色精妙，光彩射目。杭州的湖光山色聚於一錦，山水分遠近之趣，樓閣得深邃之體，人物具瞻眺生動之情，花鳥極綽約底饞唼之態，眞是巧奪天工。崇禎驚嘆道：「世上竟有如此的神技，令人嘆爲觀止。」

魏忠賢見崇禎兩眼出神地盯著屛風，以爲他極是喜歡，不禁得意道：「這件繡品出自浙江上海道顧氏露香園，如今露香園的老主人顧名世死了，他的長子顧江海當著家，娶了一房小妾繆氏，絲繡極精。顧江海有個兒子顧壽潛善畫，工山水花鳥人物，顧壽潛之妻韓希孟也工畫花卉，刺繡之術天下無出其右，就是她的庶母繆氏也有所不及。此架屛風山水乃是她婆媳二人聯手織成，據聞花了三年的工夫。」

「也花了不少銀子吧！」

「倒是沒有花多少錢，只是老奴的一點心意，別說是老奴的俸錢就是老奴也是萬歲爺的，孝敬萬歲爺原是應該的。」魏忠賢揣摩著崇禎的話，是嫌不夠貴重，還是怕動用了朝廷的銀子，該不是剛剛發了二百三十萬兩銀子作遼東軍餉心疼了？

果然，崇禎道：「朕生性好節儉，不稀罕那些珍寶器玩。如今東北邊境不寧，陝西流寇又起，天下尚未太平，朕豈敢沉湎遊樂，玩物喪志？這架屛風還是搬回你的府邸，以免群臣效尤，敗壞世風。」

魏忠賢並不沮喪，卻忙不迭地稱讚道：「萬歲爺聖明，苛於律己，以身垂範，真是中興的氣象。」說罷揮手進來幾個小太監，將五彩圍屛搬出乾清宮東便殿，魏忠賢一起退下，那四個女子依然在一旁侍候，似並未有退下之意，崇禎喊住魏忠賢道：「怎麼不帶走這四個女子？」

魏忠賢笑道：「這四個女子對杭州山水名勝極是稔熟，可給萬歲爺講說。且這四人都是女中的秀才，琴棋詩書畫樣樣皆能，可在御書房供萬歲爺左右驅使。」

崇禎知道他的用意，不好當面駁回，便頷首道：「那就將她們留下，安置在乾西二所値房，明日到御書房伺候著，以供灑掃。」

「謝萬歲爺！」四個女子齊齊跪下謝恩，魏忠賢詭秘一笑。

剛過一更，崇禎望望堆積在御案上的批本，疲憊地抬眼問道：「還有幾本摺子？」

王承恩回道：「萬歲爺，不多了，還有兩本。」

「看看是什麼題目，若不緊要，朕明日再看，著實有些累了。」

王承恩看了道：「一本是江西巡撫楊憲邦、巡按御史劉述祖奏請爲魏忠賢建隆德祠，一本是朱之俊參監生……」

「又是建生祠！呈上朕看。」崇禎睡意去了許多，不悅道：「自浙江巡撫潘汝楨在杭州西湖畔建了普德祠，土木之功遍九垓，全國建得還少嗎？京師地界宣武門、崇文門、安定門、錦衣衛都督府、藥王廟、蘆溝橋、昌平、房山、通州、喜峰口不下十八處，就是南京孝陵、鳳陽皇陵都建了，使了多少白花花的銀子？拉下了多少虧空？」

王承恩見他滿臉怒氣，寬慰道：「萬歲爺消消氣兒，這都是先帝朝的事了，您再急也是建了，終不能立刻下旨教人拆了，那西湖的普德祠可是先帝爺敕建的，匾額不也是親筆御題的？據奴婢所知全國上下的生祠有八十處之多，前幾年都建瘋了，開了風氣，愈演愈烈，誰願意後人，都爭相選用風水寶地，即使侵占民田民墓，拆毀民房民舍，也沒人敢阻攔。據聞臨清府建祠，拆毀民舍達萬餘間。河南建祠竟拆毀一萬七千餘間。哪個不是比著鋪排，比著扔銀子？建造的生祠哪個不金碧輝煌，壯麗莊嚴？開封建祠不但朱戶雕欂，甚至建宮殿九楹，都用上了琉璃黃瓦，幾同宮殿。祠內供奉的神像以沉香木雕刻，又用金子鎦了，眼耳口鼻及手足都可轉動，有如生人。神像的衣著奇巧絢麗，朝衣朝冠，上戴九曲簪纓，大紅蟒衣，玉帶象笏，甚至金冠垂旒，幾同帝王。更稀罕的是神像裡面以金玉珠寶為肺為腸，髮髻上有一空穴，不斷更換四時香花。就是生祠饗祀，也按王公規格。還用孔聖人的話說什麼『祭如在，祭神如神在』，這成什麼體統？」

崇禎壓下怒氣，命道：「快將魏忠賢喚回來，朕當面問問他建生祠的事。」

「萬歲爺可要耐著性子。」王承恩不安起來。

「朕心裡明白，失不了分寸。」崇禎嘉許地點點頭。

不多時，魏忠賢跟在王承恩後面進殿，見崇禎拿著一本奏摺邊看邊笑，忙上前行禮，崇禎道：「平身。朕這裡有個摺子你看看。」魏忠賢本來不識得幾個字，司禮監所有的批朱都是王體乾、李永貞、劉若愚幾人所為，再將大意向他複述一遍，今見新君如此，心下惶恐，怕看不明白，卻又不免受寵若驚，接也不是不接也不是，只得如實稟道：「萬歲爺，老奴粗陋，識不得幾個字，怕誤會了聖意。若是萬歲爺有什麼旨意，就吩咐下來，老奴照辦也就是了。」

崇禎道：「這個摺子是關係你的事，朕正要聽聽你的意思。」

「竟與老奴有干係？可是有人參劾老奴？」魏忠賢心裡不禁有些惴惴不安。

崇禎微笑道：「是稱頌你勞苦功高，要建祠按時禮拜呢！」

魏忠賢臉色微變，支吾半晌才道：「此事都是下邊一些臣子的私意，老奴並不知情。老奴請萬歲爺下旨停建生祠，將所有造祠的錢糧解充遼東軍餉。請萬歲爺恩准。」

崇禎讚道：「魏伴伴有功不居，更見勞謙之美。朕以爲建造生祠也是眾望所歸，自古民心不可忽，各地建些生祠禮拜祝禱並無不妥。只是魏伴伴既願停建，憂心遼東安危，以國事爲重，也是爲眾朝臣做了榜樣，朕理應准其奏請，以成雅志。那就這樣吧，先帝下旨建造的還照舊建造，還沒有建造的就不再建了，以免弄出一些未了的殿舍不夠雅相。」

「老奴謝萬歲爺體貼，還是萬歲爺明白老奴的心。」魏忠賢跪在殿上不禁有些嗚咽。

崇禎嘆道：「你是先朝的舊人，先帝臨終時一再叮囑『忠賢忠貞宜重用』，朕豈能對不起先帝，信不過你？朕聽說你將肩輿換了腰輿，這幾日腰輿也撤了，太過謙了。宮裡頭就是李永貞、石元雅、涂文輔也都有板坐，你是顧命元臣，就是先帝也允你乘坐肩輿的，何須換過？」

魏忠賢含淚道：「萬歲爺雖然不以老奴卑賤，老奴也該知道自各兒的身分，若說老奴有什麼功勞，也是過去的了，老奴豈敢恃那些微末之功，亂了禮法？」

崇禎走下丹墀，親手將他扶起道：「你也六十歲的人了，在宮裡左右奔忙也極累的，身子哪裡頂得住，還是省省體力，少做奔走下力的活兒，那些遠路朕准你仍舊乘坐腰輿。下去吧！」魏忠賢流著淚退了出去。

王承恩見他走遠了，稱頌道：「萬歲爺幾句話就將他擺布了，奴婢眞是五體投地。」崇禎打發了魏忠賢，心裡也自喜悅，嘴上卻淡淡地道：「離擺布還早著呢！」又打趣道：「你就是將朕稱讚得千古第一英主、世上活神仙似的，朕也不會升你的官職，加你的俸祿。」

王承恩急得臉面通紅，囁嚅道：「奴婢卻也不要萬歲爺什麼封賞，只要能日日陪著萬歲爺。要是一味討好萬歲爺，只揀些好話來說，豈不成了奸邪小人？奴婢可是做不出的。」

崇禎反問道：「說好話就是小人？那哪個還褒揚別人？朕若獎賞臣子豈不也成了小人？」「奴婢並不是說萬歲爺，奴婢是怕萬歲爺以爲奴婢刻意媚主，將奴婢……奴婢被萬歲爺說得糊塗了。」王承恩辯白不清，急得禁不住要跺腳。

崇禎笑道：「朕知道你。快將摺子呈上來吧！天色不早了，朕若再不回坤寧宮，看皇后不打斷你的狗腿！」王承恩忙將最後那個摺子放到御案上，順手將御案上粗大宮燭上的燈花剪了。

崇禎看了摺子，見是國子監司業朱之俊參劾監生陸萬齡狂詞挾遁，拍案怒道：「一個監生讀聖賢書，良心卻都餵狗了。什麼廠臣作《要典》類孔子作《春秋》，廠臣誅東林同孔子誅少正卯，廠臣功高萬世，宜爲素王，當建祠國學西，以廠臣配孔子，以廠臣父配爲聖公。實在荒謬，枉了頂上的青巾！那國子監本是太祖洪武爺敕建，可恨這些賊子卻把監內射圃、齋房概行拆毀。殊為可恨！」提起朱筆便要批下。

王承恩道：「萬歲爺，在國子監東建生祠聽說主使者就是這個參劾的朱之俊，不知為什麼卻誣告他人？」

崇禎醒悟道：「前日一早朕讀的一卷熹宗實錄也提到此事，當時國子監的祭酒是林釬，陸萬齡等要立生祠，林釬曾嚴辭以拒，以為孔子聖人，依禮享受帝王朝拜，魏忠賢若與孔聖人並列供奉，他日皇上入學拜聖，君拜於下，臣坐於上，豈有此理。那朱之俊卻並無一言責斥，反將陸萬齡之疏代為奏上，如今卻想委過脫罪了，朕豈容他？」低頭批朱，著錦衣衛將朱之俊、陸萬齡一干人犯押送東廠詔獄，嚴加追比，定讞奏聞。略一停頓，思索片刻，又在陸萬齡下面加上曹代、李映日兩個名字，自語道：「這二人同是案犯，也寬恕不得！」放筆直腰，靠在御座上長長地吸了口氣，不想卻聞到一陣沁脾的柔香，身子忽覺軟軟的，幾乎伏倒在案上。王承恩忙過來攙扶，崇禎道：「朕嗅到一股香氣，下腹便覺灼熱，頭暈欲睡，看看香氣來自何處？」王承恩知道並非銅鶴嘴裡的龍涎香味，不敢怠慢，先取了些冷水，替他拍濕了額頭，崇禎霍然清爽，急道：「不必驚動殿外的錦衣衛，你自去殿角四下搜尋，必要將香氣找到。」

王承恩本想邊嗅邊找，哪知香氣早已瀰漫丹墀四下，難以斷定來源，只得殿角邊、丹墀下、屏風後、御案下到處找了個遍，卻一無所獲，望著崇禎，極是不解。崇禎走到丹墀邊道：「搜老虎洞。」伸手往左邊那座鎦金獅子的嘴裡一按，猛聽丹墀下一陣嘎嘎之聲，一扇小門豁然開啓，王承恩取燭一照，唬得渾身一顫，裡面赫然盤膝端坐著一個小太監，雙手捧著一杜香，紅光點點，香氣撲鼻。那小太監見被發覺，也吃了一驚，丟了香便跑，卻被王承恩一把扭住，拉出來喝問道：「誰教你來的？」

那小太監陡然來到明晃晃的燭光下，過了片刻才發覺身前立著個身穿龍袍的人，跪倒在地叩頭道：「是上公爺教奴婢如此的。」

「這是什麼地方？你不知道匿身乾清宮罪同行刺嗎？」王承恩在他背心處狠狠地一腳。「奴婢知罪了。」小太監哭道。

王承恩作勢還要打，小太監淚水汪汪地看著崇禎，崇禎道：「也罷，朕來問你剛才燃的是什麼香？」

「是媚香。」

「媚香？」

小太監道：「此香乃是先朝嘉靖年間，道士陶文仲所傳，名爲紅鉛法。是取美貌端莊的少女月經初潮，盛在金桶銀壺內，加烏梅水後陰乾，如此反覆七次。再加乳粉、辰砂、南蠻松脂、童子尿粉攪拌均勻，用火慢慢煮乾提煉，既成天鉛神丹，個個滾圓殷紅，光亮異常。不論男女嗅得片刻，便會催動情欲，不可抑制，必要交歡而後解。萬歲爺定力非同小可，眞是天上的紫微星下凡。」

「你這個奸邪小人，剛才還謀害萬歲爺，卻又來曲意媚上，哄騙萬歲爺，我如何卻沒知覺？」

「我等肢體不全的人，並無效用。」小太監一句話說得王承恩面色羞赧，一時無語。

崇禎道：「你既說了實話，朕也不爲難你，只是宮裡你是留不得了，朕不罰你，自會有人罰你，你還是出宮去吧！」

小太監垂淚道：「半夜三更的，別說出宮不易，就是出了皇宮，四處都是錦衣衛緹騎和東廠坐記，奴婢卻要向哪裡逃？」

「朕倒有一計可救你性命。」崇禎微笑道。

「謝萬歲爺開恩。」

「明日晚間你照常來乾清宮。」

「奴婢再也不敢了。」小太監嚇得連連擺手。

「無妨，照樣躲在老虎洞裡焚香，但將媚香暗暗調換便了。下去吧！」崇禎見那小太監感戴萬分地退下，對王承恩道：「傳趙本政。」

王承恩邊走邊喃喃道：「就這麼將他放了，不知那小奴才可靠得住嗎？」崇禎暗笑：如何靠不住？他若向魏忠賢說了，哪裡還回得來！

半盞茶的工夫，王承恩、趙本政一前一後進來，崇禎道：「小政子，速帶幾個可靠的人到乾西二所值房，查查那四個女子身上可有什麼物件，不可傷了她們，也不要爲難她們，令她們知覺。」

不到半個時辰，趙本政回來將數粒紅豆大小的青色丹丸呈上，「這些丹丸都是從那些女子的繡帶、裙角、胸襟、袖口、衣領處搜得，濃香襲人，不知做什麼用處。」崇禎近前一嗅，一股濃郁的香氣直逼丹田，登時兩頰赤熱，雙眼朦朧難睜，便覺心猿意馬起來，忙遠離了，暗自慶幸：此香之濃烈猶勝那點燃的媚香，倘若方才靠近那四個女子，不知會做出怎樣的醜態來。當下問道：「你是如何搜到的？」

「奴婢只說侍候萬歲爺，按宮裡的規矩要沐浴更衣，領她們去了混堂司，將她們脫的衣服上下細摸了一遍，就是褻衣也不曾放過的。」趙本政嬉笑道。

「好，差事當得好，各賞五十兩銀子。自明日起，每日都要如此，不可驚動了她們。」崇禎輕輕吁出一口氣來。

「娘娘，夜深了，早些歇息吧！」楊翠袖看著沒精打采的張嫣，小心地勸道。

「幾更了？」

「快二更了。」

張嫣幽幽地嘆口氣道：「天還早呢！就這麼睡了，何時到得天明！」

翠袖看著她慵慵的神情，不禁寬慰道：「娘娘還是想開些，往後的日子還長著呢！」

張嫣苦笑道：「想有什麼用？他在的時候，不是也見不到幾回嗎？只是說來倒也奇怪，先前平日見不到，也不思想什麼，一下子沒了，這心裡卻空落落的，禁不住要想他。」略略一頓，又嘆氣道：「也不必寬慰我了，你一個姑娘家也不知道什麼男女之事，怎會明白這裡頭的甘苦滋味？哎！還是不知道的好，清心寡欲的，省得夜裡烙餅似的睡不著。」

翠袖道：「娘娘說的哪裡話來？還是娘娘這樣的好，又福氣又尊貴的。」

「我哪裡是有什麼福氣？」

「當得皇后，天下能有幾個？就是自從盤古開天地，三皇五帝到如今，也屈指可數的。」

「這麼不是虛話。如此說來，也算是有福的了。從河南祥符那樣一個小縣來到京城，入主後宮，只怕是祖上積了多少輩子的功德呢！」

翠袖忽地也嘆道：「可嘆這世上的事總沒有萬全的。」

「怎麼說？」

「皇后的尊位人人都想得到，不知卻比不得做小民快活，夜夜摟得情郎眠。」

「自古婦人以不妒爲美，那能只想著專寵椒房？」

翠袖道：「百姓們閨門樂如花美眷，帝王家深宮怨似水流年。娘娘不想專寵也罷，卻不知民間鄉里的好處。」

「怎的不知？」

「民間鄉里哪有花朵一樣的女子守寡呢？」翠袖撩撥道。

張嫣只當她是玩笑，啐道：「你這個奴才，歷朝歷代哪裡有皇后再醮的道理。」

「是沒有再醮的，可也未必都如前人所說寂寞古行宮、宮花寂寞紅，有幾個不是再找些樂子呢！」

「什麼樂子？雙陸、圍棋、書畫、絲竹、蹴鞠、秋千？」

「這哪是什麼樂子？寡女怨婦的，找樂子還能離了男人嗎？男女相悅，只須三言兩語，頃刻間兩情繾綣，古今一般相同。」

「放肆！你這賤婢說話竟這樣口沒遮攔！真是狗嘴吐不出象牙來。再要胡說，小心掌嘴。」張嫣沉下臉來。

翠袖話到嘴邊，收勢不住，接著道：「偌大的宮殿，怪冷清的，孤燈長夜，娘娘若有心，身邊便有如意的，管事太監陳德潤心裡好生記掛娘娘，與其等得一朝春盡紅顏老，還不如及時行樂的好。」

張嫣劈面一掌，將她打得歪倒在地，罵道：「你這沒廉恥的賤婢，竟在我面前撒瘋耍癡，這可是你倆的主意？他給你什麼好處了？」

翠袖伏在地上，惶恐地看著張嫣，想不出她是真的著惱，還是抹不開臉面，一時竟忘了答話。張嫣上前將她頸上的珠串摘了，又捋下她腕上的玉鐲，踹了一腳道：「將陳德潤傳來，我倒要看看你們這對狗男女如何的背主犯上？」

陳德潤進來，見翠袖歪倒在地上，知道東窗事發了，抖著身子跪了，全然沒有了先前的色膽，張嫣喝道：「小德子，我抬舉你做了五品的管事，賞了抹布刀兒，你不知戴德報恩，卻攛掇著小袖子來欺辱我，是誰主使的？」

陳德潤轉動幾下眼睛，不住地掌嘴道：「奴婢看到娘娘貌美寡居，一時情不能禁，便求翠袖代爲轉達，並無什麼人指使。奴婢知錯了。」

張嫣厲聲道：「胡說！就憑你這狗奴才也配有這般通透的玉鐲、這般大顆的珠子？」

「這些是奴才偷的。」陳德潤低頭道。

「偷的？哪裡偷的？」

陳德潤支吾半天，說不清楚。張嫣怒道：「分明是有人背後指使，你這賤奴卻咬牙不說，看來不動大刑是難招了。來人，將陳德潤拖出去！」隨著喊聲，進來兩個當值的太監和十幾個巡夜的錦衣衛，一擁而上，將陳德潤架起往外便走，「請旨打多少？」

「重打四十。」

陳德潤嚇得大叫道：「娘娘開恩，奴婢有話要說。」

第十四回

喻大奸點戲擷芳殿
攀新貴設宴瀟碧軒

魏忠賢道：「只顧閒話了，倒險些忘了給徐爺引見一位故友。」說罷，用手向外點指，徐應元這才發現雙菱花窗下負手背立著一個人，冠服儒巾，面向窗外，不知是凝神眺望遠方，還是欣賞軒外蓓蕾初開微帶絳色的數株秋海棠。

「轉回來。」張嫣看著陳德潤，陳德潤見眾人退了跪下道：「娘娘果眞想責罰奴婢？」

「若不打你，豈會知曉王法森嚴？」

陳德潤聽皇后並非將他處死，心下頓時安穩了許多，嘿然一笑，仰頭道：「奴婢還是勸娘娘做事周全些，若是動刑奴婢並不打緊，不過皮肉受些苦楚，可是萬一有人問奴婢犯了什麼罪過，奴婢未必隱瞞得住，一旦傳揚出去，實在有污娘娘的名節和清譽。」

「你敢要挾我？」

陳德潤反駁道：「並非奴婢強詞要挾，事已至此，權柄還在娘娘，若娘娘一意孤行，定要責罰，無非是教奴婢向合宮上下作個明證，豈是奴婢所能左右的？」

「你是逼我殺你？」

陳德潤並不畏懼，冷笑道：「娘娘要責打奴婢怕是無人敢攔，若是處死奴婢卻也做不得主，還須奏明坤寧宮周娘娘，娘娘不要忘了如今坤寧宮已換了主人。」

「沒有我，她也不能入主坤寧宮，爲了一個下賤的奴才，她豈會翻臉不認人？再說你又非她名下，她何苦護著你？她可不是那賤婦客印月！拖下去，著實打！」又轉頭看著翠袖罵道：「天明了將這背叛主子吃裡爬外餵不熟的賤婢送到浣衣局好生看管。」

不多時，殿門外傳來了計數的呼喝：「一、二、三……八……三十」，伴隨著哭叫不出的淒厲與壓抑之聲，陳德潤的嘴被一條布巾牢牢地堵著，雙手綁縛於頭頂，趴伏在石階下，屁股早已血肉模糊，和衣服沾到了一處。

魏良卿得了欽賜的鐵劵，喜不自勝，本要張燈結綵地大肆慶賀一番，叔叔魏忠賢卻派人專門叮囑不要張揚，魏良卿無奈只得將正堂中央專供御書聖旨的紅木大案重新髹漆一新，上面搭建了供奉鐵劵的小閣，用明黃的緞子遮了，早晚朝拜，文武朝臣樂得不用趨府訣賀，多是偷偷送了禮，只那幾個鐵心的死黨乾兒義子們上門道賀，崔呈秀更是等眾人都湊過熱鬧了，才姍姍趕到，魏良卿親自陪了，先大禮參拜了御書鐵劵，落座看茶，嗓門高大地問道：「老崔，你來得正好，咱有件心事早想問你，可要替咱仔細參謀參謀。」

崔呈秀看著身穿大紅蟒衣的太師寧國公魏良卿笑道：「國公爺怎麼也學會動心思了？」

「不是動心思，只是睡不好覺。本來有了這鐵劵，該歡喜才是，誰知叔叔卻不教張揚，不知叔叔葫蘆裡賣的是什麼藥？」高大威猛的魏良卿直言直語慣了，他本是個種田犁地的村夫，一副直腸子的模樣，又沒讀得幾年書，識不得幾個字，一朝風雲際會，平步青雲，正是意氣洋洋，眼空四海之際，更加不知曲避諱言了。

崔呈秀卻反問道：「爹爹賣什麼藥不打什麼緊，總歸不會教咱們這些晚輩吃了虧的。國公爺睡不好時，倒是該想想皇上葫蘆裡賣的是什麼藥。」

魏良卿用手一拍額頭道：「咱也想過的，只是也不明白。皇上登了龍位，按理說該是賞有功罰有過，蔭封徐應元等信邸舊人也就罷了，我叔叔、體乾、文輔等人當是他心裡暗恨的，那些原先的御前太監王佐、陳秉政、齊本正、張永慶、王永年一干人等並無尺寸之功，卻怎麼也一齊蔭封了，還額外開恩將鐵劵賜予咱與孩子鵬翼，這又誠又哄的，教人心裡總也不舒坦踏實。」

崔呈秀見他言語率直，卻也切中要害，不住點頭道：「國公爺，皇上如此大有深意呀！將信邸的舊人盡易新銜，入內供事，又賞賜先朝的舊臣，如此不分親疏，為的是安大夥兒的心。爹爹如今樹大根深，他不敢輕舉妄動，亂用猛藥，自然不會按照常例一朝天子一朝臣的。他將爹爹等人溫旨慰留，似非如往昔般地重用，怕的是打不到黃鼬反惹一身騷，而意在緩圖，他心裡怕是容不得咱爺們呢！」

魏良卿吃了口茶道：「那你該勸勸叔叔，這樣一味隱忍也不是良策法，若是皇上穩紮穩打，步步為營，早晚會有收網的一天，那時後悔都遲了。」

「如今爹爹小心了，凡事都極謹慎的，想必是不到萬不得已的時候，不會下狠心了。這些天他不是在宮裡伺候當值，就是坐在司禮監衙門與王體乾、李永貞、石元雅、涂文輔幾人說話，像是躲著咱們，必是怕背什麼交結外臣的罪名，我哪裡敢去見爹爹呢！」崔呈秀看著烏木方几上那碗碧綠的茶水，卻不端起來喝，只顧鎖著眉頭嘆氣，「爹爹的膽子怎的變小了？沒有了先前的豪氣。」

魏良卿被他說得心緒難寧，擔憂道：「宮裡傳出的邸報說皇上已准李朝欽、裴有聲、王秉恭、吳光成、譚敬幾人乞休出宮，不知下一個該輪到誰了？」

「爹爹就不該教這些人紛紛上疏求去，反覆試探皇上的心思，如今可好，卻被皇上有機可乘了。這般恩准下去，此消彼長的，怕不是個頭。事已至此，或進或退，舉止要教天下人明白，以免左顧右盼的，自各兒的手下也迷惑不解，亂了陣腳，到時內外交困，怕是要大禍臨頭了。」

退？」

魏良卿聽了，頷下那密密的髫鬚竟微微抖個不住，臉上變色道：「如今該怎麼進怎麼

崔呈秀習慣地看看四下，見並無一人，放心道：「若說進嘛，就是如此。」他伸出手掌，五指成刀，向下一砍，「若說退倒有兩條路可走，一是專心守成，不致禍起蕭牆即可；二是求旨歸家。」

魏良卿默然，手裡不住擺弄茶碗蓋子，突然一股濃香襲來，不由食指大動，流涎道：「好生奇怪，這香氣竟像周家燉好的豬蹄？」話音剛落，就聽窗外一人哈哈大笑，急步出來，卻不見人，只見窗下的菊花被人搬到地下，花架上卻放著一掛竹絲編織剔紅食盒，待要喝問，西窗葡萄架下有人問道：「這豬蹄可還香爛？」一口蘇南腔的官話，聽出來人正是吏部尚書周應秋，歡喜道：「好久沒吃到你家的豬蹄了，可教咱饞煞了。」

周應秋忙道：「國公爺府上什麼樣的山珍海味沒有？卻單單喜好這沒甚名目難登大雅之堂的豬蹄子。聞說國公爺得了皇上御賜的鐵券，這富貴哪裡會有頭的？小的想了幾日送什麼賀儀，一時拿不定主意，還怕幾隻豬蹄子嫌禮物輕了，拿不出手呢！本想偷偷放下便走，見國公爺如此喜歡，就厚著臉皮當面道聲賀。」言語中含有不盡感激之情。

「今個兒的豬蹄似是分外香爛。快進屋來，崔二哥也在這裡，正好飲酒。」周應秋聽說崔呈秀在此，忙進來拜了，三人落座，擺酒上來，周應秋坐了下首，訕笑道：「不瞞二位說，這豬蹄可是精心做的，可非比往日。」

「卻有什麼出奇處？」崔呈秀見魏良卿急急挽了袖子，抓起一隻大嚼猛啃，全然沒了國公

的模樣，暗想：區區一隻豬蹄，在圈裡踏泥涉水的，原是十分的骯髒，有什麼好？

周應秋道：「這老大人就有所不知了。小弟所燉的豬蹄，都是在家裡用潔淨的木籠飼養的牲畜，餵以豆漿、瓜果、細糧，家奴每日將它放出，在後院轟趕牠奔跑數里，因此牠的四肢筋骨強健粗壯。等用時則將腳綁牢了，並不宰殺，先在滾水裡褪淨四蹄上的鬃毛，生生砍下來，此豬尚哀哀而嚎。如此則四蹄血氣充足，皮肉鮮嫩，色澤嫣紅，大異同類。」饒是崔呈秀見多識廣，也不禁心頭暗叫何忍，大覺驚怪。當下笑道：「你這煨蹄總憲的令名果不虛傳，竟有如此講究。」

周應秋正色道：「都是那些小人胡亂說道，實則是心懷嫉妒。國公爺如此尊貴的身分，看得上小弟的幾隻豬蹄，小弟爲國公爺盡點孝心，卻教人眼紅心熱了，怕是他們自各兒想巴結，卻沒那份兒手藝呢！」崔呈秀見他如此解說，再也笑不出來，正待好言撫慰，卻聽一陣急急的腳步聲在門邊停住，有人稟道：「宮裡來人了。」

魏良卿騰地站起身來，與崔呈秀對視了一眼叫道：「快請！」屋門一開，管家郭均陪著一個太監跨進門來。新帝登極不久，魏良卿就將柳泉居酒樓關了，那酒樓掌櫃郭均就回府當了管家。那太監見了魏良卿，忙上前拜見，魏良卿認出此人便是中書房掌房劉若愚，問道：「什麼事，竟將你這中書房掌房派出宮來？」

劉若愚對崔呈秀、周應秋也施過禮，回道：「九千歲吩咐小的來請府上的戲班子。」

「要戲班子做什麼？又有什麼喜事需慶賀？」魏良卿不禁心頭暗喜。

劉若愚道：「過兩日是皇后周娘娘的千秋節，萬歲爺有旨慶賀，皇妃田娘娘特地點了幾齣戲給周娘娘祝壽。」

魏良卿滿腔的熱望頓時化作冰雪，不悅道：「那命教坊司去辦不就完了，何必捨近求遠地跑到這裡來找？」

「田娘娘看了教坊司的那些樂師和伶人，極不滿意，聽說國公爺府上蓄養了一個班子，極一時之選，天下無雙，便口諭了九千歲，九千歲應承下來，又知道小的略懂些曲子，命小的前來撿選。」

「都點了哪些曲子？」一旁的崔呈秀見魏良卿怏怏不快，話題一轉，詢問道。

劉若愚道：「咱是多備下幾齣，點哪個全憑娘娘們的口味，哪有咱胡亂指點的份兒。」

崔呈秀又問道：「都是什麼人陪看？」

「這是宮裡的內宴，閣老們怕也去不得呢！」

魏良卿道：「咱的戲班子宮裡既都聽說了，也是咱的榮耀，你下去選吧！回頭咱教裁縫們連夜做些新鮮的衣服，討娘娘們個歡心。」

崔呈秀見劉若愚隨郭均出門去了，笑道：「若是搭上娘娘們這條紅線，國公爺倒是可以安穩地睡睡了。只是恰逢千秋節，宮裡怕是極忙的，爹爹的心思更不會多想什麼進退的事了，要見面勸他也不必了。相機行事也許比咱們執著於進退要好，畢竟咱們不在皇上身邊，宮裡好多事情難以知曉，也體味不出。」

文華殿東北的擷芳殿裡，搭起了上下全新的台榭，台榭對面擺好了幾排桌椅，正中設了紫檀木束腰帶托泥寶座，左右都是紫檀圓靠背扶手椅，旁邊的矮腳方桌上擺好了各色的時鮮乾果，鴨梨、蘋果、密桃、山裡紅、棗子、核桃、栗子……御座前竟放了幾盆開得正盛茉莉、牡丹，崇禎走進殿裡，就嗅到一股沁人的花香，笑道：「布置得好。」

旁邊的王體乾忙回道：「萬歲爺，這茉莉是田妃娘娘吩咐的，奴婢們哪裡想得到？這牡丹是魏上公教到右安門外的草橋置辦的，宮裡花房的牡丹剛剛打骨朵。」

「太妃和皇嫂還沒有來？」

「劉太妃說身子倦了，午時要多睡一會兒，先皇后張娘娘說午間的宴席酒多了些，頭暈暈的不好來看戲。」王體乾回道。那劉太妃本是神宗皇帝的妃子，自光宗朝起就住在慈寧宮，掌皇太后印。

崇禎看看身邊的趙本政、王承恩一干人點頭道：「宣魏忠賢、高時明、徐應元三人一起來陪朕看戲。」說話間，周皇后、田妃、袁妃在一群宮女的簇擁下走進殿來，周皇后頭上是龍鳳珠翠冠，上飾一條金龍，兩隻翠鳳，口銜珠滴。左右插兩隻金簪和一對珊瑚鳳冠嘴。前後有珠子結成的牡丹、花蕊、翠葉，左右珠翠穰花鬢，珠光寶氣，熠熠生輝。身披黃色大衫，深青色霞帖和襖子，紅線羅繫帶。田、袁二妃都是頭戴鸞鳳冠，田妃是花釵鳳冠，袁妃則是假鬢花鈿，一色眞紅大袖衣、霞帖、紅羅裙、褙子，金線織成霞鳳紋。一齊過來，在崇禎身邊坐了。崇禎笑吟吟地問田妃道：「這檀板琵琶的，你可是行家，今個兒給壽星婆備下的都是些什麼曲子？說來朕聽聽。」

「皇上又取笑妾妃了，你如何不是行家，古今的帝王哪個做得出訪道五曲？」田妃眼波流動，啓唇微笑道：「這次妾妃親爲皇后娘娘組了個戲班子，精選了南北二派的昆曲名角，準備了十幾齣曲牌，知道皇上忙，奏章就夠多了，也不敢恭呈御覽污了聖目。」

「都有哪些班底？」

田妃道：「有張岱、阮大鋮、尤桐家班，京師的聚和、三也、可娛戲班，南京的興化班，蘇州的寒香、凝碧兩班，都是昆亂不擋的主兒。」

崇禎喜道：「你這一說，朕倒要看看曲目了。」田妃身後的承乾宮管事太監小聲道：「皇妃娘娘，教坊司司樂在旁邊候著呢，可宣他們將曲目呈上，以供御覽？」

「好，教他們一併呈上來，皇后娘娘也要寓目的。」

周皇后道：「勞妹妹費心了。」

「教皇后娘娘稱一聲妹妹，小妃心裡頭歡喜得緊，就是將心嘔出來也是願意的。」

崇禎點指道：「你這巧嘴，死人也要哄活了。」

袁妃嗔道：「皇上，今個兒是娘娘千歲的好日子，什麼死呀活的，可不許亂說的。」

崇禎臉上一窘，周皇后遮掩道：「沒什麼打緊的！皇上在此，百無禁忌的，哪裡會說死便死呢！就是閻羅王親下閻羅殿來追命也要看皇上金面的。」

此時，日影西斜，將近申時，魏忠賢、高時明、徐應元也已趕到，在下首坐了，崇禎將大紅灑金紙箋前後翻看了，見上面列著：《琵琶記》、《拜月亭》、《浣紗記》、《玉簪記》、《香囊記》、《南柯記》、《浣紗記》、《玉簪記》、《香囊記》、《南柯記》、《繡襦記》、《單刀會》、《焚香記》、《寶劍記》、《鳴鳳記》、《牡丹亭》十六種，專請了名手繕寫，一手王體小楷，大有《黃庭經》的筆意。崇禎暗讚籌劃得仔細，對一旁侍立的教坊司司樂道：「開戲吧！朕先點一齣《琵琶記》，當年太祖洪武爺十分席愛此劇，也敬重高則誠，屢次召他進京。」神色之間，似是不勝嚮往，對太祖皇帝也萬分欽服。

司樂請旨道：「皇上要聽哪一節？」

「杏園春宴。」

司樂向臺上招手，臺上的領班慌忙下來，俯首貼耳地聽了吩咐，又三步併作兩步地小跑上臺。一聲檀板，低垂的大紅帷幕左右拉起，出來一個模樣清秀的小生咿呀地唱道：「珠簾高捲，繡幕低垂。珊瑚席逼邐得精神，玳瑁筵安排得奇巧。金爐內慢騰騰燒瑞瑙，玉瓶中嬌滴滴插奇花。四圍環繞畫屛山，滿座重鋪錦褥子。金盤犀箸光錯落，掩映龍鳳珍饈；銀海瓊舟影蕩搖，翻動葡萄玉液。灑掃得乾乾淨淨，並無半點塵埃；鋪陳得整整齊齊，另是一般氣象。正是：移將金谷繁華景，妝點瓊林錦繡仙。」

眾人齊喝了采，周皇后點了《玉簪記》，田妃、袁妃也依次點了《牡丹亭．驚夢》、《西廂記．月夜聽琴》。那扮作杜麗娘的伶人邁步出來，身子乏倦，星眼矇矓，渾身上下惹人憐愛，一句「不到園林，怎知春色如許！」登時獲了個滿堂彩，一等洞簫吹起，玉笛相和，便唱了段《皂羅袍》，「原來姹紫嫣紅開遍，似這般都付與斷井頹垣。良辰美景奈何天，賞心樂事誰家院！朝飛暮捲，雲霞翠軒；雨絲風片，煙波畫船！錦屛人忒看的這韶光賤！遍青山啼紅了杜鵑，荼蘼外煙絲醉軟。牡丹雖好，他春歸怎占的先？閒凝眄，生生燕語明如剪，嚦嚦鶯歌溜的圓。」崇禎合了節拍輕吟暗和，等伶人唱畢，他似意猶未盡，又拿起大紅戲箋道：

「上面怎的沒有《金牌記》，朕想看那『瘋魔和尚罵秦檜』一齣，可有會唱的？」

魏忠賢聽了，忙起身出來淨手，在殿門外徘徊不前，王承恩笑著稟了崇禎，崇禎道：「將他的座位前移到袁妃的下首，宣他來聽，娘娘的千秋節召來看戲，本是榮耀之事，若離席少陪豈非失了臣下的禮數！」魏忠賢不得已進來前坐了，恰好臺上出來個穿件破爛溜丟一口鐘的邋遢和尚，手拿缽盂，項下掛著一串粗大的黑色念珠，對著烏紗緋袍的秦檜戟指大罵，秦檜的妻子王氏在一旁嚇得戰戰兢兢，欲上去勸說卻又止步不前。魏忠賢硬著頭皮聽那些道白和唱詞，卻聽不出什麼意思來，只見那人雙唇翕合動個不住，更覺興味索然，不由出神起來，彷彿那和尚罵的是自己一般，老臉窘得通紅，渾身不自在起來。崇禎掃一眼魏忠賢，見他臉上紅白不定，便道：「你道那和尚爲何折辱朝廷大臣？」

「敢是嫌他了。」魏忠賢一驚，想不到崇禎會突然發問。

崇禎道：「不止是嫌呢！是恨他不該連發十二道金牌將岳飛召回，召回也就罷了，卻不該莫須有地殺他，但殺了功臣皇帝竟不怪罪，也是千古之奇了。世上人人都道岳飛不願議和而死於議和，只是皮相之論。其實所謂議和不過秦檜託辭而已，若是一心議和，有岳飛在反而大有益處，自然不必再委屈結什麼前朝的檀淵之盟了。秦檜並非不懂其中利害，只是他一味以媚上爲能，體會得宋高宗不願直搗黃龍，迎請二聖還朝，捨不得皇帝的寶座，因此說個議和的名目。想那岳飛節節取勝，大敗金兵，高宗焉能不急？連發十二道金牌就可想見了。」他見魏忠賢垂首聽著，吃口茶又道：「幾百年來，人人都以爲岳飛不該殺，人人都責罵秦檜誤國、高宗昏庸，並非至論。其實最可恨的乃是高宗，他做皇帝的先不孝了，貪戀著皇位，竟將父兄都忘了，自各兒豬狗不如的，怎麼容得下精忠報國的臣子？沒有高宗哪裡會有什麼秦檜？哪裡會有冤沉風波亭？大凡世間，有什麼樣的父母便有什麼樣的兒女，有什麼樣的主子便有什麼樣的奴才，有什麼樣的皇帝便有什麼樣的臣子。你以爲朕說的可對？」

魏忠賢見崇禎兩眼直視著自己，忙回道：「萬歲爺眞是高論，發前人所未發，撥雲見日，令奴婢豁然開朗。古今所謂的利弊功過是因人而異的，在友看來是利，在敵看來是弊，若從兩邊看來，但凡興一利，必生一弊，若強分是非反而過於偏執，一個巴掌拍不響，善惡並非截然分明的。」

崇禎搖頭道：「並不盡然。孰是孰非先該分出個輕重來，以此判別是非功過，是非大小要之在於權衡，權衡得好即謂之能臣。秦檜世人謂之奸賊，高宗則或謂之能臣；若魏伴伴聖意仰體得好，先帝也是讚譽有加恩寵甚隆，道理是一般的。」魏忠賢聽他將自己與秦檜並稱，不知是罵是讚，身上不住出汗，嘴裡支吾難應。

「哎呀！」周皇后忽地捧著肚子叫了一聲，眾人看時，見她額上湧出汗來，崇禎忙命罷了戲，宣太醫火速進宮診治。

魏忠賢悶悶不樂地回了乾清宮外的值房，擦擦額上的冷汗，感到周身汗涔涔地冰涼，忙端了熱茶吃，才吃上幾口，李永貞閃身進來，魏忠賢只顧埋頭吃茶，並不理會他。李永貞小心問道：「敢問九千歲可是病了，臉色竟這樣蒼白？」

魏忠賢鎖著眉頭嘆氣道：「咱家是心病，臉色倒在其次。」

「心裡可是還在惱那個瘋魔和尚？」

魏忠賢不語。李永貞道：「自從奉聖夫人出了宮，小的按您老人家的籌劃，暗教陳德潤討好張皇后，也好填個後宮的耳目，不想那小德子託小宮女楊翠袖代爲說合，卻被重責了四十杖。小的命他尋個沒人的空子，霸王硬上弓，先弄上了手，不怕她不從，誰知小德子卻教張嫣嚇破了膽，再不敢了，實在可恨！」

魏忠賢道：「咱家道張嫣失了勢，又青春年少的，哪裡打熬得住？哪想她竟還是那樣硬氣！這條路是不必再想了，以免無福反取禍。」

李永貞道：「如今那些閣臣怕是不能指望了，其他大臣也多左右觀望，您老人家萬不可灰了心，想個計策若能多少有個挽回便好些。」

「如今乞休的乞休，革職的革職，咱家身邊沒幾個人了，體乾專心伺候崇禎，五虎、五彪也不好隨意見面，沒有幾個可以議事的人，教咱家哪裡去尋這許多的主意？」魏忠賢臉上愈顯悲苦。

李永貞道：「小的倒是有個主意，不知您老人家可願降貴屈尊？」

魏忠賢慨然道：「有利於大事豈會顧惜什麼面子這般的小節！快講便了。」

「當今萬歲爺身邊的紅人是哪個？」

「朝廷上下都知道是徐應元，要不他怎麼一步登天，協理司禮監呢！」

「小的想教您老人家結好他。」

李永貞見魏忠賢連連搖頭，便要發問，卻聽他憂慮道：「要說咱家與他是多年的舊友，當年一起吃喝嫖賭，也有幾分交情，只是前些日子咱家將他打得好苦，此事怕是難成的。」

李永貞道：「那徐應元既是有這般喜好，自然好辦了。想他剛剛得勢，身邊也沒有多少銀子可使的，您老人家只要捨得花銀子，不怕他將唾沫啐到臉上，小的不信辦不得此事！再說小的找好了一個說合的中間人。」

「是誰？」

「到時您老人家就知道了，想必會喜出望外的。」

「世上果然有這般有用的人？」魏忠賢依然心存疑慮。

李永貞似有十分把握地說：「小的自作主張，已將他安置在了釣魚臺內。」

將近午時，一輛烏篷騾車停在釣魚臺前。候在府門的掌家王朝用忙跑向車前，親將車簾掀起，賠笑道：「徐爺來了，上公爺在瀟碧軒恭候大駕呢！」自從在宮裡看戲回來，魏忠賢嚴令不許再直呼九千歲。

司禮監秉筆太監徐應元大喇喇地下了車，擺著臂走，見那門樓高大，略吃一驚，待進得院門，饒是看慣了皇宮的富麗，也禁不住地暗自喝采，好個所在！不想天子腳下還有如此的氣派，院落重重，堂奧深遠。垂花門下早有兩個壯漢守著藤編的涼椅候著，王朝用忙將徐應元讓到涼椅上，兩個壯漢抬起健步如飛地向裡走，穿過無數的迴廊重門，七折八繞，來到一座三面臨水的高閣前，走過臥虹般的白色石橋，停在石板砌成的月臺上。不及下來，王朝用就喊道：「徐爺駕到了！」霎時軒門大開，從裡面迎出幾個人來，徐應元一看，見是李永貞、涂文輔、石元雅、梁棟、王國泰、王朝輔。眾人寒暄幾句，一齊簇擁了魏忠賢、徐應元進了瀟碧軒。大廳正中早已擺好了酒宴，魏忠賢並不急於入座，對徐應元說：「徐爺，今日擺個家宴，找了幾個平時相熟的伴當敘個舊。多年不在一處猜枚行令了，當年徐爺的酒量可是驚人呢！」

「咱這許多年隨在信王爺左右，衣食簡陋，哪裡有那許多的閒銀子吃酒，只怕酒蟲已渴死了多時。」

魏忠賢笑道：「那便好說了。咱家今兒個備下了幾罈上好的御酒，都是往年先帝爺賜的，一直捨不得喝，睹物思人的，看到酒罈上的黃絹，就想起君恩浩蕩。今個兒難得大夥兒這樣齊全，可是喝酒的好日子，權且開了封給徐爺養養酒蟲如何？」

徐應元假意推辭道：「既是御賜的東西，咱怎好分沾？」

石元雅調笑道：「徐爺若再推辭，就是不教小的們沾些雨露，沐些聖恩了。」

魏忠賢道：「只顧閒話了，倒險些忘了給徐爺引見一位故友。」說罷，用手向外點指，徐應元這才發現雙菱花窗下負手背立著一個人，冠服儒巾，面向窗外，不知是凝神眺望遠方，還是欣賞軒外蓓蕾初開微帶絳色的數株秋海棠。

「故舊？咱粗識幾個斗大的字，哪裡會高攀得上如此風雅的人兒呢？」徐應元大惑不解，連打幾聲哈哈。

魏忠賢大笑起來，叫道：「進教！快轉過身來，不要教徐爺累花了雙眼，想疼了腦袋。」

那人徐徐轉過身來，面帶微笑，徐應元看了一怔，隨即搶上一步，一掌拍在他的肩頭，笑罵道：「老趙，多年不見，你卻跑到這裡裝神弄鬼來了！」

趙進教似是不勝感慨，嘆道：「咱奉命伺候福王，隨千歲赴洛陽藩地，離京已十四年了，垂垂老矣！回到京師，各處的模樣大變了，物是人非呀！」話語中頗含幾分滄桑。原來魏忠賢派人連夜赴洛陽迎接福王朱常洵的孫子入京登極，福王闔府上下一片歡騰，眞覺喜從天降。福王知道跟隨自己多年的老太監趙進教與魏忠賢是故交，即刻命他隨小福王暗裡火速來京，不料尚未到得京城，便聽說了信王早已繼了皇帝位，把個趙進教鬧得進退兩難。若回去，朝廷怕是已然知曉。若不回去，登極之夢也已破滅，外藩親王無旨赴京已是違制。不得已一面飛馬報上福王，一面在路上緩慢行路。福王猝然遇此大變，忙密召近臣商議，修表奏請赴京朝賀新君登極，又派長子朱由崧北上，將孫子換回，這樣一折騰，到了京師已是九月底了。趙進教伺候朱由崧朝賀崇禎皇帝，便到乾清宮的值房拜會魏忠賢，值房裡恰好李永貞當值，李永貞忙叮囑他不可在宮裡露了行蹤，出宮後換了裝束悄悄領他到釣魚臺候見。

魏忠賢笑著教眾人落座，徐應元、趙進教推讓一番，到底徐應元坐了首席，趙進教坐了次席，李永貞、涂文輔、石元雅、梁棟、王國泰、王朝輔幾人在下首陪了，眾人團團坐定，即刻開席。說不盡的山珍海味走獸飛禽，豐盛異常。正要舉箸，李永貞笑道：「且慢些用，先將那個看盤上來如何？」

「酒宴上竟還有什麼只看不吃的菜？」眾人正自驚異，就見兩個小太監抬著一個三尺見方的青花平底大瓷盤進來，上面用紅紗遮掩著，不知放的是什麼，凹凹凸凸的如一架盆景，早有一個太監將花梨木的盤架子在桌上放了，將那大盤小心地放好退下。李永貞含著笑伸手將紅紗慢慢掀起，盤子裡赫然是一個出浴的美女，身上一絲未掛，兩股略交，一手放於腹部，一手揚起掠著雲鬢，趙進教不禁有些呆了，伸手在那美人的前胸摸了一把，只覺觸手微涼，似非人的肌膚，正要詢問，李永貞道：「趙爺想必是走眼了。這是用保定府進貢的水蘿蔔雕拼而成的，府裡的廚子忙了大半天呢！」

眾人細看，這才覺察出這個雪白的水蘿蔔雕出的美人小於真人，只是構思太過新奇，出人意表，兼以刀工妙到了毫髮，纖微畢現，那美人雙目含睇，顧盼之間，神采飛揚，栩栩如生。徐應元笑嘻嘻地上前一摸，觸手微涼，再看她的眉眼、雙唇、乳峰都是用上好的各色珠玉鑲嵌而成，與真人無二，徐應元呆呆地怔了片刻，趙進教轉到那美人的背後，摸摸那雪白的脖頸嘆道：「可惜是只能看得卻入不得口了。」

魏忠賢瞇眼笑道：「進教還要嘗嘗味道如何？」

「嘗不得了，有心無力，咱們這身子不中用多少年了！好在眼神還行，畢竟能看上一看，飽飽眼福。可惜卻是假的，少了些景致。」趙進教苦笑道，神情極是無奈。

徐應元道：「虎老雄心在，你還沒死心呀！」這句話似是觸到了趙進教傷心之處，他不禁快快說道：「什麼死心不死心的，你們在皇宮早晚都能有個伴，抱在一處，閒話一會兒，可苦了咱弟兄，洛陽王府法度森嚴，福王爺上百個妃子，卻容不得咱弟兄尋個宮女作伴兒，哪裡似你們這般快活？」

「有什麼快活？一個去了勢的廢人，不過動個念頭，手眼有時解個饞罷了。」徐應元剛到皇宮，尚未找個合意對食的伴兒，聽了便有些同病相憐。李永貞淺笑一聲，起身拍了三下手，門外響起裙裾悉嗦之聲，九個宮裝的女子一字長蛇式地從外面搖擺著進來，手裡各托一個紅漆木盤，上面覆著香帕，一般的身材、髮髻、服飾，在九人背後站定，脆脆地齊聲說道：「奴婢給老爺道喜了。」說著一起捏起香帕，屈下雙膝在各人身邊穩穩跪了，一雙白生生的手兒將木盤高舉過頂，眾人低頭一看，木盤內似是放著個拇指粗細的小蘿蔔，一邊各擺一個如剝皮鴨蛋大小的卵丸，正覺愕然，魏忠賢含笑道：「這是永貞想出的妙招兒，也算用心良苦了。中間的小蘿蔔可是好東西，是咱家命薊遼總督閻鳴泰送來的長白山野參，這樣大小的沒有五百年的光景卻難長成的，這兩顆卵你們想必都知曉的，乃是新鮮的龍卵，都是白牡馬身外的那顆，最爲美味有效。爲取這十八顆龍卵，永貞專程到喜峰口守軍那裡挑的馬匹，一早就用高湯浸著，參槍龍卵擺在一處，取個樣式，聊以自慰，大夥兒也正好補補！」說罷夾起一顆龍卵便咬，眾人也紛紛隨著吃起來。

李永貞道：「徐爺、趙爺兩位能來，上公爺分外欣喜，命小的們千萬要小心招呼。小的們想兩位爺什麼沒見過沒吃過？山珍海味自是不必說，如此小的們還怕入不得兩位爺的眼呢！」

趙進教左手一摸身邊那擎盤的女子，淫笑道：「入不得咱的眼倒是不大什麼緊的，只是要入得她的眼就好。」

徐應元接道：「老趙若眞捨得將這幾百年的老山參入了她的眼，可算不改以往的豪氣！當年幾百兩銀子輕輕一擲就打了水漂，大方得緊呢！」

魏忠賢笑道：「說起當年擲骰子，進教眞是英雄本色，寧肯將衣服脫光了，也要玩得盡興才止。」李永貞等人隨聲喝采叫好。趙進教洋洋得意，面皮有了幾分紅潤，搖手道：「不須提起了，教他們這幾個晚輩聽來，豈不是要光棍了。」

李永貞道：「趙爺的風骨如今小的們聽了，也是如在眼前的。身後這幾個女子是上公爺贈與各位的，看也看了，這看盤該撤下好教各位吃菜。」那擎盤的女子手臂早已酸痛，兀自咬牙支撐，聽了此話，如蒙大赦一般，忙將手中的木盤小心放在桌上，依次退下。那兩個小太監也將大盤並盤架撤了，換上一盆熱氣騰騰的狗肉來。涂文輔起身道：「這是小的親手煮的黑狗肉，徐爺、趙爺想是沒嘗過的，看看可香爛？」

魏忠賢讚道：「文輔煮的狗肉可是天下獨步，偌大的京城多少家館子，沒有如此美味的。」眾人不顧熱氣蒸騰，將盆中帶骨連皮的狗肉搶在手裡大嚼，片刻間僅剩下了一些湯水。魏忠賢吃得滿臉流汗，取了手巾將手略擦了，舉杯道：「今日難得與徐爺、進教又湊到了一處，這些年間咱都爲國事奔忙，難得一聚，權且吃了這杯。」

眾人來往相勸，也都乾了。魏忠賢教換了大杯，滿滿斟了，對徐應元說：「咱家老邁了，做不得事、管不得事了，不久就將司禮監印、廠印讓與徐爺。徐爺是當今第一寵臣，若是萬歲爺問起咱時，爺可回說咱這幾年來赤心報國，一意服侍皇上，費了許多心力。若是有人在萬歲爺面前道及咱的不是處，還求徐爺遮蓋。」

徐應元舉杯與魏忠賢輕輕碰了，一飲而盡，卻不吃菜，乾聲笑道：「咱不過是萬歲爺的舊臣，皇上念咱平日裡殷勤，略略看這麼一眼，其實還是個沒名目的官兒，一個鑾內相，還是赤條條的一個光棍兒，無牽無掛的，論什麼也不及九千歲萬一，全仗九千歲抬舉，全仗九千歲指點，怎敢有什麼欺心？倒是萬歲爺知道咱來了九千歲的府第，怕是要問個結交權臣的罪呢！」

魏忠賢忙道：「徐爺，九千歲三個字萬請再勿出口，那都是些無知的小民胡亂奉承的，徐爺如何也去信它？萬萬不可如此稱呼了，天子腳下，死罪死罪。」

趙進教卻道：「老徐，你這話咱卻不愛聽，本來兄弟一場，誰沒個馬高鐙短的時候？如何便這樣推諉起來？失了兄弟情意，教孩子們看了也覺心寒齒冷的。」

徐應元沉吟道：「老趙，你離京日子久了，好多事情都不知曉，不必拿什麼兄弟情意堵咱的嘴！人家富貴時可曾記得咱什麼兄弟不兄弟？」

魏忠賢不尷不尬地賠笑道：「徐爺的話咱家心裡明白，就是咱家受了冷落，也覺不平的。徐爺能來，已是寬宏大量了，咱家哪裡敢有什麼奢望？」

石元雅遮掩道：「徐爺來了，自然不會放不下那些過節，老友敘舊，傾倒出來總比藏掖著心裡暗自發狠的好。徐爺，小的說的可對？」徐應元見他將高帽從容給自己戴上，不怒反笑道：「相逢一笑泯恩仇，咱身上本沒有幾兩肉，肩膀又窄薄，如何戴得住這樣的高帽？大丈夫是非分明，快意恩仇，也該有的。」

魏忠賢看看趙進教，趙進教隱約聽出一些門道，卻又不知其中的曲折，怕出語傷人將事情弄僵了，假意沒有看到，埋頭只顧吃喝。魏忠賢哈哈一笑，從懷裡取出一沓銀票，擺到徐應元面前道：「徐爺，咱家明白將你得罪了，那時咱家發怒使狠，只爲情急，信王不見了，教誰不心急？再說關係朝廷，並非咱們兄弟的私事，不可相互退讓，咱家也是情非得已。只是咱家得罪了徐爺，也是認賬的。這是五萬兩銀子，京城各家銀號都可支取。」又從袖中摸出一紙道：「這是咱家在席市街上的一所宅子，雖說沒有此處豁亮寬敞，五進的院落，卻也住得開幾個人，一併送與徐爺，權且稍作補償。如今咱們共事一主，再難有以前的爭鬥了。日久見人心，還請徐爺笑納。」

徐應元雙手抱了這些紙片，欲推又接，眉開眼笑道：「就是路人，見了同類水深火熱的也要伸伸手搭一把的。你我兄弟怎的也有三十幾年的相知了，有事自管說話，若要如此，豈不見外了？」饒是眾人在官場混得久了，見過無數的排場，也暗驚魏忠賢出手豪闊，一擲萬金已屬驚世駭俗，那座雕樑畫棟的宅子單是建造起來怕是幾個五萬兩銀子也不夠的，不用說裡面的奇珍異寶無數了。趙進教眼熱異常，將酒杯在桌上一頓，默然無語，魏忠賢笑道：「進教，咱家也想給你找個安身的所在，只是你遠在洛陽，等尋個方便，教徐爺替你奏請萬歲爺，奉旨回京養老，那時在置辦不遲。這是五十兩金子，你先拿著回洛陽使用，多了攜帶不便當。你再問一聲徐爺，咱們求的事可好辦？」

趙進教不及說話，徐應元忙將銀票、房契貼身藏好了，連聲道：「好辦！好辦！包在咱身上便了。」

李永貞等人齊聲奉承道：「憑徐爺如今的身分，這都是芝麻般的小事了。」眾人猜拳行令，歡飲幾巡，魏忠賢停杯道：「趁時辰尚早，咱家還有一些薄禮煩請徐爺笑納，想必徐爺喜歡。永貞，快將門外的禮物獻上來！」眾人停杯放箸，隱隱聞到一股幽香自門外飄來，各自好奇地向外張望。

第十五回

讓爵位權臣求退路
刺仇敵青衿藏鐵椎

那馬上的大漢如風般地來到切近，將手中皮鞭一抖，靈蛇般地向魏忠賢擊來，眾錦衣衛忙用刀來隔，不料卻隔了個空，那大漢聲東擊西，將皮鞭往懷中一撤，順勢將那書生裹起，左手一接一托，將書生輕輕巧巧地放到馬背上，雙腿一夾，那馬箭一般地躍出，眨眼之間，已跑出數十丈以外。

門外施施然走進來兩個絕色的女子，近前盈盈地拜了，音如鶯啼，神態嬌媚，眾人看得一時呆了。魏忠賢道：「起來，快見過徐爺。」徐應元將二人上下看了一番，見前面一個身形略覺豐滿，年紀似有三十歲上下，手持輕羅小扇，頭挽時新髮鬏髻，罩著金絲，拴一根犀碧簪，耳鬢墜一朵深濃的紫色鮮菊，並無什麼珠玉頭面首飾，清爽素雅，上著紫綃交領短衣，下穿白藕絲六幅湘江水的拖裙，裙邊用絲線繡著一枝兩葉拱捧的淡紫菊花，裙底一雙大腳若隱若現，透出不盡的風流，待看了臉上，不由吃驚道：「多年不見了，竟還似往日般的模樣！」

「老爺說笑了，奴家已是半老徐娘，哪裡還比得什麼從前？」那女子神情略顯羞赧。魏忠賢笑道：「五娘，這都多少年了，徐爺還惦記著你，今個兒可算是一嘗夙願了。」那女子乃是南京的名妓薛五，字潤娘，色藝雙絕，又能馳馬挾彈，百不失一，自稱女俠。數年前移居京師，名動一時。五娘抬眼掃視，目光游移不定。徐應元嘆道：「轉眼十幾年了，那時咱還貧賤，身邊沒幾兩銀子，入不得美人的眼！」他目光黯然，憶起以往舊事，似是不勝惋惜，唏噓道：「五娘，後來咱攢足了五百兩銀子，再去勾欄胡同，聽說你從了良，隨人去了揚州。這可是你女兒嗎？」

眾人早看到五娘身後那個美貌的女子，見她頭上挽了個桃心髻，飛金巧貼，斜插了一根燒金點翠軟翅蝴蝶銀耳挖，那蝴蝶翅上有兩根顫巍巍的銀絲，扣著兩顆珍珠，一走一抖，耳帶燒金翠環。上身淺綠襖兒，下身牙白裙兒，圍一件桃紅腰裙，緊緊地繫著一條翠綠的宮條，手裡捏著一方銀紅綾銷江牙海水嵌八寶兒帕子，模樣嬌媚，極是清麗可人。五娘道：

「奴家哪裡會有這樣的福氣，修下這般伶俐俊俏的女兒？這是從南京來的顧眉姑娘，她剛剛出道，便憑一抹似顰似笑天下無雙的秀眉，在秦淮河上艷幟高張，不知多少王孫公子大把地攥著銀子想攀上她的花船呢！」她嘆口氣，含著幾分幽怨道：「哪裡有什麼可意的人家從良呢！奴家這些年來一直在勾欄胡同，當年媽媽怕徐老爺吵鬧不已，就假說奴家從了良，好教老爺死了心。」

徐應元從她手中取過輕羅小扇，見上面繪著墨色的一葉蘭圖，一抹斜葉，托著一朵蘭花，旁邊用娟秀的小楷端正地題幾行詩句，識不得幾個，便遞與李永貞，李永貞吟道：

一葉幽蘭一箭花，孤單誰惜在天涯？
自從寫入銀箋裡，不怕風寒雨又斜。

「好個不怕風寒雨又斜！」趙進教喝采道：「老徐，當年咱們老哥三個偷著出宮，到勾欄胡同去找薛潤娘，哪裡能夠見得到？遠遠地見了，老徐喊一聲：好大的腳！便被罵得逃了。如今潤娘上得門來，也好了卻老徐半生的相思債。」說罷，拊掌大笑。

魏忠賢道：「那咱家就不打攪徐爺了，快送徐爺回席市街的宅子，教他們好好敘敘舊。」又嬉笑道：「進教，你也不要吃醋了，就教顧眉姑娘伺候你幾日，權作補償。」

石元雅調笑道：「哪裡會有什麼補不補的。兩位美人容貌丰姿相若，只是年紀不相彷彿，單論這一處，趙爺還是撿了老大的便宜。」

「還是一併送與徐爺吧！咱還要伺候小王爺，在京裡也耍不得幾日，就要回洛陽了。再說咱這身子骨可比不得老徐，內外兼修，丹田氣足的。」趙進教極力推辭。

徐應元道：「咱也用不得這許多，往後閒暇日子也少了，了了心願就夠了，這顧眉姑娘與咱紅顏白髮的，也不般配，還是准她回原籍的好，以免教秦淮的那些王孫士子眼睛都望穿了，將咱罵得地下祖宗也不得安寧。」拉了薛五娘的手出了軒門。趙進教也道：「咱也不叨擾了。」

魏忠賢拱手送到門外，眼望著徐應元、趙進教先後上了涼轎，轉身回座，對李永貞、石元雅道：「教他們幾個喝著，你倆隨咱家到內房準備一份摺子給那崇禎。」

李永貞回到地安門內的私宅，一點酒意全無，小妾梅瘦與掌家早迎上來，命人沏了茶，他擺手道：「你且下去，我有要事需自家靜靜。」梅瘦不敢多言，小心地退下。李永貞將掌家喚住道：「家裡還有多少銀子？」

「上等的銀錠十五萬兩，散碎銀子不足萬兩。」

「取十萬兩銀子，並一些珠寶珍玩，備作兩多兩少四份，入夜要用。」掌家下去，不多時，將清單呈上，李永貞看了點頭道：「一份送到席市街原先九千歲的府邸，交與秉筆太監徐應元老爺，一份送到掌印太監王體乾老爺的府上，另有那兩份小的兌成銀票與我。」

夜將二更，李永貞坐了烏篷騾車來到王體乾的私宅，王體乾剛剛沐浴完畢，伏在涼榻上，幾個妙齡的女子正在給他捏腰拿背，聞報說李永貞來了，揮手命她們退了，披衣出來，見李永貞正在客廳坐了吃茶，卻待開言，李永貞忙起身道：「深夜叨擾，誠覺不安，還請見諒。」

王體乾笑道：「不速之客才覺喜出望外，哪裡說得什麼叨擾。」

「小的此來一則爲您老人家道喜，二則有一事相告。」

「我哪有什麼喜可賀？還是先說事情吧！」

「再過幾日便是您老人家六十歲大壽，您老人家輔佐萬歲爺操勞國事，公而忘私，教小的好生欽佩。」

王體乾歡喜道：「可不是呢！還有幾日便是了，難得你有這個心，還巴巴地連夜過來，足見情誼了。」

李永貞輕咳一聲，候在門外的家奴抬進幾隻紅漆大木箱子，李永貞道：「您老人家德高望重的，壽誕之日想必高朋滿座，佳客如雲，小的先將賀儀送上，以免到時扎眼，遭人議論。」

王體乾將禮單看了幾眼道：「這般貴重的禮物如何收得？未免太破費了。」

「此許薄禮，小的還怕拿不出手呢！再說這些原也是拜您老人家所賜，小的跟隨您老人家多年，好處哪裡會止這些？自該孝敬的。」

王體乾見他言語恭敬，料想會有什麼事相求，便命人收了下去。李永貞見人都退了，低聲道：「九千歲要上本辭去爵位，您老人家以爲如何？」

「還是意在試探？」

「試探多次，該是無須再試探了。萬歲爺的心機哪個摸得著？一邊停了建生祠，一邊卻又賜了鐵券，對稱頌和彈劾的奏章留中不發，眞是莫測高深。」

「以退爲進？」

「最多討了萬歲爺個歡心，溫旨慰留一番，怕是說不得什麼進吧？」

王體乾吐出一字：「守！」

「守？」

「不錯！以守爲守，退尺得寸。」

「九千歲想自保守成了？」

王體乾點頭道：「能討萬歲爺歡心可不容易。若合了萬歲爺的意，便高枕無憂了。卑身可以求進，那自然也可以求穩了。」

「九千歲怕萬歲爺猜忌？」

「自古一朝天子一朝臣，如今萬歲爺登極沒有貶斥內臣，當有深意。若不主動自保，一旦禍且不測，怕難自救了。」

李永貞心神大亂，跪地道：「那小的如何自保？」

「你是怕做不得？」

「那只有乞休回籍了。」

王體乾冷笑道：「無事則罷，如若事發，怕你逃到天邊去？哪裡不是萬歲爺的天下？你當眞要學建文帝逃到番邦蠻國，在荒僻之地終其殘年？可是別忘了，還有個三寶太監下西洋呢！」李永貞愣在當場，冷汗交流。

王體乾見他六神無主的模樣，起身將他扶起坐了，問道：「你可知九千歲學得哪一個？他學漢代的蕭相國呢！什麼計策你可知道？」

「丟車保卒。」李永貞感到了無邊的恐懼。

王體乾森然地說：「何爲車何爲卒？」

「爵位爲卒？」

王體乾搖頭道：「不止於此，皮相之談。」李永貞回味著他的話語，想著漢朝丞相蕭何辭封的故事。蕭何因計殺欲在關中謀反的淮陰侯韓信，漢高祖劉邦封他爲相國，加封五千戶食邑，專派一個都尉率兵五百護衛府邸。很多人前來祝賀，唯有一個種瓜人召平反而到府中弔唁說：「您的災禍怕是要來了！前方戰事方殷，皇帝親率大軍苦戰。您在長安只是將韓信擒了，就加而加官進爵，增兵保衛，眾人勢必不服，皇帝也並非眞心恩寵你，而是有所猜忌。小人勸您不如辭掉封邑，並將家財盡數捐作軍需，高祖必會歡心。」蕭何聽從此計，劉邦果然大爲喜悅。

王體乾見他怔怔發愣，慨嘆道：「這比不得下棋，會有兩個車。」

「那有幾個？」

「一個，只有一個。」

「九千歲？」

「嗯！別人都是小卒子，都可以隨時棄之不顧。」王體乾苦笑著指指自己，又指指李永貞。

李永貞驚得從椅子上滑落下來，叩頭道：「小的可怎麼活呀？」王體乾瞇起眼睛，冷冷地說：「只有四個字，好生記著去做，或許可以免禍。」

「四個字？」

「敬而遠之。」

「……」

「不可學徐應元，以爲得了個宅子就是撿了大便宜。那是物證，到時怎麼開脫？」王體乾詭秘地一笑。

「您老人家怎麼知道？」

「哈哈哈……不光咱知道，萬歲爺怕是也會知道。那樣扎眼的地方，京城裡有幾個不緊盯著的？」

李永貞聽出了他話裡的弦外之音，登時覺得毛骨悚然，心裡暗自後悔。

早朝過後，魏忠賢便聽說崇禎看了李永貞替自己草就的摺子，默然無語，留中不發，忙命人取了草稿，教中書房掌房劉若愚恭筆謄抄了一份兒，揣在懷裡來到乾清宮。乾清宮管事太監趙本政替他告進了，魏忠賢邁著細碎的步子進來，殿內涼氣森森，一片寂靜，御前太監王永祚、王文政在丹墀邊侍立。

東暖閣裡，崇禎皇帝穿著常服斜靠在虯龍盤螭的寬大椅榻上，上面鋪的明黃墊子軟滑清涼，王承恩在一旁垂手鵠立。崇禎見他進來，直起身子，將手中批了朱的摺子放在矮几上，笑著賜了座。魏忠賢側著身子半坐了，將懷裡的摺子呈上，崇禎看了題目，隨手丟在几上，笑道：「魏伴伴此舉未免有些不近人情了。」

「老奴愚鈍，不知萬歲爺所指。」

崇禎道：「早朝上已見了你呈的摺子，你的心意朕也知道，本應促成你的雅志美德，但此事關涉人員過眾，擁立襄典，還有東江之事，你都屬首功，你若推辭，他人如何安心？如此大違朕之明賞罰的初衷，所以留中不發，並無他意。」

魏忠賢感激道：「老奴受先帝知遇大恩，自當盡心竭力，些許微末之功也是份內之事，萬歲爺不以老奴年邁昏聵，仍留老奴在身邊伺候，老奴就是粉身碎骨也是難以為報的，哪敢再有什麼非分之想？老奴入宮三十年了，蒙皇恩浩蕩，沾澤已多，實在怕樹大招風，引起眾怒。」

「你若忠心為國，哪個敢胡亂猜忌？此事朕已經有旨了，不好隨意反覆。」崇禎看著魏忠賢，見他額頭微微滲出細細的汗水。魏忠賢看看被丟在几上的摺子，試探道：「萬歲爺的聖意老奴心下感激不盡，但卻斗膽以為賞賜失之於寬，難以安心。」

「失之於寬？」崇禎似是有了幾分興趣。

魏忠賢恭聲道：「萬歲爺以點滴之功賞賜老奴，聖意既定，老奴不敢推脫，但求將賜予魏良卿、魏鵬翼的鐵券收回，將他們的爵位降低一等，請萬歲爺恩准。」

崇禎嘉許道：「朝臣若個個像你這般體恤朕的心意，朕豈不拱手而治了。」

「折殺老奴了，愧不敢當，愧不敢當！」說著起身便要告退，崇禎攔道：「不忙，朕正有事與你商量。」取了几上的摺子道：「這裡有人奏了崔文升一本，司禮監的批朱卻說什麼崔官兒是好人，獻藥有功，理不該殺，有何憑據？致使早朝眾臣議論紛紛。」

魏忠賢忙道：「崔文升之事即當年紅丸一案，老奴以爲事關黨爭，撲朔迷離，至今朝野所言多是揣測之辭，並沒有什麼確鑿證據。當年東林黨把持朝政，朝臣挾萬曆朝立儲餘恨，攻擊鄭貴妃而及司禮監秉筆、掌管御藥房的崔文升，都是因他曾在鄭貴妃宮裡當過差，以爲必有隱情勾連，先帝迫於外廷物議，只得將他發配南京，但先帝知他委屈，等輿論平定，便召他總督漕運兼管河道。此事先帝已有評判，不知爲何又舊事重提，洶洶追究起來，是何居心？」

崇禎道：「朕皇父之病，本應用培元固本之藥，那崔文升卻反用去熱通利之藥，使皇父腹瀉不止，委頓不堪，用藥不當的罪還是有的。」

魏忠賢道：「當年泰昌皇爺虛火極盛，崔文升藥用大黃，瀉其虛火，調其陰陽，本意不誤，首輔方從哲也以爲有理，只是朝臣急於事功，一味相強，又薦了鴻臚寺丞李可灼的紅丸。那紅丸本爲大補的良藥，一瀉一補，藥性相剋，反害了皇爺。」

「那外廷所論崔文升之泄不逮，則促以李可灼之紅丸，是空穴來風了？」

「老奴不敢妄論。」

崇禎笑道：「你倒持重，只是批朱的人怕是沒這般的心思。朕方登極，天下殷殷望治，然司禮監竟以持偏之論，將此疏隨意批了，予人以口實，殊欠權衡。」

「老奴不曾知曉，想是王掌印過了目吧？」

「昨夜朕召問了王體乾，你道此疏是誰草的？」

魏忠賢道：「老奴不敢胡亂猜測。」

「是李永貞。王體乾並不知曉，朕已申斥了他。」崇禎看看魏忠賢，話鋒一轉，「想必是李永貞收了銀子，賣了情面。王承恩，將殿外的箱子抬進來，傳李永貞。」

二十幾個年輕力壯的太監抬著十個紅漆木箱進來，小心地放在滿地的金磚上，一一打開，見九個箱子裡盡是上好的銀錠，不下五萬兩，還有一個箱子滿滿放著一些珍玩。魏忠賢正覺驚愕，崇禎問道：「你可知這些東西怎麼到了宮裡？」

「可是崔文升賄賂李永貞的？」

「裡面想必會有漕運貪墨的銀子，但送來宮裡的人卻是王體乾。」

「怎麼會是他？」魏忠賢大為吃驚。

崇禎怒道：「若是沒有崔文升這般的人送銀子，他李永貞一個秉筆太監，又沒有辦過外差，一年不足四百兩的俸錢，哪來的這許多銀子？監修三大殿、整飾惠王府想必也偷工減料了。」隨即語調一緩，問道：「你倒說說他為何將這些銀子送給王體乾？朕昨夜想了半宿也沒明白。」

魏忠賢心裡氣苦，自己一向倚重的心腹卻背地買好投靠王體乾，謀劃後路。難道風向要變了，他們都有了二心？他忽然覺得周身冰涼，暗自有些傷心起來，看著李永貞小步快跑進來，恨不得上前撕打一番。李永貞一見那十個紅漆木箱，萬分驚恐，呆在了當場，竟忘了上前禮拜，他霎時明白了自己怎麼也脫不了小卒的命，捨了財也免不得禍。他驚恐地看看崇禎，又看看魏忠賢，見一個發怒，一個冷笑，知道發怒的其實笑在心裡，冷笑的卻恨到骨髓，自己太鹵莽了，他跪下哀聲道：「奴婢該死！這些銀子都是外廷的大臣寄存到奴婢的下處，託奴婢轉送王掌印的。」

「掌嘴！」崇禎一聲喝令，趙本政帶著幾個太監進來道：「請旨打多少？」

「先打三十。」

不多時，李永貞兩腮紅腫，嘴角鮮血直流，崇禎喝道：「朕最恨那些賣主求生的奴才，分明是自各兒動了心思，卻推在他人身上。睜開狗眼看看，這也是寄存的？」說著從袖中扯出一張紙片扔到地上，李永貞一看，正是自己剛送出手的銀票，他望望王永祚、王文政。王永祚橫了他一眼，稟道：「萬歲爺，這是早朝前李永貞偷偷塞與奴婢的五萬兩銀票，只說教奴婢多加看顧。萬歲爺常諭誡奴婢們要知道忠君愛國，清廉自持，恪守本分，奴婢不敢貪心違了聖訓。」

崇禎點頭，向魏忠賢道：「歷代興衰朕也知道不少，若想江山萬代，辦法不是沒有，只是做起來難。當年岳鵬舉曾說：文官不愛財，武將不惜死。如今看來，哪裡不要用錢？哪個官又不愛財？做官是花錢來的，怎麼會做賠本的買賣？州、縣官員進京朝覲，一次要用三四千兩銀子，那些御史、給事稱爲開市，這些錢都給了誰？朕當年出宮別居時，體念國家艱辛，向皇兄面請將惠王府略加修葺，節約用度，不意竟有這般貪婪無恥的奴才，從中貪墨，中飽私囊，無半點人臣樣，可惡，可恨！」

魏忠賢心下更恨李永貞竟甘心去做看風使舵的小人，若不嚴懲，豈不動搖軍心，亂了咱家的陣營？左手將腰裡的玉帶攥了，旋即鬆開，跪下請罪道：「萬歲爺，是老奴識人不明，誤用匪類，當年老奴曾一力薦他督修三大殿和信王府，不想他辜負聖恩，膽大妄爲。老奴有失察之罪，請萬歲爺一併責罰。」

崇禎勸慰道：「你是先朝重臣，怎可與這般的狗奴才並論？當時有多少大事要倚重於你，哪裡顧及得這許多？都是這狗奴才欺上瞞下，暗中做些手腳，與你何干？照我大明律例，該怎麼辦就怎麼辦吧！不必牽連過多。」

李永貞見魏忠賢左手攥了玉帶，知他動了殺機，暗自驚恐。魏忠賢卻含笑道：「太祖高皇帝欽定的律條，入人十貫者絞，李永貞不知仰體聖恩，貪墨數萬兩，若是絞了，也不足以警世上群小，老奴以爲當凌遲處死。」

李永貞魂飛天外，他知道先朝正德年間，身爲「八虎」之首的大太監劉瑾因謀反罪凌遲三日，每刀所割如大指甲片，剮了三千三百五十七刀。最後尚奄奄一息，沒有斷氣，被劊子手持巨斧當胸一剁，胸骨碎裂，飛出數丈。他一下子癱倒在地，兩眼怨毒地望著魏忠賢，叫道：「萬歲爺，奴婢貪墨不假，但哪裡敢全部自留，多數都獻給了魏忠賢和王體乾。」

魏忠賢惶恐道：「萬歲爺，這奴才臨死還要扳污好人，切不可信他。」

崇禎命道：「將口掩了拖出去！查抄他在城裡的宅子並通州的老宅，所有財物充用遼餉。朕登極不足百日，就免去他的死罪，遣去守衛顯陵，即刻出京。」

「謝萬歲爺！」李永貞爬出了乾清宮，他覺得離京城越遠越好。

魏忠賢出了皇宮，上了青縵大轎，想到宣武門外的老宅看看，走了半路，又打消了念頭，轉折向西回釣魚臺別墅。魏忠賢在轎中心緒煩亂，沒精打采地閉目養神，王朝用緊緊在後面跟著。

大轎出了西直門，前面便是一片疏密相間的林子，楊柳榆槐，雜樹叢生，大轎進入林中直道，將到林子中央，突然路邊樹梢一聲暴喝：「奸賊，還我父命來！」隨後一棵高大的楊樹上飛下一團黑影，帶著風聲直向大轎轎頂砸落，隨在大轎四周的錦衣衛大驚，紛紛搶出，將轎夫肩上的轎杆奮力一推，只聽一聲脆響，那黑影將青縵的轎頂砸破，穿轎而出，落在地上，沒入一半。

眾人定睛細看，赫然是一柄玄色帶鏈的尖形鐵椎，抬頭向樹上望去，只見密密的枝葉間青衣一閃，眾錦衣衛齊拔繡春刀，呼啦將那棵楊樹團團圍住。那樹上的青衣人一擊不中，已有幾分慌了，攀著樹枝便往旁邊的樹上跳下，不料楊樹枝條脆硬易折，不堪重負，啪地從中斷了，那人驚呼一聲，直墜下來。好在草叢茂密，摔得似不沉重，正要掙扎站立，不及起身，數把繡春刀已冷森森地架在了脖子上。魏忠賢在轎中朦朧欲睡，聽得響動，正要喝令落轎，突覺一股大力湧來，連轎帶人直飛出去，重重跌落在一丈開外，摔得轎板散亂，轎杆斷裂。魏忠賢心知遇了刺客，顧不得身上疼痛，爬出大轎，眾人怕刺客人多，忙過來團團圍了，將他護在中間。

良久，再不見動靜，魏忠賢這才略整了衣帽，王朝用忙過來將他身上的浮塵拍淨了，稟道：「將那大膽的狂徒押上來，看看他可是吃了熊心豹子膽，敢在天子腳下行刺九千歲！」

眾錦衣衛將一個瘦弱的青衣書生推搡過來，魏忠賢見他二十歲左右的模樣，身材中等，一領半舊的玉色道袍黏滿草籽草屑，頭上的軟巾歪斜塌癟，撇著一條腿，想必是跌得重了，哪裡是什麼刺客，極像個下第落拓的秀才。魏忠賢欺他文弱，喝道：「你這小賊受了誰的指使？同黨在哪裡？」

那青年書生恍若未聞，抬頭看看偏西的日頭，又看看綠草茵茵的地面，神情冷峻，一言不發。王朝用上前劈面一掌罵道：「小兔崽子，你是聾了還是啞了？九千歲問你話呢！也不知道回一聲。」

青年書生摸著火辣辣的臉頰，啐道：「你這不知廉恥的賤奴才，做了閹豬的走狗，便胡亂咬人了。」依稀是江浙一帶的官話，卻也夾雜著隻言片語的京白。

王朝用見他出言惡毒，便要揮拳飛腳，魏忠賢喝止道：「不可傷了他，一個小小的白衣青衿沒什麼名分，也就弄弄口舌罷了，還能將天說裂將地說塌？扯破了喉嚨又能如何？」略略端詳青年書生片刻，見他面目清秀，眉宇間隱隱有股英氣，大睜的雙目幾欲噴出火來，樣子顯出幾分凶惡，慍聲道：「你這乳臭方乾的小子若是有種，就說出背後的人來！」

青年書生冷哼一聲：「什麼背後背前的？蒼天后土教我來殺你這禽獸！天下凡是想生吃你這閹豬肉喝你這閹豬血的仁人志士都是爺爺的弟兄同黨。」

魏忠賢氣得幾乎笑出聲來，不屑道：「哼！你這狂妄的小輩，憑你一柄鐵椎就想奈何咱家？眞是不自量力！」

青年書生高聲道：「當年張子房爲天下除暴秦，悉出家財，募力士持百二十斤鐵椎擊嬴政於博浪沙，誤中副車。今日蒼天無眼，只將你的轎頂砸了，也是人生憾事，但爺爺足可與古人一起流芳百世，只是便宜了你這老賊！」

「咱家與你何仇？」

「不共戴天。」

「咱家沒有見過你，如何不共戴天？」

青年書生厲聲道：「你這閹豬殺人無數，哪裡會個個記在心上？你如今要問，爺爺偏偏不說，要殺要剮，隨你動手，多問也是無益！」

魏忠賢壓住怒火，左手一揮道：「搜他的身，咱家不信查不出這娃娃的底細！」錦衣衛上前將那書生渾身上下摸了一遍，從衣內貼胸的地方搜出幾張皺巴巴的白紙，王朝用取過來看，見上面寫滿了密密麻麻的蠅頭小楷，還有幾處用朱筆塗抹批改過了，首行端正地寫著「太極圖講義」五個大字，次一行寫著「餘姚某某某某」數字，最後四字大概是為汗漬浸透，字跡漶漫，無法識認，忙回道：「九千歲，這廝想必是浙江餘姚人，卻不知道他的姓氏。」

魏忠賢煩躁地擺手道：「那就先將他押到詔獄，交給許顯純審問，必要將他的身分查實。」錦衣衛答應著便要過來捆綁，一陣急急的馬蹄聲自林中傳來，一匹火紅的龍駒飛也似地竄出，馬上一個黑衣大漢，用黑巾遮了臉頰，只留了兩隻眼睛，手中拿著一條長長的皮鞭，眾人都以為書生來了援手，急忙將魏忠賢護了。

那馬上的大漢如風般地來到切近，果然將手中皮鞭一抖，靈蛇般地向魏忠賢擊來，眾錦衣衛忙用刀來隔，不料卻隔了個空。那大漢聲東擊西，將皮鞭往懷中一撤，順勢將那書生裹起，左手一接一托，將書生輕輕巧巧地放到馬背上，雙腿一夾，那馬箭一般地躍出，眨眼之間，已跑出數十丈以外。幾個動作兔起鷹翻，一氣呵成，電光火石一般，眾錦衣衛待要追趕，已是不及，眼睜睜看著二人穿過樹林，絕塵而去。魏忠賢跺腳道：「命田爾耕多派些人手，必要抓住這兩個賊人。」

極樂寺牆倒垣頹，一派衰敗的景象。正殿裡神像的金漆彩繪多有脫落，斑駁晦暗，難以想見往日的繁華興盛。殿檐的廊柱上拴著一匹火紅的胭脂馬，渾身上下濕淋淋的，殿內神案下青衣書生與那黑衣大漢兀自在喘息。書生上前謝了大漢的救命之恩，那大漢卻不推辭，泰然受了，問道：「你是哪裡來的？怎麼敢獨自一人行刺魏賊？」

青衣書生心存疑慮，便想透過黑巾看清他的相貌，略一猶豫，大漢催道：「直說何妨？」

「小弟以為兄長必是當世的豪傑，怎的不敢以真面目見示？」青衣書生反問道。

大漢一笑道：「該知道的時候，自然不會瞞你。」

青衣書生不再勉強，說道：「小弟乃是紹興府餘姚縣通德鄉黃竹浦人氏，……」那大漢不待他說完，打斷道：「老弟可知道貴莊的一個大忠臣？」

「敢問鄉賢名諱。」

「姓黃，上尊下素，表字真長。」

青衣書生聽了，淚如雨下，嗚咽難言，大漢急問道：「黃御史可是出了什麼事？」

「家父已被魏老賊害死了。」

「你是黃大人的公子？」

「小弟黃宗羲，家門遭此不幸，又不能手刃仇人，實在有辱先父英名，慚愧無地。」

大漢點頭道：「兩年前令尊大人奉皇命赴陝西巡視茶馬，咱本想前去拜見，後來聽說剛剛出了都門便被削籍免官，回了餘姚老家，遠離了京師禍患之地，怎麼也會遭陷害呢？」

「兄長難道沒聽說過七君子案？」

大漢搖頭道：「咱在的那個地方極為偏遠，人跡罕至，哪裡會知道什麼消息。」

「兄長是如何識得家父？」

「咱與令尊大人並未謀過面，但令尊仗義執言，對我家主人有救護之恩。他是如何被魏賊害死的？」

黃宗羲長嘆一聲，緩緩而言，語調極是沉痛，「去年家父回到餘姚，先是閉門不出，每日督促我與宗炎、宗會兄弟三人習練時文制藝，哪知魏老賊豈肯放過家父，早派了東廠的坐記番子日夜打探，那些番子無法進入我家，以為我家仇恨魏老賊，日夜尋思計策於他不利，便風傳家父心懷怨恨，意欲謀反。家父為洗脫罪名，令謠言不攻自破，不得已泛舟河湖，笑傲山林，邀朋作伴，飲酒作樂，不料卻中了東廠番子的奸計，正方便他們監視跟蹤。恰好有一次正遇到蘇杭織造李實乘船遊湖，他是個愛慕虛名的蠢材，到了山水名勝、人文淵藪之地，也想附庸風雅，知道家父大名，便盛情相邀同船吟賞煙霞。家父至誠，情知他官居二品，又沒有什麼大的劣跡，不好推脫，也就奉約赴會。一連幾次，不料便有了傳言。」黃宗羲說到此處，才覺到右腳隱隱作痛，忙直伸了，用手不住揉捏，歉聲說：「兄長面前，小弟失禮了。」

大漢低頭將他右腿抓起，見腳彎處高高隆起，淤紅腫脹，說道：「想必是剛才從樹上跌的，有些離位脫節，不妨事。」他出言並無嘲諷之意，但黃宗羲想起落到樹下的狼狽，猶覺面上一陣紅熱。

此時，大漢已去了他的鞋子，左手將他的腿腕托起攥牢，右手捏住腳掌，一揉一推，只聽咯吱一聲，黃宗羲登時痛入骨髓一般，渾身冒出汗來。大漢卻笑吟吟地說：「好了，起來走上幾遭，夜裡再用熱水燙燙，不幾日便消了腫。」

黃宗羲起身略一伸展，已然不再疼痛，感激地笑笑，大漢問道：「什麼傳言？」

「說來氣煞人，也笑煞人。東廠的番子四處散布說家父與李實密謀，想效仿正德朝楊一清除掉大太監劉瑾的故事，利用李實爲當年的內應張永。此事雖屬捕風捉影，但傳到了宮裡，浙江巡撫毛一鷺、工部主事曹欽程爲攀附魏老賊，也密報誣陷，魏老賊裝模作樣地派了幾個太監到蘇杭打探，到了鄉紳沈演家裡，那狗賊本是與魏老賊沆瀣一氣的大學士沈漼之弟，竟一口作實了。魏老賊便借刀殺人，命那幾個太監住在蘇杭織造府衙，日日催問李實，李實百般辯解，並不濟事，無奈備下厚禮，派得力人員來京央求李永貞、崔呈秀說情。那李永貞好歹收了禮物，卻責罵道：『回去告知李實，送多少禮物也是無用，若是肯替魏上公去了那塊心病，不但不用送禮受罪，怕是還會有許多的賞賜，回京高升呢！』那送禮人忙問什麼心病，崔呈秀哈哈大笑：『你是眞癡，還是在這兒裝傻扮呆，黃尊素得罪了魏上公多次，如今回了原籍，魏上公想借李實的手出了這口氣。』送禮人向他問計，那崔狗賊說：『不需李實爲難，只教他呈上一個蓋有蘇杭織造朱紅大印的空白奏本即可，餘下的事有我等代勞便了，哪能教他白破費了這許多的銀子。』哪知李實將空白奏本快馬送到京城，李永貞、崔呈秀卻一下塡上了七人的名字，欲將屢次忤逆他的東林黨人一網打盡。」黃宗羲說到悲憤之處，雙眸之中滿是怨恨。大漢氣得一掌拍在神案之上，那神案年久失修，「嘩啦」一聲，從中間塌裂，揚起許多灰塵，他大喝道：「這班狗賊竟如此歹毒，眞比蛇蠍還狠！卻又誣陷了哪幾個？」

事隔一載有餘，黃宗羲再次提起，仍不免心有餘悸，面色越發陰鬱，恨恨地說：「湖廣巡撫周宗建，左僉都御史、蘇松十府巡按周起元，故吏部文選員外郎周順昌，故翰林院檢討繆昌期，監察御史李應升，故左都御史高攀龍六人。與家嚴並遭陷害。可憐這七個一腔忠貞、鐵骨錚錚的國家棟樑被緹騎押羈木籠，囚服小帽，鈕鐐枷鎖，千里赴京。周巡按被誣貪墨庫銀十萬兩，其實家產不過百金，逼得親朋好友四處籌錢，當地百姓自發捐獻，一些轎夫捐出剛剛得來的十幾文苦力錢，還有一個老婦人竟將頭上的銀簪子也捐了。高御史心存死志，義不受辱，不等緹騎緝拿，早間拜了楊龜山祠，夜裡整好衣冠，向北叩頭，謝了皇恩，投池而死。李御史從容赴京，一路吟唱，題詩言志。周吏部被緹騎勒索，無奈他爲官清廉，兩袖清風，只有幾間舊屋，哪裡有銀子賄賂這班酷吏？慘遭錦衣衛千戶文之炳、張應龍毒打，當地豪傑顏佩韋與好友馬傑、估衣販子楊念如、牙儈沈揚、轎夫周文元爲救周吏部，執香漫遊全城，一時從者萬餘，痛哭失聲，如奔雷瀉川，激成民變。周巡撫遭誣貪贓一萬三千五百兩，吳江士民萬人號泣送行，京師地震；入獄時，王恭廠火藥庫自行爆炸；審訊時，雷電交加，冰雹大如小兒的拳頭。最可笑那些緹騎緝拿家嚴，卻被蘇州士民痛擊一頓，竟將駕帖都丟了，無法開讀。當時有人勸說家嚴隱姓埋名，亡命天涯，家嚴卻說：『抱頭鼠竄，豈免一死？昂首伸眉，落得骨頭香耳！』一身囚服，慨然投案。小弟送家嚴登程北上，陪到常州，揮淚而別。自此人神殊途，便成永訣。家嚴到京入了詔獄，被誣受賄銀二千八百兩，五日一追比，備受酷刑，六月初一，慘死獄中，年方四十三歲。繆檢討雙鐐加腕，十指盡斷；周吏部被許顯純那狗賊用銅錘將滿口的牙齒打落，鮮血淋漓；周巡撫渾身釘滿鐵釘，沸水澆淋，皮肉翻捲糜爛……」黃宗羲說到此處，再難忍耐胸中的悲憤，放聲慟哭。大漢更是似將口中的鋼牙咬碎，大罵魏忠賢不止。

良久，黃宗羲猶是嗚咽難止，帶著哭腔道：「家嚴遇害凶訊傳到餘姚，我黃氏一門舉家慟哭，母親姚氏悲痛欲絕，暈而復甦，祖父則為小弟大書「爾忘勾踐殺爾父乎」八字於牆壁上，好教小弟進進出出都可看到，激勵小弟為父報仇雪恨。小弟仰慕古人張子房重金募力士狙擊無道，無奈家境貧困，幸賴家鄉父老及家嚴同年故舊慷慨解囊，才得以納還贓銀，哪裡還有什麼錢財可用？只是父仇不共戴天，身為人子，豈能不報？小弟便偷偷離了紹興，潛入京師，在樹林中伏擊魏老賊，可惜小弟一介書生，不習技擊之術，並未傷到魏老賊，實在汗顏。」

大漢哈哈大笑道：「沒將魏賊打死，也將他嚇得半死了。可惜哥哥未及出手。」他一把將面上的黑巾扯下，露出滿臉的虬髯，樣子極是剛猛威武，話語也平易和藹了許多。

黃宗羲見他年紀四十歲上下，與父親年紀相彷彿，方才卻連呼了半日的大哥，暗叫慚愧。大漢見他扭捏，已知其意，朗聲笑道：「忠臣孝子自古人人景仰，哥哥與你道個兄弟，情交忘年，可曾高攀了黃老弟？」黃宗羲更覺尷尬，連道不敢。大漢知他一味讀書，囿於所學，人情世故不甚練達，便不再取笑。黃宗羲想及他方才搭救之時，身手矯健，武功不弱，問道：「哥哥是從哪裡來？也要刺殺魏老賊嗎？」

大漢回道：「我自塞外來，進京多日了。魏賊在京裡的幾處宅子我都打探了一遍，只有釣魚臺一處在城外，較爲僻靜，容易下手，也在林中等候，不料被兄弟搶了先。」

黃宗羲面色赧然道：「若是哥哥出手，那魏老賊怕是早已斃命了。」

「魏賊身邊護衛甚多，一擊不中，難有二次出手的機會。哥哥也沒有十分的把握。」

黃宗羲看著大漢手上的黑巾道：「兄長不以眞面目示人，想是有什麼苦衷？怎麼與那魏老賊結下的仇怨？」

大漢一聲浩嘆：「說來話就長了。老弟可曾聽說過遼東熊經略？」

「哪個熊經略？可是有膽知兵的遼東經略使熊廷弼大將軍？」

大漢肅聲說：「正是他老人家。」神情極爲恭敬。

黃宗羲道：「當年家嚴在京任監察御史時，小弟曾見家嚴誦讀他的《按遼疏稿》和《遼中書牘》，極爲嘆賞，對小弟稱讚說以文臣知兵者，熊公允爲第一。」

「令尊此言可謂知人。熊公自萬曆三十六年巡按遼東。在遼數年，勇於任事，不事姑息，修亭障，廣積糧，造戰車，治火器，召集流亡，整肅軍令，修葺城池，使建酋努爾哈赤三年不敢進犯。天啓五年，卻遭仇人馮銓陷害，魏賊依徐大化之計，藉此以興大獄，誅殺異己，將東林黨人楊漣、左光斗、魏大忠、袁化中、周朝瑞、顧大章六人與熊公牽連一處。熊公罷黜任上，問了斬刑，割下頭顱，傳檄九邊，哥哥見了頓覺膽寒心裂。可憐他半生心血都付與了遼東，卻落得如此下場。」大漢潸然淚下，情不自禁，便用衣袖將眼淚一抹，哭泣道：「熊公死後，軍心浮動，不出半年，遼陽便被後金攻破，遼東附近五十寨及河東大小七十餘城，無不望風投降，如今關外只剩下寧遠一座孤城，若不是遼東巡撫袁崇煥力戰死守，整個遼東怕是盡屬他人了。」

黃宗羲聽得入神，不由問道：「那熊公是哥哥什麼人？」

第十六回

起內訌楊維垣反戈
聽劾文魏忠賢驚心

那紅羅炭端的名不虛傳，少頃，鼎內的水便魚目散布，微微有聲，漸漸四邊泉湧，累累連珠，最後騰波鼓浪，水氣全消。如此三息三起，方將石鼎取下，另一個小宮女早捧出一把朱泥葵花瓣壺，趁熱燙了壺，又將掐絲琺琅纏枝蓮紋的白錫小罐打開，用光潔的素竹茶匙取出一撮紅艷鮮潤的茶葉來，放入壺中，注了沸水，洗茶燙盞，再注了水，懸壺高沖，登時茶香滿殿，一股釅釅的香味若桂花似玉蘭，令人心神一爽。崇禎見他看得出神，笑道：「這茶想你初次聞得，怕是叫不出名目的。」

那大漢追憶道：「我是他老人家帳前的總兵李懷信。哎！名字都羞與老弟說起，當年熊大帥手下的堂堂四品武職，馳騁沙場，令建州兵聞風喪膽，何等痛快！如今只落得流落塞外，有國難投，有家難回。」言下之意，似是不勝感慨。

「李大哥想必對朝廷寒心了。」

「當年欽差捧了聖旨開讀，弟兄們一聽便氣炸了肺，紛紛湧出營帳，各持刀槍將欽差團團圍住，吵嚷著教他收回詔命，那欽差自覺奉了天命，哪將邊外的武夫們放在眼裡，厲聲呵斥：『雷霆雨露，俱是天恩，今上的聖旨，你們敢咆哮，可是想造反不成？』熊大帥眼見兄弟們為他請命，老淚縱橫，不願傷了大夥兒的心，竟撲通跪在地下哀求，弟兄們無奈讓出一條路來，眼睜睜看著大帥被押上囚車。我為救大帥，連夜派人快馬到湖北江夏給大公子兆珪報信，將他接到京師，我也帶著弟兄們湊的賞銀四萬多兩趕去京師，與公子會合。公子到京找到大帥的好友中書舍人汪文言，求他搭救，不料被東廠番子偵知，搜出銀子，門克新、郭興治、石三畏、卓邁幾個狗賊趕到魏賊府上，勸說速殺大帥，免留禍患，便定下毒計，在詔獄附近捉了一個名叫蔣應暘的人，嚴刑拷打，假稱與公子多次出入禁獄，陰謀叵測。那御史梁夢環落井下石，誣陷大帥侵盜軍資十七萬，御史劉徽竟胡說大帥家資百萬，哪裡有人敢說句公道話，天理何在？公子眼見無法救出大帥，向我磕頭算是拜謝了眾位弟兄，竟、竟拔出匕首抹了脖子。眞是牆倒眾人推，那江夏知縣王爾玉見熊家失勢，親帶衙役到大帥家裡搜抄貂裘珍玩，主母連連稱冤，不想那賊子竟命人剝去她身邊兩個婢女的外衣，各鞭打四十，以羞辱主母，遠近鄉鄰敢怒不敢言。我聽說了，肺都要氣炸了，便沒回大營，自京師匹馬獨騎三天三夜趕到江夏，將那賊子一刀砍了，懸掛城樓，然後放馬出關，到了口外，隱姓埋名，做起了牧羊人。」李懷信說到激憤之處，雙眉倒立，虎目含淚。待說起江夏手刃奸賊，又忍不住以手作刀，揮臂擊出，拍得神案啪啪作響，浮塵四起。

「痛快！痛快！」黃宗羲擊掌大呼道：「哥哥怎麼又回到京師了？」

李懷通道：「大帥屈死已近三年，我時刻想爲大帥伸冤，聽說天啓皇帝駕崩，他弟弟朱由檢繼位登極，便來了京城。可是大帥當年的舊交故友過世的過世，免職的免職，沒有幾個說得上話的。看來還是投訴無門，鳴冤無路。我便想尋機刺殺魏賊替大帥報仇，也算不虛入關此行。」

黃宗羲更覺歉然，恨聲道：「都是小弟誤事。」

「老弟不必自責。那魏賊護衛甚多，他身上又佩帶西洋進貢手銃，想要靠近實屬不易，何況殺他？」李懷信寬慰道。

「那哥哥有何打算？」

李懷信苦笑道：「還能有什麼打算，我還是回口外牧羊，大碗喝酒，大塊吃肉，落個自由自在，逍遙快活。」

「萬一皇上見召，哥哥可願意爲國出力？」

李懷信聽了，黯然道：「我心如死灰，難以振作了。當年熊大帥功在存遼，何等顯赫！結果卻又如何？還不是一道詔令，曝屍西市？何必爲皇帝一人，委屈了自己！你道那皇帝可曾想著黎民？熊大帥一死，關外多少百姓做了建酋的奴才，流離失所，家破人亡，又有哪個掛懷焦心？哎！世道如此，夫復何言？我只想俯仰不愧天地，求個心安也就是了。老弟，你怎樣打算？要不要隨我到口外走走？」

黃宗羲也不知去哪裡，見他去意已絕，竟覺戀戀不捨起來，想到自己孑然孤身漂泊京城，不禁淒然道：「小弟上有祖父、高堂，下有兩個年幼的弟弟，不能如哥哥這般瀟灑。暫且躲上一時，等事情稍定，再謀回家。」

李懷信爽朗笑道：「他年若有機緣，可別忘了到大草原上來尋哥哥，哥哥給你宰頭肥羊。就此別過，老弟保重。」說完，略一拱手，便起身大踏步向門外走去。

「哥哥保重。」黃宗羲竟似有淚要落下來，鼻子也覺酸了。萍水相逢，一見如故，卻又轉瞬即別，天各一方，何時能見？黃宗羲暗自忍著淚水，隨後送出寺來。李懷信早已上了馬，揚鞭而去，話音遠遠傳來，聲音清晰可聞：「哥哥去了，門口的那錠銀子權作你南歸的盤纏。」

黃宗羲佇立北望，只見遠山明淨如洗，天高空闊，滿地的荒草片片相連，直至遠方，彷彿綿延到西北天際。李懷信和那匹胭脂馬早已不見了蹤影，他還兀自悵然遙望，良久，才返身揣了銀子，疾步跨出寺門。

魏忠賢遇刺雖說有驚無險，卻也跌青了頭面，自覺出入宮廷不夠雅相，便告病在家將息調養，一連幾日，跌撞處顏色漸淡，微留一些青紅，正命幾個侍女取了冷水冰敷，王朝用慌張進來道：「有旨意。」魏忠賢吃驚，雙臂一振，便要起身，正好撞到侍女的身上，侍女收手不住，那冷水竟向他當頭澆落，灑了一身，那侍女嚇得面色慘白，跪在地上瑟瑟發抖。魏忠賢氣惱得哼了一聲，也不及責罰，忙換了禮服，傳旨太監已跨進門來，卻是乾清宮管事太監趙本政。魏忠賢忙擺了香案，便要接旨，趙本政道：「魏上公，不必忙著接旨。萬歲爺聽說上公這幾日身子不爽快，特命咱帶了太醫和御藥過府慰問。只有口諭，沒有草詔。」

魏忠賢跪下道：「萬歲爺隆恩，總要謝的，怎可失了人臣禮數？」說罷，三拜到地。趙本政忙上前扶了，笑道：「萬歲爺還說，若是看著上公見了好，身子康泰了，就請上公到宮裡去一趟，好些摺子要與上公商議。幾日不見，萬歲爺著實記掛著上公呢！」

「咱家這身子卻也沒什麼打緊，偶染了些風寒，頭暈眼花的，跌了一跤，歇了幾日沒有大礙了。萬歲爺日理萬機，竟還惦記著咱家，君恩似海，何以爲報？這就隨欽差入宮面聖。」魏忠賢感激道，又向趙本政道了乏，命人封了五十兩金子給他，趙本政見他出手豪闊，暗裡讚嘆，笑嘻嘻地收了。

魏忠賢暗自揣摩不出何事召宣，心裡惴惴地，便請趙本政先回宮覆命，自己隨後趕往宮裡，趙本政答應著騎馬走了。魏忠賢起轎上路，不住地焦慮，眼看入了皇城還理不清頭緒，出了周身的大汗。忽聽轎外的隨從驚道：「哪裡來的這許多金葉子，可是天上的菩薩大發慈悲了？」魏忠賢正覺詫異，轎簾掀動好似清風吹起一般，一個人倏然鑽了進來。魏忠賢以爲是前幾日的刺客到了，便要叫喊，那人卻道：「老魏，咱不能白貪了你的宅子，特來給你送個信。」

魏忠賢定神一看，見是司禮監秉筆太監徐應元，一顆心才落定下來，但見他一身儒服將面容嚴嚴地遮住，知他不想被人識破，將身子略一挪動，教他並肩坐了，笑道：「轎外的金葉子想是你徐爺闊手豪撒的。」

徐應元點頭道：「閒話休提。咱不破費些，如何悄無聲息地進得這頂大轎？」

「這幾日宮裡可曾出了什麼大事？」

「你竟未聽到什麼消息？」

「咱家在家裡養病，閉門不出，有耳朵也是擺設。」魏忠賢感到一種遲暮的淒涼，恍然有與世隔絕之感。

「萬歲爺溫旨准了崔呈秀歸家丁憂守制。」

魏忠賢大吃一驚：「呈秀回家了？萬歲爺早已批了不得苛求四字，怎麼突然間會舊事重提？」

徐應元嘲笑道：「老魏，可還記得你提拔過的雲南道御史楊什麼？」

「可是楊維垣？」

「正是他上的本。」

「他怎麼說？」

「都是些文謅謅的話語，咱也記不得原文了，說個大意吧！那楊維垣道崔呈秀與你大掌家王朝用交結甚密，以此攀你為靠山，排斥異己，賣官斂財。」

魏忠賢臉色青黃，恨恨道：「楊維垣這殺才早時何等巴結咱家，只因咱家未將河南道的肥缺與他，便銜愁含恨起來，真是狼子野心！這哪是什麼彈劾呈秀，一盆污水分明將咱家一併潑了。萬歲爺怎麼說？」

「萬歲爺批他率意輕詆，誰知他卻不善罷，隔了三天，又上了一本。」

「這個該死的小人，反覆無常，教人好惱！」

徐應元見魏忠賢格格地咬牙，不由笑道：「咬人的狗不叫，誰教你不賞他個肉骨頭了。」

「咱家哪裡顧得這些瑣事？都交呈秀他們辦了。」

徐應元脫口道：「千里之堤，潰於蟻穴呀！」這般文雅的詞語經由他的嘴裡說出，魏忠賢聽得分外刺耳，心裡暗暗賭起氣來，頗有些自負道：「小小一招失誤，離滿盤皆輸尚早呢！萬歲爺又批了些什麼話？」

「萬歲爺說不得苛求，未便即罪，命崔呈秀靜聽處分。崔呈秀卻耐不住性子了，再三上表謝罪求去，萬歲爺慰留兩次，也就准了。」

「何時？」

「昨日。」

魏忠賢責備道：「呈秀這小子竟這般自做主張，不與咱家招呼一聲。」

「他怕呢！早沒了主心骨兒。」

魏忠賢默然，徐應元嘿嘿笑道：「還有更大的事兒呢！」魏忠賢正自傷嗟崔呈秀一走便去了自己的左膀右臂，聽他這般說更覺心頭撲撲跳個不住，急問道：「還有什麼大事？終不成將咱家也冠帶閒住了？」

「那倒還沒有，只是你手下那一萬操兵解散歸家了。」

魏忠賢倒吸了幾口涼氣，心裡隱隱作痛，自己費了多少心血方募集了一萬操兵，定期操練，威震宮闈，怎麼眨眼間竟散個精光？他怎麼也不願相信，哀聲問道：「徐爺可知提督劉朝的下落？」

「劉朝不遵旨意，被御前太監王佐斬了。」

「什麼人去解散了操兵？」

徐應元看他兀自有氣難出的樣子，心裡竟覺不忍，勸道：「老魏，何必動那麼大火氣？你還以為那一萬操兵是如何地忠貞不二嗎？其實萬歲爺並沒派什麼勛臣大將前去，咱也是事後才知曉的。當時咱隨萬歲爺巡視京營，右副都御史、提督京營戎政張素養正陪著萬歲爺說話，御前太監王佐、齊本正卻提了劉朝的人頭前來覆命。原來萬歲爺出宮前就草好了聖旨，操兵每人各賜銀五十兩，歸養雙親，終生免稅，賜了王佐、齊本正『如朕親臨』的金牌與尚方寶劍，他二人便帶了幾個小太監到校場宣讀，操兵聽了歡聲雷動，劉朝哪裡喝止得住？急命親信兵士阻攔眾人，王佐早防他抗旨不遵，一聲喝令，用尚方寶劍當場割了他的人頭，頃刻間，操兵便鳥獸般地遣散了。」

「操兵思歸，人心已變，其勢難以阻攔，咱家卻也明白，只未想到竟然如此之快，數年心血便付之東流了。」魏忠賢嗟嘆不已，黯然傷神，心裡禁不住連讚崇禎膽略過人，計謀深遠，操兵若能解散，自是去了心頭大患。若一旦有變，自有京營將士護駕，也可將王佐、齊本正二人作了替罪羊，平息眾怒。他越想越覺悔恨，幾日沒來宮裡，竟這般翻天覆地了，看來崇禎隱忍已久，一直待機而發。魏忠賢忽然感到了從未有過的恐懼，抓住徐應元的臂膊道：「徐爺，今日萬歲爺召宣咱家不知有什麼事？」

「聽說這幾日有不少人奏了你的本，萬歲爺每日都批到大半夜呢！」

「都是些什麼人？」魏忠賢急問，心裡更覺驚慌。

徐應元搖頭道：「咱不識得幾個字，也看不明白。再說咱也不過是聽說的。」

魏忠賢吃驚道：「徐爺沒有見到那些本章？」

「這幾日批朱已與往日不同了，萬歲爺先選了本章，再將餘下的交與司禮監，有些摺子司禮監也是看不到的。」

「那些彈劾咱家的摺子……」

徐應元截斷魏忠賢的話道：「那些摺子萬歲爺卻未在朝堂上議論，全都留中不發，不知何意？」

「徐爺以為咱家此次被宣入宮是與此事有關？」

「有無干係，咱不敢斷言，提個醒總是好的。」徐應元一笑，「就此作別吧！不好被人瞧見。」

「徐爺方才使了多少金葉子？咱家百倍地償還。」

「不多，不多，加上這次也就一百兩罷了。」徐應元右手往懷裡一探，又摸出一把金葉子，腳尖將轎簾一挑，隨手甩出，薄薄的金葉子竟颯然有聲，飄搖如西園的蝶舞，片片灑落。「呀！快看，又掉金葉子了。」聽得聲音，徐應元縮身彈出，一縷輕煙般地沒了蹤影，魏忠賢驚嘆他那鬼魅般的身手，暗想：竟是何人上本彈劾咱家？

乾清宮門外，王承恩已然守候多時，見魏忠賢到了，朝內通稟。魏忠賢進得殿來，便嗅到一股釅釅的茶香，東暖閣內崇禎正在吃茶，翼善冠放在矮几上，玉帶鬆落，明黃團龍袍前襟敞開，斜仰在軟榻上，兩個十五六歲的俊俏宮女左右伺候著。魏忠賢上前拜見，崇禎招手賜座，笑道：「聽說你嗜茶如賭，朕剛得了些絕好的香茶，教你一起嘗嘗。」

魏忠賢道：「皇恩浩蕩，老奴感激涕零。」

崇禎莞爾道：「你是先朝老臣，勞苦功高，也自該格外眷顧恩寵。」轉臉對小宮女說：「重換了茶罷。」一個小宮女遵旨將茶具收拾了洗滌，剩下的小宮女添水燒湯。

魏忠賢見鋪地的金磚上擺著一個紅泥火爐，上面穩放白玉般的商象石鼎，旁邊則是一尊純白大瓷瓶，瓶上滲出細密的水漬，想必是經冬的雪水。果然，小宮女輕輕啓了蓋子，一股淡淡的水氣湧出，竟猶有絲絲涼意。小宮女用瓷勺取水注鼎，又將一個五彩的小人放在火爐的餘燼上，魏忠賢知道那便是專供內廷取暖用的紅羅炭，每年紅羅廠都要將上好的木炭鑄成各種形狀，什麼金甲將軍宮裝少女額髮金童……描金彩繪，宮眷們極是喜愛。小宮女手執素竹團扇扇風發火，眼睛盯著鼎內的水。那紅羅炭端的名不虛傳，少頃，鼎內的水便魚目散布，微微有聲，漸漸四邊泉湧，累累連珠，最後騰波鼓浪，水氣全消。如此三息三起，方將石鼎取下，另一個小宮女早捧出一把朱泥葵花瓣壺燙了，又將掐絲珐琅纏枝蓮紋的白錫小罐打開，用光潔的素竹茶匙取出一撮色澤暗紅的茶葉來，放入壺中，注水洗茶已畢，再注了水，懸壺高沖，登時茶香滿殿，一股釅釅的香味若中秋方綻的桂花，令人心神一爽。崇禎見他出神，笑道：「這茶想你初次聞得，怕是叫不出名目的。」

魏忠賢似是不勝神往地說：「這般清香的茗茶想必是世間無上的珍品，老奴實是不曾見過。」

「此茶產於福建武夷山東北天心岩下永樂寺西的九龍窠，綠葉紅邊，名叫大紅袍，香高味永，乃是岩茶中的聖品，信屬天下第一茗。這水乃是宮後苑各色花卉上的天露，宮女們採集入瓷瓶，深埋地下，經冬復春，甘冽清爽至極，當出鎮江金山寺泉、濟南趵突泉、峨眉山玉液泉、無錫惠山泉、杭州虎跑泉之上。這把砂壺出自李茂林之手，其技藝雖較龔春、時大彬有所不及，但其色艷而不俗，華而不膩；其形勻整秀雅，飽滿有神。朕尤喜他書風絕類褚河南。」崇禎如數家珍，侃侃而談。

「好東西都入宮了。天下珍奇薈萃於萬歲爺的左右，老奴得見一二，也是萬幸。」魏忠賢看著茶水橙黃明亮，色如琥珀，先嗅了片刻，才小口地喝下，略一呼吸，頓覺滿口冷香，唇齒間說不出的滋潤爽利。

崇禎看著他額頭冒了汗，便道：「將袍服去了吧！今個兒沒有他人，也不論國家大事，不必拘束著。」魏忠賢身體肥胖，本來畏熱，連飲了幾杯有力道的熱茶，饒是已近深秋，天氣轉涼，也覺渾身躁熱起來，便將袍服解了。

「這茶葉如何？」崇禎拭了汗道。

魏忠賢點頭道：「果然是天下罕見的名品。只是老奴怎的未曾聽說過此茶？」

「此茶本來寂寂無名，朕登極後，先朝壬戌科狀元文震孟以此茶爲賀，朕才知曉。只是此茶出產不多，僅有六棵茶樹，所產不過半斤，方才已用去大半兩了，朕就自各兒留著了，總不好教你空手而歸，就挑把壺吧！」

王承恩把北面黃花梨大方角櫃上的黃銅鎖開了，裡面上下五層，左右兩分，竟是一色的砂壺。崇禎道：「且都取出來，教魏伴伴好生選選。」王承恩小心地將那些砂壺擺到暖炕上，竟占了小半個炕，恍若眼前升起一片爛漫的雲霞，只覺眼花繚亂，鐵青、天青、栗色、豬肝、黯肝、紫銅、海棠紅、朱砂紫、水碧、沉香、葵黃、冷金黃、梨皮、香灰、青灰、墨綠、銅綠、鼎黑、棕黑、榴皮、漆黑……三十幾把砂壺形態各異，色彩繽紛。魏忠賢讚嘆道：「萬歲爺哪裡尋得這般多的好壺？」

崇禎輕輕一笑道：「哪裡用尋，也不知是誰將朕愛吃茶的事洩露了出去，朕登極沒幾天，各地夠級別的官員便紛紛將這些上好的砂壺進貢入宮。」

魏忠賢仔細端詳一番，見多爲名家精製，不用說董翰、趙梁、文暢、時朋四大名家與稍後的時大彬、李仲芳、徐友泉三大妙手，就是砂壺的鼻祖金沙寺僧與其徒龔春的製作竟也赫然在目，他擎起那把赭土黃色樹瘤壺，見其面七凹八凸，結累如疣，卻隱隱含光，擊之如磬，不由讚道：「人人都說龔春之壺，勝如金玉。栗色暗暗，如古金石。果然古雅可愛。這想必是龔春以池底的澄泥摹擬寺中那棵參天銀杏樹所捏製的，確乎新穎精巧，溫雅天然。」翻看把內及壺身，果有篆書「龔春」二字，戀戀地放下，取了一把玉蘭花六瓣壺，略一把玩道：「這想必便是時壺。若萬歲爺恩准，老奴就請賜這把如何？」

「你倒識貨，這確是時大彬所製，只是略小些，你爲何不選把大的？」

「壺大則香不聚；壺小則香不渙散，味不耽擱。老奴性好獨飲，這把壺足夠了。」

崇禎略調一下身子道：「你倒是個不貪心的，也算是懂茶了，一人得神嘛！」

魏忠賢看看崇禎，見他捏著茶盞慢慢吸吮，忽地一飲而盡，忙道：「人起貪念，皆因不足。老奴尊寵已極，哪裡還有什麼不足處？怎的還會有什麼貪心。」

「古語說：無欲則剛。朕看你選時壺名實並不相副，不如選這把砂壺。」崇禎手指暖炕上一把十三竹雙色紫砂壺道：「此壺以竹爲形，虛心勁節，直勁高挺，中通外直，不枝不蔓，有古大臣之風。」

「那老奴哪裡當得起此壺？」魏忠賢遜謝道。

崇禎笑問：「怎麼是當得，怎麼是當不得？」

「老奴不敢與古人比肩。」

崇禎見魏忠賢神情極爲恭敬，點撥道：「這便是虛心，心虛便能受物。便是這只茶盞，只因中間空洞，方可盛得湯汁。《道德經》說：『三十輻，共一轂，當其無，有車之用。埏埴以爲器，當其無，有器之用。鑿戶牖以爲室，當其無，有室之用。』前朝王陽明說心外無物，其實世上萬物皆可容納於心。果能如此，諸事必順利多了。」

魏忠賢鼓頭嗟訝道：「萬歲爺聖學淵深，教老奴別開生面，一把平淡無奇的茶壺不過手上的玩物，竟也有這般的大學問！」

「朕所言不過依實情立論。所謂海納百川，有容乃大，你不是也容得下心有二志的人？足見胸襟呀！」崇禎笑意盈面。

魏忠賢心裡明白他話中所指必是楊維垣，卻故作不解道：「萬歲爺取笑了，老奴哪有如此的襟懷？」

崇禎暗笑，看著杯中紅艷艷的茶水道：「此茶傳說能將白衣染成緋袍，不知那楊維垣的緋袍是怎麼紅的？當年他在雲南會試童子時書『授小兒秘訣』聯語，被人嘲諷續以下聯『醫太僕官方』。這般文理不明的人竟也做到了從三品的官，教士子們如何取法？」

魏忠賢不禁愕然，見崇禎不屑楊維垣的品行，便附和道：「老奴也聽人風傳楊維垣士行卑污，不屬善類。」不料崇禎話鋒一轉道：「聽說你也曾舉薦過他？」

魏忠賢一怔，忙解釋道：「老奴是向先帝道及過，當年尚不知他品行如此，恰好雲南道御史出缺。老奴輕率了。」

崇禎指著矮几上的兩份摺子道：「此時你省的了也好。這是他上的摺子，雖說專劾崔呈秀，卻也關涉於你，自去看吧！」

魏忠賢將摺子捧在手裡，紅著臉忸怩道：「老奴讀書不多，不喜那些文謅謅的字眼兒，看不透徹。」

「你這秉筆太監當得辛苦，倒也眞難爲你了！」崇禎坐直身子，命王承恩道：「你念與魏伴伴聽，艱深之處，略加講解。」

王承恩接了摺子，清清嗓子，尖聲念道：「蓋廠臣有王掌家者，呈秀交結甚密，以故譽言日至，而穢狀未彰，廠臣遂誠信而賢之，而呈秀內諛廠臣，外擅朝政……懸秤賣官，其狀可勝道乎？依這摺子上說的，賣官鬻爵，收受賄賂，廠臣也是知道的，且暗裡允了呈秀專擅官吏升黜，呈秀不過幫凶，廠臣竟似主謀了。」

魏忠賢起身初聽，面色肅然，見王承恩借題發揮，隨口解說，暗暗驚懼，忙叩頭道：「老奴不能知人，致有今日被劾之羞。」

崇禎緩緩道：「知人善任不容易，容人也要有度才好，豈可一味包涵，姑息養奸？那便是放縱了。不過話說回來，楊維垣的摺子並非全是挾憤洩怨之辭，講的不少是實情，就看懷了什麼樣的心腸聽了。古人說不因言廢人，也不因人廢言。羞不羞的，也全怪不得楊維垣。」

「這……萬歲爺聖明。」魏忠賢額上浸出汗來。

崇禎伸手將矮几上的一疊摺子取在手中，拍拍道：「朕哪裡什麼都參得透徹？也是向別人學的，說這等話的並非楊維垣一人，這些摺子也都持此論，朕留中未發，算是爲你存了顏面。還是那句話，你是先朝舊臣，事關先帝聖譽，朕也容不得他人胡言亂語的，只是你教朕好生爲難。」崇禎長長嘆息了一聲，魏忠賢似覺那聲嘆息在屋內幽幽地來回浮盪，耳朵竟似嗡嗡作響。他向前跪爬半步，抖著手去拿那些摺子，王承恩道：「還是小的念與上公聽吧！」魏忠賢此時覺得那聲音都分外尖利，回頭見王承恩疾步過來，一把將那些摺子抓到手裡，只得垂頭靜聽。王承恩並不急於開讀，只將那些摺子舞弄得嘩嘩作響，乜斜一眼跪在腳邊的魏忠賢，高聲請旨道：「這些摺子有工部虞衡司主事陸澄源題奏《爲恭承明詔直陳利弊事》，提督學校監察御史賈繼春題奏《爲聖明御極言路宏開直糾不忠不孝之臣事》，刑部廣東司員外郎史躬盛題奏《爲直發欺君誤國之奸懇祈速正典刑以光新政事》，新任兵部武選司主事錢元慤題奏《爲聖治維新群奸見眈謹陳隱匿以息紛囂事》，浙江嘉興府嘉興縣恩貢生錢嘉徵題奏《爲請清官府之奸以肅中興之治事》，太常寺少卿阮大鋮題奏《爲凶逆罪惡滔天，神人朝野共憤懇乞立斬以光新政事》，撫寧侯朱國弼題奏……凡二十餘疏，或專論廠臣罪狀，或力劾廠臣十大惡，奴婢念哪一個？」

崇禎打了一個哈欠，似是心不在焉，招手道：「且聽聽他們怎樣說魏件件罷！」

「錢元愨論道：巨奸崔呈秀雖已鋤去，然呈秀之惡皆緣藉忠賢之權勢……先帝念其服勤左右，假以事權，群小蟻附，勢漸難返。稱功頌德，遍滿天下，幾如王莽之亂行符命；列爵三等，畀於乳臭，幾如梁翼之一門五侯；遍列私人，分置要津，幾如王衍之狡兔三窟；輿珍輦玉，藏積肅寧，幾如董卓之郿塢自固；動輒傳旨，鉗制百僚，幾如趙高之指鹿為馬；誅鋤士類，傷殘元氣，幾如節甫之鉤黨株連；陰養死士，陳兵自衛，幾如桓溫之壁後置人；廣開告訐，道路以目，幾如則天之羅箝吉網。天佑國家，誕啓聖明，然羽翼未除，陰謀未散，可漫焉而不加意乎？將廠臣比作了歷代有名的幾個奸雄。」

崇禎兩眼一刻也未離開魏忠賢，見他並無言語，以為他必是聽得糊里糊塗的，王莽、梁冀、王衍、董卓、趙高、曹節、王甫、桓溫、武則天那些歷史上有名的大奸大惡之徒怕是沒聽說幾個，只顧自語也似寬慰道：「此事廷臣自有公論，朕心亦有獨斷，他一個品級低下的小臣，胡亂比附，倒也不必追究於他。」

王承恩將那摺子放了，又念道：「嘉興縣恩貢生錢嘉徵劾廠臣十大罪：一並帝；二蔑后；三弄兵；四無二祖列宗；五克剝藩封；六無聖；七濫爵；八邀邊功；九朘民脂膏；十通同關節。」邊誦讀邊解說，這錢嘉徵本是浙江海鹽的一介寒儒，天啓元年中順天副榜，羈留京師，沒有多少功名，疏文寫得自然沒有什麼顧忌，將魏忠賢擅權以來的行徑一一道及，淋漓痛切，無惡不彰，聽得魏忠賢驚心動魄，句句如刀割面，事事似錐刺股，偷眼看看崇禎，崇禎卻並不看他，只是閉目細聽，一會兒雙眉緊鎖，一會兒含笑點頭，不知心裡想的什麼。魏忠賢不敢再看，頭磕得痛了，只得貼在地上，伏身不起，上下觳觫。疏文讀完，崇禎慢慢睜開眼睛道：「魏伴伴，疏文說的可是實情？朕聽聽你怎樣解說。」

魏忠賢方才聽了阮大鋮的名字，暗覺不妙，這般往日一心依附的死黨，如今爲洗脫罪名以示清白卻不惜落井下石，他人之心自然不問可知了。想到此處，心裡更加惶恐，急忙朝上叩頭，哽咽道：「老奴心裡只有萬歲爺，難免做事不周，得罪群僚。老奴實非得已，萬歲爺明鑒。」

崇禎冷笑道：「那豈不是朕教你犯了眾怒？」說著提起矮几下的一個紅漆小匣重重一放，指著道：「這些盡是先朝大臣們劾你的摺子，專從皇史宬揀來，那裡面堆得山一樣的摺子多半是或是諛你或是劾你的，有了工夫拿去細細看吧！你道是群僚誣陷於你，這許多的臣子如何都與你爲難，他們心裡便都沒有君父王法？先帝待你甚隆，你卻如何陷先帝於不君之地？太祖高皇帝明訓內官不得干政，僅此一條便可將你綁縛西市，何況楊漣當年奏有二十四罪，你有多少頭也不夠殺了！」

魏忠賢頹然癱坐半晌，向前爬了一步，抱住崇禎的右腿哭道：「老奴就算功過參半，一顆心卻也是向著萬歲爺的，只是看不得一介腐儒竟也來論說老奴短處，妄言顧命元臣，誹謗朝政，若不嚴懲，教人如何敢再爲君爲國出力？」

崇禎峻目看了他一眼，將腿一收，說道：「自古這爲臣之道，雖說分個忠奸，卻也不見得是黑白分明，忠未必全是，奸未必盡非，而為君之道，免不了調停，要自在於治衡，使其彼此消長，若全為忠臣不免沒了生氣，若全為奸臣則會亡國失位。諸臣有這般的奏疏，朕以此可知諸臣流品，明白他們在想什麼，總比默默無言心懷鬼胎的好。奏疏一途，可使忠奸相劾，互為窺視，則人人不敢輕越雷池。錢嘉徵此疏不論其是何居心，要在言之有物，並非揣摩風影污人清白，則其言可從。朝廷大事雖非人人可以言論，然也不必定要先看論者的身分而後可。錢嘉徵所論之事，廷臣自有公論，朕心亦有獨斷，青衿小儒不諳規矩，本當斥革重究，姑加恩寬免。你卻要好生自躬反省才是。」

他略一停頓，端起茶盞，撇開話語道：「這大紅袍果然不是虛名，到了九泡，桂花香氣兀自濃郁。」淺啜細品，慢慢回味一番，才低頭又對魏忠賢道：「你歷事三朝，雖是老臣，先帝也諄諄囑託，只是這麼多的人劾你，朕即便是替你擋著，也非良策，就像堤壩一般，總有水漲之時，不如以疏通為宜，先避避鋒芒，等事過境遷，眾人都消了氣，你自會平安。」

「那老奴就辭了這東廠的督印？」

「也好。東廠乃是非之所眾矢之的，你辭了廠印，可稍解眾人之怨，不失為自安之策。只是東廠乃朝廷心腹，不可一日無主，朕知你心在朝廷，就替朕薦個人暫為統管，朕也好安心。」

魏忠賢仰頭道：「萬歲爺體恤老奴，萬死難報。若說東廠督主，老奴舉薦徐應元，此人武藝超群，定可勝任。」

崇禎躊躇道：「這又不是上陣殺敵，不需什麼武藝，重在運籌謀劃，徐應元一人難當此大任，倒不如命王體乾提督東廠，與他合作一處。」

「那司禮監交與何人？老奴莽撞了。」魏忠賢脫口直言，出口便覺鹵莽。崇禎卻不以爲意，沉吟道：「命高時明掌印司禮監，也可由你這個秉筆輔佐一二。」

「老奴感念皇恩，定當鞠躬盡瘁，死而後已。」魏忠賢聽出崇禎似是尚留用自己爲秉筆太監，並非完全落職，閒住私宅，暗覺鬆了口氣。

「起來吧！回去擬表，朕也好用它堵住群臣的口。朕也覺得餓了，這大紅袍好大的勁道！」

魏忠賢叩了頭起身，無奈跪得久了，雙腿酸痛，一時竟難起身，忙用手撐著身子爬起正了袍服，匆匆退出。不料剛跨出殿門一腳，卻聽崇禎又道：「你且回來。」魏忠賢已是驚弓之鳥，暗想：莫不是崇禎後悔了？他若果眞不教咱家活了，咱家便與他拼了老命。主意既定，他左手不由摸了一下腰間，碰到了那個日夜不離的護身寶貝，膽氣陡然一壯。

第十七回

乞雨露新貴遭貶斥　失計謀大璫謫皇陵

王承恩在門邊大喝道：「你這逆賊竟敢背主犯上？」將手中的拂塵奮力拋出，向他打來，徐應元獰笑道：「誰不教咱活，咱便不教他活！」一手將拂塵接了，雙掌一錯，那拂塵頓時斷作數節，與白色的馬尾一起散落。只是這略略一緩，崇禎已躲到御案下面，徐應元探身出手，五指如鉤，向案後抓去，書櫥後早有數條人影閃出，呼喝道：「徐應元，還不住手！」徐應元抬眼一看，右手不由停在半空，再難落下，數十條鳥銃齊齊地指著他的眉心，槍口像殿外無邊的黑夜看不到盡頭。為首一個精瘦的漢子烏紗緋袍，持一尺長短的手銃，上前將崇禎扶出，「皇上受驚了，臣死罪！」

魏忠賢將腰間那個日夜不離的手銃捏了捏，壯著膽子回到東暖閣，若是見機不利，便要魚死網破。哪知崇禎手指玉蘭花六瓣壺道：「朕賜你的東西可是不好嗎，怎的竟不取而去？」魏忠賢忙將腰間的左手移開，雙手捧了砂壺，謝恩而去。王承恩看著他漸遠的背影，啐道：「可惜了那把好壺，竟便宜了這個奸賊！」

「只不過替朕保存幾日罷了！藏在他的私邸與這乾清宮並沒什麼兩樣。」崇禎微笑道。

王承恩點頭道：「那是自然。萬歲爺什麼時候想要了，奴婢捧著聖旨替您再討回來。」

崇禎笑罵道：「休要胡說，賞賜的東西怎麼好再討回？朕什麼時候如此小氣了？」

「萬歲爺既是不想賜給他，為何還要將他喚回來？」王承恩十分不解。

「打草驚蛇。」崇禎輕輕吐出四個字，眼裡含著莫測的殺機。

王承恩道：「可是蛇急了會咬人的。」

「朕正是要趕蛇出來，若老是躲在洞裡，朕還怕打不到牠呢！」崇禎看著王承恩茫然的樣子，解釋道：「只要躲過蛇頭，那牠的整個身子豈非全是漏洞了？朕自然可以任意施為了。」

「那什麼是蛇頭呢？」

「蛇頭可是大呢！內閣、六部、四方督撫為腦髓，諸科道為喉舌，錦衣衛、東廠、內廷操兵為爪牙。」

「蛇身是什麼？」

「不過是些趨炎附勢之徒罷了。朕待他們自相爭鬥，可謂久矣！這一天終於來了，豈容錯過？」崇禎眼裡熠熠生輝，竟似走狗逐兔的獵人，眼見那狡兔驚慌地向張開的繩網撞去。

「萬一躲不過蛇頭？」王承恩隱隱感到了幾絲驚駭。崇禎抬眼看著他，笑問：「你說該怎麼辦？」

王承恩先是搖搖頭，卻又不好教皇上說自己愚笨，便說道：「要是奴婢就做一身鑌鐵的鎧甲，任憑牠咬，卻不硌掉牠的毒牙？」

「你這呆子！難道終生都要穿那沉重的鎧甲，睡覺也不脫下？眞是庸人之策、懶人之計。」

「那總不能教牠咬吧？」

「豈會容它放肆！若想高枕無憂，並不是沒有辦法，卻也是唯一的辦法。」

「奴婢糊塗了。」

「拔蛇牙！」崇禎威風凜凜道。

「如何拔？」

「朕不是早已拔了？先安撫了九邊將士，再准『五虎』之首崔呈秀回籍丁憂，罷了內操，命徐應元協理東廠，在宮裡安插了信邸的舊人。這些牙不但早已咬不得人，怕是還會自噬呢！」崇禎端起茶盞嗅道：「好茶！冷了竟還有清涼的香氣。這才是眞香，英華內斂，令人咀嚼不盡。」

更鼓一漏，文淵閣裡，崇禎猶未有睡意，反覆地翻看著奏章，不由默念出聲：「舉天下之廉恥澌滅盡，舉天下之元氣剝削盡，舉天下之生靈魚肉盡，舉天下之物力消耗盡。眞是可恨！」他將摺子狠狠摔在御案上，門邊鵠立的王承恩驚得張望一下，見他滿臉怒容，忙轉過臉去，不敢多看。

「小恩子，萬歲爺還在批閱奏章？」略覺尖細的聲音傳入耳中，不等回應，一個鬼魅般的身影飄飄地來在眼前，來人正是新近升任司禮監秉筆太監的徐應元。

王承恩笑道：「原來是徐爺。」然後將聲音壓低了道：「萬歲爺正在裡面窩火呢！」

徐應元道：「還有什麼煩心的事不成？咱到裡面替你寬慰萬歲爺幾句，只是不能徒費了口舌，白幫了忙。」

「徐爺說的什麼話，小的豈是個不懂禮數的？徐爺若是果然教萬歲爺開了心，小的自會想法子孝敬您老人家。明個兒教御膳房備下幾個精細的菜肴，找上幾個美貌的小宮女伺候您吃喝怎樣？」王承恩嬉笑道。

徐應元眉開眼笑道：「萬歲爺身邊可眞長了見識，心瓣也通靈了不少，竟知道咱的心思。」

「可是徐應元嗎？不過來見朕，卻只顧在那裡調笑？」崇禎不知何時踱步到了近前。徐應元慌忙拜見道：「萬歲爺，奴婢哪敢忘了禮數？是多日不見萬歲爺了，一時歡喜，情不自禁，聲音高了，眞是該死！」

「卻不信你夜裡來文淵閣只是爲了看朕？」崇禎邊往御案後走邊含笑問道。徐應元看看王承恩，從懷裡摸出一個紙片，恭恭敬敬地呈上道：「奴婢替萬歲爺斂了些軍餉，可是大把的金銀呢！」

「該不是又有什麼人求你辦事，作局輸與你的吧？怎麼竟有如此之多！」崇禎不禁暗吃一驚，見上面工工整整地寫著白銀五十萬兩，黃金一萬兩。

徐應元上前道：「這不是奴婢贏的，也沒有什麼人賄賂奴婢，是魏忠賢拿出來奉獻與萬歲爺的。」

崇禎不悅道：「你便替朕做主了？你可見過聽過歷朝歷代有拿錢收買天下之主的嗎？」

「奴婢不敢。奴婢也曾如此說他，他道要教萬歲爺明白他的心，也好求個善終。」

「想要個什麼樣的善終？」

徐應元點頭道：「魏忠賢是先朝顧命元臣，若是棄之不用，似有違先帝遺意，也冷了他一片為國的心腸。奴婢以為不如將他乞俸贖過，仍留在宮裡驅使，以示萬歲爺恩深似海，也好顧全他的臉面。」

崇禎沉臉肅聲道：「你拿了多少銀子，連夜來替他說話講情？」

「奴婢不曾拿他什麼銀子，只是為萬歲爺著想。」

崇禎冷笑道：「你如何一心替朕著想？」

「奴婢讀書不多，但知道窮寇莫追，萬歲爺博聞多識，想必領會得更為透徹。」徐應元眼珠不住滾動，在崇禎身上掃來掃去。

「你是說朕不可逼他作困獸之鬥，狗急跳牆？朕豈會不明白，還要你這奴才提醒？福藩的趙進教是怎麼回事？」崇禎喝問道。

徐應元心頭一震，忙道：「奴婢早年在宮裡與他相識，賭錢喝酒，自他隨福王老千歲離京去了洛陽，奴婢就再未見過了。」

崇禎哼道：「再未見過？那瀟碧軒的宴飲可還美味？那薛潤娘可還依然貌似當年？你還想瞞朕嗎？」

徐應元臉色變得煞白，驚恐道：「萬歲爺怎麼知道的？奴婢該死，只道是多年不見的故友，不好駁了情面，便去會見了。」

「那魏忠賢、趙進教狼子野心，陰謀迎立福王回京，也是故友情面？你這奴才為何知情不舉，還要曲意遮掩？」

「奴婢確實不知內情，只是吃了一場花酒，並未參與其事。」徐應元雙膝一軟，跪在崇禎腳下。

「席市街北的宅子是什麼人居住？昨日魏忠賢的轎中又是何人？拿人錢財與人消災，你這見利忘義的奴才，心裡還有朕嗎？」崇禎一腳將他踹倒在御案下，厲聲叱罵道：「你此刻定是想著朕是怎麼知道的？哼！朕若是沒有耳目，又哪裡會想到隨朕出生入死的奴才早變了心呢！朕升你的官，准你收些銀子發財，你還蛇心不足，想裡外通吃的好事，哪裡會那般便宜？那朱由崧朕已命他回了藩地，永不得入京。那趙進教朕早已命人暗裡審問，他已招了。魏忠賢的轎夫之中，朕早已安排了眼線，他的行蹤朕隨時可知，你還想瞞朕？」

徐應元見事情敗露，哭道：「萬歲爺，奴婢一時糊塗，利欲熏心，不慎著了魏忠賢的道兒，求萬歲爺看奴婢往日的勞苦，饒奴婢這回，奴婢再也不敢了。」

「還說什麼往日的苦勞！你可記得隨朕入宮的那夜遭魏忠賢毒打，可還記得在文華殿提心吊膽、忍饑挨餓？朕若忘了，你與王承恩如何要忘？不過數十日，你便好了傷疤忘了疼，爲幾兩銀子便失了自各兒的身分，任其驅遣。朕平生最恨沒有氣節的賤骨頭，你既是忘了魏忠賢的拷打，捨命不捨財，朕便教你長個記性，教你人財兩空。來人，將徐應元拖到門外，重打一百！明日發配南京孝陵充任淨軍。」

徐應元聽了，如同雪水澆頭，心頭萬分淒慘。那孝陵在南京東面紫金山南麓獨龍阜玩珠峰下，茅山西側，乃是大明開國皇帝朱元璋和皇后馬氏的合葬陵墓，地處荒郊野外，哪裡比得上皇宮繁華富麗的萬一，每日灑掃除穢，自己如何消受？他痛哭流涕：「奴婢想留在宮裡，終生伺候萬歲爺，再不敢有二心了。」

崇禎語調依然冷峭：「朕也曾告誡與你，不可輕視了差事，自跌身分；也不可自恃尊貴，盛氣凌人。先前朕有心將東廠交與你，提拔你提督東廠，不想你助紂爲虐，爲虎作倀，朕豈能容你？這全是你自作自受，怨不得朕心狠手辣。」

「那好，既是萬歲爺不教奴婢活，奴婢也顧不得什麼君臣大義了，今日不是魚死就是網破。」說著，徐應元跳起身形，揮掌向御案後撲來。崇禎大叫：「護駕！」

王承恩在門邊大喝道：「你這逆賊竟敢背主犯上？」將手中的拂塵奮力拋出，向他打來，徐應元獰笑道：「誰不教咱活，咱便不教他活！」雙掌一錯，那拂塵頓時斷作數節，白色的馬尾紛紛散落。只是這略略一緩，崇禎已躲到御案下面，徐應元探身出手，五指如鉤，向案後抓去，堪堪抓到，書櫥後閃出數條人影，一齊擋在御案前面，呼喝道：「徐應元，還不住手！」

徐應元抬眼一看，數十條鳥銃齊齊地指著他的眉心，槍口像殿外無邊的黑夜看不到盡頭，右手不由停在半空，再難落下。爲首一個精瘦的漢子烏紗緋袍，持一尺長短的手銃，上前將崇禎扶出，「皇上受驚了，微臣護駕遲緩，死罪！」崇禎鐵青著臉，心口兀自亂跳，仍舊在御案後坐了，對那緋袍漢子命道：「張素養，給朕著實打這狗奴才！」

緋袍漢子便是右副都御史、提督京營戎政張素養，他答應一聲，回身一掌拍到徐應元的臉上，罵道：「你這豬狗不如的賤胚，皇上恩典你，你卻不思報效。若不是皇上妙算，密詔神機營守衛左右，豈不遭了你的毒手！」隨即又冷笑道：「你的掌法不是精妙異常，天下獨步嗎？看是你的手快，還是咱的槍快，綁了！」

崇禎看著徐應元被五花大綁了，兀自回頭哀憐怨恨地望了一眼，恨道：「朕臥榻之旁豈容他人鼾睡？王承恩，將朕朱批的錢嘉徵疏本明日一早送六科抄錄，謄寫成邸報，公諸天下。」

王承恩道：「萬歲爺，徐應元這賊子，罪當凌遲，責去守陵卻是便宜了他。」

崇禎嘆道：「朕雖曾告誡過他，只是當時魏忠賢權傾朝野，怕打草驚蛇，以致語焉不詳，他難以體會朕的本心，朕也有失察之責。還是留他一條活路，改去湖北顯陵吧！」

「萬歲爺寬大爲懷，慈悲上追佛祖。」王承恩由衷地讚頌道。殿外傳來棍棒擊打皮肉的悶響，受刑人被堵的嘴裡依然發出嗚啞之聲。

更鼓敲了兩下。

次日，魏忠賢等不到徐應元的消息，只好將托病告退的摺子上了，崇禎瀏覽一遍，便批朱道：准魏忠賢回私邸調養，東廠印交王體乾掌管，升高時明爲司禮監掌印太監。魏忠賢所有印信，一併收回。又將魏忠賢的侄子寧國公魏良卿降爲錦衣衛指揮使，東安侯魏良棟降爲錦衣衛指揮同知，安平伯魏鵬翼降爲錦衣衛指揮僉事。錢嘉徵的疏本與魏氏遭貶的消息一經傳開，各科道的摺子雪片般地飛入京城，崇禎便接連下旨，將崔呈秀削職爲民，免了工部尚書吳淳夫、太僕寺卿白太始、尙寶司卿魏撫民、東廠太監張體乾、御馬監掌印太監涂文輔。幾日來，人事更迭，翻雲覆雨，魏忠賢蟄居私邸，坐臥不寧，眼看周圍黨羽紛紛去職，只剩下田爾耕、許顯純、楊寰幾人，平日裡難通什麼消息，更不用說過府問候了。過慣了前呼後擁的日子，猛然冷清下來，又出不得府門，到酒樓歌肆尋樂耍子，身邊的幾個人面孔都熟得膩了，自是寂寞難耐，便擲幾日骰子，鬥幾日蟋蟀，打發光景。就是如此，崇禎卻也容不得他了，先將田爾耕落了職，隨即下旨將魏忠賢安置鳳陽孝陵司香，魏忠賢在大堂上跪聽著聖旨，「朕覽諸臣屢列逆惡魏忠賢罪狀，俱以洞悉。竊思先帝因服侍之勞，稍稍假以恩寵，而魏忠賢不報國酬遇，專逞私植黨，盜弄國權，擅作威福，難以枚舉，略數其概……朕思忠賢等不止窺攘名器，紊亂刑章，將我祖宗蓄積貯庫傳國奇珍異寶金銀等朋比侵盜幾空，本當寸磔，念梓宮在殯，姑置鳳陽。二犯家產，籍沒入官。其冒濫宗戚，俱煙瘴永戍。」魏忠賢眼前一黑，幾乎要暈倒在地，好在聖旨宣讀完畢，順勢叩頭謝恩，伏地不起。送走了宣旨的太監，魏忠賢一個人坐在太師椅上發呆。

已進十月，天氣轉涼，日頭落得也快了。殷紅的餘輝透過花窗，將瀟碧軒映照得更加富麗堂皇，魏忠賢周身鑲罩在金色的光影裡，似是生祠中的泥胎雕像，他慢慢起身走到西面的花窗向外瞭望，柳樹隕黃，朔風漸起，一片片灰黑的雲幕從西北方漂浮而來，落日將它鑲了一層耀眼的金邊，西山的落日不知何時能再回來眺觀，魏忠賢心裡湧出從未有過的傷感，「眼見他起高樓，眼見他宴賓客，眼見他樓塌了」，他想起了那句戲文，盛極必衰呀！他長長地嘆了口氣。窗外，一場綿綿的秋雨就要來了。

秋雨瀟瀟，來勢竟是如此之急，雨打殘荷，叮叮作響。一個雨布油靴的人來到了瀟碧軒，伏地大哭：「兒子萬請爹爹留下。」

魏忠賢正在椅子上出神，聽得哭叫，低頭看時，才發覺吏部尚書周應秋跪倒在腳邊，苦笑道：「咱家何嘗想離開，只是聖意不可違。」

「爹爹再去求求皇上，像當年求先帝那樣，興許皇上會收回聖命。」

魏忠賢搖頭道：「你還這般癡想？咱家怕是沒有了先前的聖眷了，求也無益。」

周應秋跪爬兩步，抱住他的腿，泗涕長流，哀哀哭訴：「爹爹若奉旨離京，教兒子如何過活？」

魏忠賢伸手將他拉起道：「你也不必太傷情，咱家雖說勢力比不得從前了，手下得力的多被罷黜歸家，但一朝風雲際會，仍可捲土重來，只是自家先不可灰了心，失了志。」

周應秋頹然道：「沒了爹爹蔭庇，兒子這職位不知還能坐得幾時？自保都難了，還能謀什麼大事？」

「保住一個是一個，慢慢再想法子。」魏忠賢安撫道：「你能在此時來看望爹爹，也是一番情義，只是千萬要小心東廠的坐記，如今各處都換了別人。」周應秋聽得一陣心驚，望望門外，見廊檐下赫然站著一個人，嚇得開口欲叫，卻看清了那人的面目，原是掌家王朝用。王朝用早已到了，只是怕打斷他倆的話語，便等在廊檐下，淋得渾身片片濕漬，進來稟報道：「老祖爺，東西都收拾好了。能帶的就裝了車，不能帶的就藏了。」

「你告知大夥兒一聲，想跟隨咱家的，明日一早同去鳳陽。不想跟隨的每人發些銀兩，任憑他們各自散去，該投親的投親靠友的靠友，不可阻攔。」王朝用啜泣著退了出去，魏忠賢向周應秋擺手道：「你也去吧！」

各宮的燈火多已熄了，承乾宮外依然掛著兩盞大紅燈籠，崇禎今夜便要在此歇息。田貴妃早已命宮娥將被褥熏了又熏，滿室飄香。崇禎來到了宮門前，敬事房太監上前拜見，他以手示意教他們免了，一人輕手輕腳地走進宮來。見田貴妃淨去了頭冠宮裝，一襲雪白的絲袍，坐在鋪了軟墊的竹椅上，借著一盞輕紗貼金的宮燈細細地看著一本書，一邊看一邊閉目稱妙。崇禎趁她合眼之際，一把將書奪了，田貴妃大驚，罵道：「哪個奴才這般大膽？」轉身便打，見是崇禎，一時不敢將手落下，舉在半空，寬大的衣袖盡皆滑落，整條臂膊幾欲裸露，纖指、皓腕美艷絕倫，崇禎伸手輕輕握住道：「這般的妙人動粗竟也是萬種風情。屋內是什麼香，如此芳馥，可是你身上的體香？」崇禎張開手臂將她攬入懷中，田貴妃順勢貼在他胸前，嬌聲道：「妾妃身上的香氣皇上並非不知，這是妾妃剛剛製成的一種異香，那方子便在皇上手中。」

崇禎將書合攏，見封面題簽著四個魏體小字：遵生八箋。田貴妃道：「這書中有一節專講香粉的配製方法，妾妃反覆研核，眞想不到高濂一個大男人不究心文翰，竟沉湎於香奩艷粉之中，想必當年是孽種情郎。」

「聰慧如此，不思貨與帝王家，未免玩物喪志了。」崇禎將書拋開，看著燈籠道：「這燈籠是何人所爲，怎的與其他宮裡不同，更顯光亮？」

田貴妃道：「妾妃見宮燈四周貼金，固然富麗堂皇，卻遮住了許多光明，便憶起幼時在江南紮製的竹條燈，將竹子劈成細片，彎成圓形，四周罩以輕紗，既可擋風，又極明亮，便將一面貼金換成了輕紗。」

「心思果然智巧，明日朕告知皇后，命宮裡都按此樣式換了。」崇禎說著望了一眼垂著軟煙羅的香楠大床，田貴妃面色一赭，掙脫出崇禎的懷抱，用手掠掠高挽的烏雲鬢，回眸一笑，宛若深閨少女，翩若驚鴻，矯若遊龍，凌波微步，羅襪生塵。崇禎想到她那一雙如初綻紅蓮般的玲瓏小腳，登時怦然心動，疾步趕上，一手攬住她的細腰，向後仰面緩緩放倒，一手隔袍抓了她的玉腿，向上拉起，隱隱透出一隻尖尖的白緞繡花弓鞋，頭尖微翹，綴著一顆杏核大小的珠子。崇禎拉開絲袍，卻見她並未穿襪，雪肌玉膚與絲袍渾然一體，調笑道：「屐上足如霜，不著鴉頭襪。果然不俗！」伸手便要替她去了繡鞋，田貴妃假意推脫，縮著腿兒左右搖擺。二人正自嬉鬧，門外王承恩稟道：「萬歲爺，東廠提督王永祚有要事待召，十萬火急，見是不見？」

崇禎罵道：「這個蠢材早不來晚不來，卻這時來，教人好惱！」

田貴妃勸慰道：「想是有了什麼急事，不然王承恩也不會替他通稟的。時辰不過二更，夜還長呢！」

崇禎披衣出來只見了王承恩和敬事房的太監，便問道：「王永祚在哪裡？」

「回萬歲爺，在文淵閣候著呢！」王承恩知道擾了崇禎的雅興，怕他發怒，小心地答應著。

「什麼事，半夜也來攪擾朕？」崇禎坐在御案後，眼睛盯著王永祚。王永祚卻不理會他惡聲惡語，稟道：「奴婢剛剛在魏忠賢私邸周圍抓了一個疑犯。」

「是什麼人？」

「奴婢怕事情緊急，便用了重刑，那人招認是王體乾密令他從昌平來的。」

「要做什麼事？要找什麼人？可是與魏忠賢有關？」崇禎頓覺事情重大，早將方才的惱怒丟開。

「奴婢從此人的糞門裡搜出一個蠟丸，裡面是一封王體乾親筆寫與魏忠賢的密札，請萬歲爺御覽。」王永祚從懷裡取出一張紙片呈上。崇禎生性好潔，聞聽紙片取自那人的糞門，不由皺起眉頭道：「念與朕聽便了。」

王永祚已知其意，忙道：「萬歲爺，這一份是奴婢命人謄抄的，原來那封密札留在了東廠。」

崇禎接了細看，上面滿滿寫了蠅頭墨跡：「上公千歲：聞上公落職閒住私宅，不勝嘆惋，然人輕力微，愛莫能助。今日又聞萬歲爺有詔將上公安置鳳陽，足可痛哭。想上公心下亦必淒涼，蓋萬歲爺以京師重地，上公經營多年，根底自是深牢，不可輕撼，故遣出京，散我黨羽。小的以爲安置鳳陽亦不足悲，事猶可爲也。鳳陽雖不若京師諸事便利，然亦不難一呼百應，蘇杭織造梁棟、應天巡撫毛一鷺、浙江巡撫右僉都御史潘汝禎、浙江總兵崔凝秀、南京守備太監劉敬、南京右僉都御史劉志選、南京兵部尚書劉廷元、孝陵衛指揮李之才盡可用也。且取道鳳陽，有勝於京師者二，不必終日受人鉗制，晝夜遭人監視，一也；所謂脫線之魚可優游於江湖，或少網罟之禍，二也。若上公東山之志不竭，他日獲得機緣，舊時之觀不日可復。上公爲門下走卒計，亦當勉之。體乾遙拜頓首。」

崇禎看罷，森然道：「斬草不除根，春風吹又生。魏忠賢一日不死，其黨羽勢必懷抱異志，蠢蠢欲動。朕先將王體乾由司禮監掌印改作東廠提督，又命他落職閒住回籍，他必是暗生怨恨，故一改遠離魏忠賢自求安寧之策，公然攛掇魏忠賢擁兵造反。王永祚，魏忠賢安置鳳陽的消息傳出，京師可有什麼震動？」

「奴婢廣派番役四處打探，日夜監視魏忠賢的爪牙，那些丟職的多數龜縮在私宅，尚未罷黜的只有提督勇士四衛營內監吳光成、正陽門提督內監余良輔、大壩馬房提督太監孟忠幾人，也未見動靜，看來是不足成事了。」

崇禎誡諭道：「切不可大意。百足之蟲，死而不僵。魏忠賢雖閒住私宅，然經營數載，京師、九門、各邊、兵部皆安插親信，朕雖將宮裡的太監多有汰選，可一時哪裡有許多得力稱心的人手？一些人也是看著風向，迫於情勢，心裡未必便向著朕？好在京營、四衛營、九門提督、五城兵馬司朕都派人接管了，免了天壽山守備太監孟進寶，太和山守備太監馮玉，漕運太監崔文升，淮南總管河道太監李明道，然尚不及盡撤各邊內臣，東北有總鎮太監劉應坤與御馬監太監陶文、紀用尚駐守寧遠，御馬監太監胡明佐駐守錦州，孫茂林、武俊、王蒞朝分守中軍，駐在山海關。西北有葛九思鎮守宣府、大同、山西，張守誠、李應江輔之，田奉、張大興爲中軍，各駐鎮城；朱蒙童巡撫延綏，牟志夔馴服山西、甘肅。東南孫國楨巡撫登萊，更有胡良輔爲天津提督，御馬監太監苗成爲中軍，金捷、郭尚禮駐守皮島；還有黃憲卿巡撫山東，亓詩教巡撫河南。崔呈秀的妾弟密雲參將蕭惟中更是近在咫尺。京師四面受圍，京營之兵久疏戰陣，不及邊兵勇悍之萬一，一旦魏忠賢在京師起事，國事難料。」

王永祚道：「據王體乾的密札來看，安置鳳陽也是不妥。」

「朕也知曉鳳陽多有魏忠賢心腹爪牙，且其地濱海臨江，嘯聚著不少梟雄敢死之輩，若爲魏忠賢所用，未必沒有揭竿回應的人。果眞如此，東南半壁江山恐非寧宇。他以爲能到得鳳陽嗎？朕是只是要他離開京師。似他這般的大奸大惡之徒，朕豈會逼之過急，令其絕望？朕知道狗急了還會跳牆呢！」崇禎將手中的紙片一彈，笑道：「朕豈會遂了他人的心，任他人恣意胡爲！朕隱忍已久了！王永祚，明日多派些人手，督促魏忠賢儘早啓程，不得延誤耽擱。」

頤壽堂內，杯盞粗細的巨燭映得滿室通明。夜已四更，魏忠賢臥在炕上，聽著秋雨淅淅瀝瀝地下個不住，輾轉難眠。他披衣起身，打開炕角處雕花炕桌上的黃花梨官皮箱，取出一個黃花梨小箱，慢慢啓了，裡面竟是滿滿的一盒子細細的石灰粉，正中一個細長的紅色土布包裹，密密封著。魏忠賢將那包裹小心取了，輕輕剝開，裡面卻是一根乾癟烏黑的小棒，似放壞的千年人參。他將那小棒捏起，端詳片刻，竟嗚咽著哭道：「寶貝兒，咱家因你受了多少苦楚？正在妙齡的媳婦不能快活，受人白眼冷語，巴巴地跑到京師，入了皇宮，眼看著成千上萬的如花美眷冰肌玉膚的宮娥，也沒有半分的本事，好不容易享了榮華富貴，卻怎的落了這般下場。」那個小棒原是魏忠賢入宮前自行割下的男根，宮裡的太監稱作寶貝兒。哎！轉眼三十年了，他浩嘆一聲，那個北直隸河間府肅寧縣的李進忠已是如何的遙遠！當年孤兒寡母相依過活，寡母不得已改嫁了李姓，自己也便姓了李。年及二十，娶了妻子馮氏，不久生了女兒。若不是自己好賭，被人設局騙了，哪裡會恚而淨身，入宮當差，落得妻離子散，妻子改嫁他人，女兒賣與楊六奇家做童養媳，說不定還在老家含飴弄孫，樂享天倫呢！但卻也脫不得終日勞作，為生計犯愁。這便是命！勢難兩全。他恨恨地想著。

早在萬曆朝，魏忠賢淨身入宮，在司禮太監孫暹名下充任雜役，又轉到甲子庫當差，掌管烏梅、靛花、黃丹、綠礬、紫草、明礬、光粉、黑鉛、紅花、水銀等物，不久為皇太子朱常洛才人王氏辦膳。太子即位為光宗皇帝，他升任東宮典膳，專門掌管東宮太子朱由校的飲食，結識了太子的美貌乳母客印月。一個月後，光宗驟崩，東宮即位為天啓皇帝，他便復了魏姓，皇帝御賜了忠賢之名。魏忠賢憶起升任司禮監秉筆太監，提督東廠，剿滅東林，朝野其實唯我獨尊，何等痛快！又轉念道：咱家那相好的不知怎樣了？月餘不見了，每夜寒衾冷被的，身邊再難尋個可意的人兒，若是往日正可連夜前去訪她，豈不有趣？魏忠賢暗自惆悵，思前想後一番，便將那寶貝兒放入小箱鎖好，抱在身邊昏昏睡了。朦朧之中，只覺有人搖喊：「老祖爺快起來，該動身了。」

魏忠賢強睜了眼睛，見是掌家王朝用，問道：「幾時了？可還落雨？」

「剛過寅時，雨已停了。」

「咱家昨夜不曾睡好，再略躺會兒動身不遲。」魏忠賢睡意方濃，若在平時攪了他的好夢，早已叱罵責打了。

王朝用急道：「老祖爺不可再睡了，王永祚連夜率東廠錦衣衛將宅子圍了，奉旨押發的司禮監太監劉應選、鄭康升早催著啓程呢！」

魏忠賢心痛如割，悲聲說：「稟上王督主，就說咱家盥洗了，即刻動身。」忙起身穿戴了，草草吃了兩口飯食，出了頤壽堂，一步一回頭地穿過遊廊、重門，緩步朝外走。家人奴僕早將私宅中金銀珠寶收拾了四十餘車，一齊排在府門外。數十個壯漢家丁帶著短刀弓箭，各牽家下餵養的膘壯馬匹，押著車輛，東廠錦衣衛只在四周遠遠地圍觀，卻不過來。魏忠賢回頭看一眼巍峨的府第，「敕造府第」的巨匾依然高懸，垂淚道：「此去不知何日才得回來？花房的菊花開得正艷，卻難帶得。」

王朝用提醒道：「老祖爺莫悲傷了，廠衛明令定要日出前出城呢！」

「朝用，你莫跟咱家去了，這京師還有偌大家私，也需一個管事的人。咱家如有回來之日，好有個落腳處。」

「老祖爺一路小心了。」王朝用跪下叩了頭。魏忠賢環視四周，卻無一個二十四監局的太監來送，就是平日受過恩寵的，也不見個人影，都遠遠躲了，或假作不知，懼怕惹出禍來，可見人情世態了。想起前時手握權柄，終日華堂盛筵，金紫滿庭，何等威風，何等興旺，何等熱鬧！今日打關節，明日報緝捕；今日送本來看，明日來領票擬！今日託人送禮，明日來人拜見，就是二三品的朝臣要趨府面謁也是難的！豈知如今連一頂紗帽也不能保全，好不冷清。魏忠賢萬般無奈，只得向闕嗑頭謝恩，隱隱見皇極、中極、建極三殿巍峨，後面萬歲山上壽皇亭高聳入雲，嘆息不已：「咱家耗費了多少精神，才這般的錦衣玉食，心下好不忍離！」

押解的太監劉應選遠遠喊道：「休得遲延，即刻上路登程！」

魏忠賢戀戀地上了一匹膘肥健騾拉的轎車，向南而行，四十幾輛大車迤邐跟在後面。眼看到了宣武門，天光已亮，見向時順天府尹李春茂、通政司經歷孫如冽籌建的那座茂勛祠，被新拆得敗壁殘垣，殿頂全無，破落在高聳的天主教南堂一旁，裡面的塑像、頌詞、聯語想必更是狼藉了，禁不住又暗自傷感一番。猛聽前面連聲呵斥：「何人大膽，竟敢阻攔欽差，還不快將桌案撤了！」

「欽差老爺就通融一下，妾身給我家魏哥哥餞個行，只片刻便好。」卻是一個女人的聲音。

劉應選道：「那便許你一刻工夫。」與鄭康升也下了馬，坐在桌案一邊吃喝歇息。

魏忠賢一掀轎簾，見是一個頭紮青帕的襦裙老婦，領著一個年幼的丫鬟，守著一桌酒菜。他忙下了騾轎，上前道：「忠賢與夫人素不相識，何故高義破費？」那老婦聞聲轉過頭來，看著他愕然道：「冤家，你竟認不得我了？」

魏忠賢大驚，眼前的老婦赫然是權勢熏天的奉聖夫人客印月，才一月未見，那曾經每日用群仙玉液浸漬的頭髮竟已絲絲地白了，白皙如凝脂的臉頰也堆滿了皺紋，眞個是鳩形鵠面，兩鬢添霜，哪裡還看得出當年絲毫的光鮮美艷？不過一個市井的老婦人罷了。魏忠賢拉住她的手道：「你如何這般模樣了？」

客印月淒然一笑：「急得悶得，突遭冷落，心如死灰，形容自然枯槁了。戲文上說伍子胥一夜白頭，這已四十幾個日夜，多少頭怕也都白了。」

「怎麼知道咱家今日離京？」

「如今天下多少人豎著耳朵探聽宮裡的風聲，哪裡還有不透風的牆？自你落職閒住私宅，我天天派人窺探，昨日見家人裡外出入忙碌，想是有了變故。我一夜未眠，就近等候消息，不知灑了多少淚，嘆了多少氣。天快明了，見從門裡趕出幾十輛大車，便知道你被謫去鳳陽司香。」客印月嗚咽難語，禁不住抽泣起來。

魏忠賢黯然道：「咱家昨夜也好生想念你，只是門外廠衛甚多，出不得府。」

客印月止住哭聲，斟了一杯酒道：「你這一去，千里迢迢，若能再見，也不知什麼日子了！天下沒有不散的筵席，你飲下這杯酒，平安地上路吧！若得方便，捎個信來，我好安心。」

魏忠賢接過酒杯，抖抖地飲了。一旁的鄭康升早已不耐煩了，向客印月呵斥道：「都似你這般送來送去的，吃酒拉話，何日到得鳳陽？快快收了桌案，若再囉嗦，將你這老乞婆送到詔獄！」

魏忠賢強忍惱怒，冷冷看了他一眼。客印月卻罵道：「你這勢利的狗奴才，若是當年，老娘努一努嘴，就將你送菜市口碎剮了，哪容你如此欺人！」

劉應選此時認出了客印月，不由一陣大笑，反唇相譏道：「你也配說什麼勢利道什麼小人？若不是先帝恩寵，你一個村野的賤婦也能隨意出入宮禁，欺辱殘害公卿大臣？這裡不是皇宮，你也不是什麼奉聖夫人了，竟還不知死活地頤指氣使，落得如此下場還敢咆哮欽差，你的狗膽好大！」說著，刷地就是一鞭子，向她劈頭打下，眼看鞭子落下，那小丫鬟嚇得大聲哭叫出來。魏忠賢一見，忙將客印月一拉，陪笑道：「欽差老爺且息怒，咱家上路就是了。」

劉應選鞭子打空，但見客印月在魏忠賢大力拉扯之下，幾欲跌倒，模樣十分狼狽，開罵道：「便宜了你這母狗，快滾！」

「世間都是奉承有勢的，咱家失了勢，何必還硬要逞強？回去吧！好生珍重。」魏忠賢撫著她的肩頭。客印月怨毒地望著劉應選，不敢再言，轉身而去，竟將桌案丟棄不顧。

魏忠賢眼望她走得遠了，默然拉過騾子的韁繩，便要上去，胳膊卻被人緊緊拉住，「施主慢行，我師父也要為施主餞行。」眾人見是一個小沙彌，不知何時趕到，額頭尚冒著騰騰的熱汗，雙手拉住魏忠賢的衣袖不放。劉應選大怒：「大膽的賊禿也來湊什麼熱鬧？不怕問你一個附逆的罪名嗎？」

小沙彌並不懼怕，合掌道：「與人方便自己方便，欽差老爺再高抬貴手，我師徒回去為兩位施主念上三萬遍《金剛經》。」

「念《金剛經》有什麼屁用？當得了吃喝還是金銀？」鄭康升不允。魏忠賢忍氣吞聲，命家人劉六十、方大亮取了二百兩銀子送上，二人才點了頭。魏忠賢問小沙彌道：「敢問尊師是哪位高僧？寶剎在哪裡？」

小沙彌卻不答話，用手向後一指道：「我師父來了，你自去問他吧！」

魏忠賢順著他指的方向觀看，胡同深處飄然走出一個高大的白眉老僧，手裡挎著一掛紅漆的食盒，微微喘息道：「檀越，老衲特來與你了卻一段因緣。」

第十八回

老太監投繯尤家店
白衣人吟唱桂枝兒

劉應選雙手按在門板上，暗中用了陰柔的力道，推門而入，那門閂竟被齊齊震斷。李朝欽閃身出門，在窗外偷看。屋內一個清瘦的白衣書生，盤腿坐在炕上，手裡各捏一支竹筷，抬眼看著面前的不速之客。炕桌上一燈如豆，依次擺著四隻半大的粗瓷碗與一個空酒瓶，做成簡陋的宮、商、角、徵、羽五音。劉應選不待白衣人說話，到桌前大剌剌坐了，直言問道：「方才所唱是什麼曲調，如此淒惻？」

那白眉老僧將食盒放下，小沙彌將桌案收拾了擺上，竟是一席精雅的素齋。魏忠賢上前與老僧見禮道：「大謙長老，多時不見了。當年長老不事權貴，屢次責罵弟子。此時弟子失勢遭貶，長老卻來相送，足見盛情。」

那白眉老僧正是文殊庵的浴光和尚，大謙乃是他的法名。浴光聽他說得眞切，合掌還禮道：「非是老衲有意來送檀越，實在是師兄遺命難違。老衲是替師兄秋月了卻心願的，多謝檀越當年捐了十萬兩雪花銀子建了敝庵，也謝檀越常年的香火錢。只是當年淮陰漂母一餐素飯便獲得齊王韓信千金之報，如今檀越卻是萬金換得一餐素飯，好似做生意蝕了本錢，倒委屈檀越了。」

「長老雪中送炭，情意豈止萬金？」魏忠賢閉目唏噓道：「是弟子害了秋月大師。」

「哎！老衲當年恥於接受檀越的恩惠，也不明白師兄爲何甘心與檀越結交。如今老衲才參透了幾分，大千紅塵並沒有什麼出世入世之別，污穢與淨土不必強爲區分，流俗與高蹈只是取決於本心。老衲曾笑師兄爲俗物所累，壞了清修德行，其實師兄的佛法還要深湛精純一層，實在非老衲所及，師兄早已參破的老衲還在執著皮相，以此求此，何知其理？物外無法呀！」浴光和尚神色淒然，說到最後竟似一人自語。

魏忠賢道：「弟子如何參得透？還求長老指點。」

「我佛慈悲。當年老衲也曾勸檀越激流勇退，回頭是岸，怎奈檀越視若罔聞，如今怕是遲了。就此作別吧！」浴光又施一禮，帶著小沙彌頭也不回地走了。魏忠賢默默上了騾轎，一路上心中悒怏，不發一言，暗自嘆道：雖說離崇禎遠了，好似出了虎穴龍潭，快活了幾分，可是再難見到龍樓鳳閣了，怕會岑寂蕭條殘生了。

文華殿裡，崇禎看著東廠番子送來的密報，臉上隱隱有了幾絲笑意，自語道：「已過了霸州、良鄉、涿州，走得不慢，離肅寧不過三五日的路了。」

「萬歲爺，還有剛到的密札。」王承恩小心地呈上來。崇禎看了笑道：「魏忠賢眞是該死，上天也來助朕。魏忠賢怕是覺得無顏再見故鄉父老，竟命他的那些侄子到景州相會。朕還憂慮他一意孤行，聯絡了家鄉的光棍無賴，乘機作亂。如今來看，魏忠賢尙沒有如此打算，何況他們分作兩處，其勢已孤，朕正好先除了他。」

「那萬歲爺爲何不在京城就捉了他？還要放了虎再去捉來？」

崇禎看看王承恩，反問道：「你以爲朕是多此一舉？」

「奴婢怎敢？只是心裡不明白。萬歲爺的心機天樣的高遠，奴婢哪裡看得透分毫！」王承恩已知多嘴，臉上忙堆出笑容。

「告訴你也無妨了。」崇禎吃了口茶，笑道：「朕這百日以來，也該鬆口氣，踏實一會兒了。朕隱忍好久了，豈能再受他的惡氣？朕不在京師辦他，也不是定要費這遭周折，朕不想有半點兒的閃失，只好一步步地來，先去了他的左右手，再將他安置鳳陽，也就散了他的黨羽，他一個人老態龍鍾的，還成什麼氣候？朕想怎樣處治還不是由著性子來嗎？」

「萬歲爺運籌帷幄，宸機獨斷，原是早已算好了，就等魏老賊往套兒裡鑽了！」

崇禎聽了，心裡極是受用，嘴上卻淡淡地應道：「朕哪裡是什麼諸葛亮，是他自去作孽。」

王承恩讚道：「萬歲爺以祖宗社稷爲念，輕身入宮，直面群奸，孔明不過奉命出使東吳，怕是硬著頭皮去的，膽色遠不及萬歲爺了。至今想起那些情形，奴婢的心還是兀自狂跳不止，驚嚇得怕是要從口腔中跳出來呢！」

崇禎笑道：「朕豈會怕了一個奴才！」

「萬歲爺是眞龍天子，紫微星下凡，魏老賊一個凡夫俗子哪裡敢動萬歲爺一根毫毛？」

崇禎擺手道：「小恩子，你什麼時候也學得這般口齒伶俐了？出去看外面錦衣衛誰在當值？」

冷雨瀟瀟，一連下了幾日，天氣漸覺寒了。天上彤雲密布，那雨點竟變作了雪花，紛紛揚揚地灑將起來。魏忠賢畏懼寒冷，躲在騾車上望著雪白的四下嘆氣，家人劉六十將車簾稍稍拉個小縫，在車邊追著問道：「老祖爺，前面不遠就是肅寧城了，天將黑了，又這般的大雪，早點進城歇息，免得錯過了宿頭。」

魏忠賢急急直起身子，雙膝半跪著，將車簾一把扯起，看著前方黑黝黝的城牆，流淚道：「眞是到了故里？唉！多少年都沒回來過了。」

「那就找個寬敞的客店，住上一夜，老祖爺也可四下看看。人上了年紀念舊呢！您老人家回來，也是地方的榮耀。」六十勸道。

魏忠賢淒然道：「咱家落魄了，羞見故鄉人呢！」

「這肅寧縣的城牆還是託您老人家的福，不是您老人家撥的三百萬兩白花花銀子，怎會修得這般高大堅固？比那河間府的城牆都要好些。父老鄉親哪個心裡不感念？卻說什麼羞不羞的？」

魏忠賢搖頭道：「你年紀還輕，不知道咱家的心思。你去與兩位欽差說，就說咱家想連夜趕路，到前面再找客店歇息，以免地方上多事。」六十上前與劉應選、鄭康升說了，二人初時還不願意，待知道是魏忠賢的家鄉，心中駭然，互換了一個眼色，也怕橫裡生出什麼是非來，便點了頭。一行人馬不停蹄地向前急趕，將近定更，來到了一個小鎮，名爲新店，隸屬阜城縣，距縣城尚有二十里的路程。眾人又冷又乏，又饑又渴，劉應選、鄭康升略一商議，趕到縣城城門怕也早已關了，不如就在此地歇息一夜，主意定下，忙命手下去找客店。阜城本是小縣，地方偏僻，幾近河間、德州兩府交界，本來就沒有什麼像樣的客棧，何況一個小鎮？鎮上的住戶早已關門閉戶，亮著的燈盞也是少的，四下一片漆黑，哪裡去找什麼客棧？好不容易找了兩家，選了一家寬大些的，將車輛、行李放在院子裡。店小二響亮地喊道：「有貴客！」圍爐烤火的店主人抓起鵝絨帽戴了，趿著腳掌迎出來，看客人這般多的輜重，氣勢又大，還有許多官差模樣的人，忙歡笑著將眾人接到店裡，見魏忠賢一身貂皮衣飾，年紀老大，一副尊貴的模樣，趕上幾步，將他往上房引領道：「小人尤克簡。咱這尤家老店開了三代了，遠近都知名的，上房也有幾間，只是客官爺們人口多了些，實在居住不開，並非怠慢各位爺，各位爺將就些，包涵一二。對面那家客店也是本地人開的，店主人名叫袁光燦，可否分幾位爺過去住。」

劉應選、鄭康升兩人對望一眼，鄭康升道：「劉兄，那小弟就帶幾個人過去，這邊的人員、輜重就煩勞老兄費心了。」

劉應選見他推得乾淨，倒也不拒絕，嘿嘿兩聲道：「袁家客店正好對著門口，愚兄本不想教老弟獨自守夜，只是老弟既是如此體貼，愚兄怎好不答應？」鄭康升本想躲在一邊，吃些酒食好生歇息，不料卻被他反客爲主，搶回了先機，心下暗自惱怒，但話已出口，食言不得，快快地站在一邊。尤克簡怕他們將氣撒在自己身上，忙將他們讓到後面，大聲吩咐小二將火炕燒熱，親引著魏忠賢往裡院上房，魏忠賢邁出屋門道：「別忘了伺候好二位官差老爺。」

尤克簡連連搖頭討好道：「小人哪敢？看您老氣度軒昂，雍容華貴，想必是剛剛致仕的朝廷大臣，本處的縣太爺若是知曉了，怕是也要來拜的。小人怎敢忘了您老的隨從親信，不消吩咐的！」

劉應選道：「今夜就將你這小店包了，你去將閒雜人等給咱驅趕走了，不要誤了老爺的大事！」

尤克簡過來賠笑道：「這位官爺，天氣不好，咱這店裡並沒有多少客人，只有一個騎驢的秀才剛才來住了。小人看他也還本分，又多少有功名在身，就教他住了。此時沒由來地趕他走，小人怕不好說這個話兒。」

鄭康升哼一聲道：「一個小小的秀才，不過讀了幾本沒用的書，做得幾首歪詩，也算有了功名？待老爺替你趕他。」將馬韁甩給身邊的錦衣衛，大步上前。劉應選一把拉了，低聲道：「他與咱井水不犯河水，何必與他爲難？再說一個秀才能有多大的本事？還怕了他不成？你我兄弟皇命在身，不可節外生枝，還是燙一壺熱酒驅驅腹中的寒氣吧！」

鄭康升右手剛剛觸及門簾，堪堪掀動一角，隱約看到裡面一燈如豆，一個青年書生全身白衣，手持一卷書冊就燈觀讀，屋外的動靜恍若未聞。「果是一個腐儒！走，喝酒去！」揚手帶著幾個手下轉身去了袁家老店。

魏忠賢到了屋裡，見哪裡算什麼上房？一盞油燈放在在粉皮牆挖的小洞裡，將牆熏得黑了一片，半間土坯砌的硬炕，放著一個小方桌，桌上擺著一把大茶壺和幾隻粗瓷的半大碗，炕腳放著一個炭盆，剛生了火，冒著一股熏眼嗆鼻的青煙，他心裡嘆息道：「還是紅羅炭好啊！沒有一點煙氣，火苗藍汪汪的又歡勢。」盤腿坐在土炕邊，圍著火盆烤，小二進來收拾飯來吃，一碟青豆，一碟過油花生米，一盤白菜，一碗燉爛的豬肉，還有一壺燙好的酒。魏忠賢看了那雙破舊的竹筷，伸手捏了一粒花生米放到嘴裡慢慢咀嚼，儘管肚子餓得叫個不住，口中卻難下嚥，便要吃酒順下，不料喝上一口，滿喉嚨全是辛辣之氣，滿腹熱烘烘地難受，直向腦門頂來，一時頭暈眼花，兩眼流淚，想起往日的富貴，心裡氣苦。此時家人六十才把隨身帶的被褥拿來鋪了，又將攜帶的酒食熱好，魏忠賢吃了幾口悶酒，便要合衣而臥，卻哪裡睡得著？窗外朔風呼嘯，好似排山倒海般地吹來，那漫天的雪花下得正緊，卻被陣陣狂風吹舞得又急又亂，魏忠賢越發覺得涼入骨髓，心冷得似要開裂一般，抖抖地坐起身子，打開北向的窗子，一陣狂風將片片雪花吹裹進來，落得滿炕全是，忙將窗子關了，躺下閉目養神，正要朦朧欲睡，卻聽一陣急急的馬蹄聲由遠而近，似是朝這邊馳來。魏忠賢心裡一緊，側耳細聽。

風雪之中，果然有匹快馬挾著風雪之勢飛奔而來，饒是地上有了一寸多厚的積雪，也未全遮住急促的馬蹄聲。不多時，那馬蹄聲竟驟然停在了店門外，護衛車輛的家丁拔刀呼喝：「什麼人？」

「是我，不必驚慌。」那來人似是與家丁極爲稔熟，招呼一聲，便有人將馬牽了。那人急問道：「魏上公在哪裡？」

「裡面的上房。」

「啪啪」門環輕響兩下，魏忠賢一下子坐起來，就聽有人低聲問：「上公可是睡了？」

「哪個？」魏忠賢聽得聲音耳熟。

「小的李朝欽。」

「快進來！」魏忠賢跳到炕邊，靸著鞋，親手開了屋門。

那李朝欽進來便跪了磕頭，抱住魏忠賢的雙腿哭道：「上公爺，大事不好了。」

魏忠賢心裡一沉，伸手道：「快起來，快起來說話。」

李朝欽順勢將魏忠賢扶到炕上抽噎道：「爺離京後，小的們原以爲平安無事了，不意這些狗官放不過爺，終日上本，激惱了萬歲爺，便擬了旨，命錦衣衛千戶吳國安帶官旗將爺扭解回京。小的得了消息，星夜騎快馬來稟報，爺可要想個法子及早脫身才好。」

魏忠賢愣了片刻，呆呆地看著李朝欽，問道：「你進門時可有許多人把守？」

「再多的人守著也沒有用，只要咱手裡有銀子，便是將令。」李朝欽急道：「待小的將他們擺布了，上公爺就騎小的這匹快馬逃走，這是千里挑一的良駒，他們追不上的！」

魏忠賢淒慘地一笑，搖頭道：「往哪裡逃，又有什麼用？普天之下，莫非王土。咱家能躲到哪裡去？躲得了幾日？你以爲是躲的是一個拿刀的仇家，躲的是一個上門的債主？哪裡會如此容易？前幾日處了徐應元，咱家便知曉沒了倚傍，立腳不住了，只說打發到鳳陽來，原想到也落得閒散，隨身這許多的金珠寶玩，料也不會窮困。若押解回京，怕是免不了下獄勘問。那時要夾打就夾打，要殺就殺，豈不被人恥笑？崇禎，好，好！咱家著了他的道兒，只道他不會置咱家於死地，尚可以忍，尚有退路，誰想一時心軟，竟中了他設的局，一步步走了進去。眞沒想到一個黃口孺子竟這般心狠手辣！」他心裡似是極爲佩服崇禎，禁不住連聲讚嘆道：「咱家本該聽崔二哥之言，及早動手，先發制人。如今悔恨也遲了，倒是如了崇禎的意！唉！如今想來，咱家也不該離開京城，經營了多年，自當拼力一搏，也勝似束手待斃，任人擺布！」

「上公爺，如今說什麼也晚了，還是想想法子先躲過這一劫。」

魏忠賢苦笑道：「還能有什麼法子？要眞有法子，咱家也到不了這一步。找人嘛，還會再有個徐應元陪咱家掉腦袋？送錢嘛，也沒人可送了，就是金山銀海也沒人敢要。」

「難道竟沒一點法子？就這般坐著等錦衣衛來抓不成？他們可是已過了涿州，再一日就要到了。小的親眼所見，轉到小路，仗著馬快，這才跑到他們的前頭。」李朝欽急切之間，不知如何說服他，幾乎要賭咒發誓。

魏忠賢不住點頭道：「崇禎果然高明，咱家往日倒小覷了他，敗得也服也不服。他是想反其道而用，走了步險招。」

「什麼險招？」

魏忠賢目光一斂，極是怨毒，恨恨地說：「他將咱家騙出了京城，咱家以為到鳳陽前尚是安穩的，不料他卻想在肅寧取了咱家的性命。豈不是一招險棋，難道不怕咱家在鄉里造反，一呼百應？咱家早先忌憚了他的名位，心慈手軟，若是重整旗鼓，再作爭鬥，未必就如此輸於他。」

李朝欽也隨著讚道：「卻也是步奇招，出其不意，攻其不備。誰會想到萬歲爺竟然選在肅寧動手？」

魏忠賢臉上一片茫然，良久才問道：「小李子，你還沒用過餐飯吧？咱家陪你吃上幾杯，澆澆心頭的愁悶。」

「上公爺真是個心寬的人，這等情勢已急還坐得下來吃酒！」說罷出門喊小二收拾酒菜。尤克簡聽了，親提著兩瓶酒進來道：「客官爺，這是本地有名的酒，一個叫做老白乾，一個叫做甘陵春，小的拿來給兩位爺嘗嘗！只是咱這小地方沒甚好貨，還怕入不得爺的口哩！」

李朝欽擺手道：「快三更了，你下去歇著吧！不喊你就別過來了。」尤克簡賠著笑退下，二人在炕桌旁坐了吃酒。才吃得幾杯，就聽隔壁的屋子劈啪亂響，仔細一聽，想是有人用竹筷叮噹地在敲碗盆，長短高低地吟什麼詩，卻聽不真切。李朝欽便要出去責罵，魏忠賢道：「算了。咱家還是吃酒吧！管那閒事做甚？」

那酒極有力道，二人幾口燒酒下肚，便覺通身上下暖烘烘的，魏忠賢將醬色杭緞貂皮披風抖落在身旁，將粗瓷碗中的酒乾了道：「咱家這些年也夠了，什麼錦衣沒穿過，什麼玉食沒進過？想起當年的落魄光景也知足了。」

「爺也有落魄的時日？小的倒想不出。」

魏忠賢喟然道：「咱家的困頓與煩憂你哪裡體會得到？咱家自萬曆十七年進宮，算是半路出家，到今日整整三十九年了。剛入宮裡，沒有一個靠山，只得任人欺壓，記在司禮監秉筆太監孫暹名下，其實是在劉吉祥手下當差，難耐寂寞，便與徐應元、趙進教幾個知己吃酒、擲骰子，這樣過了整整十年。孫公公的掌家丘乘雲原在御馬監，奉詔往四川監礦，便去投奔他。誰知那賊子不念同出一門之情，險些將咱家害死，只得又轉回宮裡。甲子庫當差，東宮典膳，伺候王才人。這一步步的哪裡有一點兒易處？好在總是比在家挨餓要強。」

李朝欽斟了酒道：「爺竟忍饑挨餓？小的不信。」

「也是實情，如何不信？是與今日的富貴牽扯不上吧！」魏忠賢花白眉毛下的兩眼黯淡下來，將頭上的兜羅絨帽摘了，嘆道：「咱家入宮前在肅寧縣生活，終日遊玩賭錢耍子，只是身上哪裡有這般許多的金銀？連累妻女都跟著咱家受罪，一頓飽一頓饑的，終難混出個名目來。後來不該借了東門裡司禮監李太監苗掌家的二兩銀子，那是利滾利的絕命錢，哪裡還得起？但見了太監的富貴，一時狠心用刀自行斬斷了孽根，將妻子馮氏賣了，女兒送入鄉鄰楊六奇家做童養媳，孤身一人到北京闖蕩，經過多少苦楚，方才討得滿門簪纓，位同開國，只是轉眼間就要去了，說不可惜，心裡卻也戀戀難捨。」

「否極泰來，自古天道如此。上公爺不須悲苦，當年爺貧困至極，卻有了一場大富貴。如今也算窮途末路了，說不得回到京城，突降天恩，盡復了原位，還不是憑萬歲爺一句話嗎？」

李朝欽勸慰著，心中自己也是不信，片刻之間，如何能使萬歲爺收回聖命？

「你不必哄咱家了。」魏忠賢閉上雙眼，幾滴淚水終於灑落到前襟，他的心似是從出京的那天便已死了。突然，他又睜開眼睛，吃驚地側耳聽著，不知何時隔壁的房客唱起了歌，方才二人只顧說話，竟沒有聽到。

——聽初更，鼓正敲，心兒懊惱。想當初，開夜宴，何等奢豪。進羊羔，斟美酒，笙歌聒噪。如今寂寥荒店裡，只好醉村醪。又怕酒淡愁濃也，怎把愁腸掃？……

此時，屋外四下一片銀白，夜色深濃，萬籟俱靜，歌聲傳來，字字入耳，風狂，雪飄，歌起，使人倍覺淒涼孤寂。魏忠賢心裡一動，若有所思，李朝欽道：「上公爺，聽他的歌詞似是在說爺呢！」

「說的竟會是咱家？」

「可不是嗎？當年高堂華筵，羊羔美酒，笙歌艷舞，如今荒店村醪，酒入愁腸，說的果是爺當前的景況呢！」李朝欽幾句話將魏忠賢說得愈加狐疑，到底是什麼人在隔壁？更深夜靜的唱什麼歌？極想過去看看，又自恃著身分，沉吟不語。李朝欽探問道：「小的去看看是什麼人？」

「也好。」

李朝欽穿了靴子便要開門，卻聽一個陰冷的聲音問道：「夜深了，還要唱歌，敢是快樂得睡不著嗎？」透過門縫一看，見劉應選握著繡春刀站在那歌者的門前。

「兄台可是也有同好？」歌聲戛然止住。

「嘿嘿，同好倒沒有，是怕你誤了明日起程。」

「小弟四海爲家，隨處飄零，起不起程本沒有什麼分別。」

「老弟這份胸懷，不是高人，也是隱士了。咱倒想見見！」未等屋內人應聲，劉應選雙手按在門板上，暗中用了陰柔的力道，推門而入，那門閂竟被齊齊震斷。李朝欽閃身出門，在窗外偷看。屋內一個清瘦的白衣書生，盤腿坐在炕上，手裡各捏一支竹筷，抬眼看著面前的不速之客。炕桌上一燈如豆，依次擺著四隻半大的粗瓷碗與一個空酒瓶，做成簡陋的宮、商、角、徵、羽五音。劉應選不待白衣人說話，到桌前大剌剌坐了，直言問道：「方才所唱是什麼曲調，如此淒惻？」

白衣人見說話人身穿錦衣衛的官服，臉上隱隱閃過一絲不悅，放下手中的竹筷道：「《桂枝兒》。」又道：「官爺造訪，豈可無茶！只是這天寒地凍、窮鄉僻壤的，哪裡喝得到什麼好茶？有詩云：深夜客來茶當酒，學生反其道而行，以酒作茶，幸勿見怪。」說著從桌下摸出兩瓶燒酒，將一瓶推到劉應選面前，自將一瓶的蓋子拔了，仰頭就是一大口，目光炯炯地看著面前的來人。劉應選見那書生狂放不羈，將酒瓶拿在手中掂了幾下，復又放下道：「咱生在江南，知道金陵長干里等地多有此曲調，總是男歡女愛，極盡妖嬈之事，與你所唱大不相同。」略一停頓，唱道：「泥人兒，好一似咱兩個。捻一個你，塑一個我，看兩下裡如何。

將他來揉和了重新做。重拈一個你，重塑一個我。我身上有你也，你身上有了我。」

白衣人見他一介武夫言語竟也透出幾分風雅，聽他所唱卻詞曲鄙俗，但細細品來，情深意切，哀婉纏綿，自有一番風致，又仰頭喝了一口道：「官爺說的極是，學生喜愛南曲的婉麗柔媚，卻又不滿其盡訴兒女私情，便依銅琵琶鐵綽板的北曲略改了些調子。」

「聽你口音不是本地人氏？」

「學生家居江南，出來原是參加鄉試，不料突遭國喪，鄉試停了，便出來遊歷幾日，也好長些歷練。學生年紀長大，卻還是一領青衿，姓名羞於告人，官爺海涵。」

劉應選哈哈一笑：「好說，好說！你自顧唱罷，咱就不叨擾了。」起身出門，李朝欽急忙退回屋內，見魏忠賢還在慢慢地飲酒，兩頰酡紅，已有幾分酒意，便阻攔道：「爺不要喝了，小心酒多了傷著身子。」上前要取了酒碗，魏忠賢翻起眼睛，將酒碗護住道：「喝不得幾口了，醉裡死了也勝似醒著挨刀。」

「爺莫要說這般喪氣的話，小的知道萬歲爺只是有旨將爺扭解回京，究竟如何處置尚未可知，爺不可失了心志精神。」

「不必哄咱家了，咱家心裡明白，也不是個怕死的人。若是咱家不死，崇禎也不會踏實，殺人樹威，咱家成全他。」魏忠賢將碗中的酒仰頭乾了，問道：「那唱歌的是什麼人？」

「不過一個落魄的秀才，一人獨居，想是以歌聊慰寂寥。」李朝欽語氣之中大覺不屑。偏偏歌聲又咿呀響起：

二更時，輾轉愁，夢兒難就。想當初，睡牙床，錦繡衾裯。如今蘆為帷，土為炕，寒風入牖。壁穿寒月冷，檐淺夜蛩愁。可憐滿枕淒涼也，重起繞房走。

夜將中，鼓咚咚，更鑼三下。夢才成，還驚覺，無限嗟呀。想當初，勢傾朝，誰人不敬？九卿稱晚輩，宰相謁私衙。如今勢去時衰也，零落如飄草。

「好賊子！竟是說上公爺了。」李朝欽勃然大怒，便要攘臂出門，與那白衣人廝打。魏忠賢道：「扶了咱家，去看看是哪裡的神聖，像是頗知咱家底細的。」李朝欽忙給他穿了黑色緞面靴子，又給他披了醬色杭緞面貂皮披風，緩緩出來，卻見隔壁房中空無一人，燈還亮著，炕桌上尚餘小半碗酒，一個酒瓶歪倒桌上，灑了半桌，兀自滴流。二人正在驚異，只聽窗外傳來一聲長笑，繼而又響起歌聲：

城樓上，鼓四更，星移斗轉。思量起，當日裡，蟒玉朝天。如今別龍樓，辭鳳閣，淒淒孤館。雞聲茅店月，月影草橋煙。真個目斷長途也，一望一回遠。

二人爬到炕上，捅破窗紙向外觀看，見白衣人不知何時跳窗而出，在漫天的飄雪中，邊舞邊歌，想是有了幾分醉意，腳步踉蹌，將地上的積雪踩得異常凌亂。魏忠賢心裡一凜，便覺自己也似到了雪舞的屋外，那雪花如影隨形一般鑽入衣內，通體冰冷，侵人肌膚，寒徹五臟六腑，暗道：此人如此張揚，顯露行跡，無所顧忌，想必大有來頭，可是崇禎派來的東廠坐記？身後必是有大批的廠衛跟隨，劉應選、鄭康升也竟似與他相識一般，不然如何探問幾句，不敢為難？魏忠賢心念及此，渾身不禁連連顫抖幾下，李朝欽忙道：「爺可是寒冷？還是回屋吧！這屋子火盆將要熄了，冷得緊呢！」

魏忠賢並未回聲，依然看著窗外，見那白衣人翻身倒在雪中，似是睡熟了，一動不動，片刻後，雙手捧了雪在臉上搓了幾下，起身向無邊的雪夜中一路吟唱而去，歌聲隨著雪花飄來。「鬧攘攘，人催起，五更天氣。正寒冬，風凜冽，霜拂征衣。更何人，效殷勤，寒溫彼此。隨行的是寒月影，吆喝的是馬聲嘶，似這般荒涼也，真個不如死！」唱到最後一句，早已不見了蹤影。

魏忠賢回到屋內，越發感到白衣人神秘莫測，暗想怕是回不得京城了，與其等他人動手，還不如自行了斷，免得受辱受苦。主意一定，心裡竟似坦然了少許，喚過李朝欽道：「咱家不管聖命如何，是斷不會再回京城了。與其被押解回去受辱遭難，不如趁官旗們尚未到時，尋了自盡倒還乾淨。咱家榮華富貴也享得夠了，年紀也老邁了，比不得你還年輕，往後的日子還長，且忍一忍，還有出頭的時候。咱家身邊這許多的金銀珠寶，怕是都成了身外之物，沒什麼用處了，隨你任意取拿，趁夜色未明，你自遠去找個所在躲了，先逃過一時再說。」

「小的跟隨爺多年，怎能將爺一人拋下？上天入地，小的都願意與爺共進退，也好報答爺的知遇大恩。」李朝欽悲泣道。

魏忠賢一把將他摟了，垂淚道：「咱家本來就是將死的人了，即使崇禎沒有詔命，還有多少年的日子？咱家已過六十大壽，世間什麼事也都經過了，還有什麼值得留戀？要說割捨不下的也就是你們這些孩子，眼見是不能守著你們了，也不知崇禎怎樣處置你們，那些朝臣怕也不會放過你們。咱家倒是兩眼一閉，痛癢不知了，只是可憐了你們。」

李朝欽低聲抽噎不止，良久才說：「小的們離不開爺，勸爺切不可尋此短見。」

魏忠賢將他放開道：「咱家何嘗想如此？事到如今，也沒法子了。你快遠去逃生吧！」

李朝欽抱住魏忠賢的雙腿哭道：「孩子是爺心腹的人，蒙爺抬舉，也享了多年的富貴，情願與爺同死，爺就不要再趕小的了。」魏忠賢一腳將他踹倒道：「你這個享不了福的奴才，竟要自各兒作死嗎？這是咱家一人的報應，與你有什麼相干？官旗也不會找你，咱家何忍白白將你的命搭上！」

「小的早就沒了父母親朋，若不是爺可憐，小的怕是早填了土溝，餵了野狗，哪有今日的袍帶靴帽？橫豎小的這條賤命是爺給的，爺若不在了，小的也沒什麼生趣，不如隨了爺去倒心安。」

魏忠賢將他拉起，一把摟在懷裡，嘆道：「孩兒，你竟這般鐵了心地不知死活，咱家就成全了你。如此下場，你可恨咱家？」

李朝欽臉上竟露出一絲喜色，急忙回道：「小的能陪爺一輩子，自是福分，小的欣喜都覺不及，哪裡有什麼怨恨？到了陰曹地府，小的依舊這般地伺候您老人家。」

「好孩子，好孩子！」魏忠賢摸著他的頭，面色悲戚，似是極為感慨，長長地嘆口氣道：「想想往日裡車水馬龍的，咱家身旁來來往往有多少人，不料到頭來卻只落了你一個。也是天意，你就為咱家送終吧！咱家一生沒有兒子，只有一女，早已嫁人，侄子倒有幾個，眼下又不在身邊，就收你作兒子，正了名份，黃泉路上也好有個照應。」

李朝欽跪下磕了三個響頭，魏忠賢喚他起來，含淚道：「不必再拘那些俗禮了。別人做爹爹的都是為兒女謀些富貴榮華，咱家卻竟將兒子一塊去死，心裡好生不忍，實是慚愧得緊！咱家往昔何等的尊榮，不想卻連累了孩兒。」

李朝欽道：「爹爹既不願受辱，孩兒也不想偷生。孩兒即便是費盡九牛二虎之力，也不會有爹爹的富貴，世間不過如此，有什麼值得貪戀的？」他似是想得已極明白透徹，臉上竟有些凜然不可侵犯的神色。

「哈哈，不過是一場春夢罷了！」魏忠賢淒然一笑，兩淚交流，哽咽道：「孩子你去找些綢緞來，咱家死也不可太過隨便，胡亂尋根繩子不雅相。」李朝欽拭了眼淚，悄悄出去到車上找來一匹白綾撕成兩條大帶，搭到房樑上，打好了死結，跪下磕了頭道：「爹爹，孩兒先走一步，在望鄉臺上候著爹爹。」

魏忠賢起身道：「還是爹爹先走。」

「那孩兒就再服侍爹爹一次。」

一會兒，屋裡沉靜下來，那盞小小的油燈依然燃著，將二人高掛的身子映滿了半個牆壁，外面的風雪嗚嗚地吹個不住。

屋門輕輕地開了，白衣人閃身而進，見他一動不動，粲然一笑，罵道：「狗賊，你也有今日！」隨後一口氣將燈吹熄了，退了出去。

天剛放亮，劉應選聽後院馬嘶騾鳴，起身穿衣，臉也沒淨，推門出來，不僅吃了一驚，好大的雪！足足有半尺上下厚。好在雪已住了，朔風還在呼呼地颳著。他縮著脖子，活動了幾下手腳，在屋檐下邁步四下查看，見廚中炊起，夥計們在院中吱吱呀呀地踏著雪忙碌著，有的餵騾馬，有的打掃院裡和車上的積雪，輕步往來，低聲說著話兒，怕驚醒了屋裡的客人。尤克簡一眼看到他，忙用手撩著棉袍的前襟，小跑過來笑道：「劉爺起得恁早，這大雪的天氣，乾冷乾冷的，道路都封了，怕走不得呢！想是小的與爺有緣分，老天替小的留您老人家呢！」

劉應選被他一說，想起奉旨押送的日期，隱隱生出幾絲不悅，鼻子裡哼了一聲，罵道：「你這混賬狗才，滿口胡說！爺要急著趕路，正在心焦，你卻說什麼留客不留客的，要咒大爺嗎？滾！」說著，照他屁股上一腳，將尤克簡球一般地踹出數尺遠，頭上的帽子落了，露出光禿的頭頂。尤克簡沒想到拍的不是地方，敢怒不敢言，一手捂了痛處，彎腰撿起帽子，喃喃而退，剛轉過身，卻被人撞了個滿懷。他心裡窩火正沒處發洩，見是廚房燒水的小夥計，抬手一掌，叱罵道：「你他娘的奔喪嗎？這般沒眼睛地亂撞，還不快給各房的大爺送熱水洗臉去？」

那小夥計慘白著臉，瞪著兩隻眼睛呆呆地看著他，恍若未聞，原地一動也不動。尤克簡氣急，反手又一掌，「白日撞見鬼了，這般傻站著？還不去幹活！」不料，小夥計仍舊站著不動，驚恐地望望背後，哭道：「掌櫃的，不怪我，不怪小的呀！」

「什麼不怪你？你不好好幹活，倒是東家錯了，不該打你？」尤克簡越發生氣，灶下另一個小夥計道：「尤掌櫃，小的方才分明聽到咣噹一聲，想必是他送熱水不小心將瓦盆打了，不怪他卻怪誰？」

「不是、不是盆打了，是、是屋裡死了人！」小夥計又回頭驚恐地看了幾眼。

「什麼死了人？你這小殺才咒我尤家，快去賬房支清了錢滾蛋！」尤克簡住了手，卻氣得哆嗦起來，「我怎麼對不住你，看你可憐，給你口飯吃，你竟這般恩將仇報！」

「小的怎敢咒您老人家？方才小的到裡院的上房送洗臉水，見房門虛掩著，敲了半晌的門，喊了數聲，裡面卻沒絲毫的動靜。小的還以為客人早起出去賞雪了，推門一看，我的天爺！房樑上吊著人呢！舌頭伸出一尺來長，眞如戲臺上的吊死鬼一般，死了、死了兩個，小的哪裡還顧得了什麼盆子、熱水的。」小夥計跪在地上，彎曲著伸出兩個手指。幾個夥計見他話越說越離奇，有意調和，忙圍攏過來，一邊拉扯他離開，一邊賠笑勸解道：「尤掌櫃，他平日裡也老實著呢！青天白日的，莫不是魔症了，中了什麼邪？在那裡胡亂說道，掌櫃的自不必與他一般見識。」

那尤克簡兀自不依不饒道：「你這小殺才，早起便這般胡說，想是成心壞咱店裡的生意，若不是大夥兒為你擔待，看不剝了下你的皮來！」

「嘿……是該剝了他的皮，免得他在這世上多嘴多舌，惹是生非。」一個陰冷的聲音傳來，接著乒乓幾記耳光，打得小夥計原地兜了幾圈。

尤克簡嚇了一跳，剛才嘗過他的厲害，不敢硬攔，忙道：「劉爺說的是。小的自會擺布他，教他一輩子長個記性！爺且停手，千萬別累著您老人家。」劉應選本來悠閒地看著尤克簡打那小夥計，但聽到小夥計的話，疾步縱起，搶到魏忠賢下榻的上房，見房門大開，樑上高高地掛著兩具屍體，驚得渾身大汗，也不想人是怎麼死的，只怕走漏的消息，忙一把將門關了，轉身過來便打，見尤克簡攔了，取出加蓋錦衣衛關防的公文，並將外面的棉袍一掀，露出裡面的飛魚服來，冷笑到：「方才咱去上房裡看過了，裡面的人好好地在吃茶呢！哪裡有什麼投繯上吊的？你可要再去瞧瞧？」一把抓了小夥計，兩眼緊盯在他的臉上，一手按在身後的佩刀上。小夥計卻不領會，以為懷疑自己看錯了，急聲道：「小的分明看見兩個吊在……」

尤克簡本就看出劉應選一干人來頭不小，方才瞥見了他身上的飛魚服，驚得手足冰冷，平日裡只在戲文和說書人的口中猜想錦衣衛的模樣，這窮鄉僻壤的哪裡見過？那不知死活的小東西竟還要不分輕重地開口強辯，他又驚又急又怒，不容小夥計說完，上前窩心一腳，喝道：「你這混賬王八蛋，大爺都說了人好好的，你還要這般扳污好人，連累小店也就罷了，若連累了這位大爺，到時就是磕千萬個頭，也抵不起的！」揮手命身邊幾個夥計將他拖走，轉頭彎腰賠笑道：「劉爺，這小廝想必還沒睡醒，兩眼惺忪的，自然看不真切，大爺何必與他計較？上房裡的客官既是好好的，客官不招呼，小的們自然也不須去看，再說敝店開了已逾百年，正德皇爺下江南時便在此路過，不曾出過半點差池，怎會有這驚天嚇人的命案？大爺且回屋消消氣，小的再替爺出出惡氣！」

劉應選換了笑臉，一拍他的肩膀道：「你這小店開了百年，也真不容易！」隨後面色一斂，肅聲說：「你可知道上房裡住的是怎樣的客人？」尤克簡卻不回答，只搖一下肥圓的腦袋。「諒你也看不出事體來！那裡住的是朝廷欽犯。」劉應選眨動兩眼，神色極為詭秘。尤克簡幾乎要驚叫出來，大冷的天卻一下子冒出通身的汗來，木然地大睜著兩眼，看著身前這位欽差，頓覺事情蹊蹺起來，上房裡住的是怎樣神秘的大人物？

第十九回

擁美妾醉酒碎杯盞　笞毒婦斃命棄屍身

打開那只花梨木箱子，一一取了裡面的東西放在桌旁，蕭靈犀定睛一看，見是幾個紫檀、花梨、雞翅木、金絲楠木的多寶格，在燭光下光華閃爍，或斑斕，或古拙，或璀璨，或晶瑩……竟是滿滿幾架酒具，或大或小，形態各異，均非凡品。「這都是我數十年間積攢搜羅的前代古杯，金、銀、銅、玉、竹、木、角、琉璃，皇宮大內也都比不了的。」

劉應選見他出神的樣子，命道：「上房究竟是什麼人，你不必知曉，只要記著是欽差就行了。自今日起，上房沒有咱的指令，任何人不得靠近，不得打聽窺探，一旦有事，哼！你脫不了干係，這間小店也不用開了，就是身家性命也是難保！你可記下了？」

「小的不敢違命，小的記下了。」說罷，尤克簡一躬倒地，急急地跟在夥計身後去了。劉應選著了火般地回到客房，自忖監押有失，罪責不小，若皇上震怒，就算不被殺頭，怕也是流放荒蠻之地，急得在屋子裡亂轉，盤算主意。

尤克簡反覆叮囑了夥計，不可再到裡院的上房，並派了一個夥計守在門外。雪住了，風也停歇下來，天空依然陰沉，天色已然大亮，鄭康升與幾個手下說笑著蹚進尤家老店，到了劉應選的屋子，見裡面空無一人，轉身朝上房走來，卻被夥計攔住，鄭康升伸手將他推開，一腳邁進，登時怔在當場，房樑上高掛著兩個人，面皮青紫，舌伸老長，手下的兵丁也都大驚失色，上前七手八腳砍斷白綾，將二人放下來，一摸屍身，已是死去多時。鄭康升忙掩了門，仔細查看屍身，上下並無一點傷痕，取了銀針在喉管處刺下，拔出看了，銀針顏色絲毫不變，並非中毒，又看了白綾和踏翻的條凳，確是自盡，略放下些心，便命人急尋劉應選來商議，四處找遍了不見蹤影，忙喚店主人尤克簡。尤克簡不用去喚，早已隨在左右侍候，解釋道：「劉爺吩咐上房沒有他的指令，任何人不得靠近。」

「咱是問你他人在哪裡？」鄭康升惱怒地打斷他的話。尤克簡卻搖頭道：「劉爺吩咐完了，便回了客房。」

「哼，裡面人影也沒一個！」

尤克簡見瞞不住，便改口道：「方才有人瞧見他領著幾個軍爺將院中的行李打開，拿了些金珠細軟，跨馬如飛地走了。」

鄭康升心裡大驚，暗道：他倒開脫得乾淨，遠走天涯，留下我來頂缸，少不得也要找個替罪的。卻又思慮一路上都好端端的，怎麼到了這樣一個小縣突生變故？昨日還是魏忠賢一人獨宿，如何今早倒成了兩個死人？忙俯身查看，但見那人面皮白淨，頷下無鬚，模樣似是太監，搜了腰牌，知道是魏忠賢貼身太監李朝欽。情急之下，也想走爲上計，帶領手下親信，到院中的車輛上翻出一些金銀珠寶，上馬便走，突見院門緊緊地閉了，正要喝令尤克簡打開，忽然有許多衙役捕快翻過矮牆，自外面蜂擁而入，各持刀槍，將鄭康升幾人團團圍住。鄭康升喝道：「咱是奉旨的欽差，你們好大的膽子，要造反嗎？」

眾衙役捕快膽怯欲退，身後轉出一個烏紗緋袍的官長，施禮堆笑道：「欽差大人，切莫誤會了。小縣接到地方鄉保快報，知道這裡出了事端，怕大人一時人手不足，就親帶了縣衙的所有衙役捕快前來協助辦案。」

「那爲何阻了咱的出路？」鄭康升喝道。

那阜城縣令拱手道：「卑職已派人快馬通報府台大人並直隸撫按，上司即刻差官前來檢驗，也好洗脫大人的干係。若無要事，還請大人逗留半日，再說大人奉皇命路經敝縣，卑職不曾遠迎，已深感失禮慚愧，便備下餞行水酒，向大人賠罪。」鄭康升聽那縣令的話中綿裡藏針，又見他們人手頗眾，難以硬闖出去，只好將遠遁的念頭暫放在一邊，恨恨地盯了他一眼，下馬回了客房。

那縣令忙命眾衙役捕快將裡院上房團團圍了，便要帶仵作進屋查驗，忽聽院外人喊馬嘶，一陣大亂，正要命人出去責問，只見十幾匹快馬踏雪而入，馬匹個個口鼻大張，噴著長長的熱氣，似是長途跋涉而來。前面一人跳下馬來，將身上的斗篷風帽取下丟與隨從接了，露出頭上的金戧盔和飛魚服，手持「如朕親臨」的御賜金牌，傲然地掃視眾人一眼，昂昂朝上房走去，全然不顧那縣令參拜。不多時，從屋裡出來，招過阜城縣令道：「逆賊魏忠賢惡貫滿盈，畏罪自盡，差官劉應選、鄭康升監管不周，理應治罪。本欽差先行回奏聖上，就勞貴縣派人看管，不可走脫了一人。」

「是。分內之事，小縣理應盡力。小縣業已稟報了河間府台大人，想必府台大人也會稟報直隸巡按的。」那縣令賠著小心，堆笑應答。

那錦衣衛將軍邊上馬邊答道：「恭候聖裁吧！」打馬便走，那縣令在後面追問道：「欽差大人名諱如何稱呼？」最後的一個錦衣衛冷冷地扔下話來：「這是錦衣衛千戶吳國安大人。好在吳大人有皇命在身，否則必要治治你這多嘴的毛病！」

崇禎看著呈上的奏摺，將上面工整地寫著：「臣星夜追趕，至河間阜城縣尤家老店，聞逆閹投繯，仔細勘驗，屍身尚溫，一係太監魏忠賢，屍身長四尺八寸，膀闊一尺三寸，咽喉紫赤色繩痕一條，長六寸，闊五分，八字不交，舌出齒四分。頭戴兜羅絨帽，金簪玉碧圈。身穿綢掛，緞貂皮披風，緞褲、緞靴。一係親隨太監李朝欽。屍身長四尺四寸，膀闊尺一寸，咽喉紫赤色繩痕一道，長六寸，闊五分，八字不交，舌頂齒。頭戴黑絨帽，玉簪金圈，身穿綢褂、麂皮襖，大絨披風、綾褲、緞襪、緞鞋。臣雖不及斬殺逆閹，然與押解差官鄭康升、阜城縣令等公同驗明。又查得行李內玉帶二條，金台盞十副，金茶杯十只，金酒器十件，寶石珠玉一箱，衣緞等物，已命地方好生看管，候旨發落。」又聽吳國安跪奏了一遍，頓覺渾身舒泰了許多，將身子緩緩地靠在椅背上，看著吳國安小心地退下，提筆在摺子上批道：「珠寶衣物，盡行開單，沒入宮中。隨行人役，交官旗並監押官帶回京覆命。屍身著地方買棺收殮。逆閹伏誅，大快朕心。今首凶既去，除惡務盡，速命人捉拿客印月、崔呈秀二人。客印月押赴浣衣局，崔呈秀押解來京會同九卿科道勘問。三家在京府邸、魏忠賢並客氏家產，俱著太監張邦紹會同廠衛及該城御史等查點入官，毋得欺隱遺漏。欽此。」

崔呈秀丁憂回到家中，雖日日與寵妾蕭靈犀飲酒作樂，但心裡沒有一刻不想著朝堂風雲，卻也並不安逸，派了心腹往京師打探消息。好在蕭靈犀乖巧伶俐，善能逢迎會意，不時為他寬懷解悶。蕭靈犀本是紹興府山陰縣人，她父親蕭成是個出籍的樂戶，娶妻翠梅兒，並無所出，便又納了一房小妾，名喚文樓兒，生了蕭靈犀姐弟二人。沒有什麼謀生的本事，只好靠青樓賣笑為生。那靈犀生在京東八縣之首的寶坻，乃是京東第一的大集市，就取了個乳名叫寶娘。母親文樓兒見她生得不俗，便好生教她吟詩、寫蘭、彈琴、下棋、雙陸，絕不教她學一絲搔首倚門的青樓習氣。她天資聰穎，不但笙、簫、管、笛皆精，就是蘇、杭的提琴，也彈得極為絕妙。歌喉宛轉，音色柔脆，翠袖翩躚，舞腰裊娜，不幾年便閨名鵲起，一班浮浪子弟終日流連蕭宅，名為歡會文樓兒，實是心在寶娘，雖弄不到手，看上一眼也是歡喜的。蕭成爲躲這班子弟，又覺這寶坻鎮終究嫌小些，本地沒有多少富戶，不過有些行腳過路的客商，生意不夠用度，便將家搬到三河縣。不久，蕭成病死，家中生計頓覺艱難，恰好三河縣來了一個江南富商，願出一千兩銀子梳籠寶娘，文樓兒只得咬牙應承下來。那富商貪戀寶娘青春貌美，盤桓了一個月才去。消息傳出，那些平日裡難近得身子一親芳澤的紈絝子弟們齊來湊趣，一時寶娘聲價倍漲，成爲三河縣的名妓。只是這三河縣終是鄉野之地，富戶也不甚多，一家人便又搬到了京師的近郊密雲縣。恰好一個姓徐的副將想升總兵，正要走動門路，聞聽兵部尚書崔呈秀極是好色，身邊又沒有個可心的，便要尋個絕色女子送他。寶娘自忖自家也是好人家的兒女，不幸流落風塵，如今有了這般當今第一個有權勢的人，自然願意從良，也強似終日歡顏逢迎。那徐副將命人先將寶娘盛妝打扮了一番，親自護著一頂精致的呢轎送到崔府。呈秀一見，神魂飄蕩，朝夕歡娛。蕭家一時攀上高枝，乳名叫做晚哥子的弟弟蕭惟中也有了冠帶，先是在兵部做個都司官，後升任密雲參將。蕭靈犀本來在眾妾中最爲得寵，又感念崔呈秀抬舉他兄弟做了官，愈發盡心服侍。這日正在陪他雙陸，蕭惟中著火般地趕來，二人正在驚愕，蕭惟中也不請安，只是站著急聲道：「聽說九千歲自縊死了，不知眞假？」

崔呈秀將棋子放下，翻眼看著他道：「死在何處？」

「小弟也知之不詳。」

「發給兵部的邸報上沒有？」

蕭惟中苦笑道：「小弟這從五品的官，當初若不是看姐夫金面，依例哪裡見得到邸報？

如今姐夫……」他見姐姐不斷使眼色，忙止住話語。

崔呈秀並未在意，嘆道：「如今消息是不靈通了，活活悶煞個人！想那九千歲不知是什麼光景了，若不是萬不得已，他老人家想必不會自尋短見，螻蟻尚且貪生，何況是那般榮華富貴享受不盡的人物？」他鎖著眉頭嘆口氣道：「晚哥兒，你且坐下吃茶，等京師的人回來便知道分曉了。他們已去了四天，往日三天回來一報，這次如何遲了？」

蕭靈犀勸慰道：「老爺切放寬心。想是那些下人尋歡貪玩，遲了日期，若是有什麼大事，他們斷不敢耽誤的！」

崔呈秀想想也是，便不再言語，悶頭下棋。蕭靈犀命下人帶弟弟下去看飯，蕭惟中見尋不出眞假，吃了一杯茶，便推辭說趁天尙未落雪還要趕回密雲，以免明日耽誤公事。崔呈秀也不強留，蕭靈犀起身送弟弟出中門，叮囑他今非昔比，凡事都要盡心，不可將把柄落在人手。崔呈秀坐在棋盤前發了一會兒呆，見蕭靈犀回來，還要充些名士權貴的模樣，忍著性子下那盤殘棋，只是那棋早下得不成模樣，便起身走到窗前，見天色果然陰沉起來，墨一般的彤雲遮嚴了半個天空，眼見院裡的殘雪尙未化完，怕是又來一場冬雪了。將近申時，崔呈秀從暖炕上起來，感到腹中有些餓了，才想起尙不曾用過午飯，披衣下來，外面正落著霰雪。廳堂上火盆燒得極旺，上好的木炭通體明紅，蕭靈犀將椅子靠近火盆，手捧一本書出神地看，神色有幾分悲戚，臉頰腮邊隱隱有些淚痕，全然不知崔呈秀睡醒出來。崔呈秀負手踱到她身後，笑道：「看《三國》，掉眼淚，爲古人擔憂，不怕傷了自各兒的身子？」

蕭靈犀將書一合，淚眼含笑：「老爺起來啦！外面就要下雪了，怎麼不多睡一會兒？這會兒子可覺得餓了？婢子已吩咐廚下煮好了參湯。」

「寶娘，就你知道咱的心思，這般陰冷的天氣，參湯可是滋補的好東西。讀的什麼書？」

蕭靈犀忙用帕子拭了眼睛，嬌聲道：「都是些稗史小說，登不得大雅之堂，入不得老爺青眼的。」

「該不是什麼淫詞艷曲吧？竟這般地惹動你的情腸，含羞灑淚的！」崔呈秀從身後雙手將她摟了，花白的髫子在她的粉臉上來回劃過幾下，伸手將她的細手握了，將那書在眼前平展開來，石藍色封皮上豎貼著一條窄窄的百紙箋，上面是四個端端正正的宋體黑字：警世通言。「哼！此人咱也有所耳聞，不過一個小小的七品縣官。」說著轉到椅子前，摟了蕭靈犀在椅子上坐了，頗有些不屑道：「此人名馮夢龍，表字猶龍，又字耳猶，別署龍子猶、顧曲散人、墨憨齋主人，南直隸長洲人。文思倒也敏銳，詩文倒也藻麗，只是一味沉湎文藝，不修仕宦，只任過五年福建壽寧知縣，倒編次了三部傳奇小說，《喻世明言》、《警世通言》和《醒世恆言》，世稱三言，卻也可讀。聽聞勾欄瓦肆、酒館茶樓津津樂道，不少書賈翻刻牟利，世人爭相傳閱，大有洛陽紙貴之勢。你看的是哪一回故事？」

蕭靈犀紅唇一撇，嬌嗔道：「老爺公事繁多，對一個小小的知縣卻這般熟悉？想必是在哪個什麼樓、什麼館聽了哪個小蹄子浪說的。整日裡口中心肝寶貝兒的，原來全是假的，心裡不知惦記著哪個嬌娘嫩妹，說不得還要在書中學些風流手段呢！你自去看吧！」星眼含怒，黛眉微聳，略微作勢掙脫幾下，扭身將一雙白生生、細嫩嫩的手兒捏著那書送到崔呈秀眼前，崔呈秀一手攬住她那不住扭動的細腰，一手取了書，嘴裡哄道：「天下官員履歷咱早已了然於胸，全賴昔年為九千歲羅織東林黨罪名上《同志錄》、《天鑒錄》時，將吏部的檔案翻閱一遍，紅塵中的女子哪裡知曉這些？看的全是些男歡女愛的事體，哪個會去想馮夢龍何許人也。便如你一般，看的這回《錢舍人題詩燕子樓》，必是遙想關盼盼與張建封紅顏白髮，在燕子樓上雙雙看夕陽暮色，在溪畔柳堤上攜手緩緩漫步。只顧為書中的男女哭笑了，還會想什麼寫書人模樣醜俊來歷出身？」

不料，蕭靈犀突然雙肩抽搐，哭泣起來，崔呈秀以為言語不周，還要再勸，蕭靈犀哽咽道：「當年張建封病逝徐州，葬於洛陽北邙山，一時樹倒猢猻散，張府中的姬妾風流雲散，各奔前程。只有年輕貌美的關盼盼無法忘記夫妻情誼，矢志守節。張府易主後，她隻身移居到徐州城郊雲龍山麓的燕子樓，與世隔絕，日日對著樓前的一灣清流，沿溪垂柳。但風光依舊，人事全非，長夜寒燈，形單影隻，冬去春來，日復一日，燕子樓中不再歌舞，樓中人也懶於梳洗理妝。每日唯食素飯一盂，閉閣焚香，坐誦佛經。不施朱粉，似春歸欲謝廬嶺梅花；瘦損腰肢，如秋後消疏隋堤楊柳。婢子也怕有那樣一天。真有那樣一天，婢子不願留在世上，願隨老爺地下，生不同時死同穴，也就心滿意足了。」

幾句話將崔呈秀說得無情無趣，心裡愈加鬱悶惶恐，將書一把投在火盆裡，罵道：「都是這該死的混賬知縣惹得愛妾不快，等咱東山再起，便要將他拘來，當堂打幾十棍子，看他還敢妖言惑眾？」端起盛了參湯的青花小碗，用銀湯匙餵蕭靈犀參湯，蕭靈犀微張著嘴喝了，閉起眼睛，偎在他的懷裡，滿腮的淚。崔呈秀替她拭了，舀了一勺參湯喝了，抬眼看看窗外，不知何時紛紛揚揚地飄起大雪來，門外卻站著一個人，渾身雪白，心裡一驚，脫口喊道：「可是崔福嗎？快進來！」蕭靈犀聽了，起身躲入內室。

門外的崔福答應著，拍打了身上的雪水，又用力擦了油靴上的污泥，進來見了禮，卻不說話，只是抖抖地從懷裡掏出一個布包，雙手呈上。崔呈秀打開一看，見是折疊了的邸報，忙展開急讀，果見上面載著魏忠賢自縊阜城縣，不禁大驚失色，愣愣地垂淚道：「九千歲果已不在了！」又問崔福道：「你如何晚回了兩天？」

「小的在京師聽說了九千歲自縊的事體，不知眞假，便設法用重金買了邸報，以免老爺追問起來，小的難以回答。如此便遲了。」崔福慌忙解說道。

「好！你辦事倒是穩妥老成。只是方才爲何不快進來稟報？」

「小的怕驚動老爺、夫人。」

「京師有何動靜？可有議論？」

崔福撲通一聲跪在地上，流淚道：「老爺，九千歲遭人議論自是難免的，只是這回怕是老爺也有禍事了。」

崔呈秀將手一抬，命他起來說話，崔福並不理會，哭道：「老爺，九千歲自縊一事傳到內廷，聖上聽了道：『忠賢一人，若非外廷逢迎，何至於奴大欺主，專擅朝綱，爲患深重？』朝臣多彈劾老爺依附閹黨。爲非作歹，聖上震怒，聽說有旨意老爺革職聽勘，怕是聖怒難回了。」

崔呈秀暗道：「罷了！會勘接下去怕就是拿問下獄了，詔獄是何等的場所！想當年楊漣、左光斗諸人進獄，縱使鐵骨錚錚，哪個逃得脫性命？這些年，我結怨不少，今日進去，誰肯出力放我生還？少不得也要受那些無數的酷刑拷打，眞個不如像九千歲一般尋個自盡，也免得受那些苦楚！」當下擺手命崔福退下道：「先下去歇息，咱自有辦法，切不可胡亂聲張！」

蕭靈犀在內室聽得眞切，搶身出來，見崔呈秀兩眼出神，伏在他身上小聲飲泣道：「老爺，皇命可是眞的？」崔呈秀心下明白如今再沒有大樹可依靠，只得撫著她的雙肩道：「既有如此傳聞，怕也不會是假的，說不得奉旨的官旗這幾日便要到了。今番恐是無計可施了，最難消受美人恩，寶娘，咱怕是要負你了。」

蕭靈犀哭道：「老爺，全怪婢子一語成讖，胡思亂想。」

「寶娘，怪只能怪我一個，火種撒得多了，早晚會燒到自家的。你倒不必自責，只答應咱一件事，也不枉咱疼你一場。」崔呈秀溫聲安慰。

「什麼事？就是替老爺去死，婢子也是不懼的。」

「不是，你想多了。就是你死也救不得我，再說我哪裡忍心你死。你不要隨著我，先收拾起些細軟，趁我在時，打發你出去，遠走他鄉，不必爲我守志盡節，只是要尋個好人家，切不可再淪落煙花，教我在九泉之下都惹人笑罵。我再不能庇護你了，只要你今夜再好好陪我一回。」言畢，不住唏噓，自嗟自嘆。

蕭靈犀不覺淚如雨下，低聲吟詠道：「北邨松柏鎖愁煙，燕子樓人思悄然。因埋冠劍歌塵散，紅袖香消二十年。」即而哭道：「婢子難道比不得關盼盼？」

崔呈秀淡淡一笑：「我不似張建封得終天年，你又何必定要學那關盼盼？你下去命廚子備些精美饌食，將我存下的御酒並那些珍玩器皿取來，吩咐家人不要過來打擾。如此的天氣，正可相擁，痛飲賞雪，圍爐夜話，做徹夜之歡。」

蕭靈犀悲泣道：「曾經滄海難爲水，除卻巫山不是雲。婢子雖出身煙花，蒙老爺抬舉，錦衣玉食，享用多年，恩寵至極，服侍過了朝廷的大司馬，怎能再抱琵琶，重去腆臉向人？情願殺身相報，隨老爺於地下。」起身安排了酒食，回來守在崔呈秀身邊。

崔呈秀長嘆道：「寶娘，你這是何苦？我位至宮保，家累百萬，富貴已極。已是過五望六的年紀，也不算是年輕了。我罪業重大，屈己逢奸，恣意趨炎，諂媚上公，冤仇眾多，聖上放過我，仇家也不會放過我的。你青春年少，正好享受風流富貴，何必也要尋此短見！」

靈犀語調一冷，起來斂衽一禮道：「婢子主意已定，老爺不必再勸了。」

掌燈時分，魚貫進來幾個廚子和侍女，將一掛掛紅木食盒打開，片刻間，寬大的紅木桌子上擺滿了珍饈玉饌，十幾個大大小小的酒罈、酒瓶，擺滿了一地，又有兩個家丁抬來一隻花梨木的大箱子。崔呈秀見蕭靈犀斟上了酒，教蕭靈犀對面坐了，將酒一口乾了，搖頭道：「有如此美酒不可沒有好器皿，飲酒之道，須得講究酒具，喝什麼酒，便用什麼酒杯，方可深入其中三昧，絲毫馬虎不得。離席打開那只花梨木箱子，一一取了裡面的東西放在桌旁，蕭靈犀定睛一看，見是幾個紫檀、花梨、雞翅木、金絲楠木的多寶格，在燭光下光華閃爍，或斑斕，或古拙，或璀璨，或晶瑩……竟是滿滿幾架酒具，或大或小，形態各異，均非凡品。「這都是我數十年間積攢搜羅的前代古杯，金、銀、銅、玉、竹、木、角、琉璃，皇宮大內也都比不了的。」崔呈秀抓起一把青瓷的酒壺，一手拿了一瓶金莖露道：「這壺是宋代定窯的八仙酒壺，不但外面繪著八仙過海的故事，壺中也有奧妙，滿滿一壺變換八個方位，正好斟滿八杯酒。只是這金莖露乃御酒，清而不冽，醇而不膩，味厚而不傷人，有王者之香，似不宜用此出世脫俗的酒壺，該換把金執壺。」說著便換了把八棱鏨花金執壺，輕輕捏起一隻舞伎聯珠柄金杯與一隻金筐寶鈿團花金杯，斟了酒遞與蕭靈犀。蕭靈犀暗道：反正命將不久了，醉與不醉，也沒多大分別。儘管平日裡酒量極淺，此時雙手捧了，幾口喝個乾淨，但覺喉嚨猶似刀割火炙，卻忍住沒有咳起來，臉頰及頸一片緋紅，口中並連聲讚道：好酒，好酒！

崔呈秀淺笑一聲，仰頭而盡，甩手將手中並桌上的金杯摔到地上，用腳踏得沒了形狀，又將金執壺狠力擲出，噹啷一聲摔到牆壁上，眼見得癟扁不能用了。見蕭靈犀似要阻攔，卻出言又止，狂笑道：「這金執壺、金杯子是唐代的古物，到今日不下八百年了。雖說珍貴，可我不知明日還否用它飲酒，留這些身外之物何用？終不成留給仇敵把玩！」

蕭靈犀嘆道：「婢子只是可惜老爺這半生的心血付之東流了。這些寶貝不知多少權貴名士用過，卻落得這般下場！」

「江山代有才人出，何況這小小的杯盞！不必觸景傷情了，且再陪我一杯。」崔呈秀取過一把嵌著祖母綠寶石的銀執壺，拿出一個紅色的小瓷罈，拍碎封泥，霎時室內瀰漫著醇美的酒香，他引鼻深深一嗅道：「好酒，好酒！這是永樂朝年間專供內廷的極品紹興狀元紅，算來也有兩百年光景，必是變作琥珀色了。唐人有詩說：玉碗盛來琥珀光，這般的好酒必要用銀白之器盛飲，方不減其本眞之色，不失其內在之香，不會煞了華堂盛筵的風景。」

蕭靈犀本於酒道一竅不通，平日飲酒只覺辛辣而已，哪裡理會這些感受？初時聽得甚覺玄妙，細細品味，卻又不無道理，見他看看手中的花形銀盞，似是嫌棄地丟在地上，一腳踏扁，才高擎執壺在蔓草花鳥紋八棱銀杯和花鳥蓮瓣紋高足銀杯中斟滿了，一手端起學他的樣子仰頭乾了，也叫道：「好酒，好酒！」將手中杯子向地下一摜，便覺臉上熱烘烘的，見盆裡炭火小了，下炕親手添了青炭，看窗外已是漫天鵝毛般的大雪，自語又似自憐道：「這雪也似的銀杯盞冰肌玉膚的，只飲此一種酒，可惜了名器，好似冷落了佳人？」

「從來醇酒似佳人，美器如處子，是說絕頂的物件相配，自然生色，像你這般雪白的臉兒，須點綴上兩朵桃花，粉白對映才覺相宜。酒與杯子也是如此，銀盞與狀元紅、女兒紅、花雕諸酒最是相合，等而下之，也可盛飲竹葉青，只是那般淡綠與銀白其色均寒，略覺不適。若是以人參、伏苓、靈芝、鹿茸、首烏、熊膽、三七種種珍貴藥物泡製的藥酒，也可勉強盛飲，只是藥味沖天，倒不是飲酒而似吃藥了。其他酒則未免有鳩占鵲巢之嫌，不足品評。」崔呈秀重換了兩個銀杯，斟了半盞，將那個上面雕勒著仕女狩獵花紋的八瓣銀杯推與蕭靈犀，自端了那盞狩獵花草紋的高足銀杯，面有得色地問道：「然否？」

「老爺高雅博學，教人大開眼界。婢子哪裡知道吃酒還有這般多的學問？」蕭靈犀不由十分嘆服，心下卻阻不住暗暗生出些惆悵。

崔呈秀四兩酒下肚，已不禁瑞興遄飛，將頭上的帽子脫了，湊到蕭靈犀身邊，挨肩說道：「深明天下美酒的來歷、氣味、釀酒之道、窖藏之法，年份產地，一嘗即辨，這般本領普天之下沒有幾人，卻還非我一人獨具，但論酒器種類之多，收藏之富，放眼海內，當屬絕世無雙。這些金銀酒器俗人看來，莫不是價值連城的寶物，在我家裡卻是些平常的東西，尙算不得珍賞。你道爲什麼？」

蕭靈犀偎在他的肩頭，見他眯眼笑望著自己的手腕，登時心下雪亮，莞爾笑道：「自古金銀有價玉無價，必是什麼玉壺玉杯了。」

崔呈秀伸手在她腮下脖頸處擰了一把道：「古怪精靈的，倒猜得準！」離了座位，將一架紫檀木的多寶格提到桌上，那格子間的木槽內放著儘是些青白之物，粲然生輝，崔呈秀一一取下擺在桌上，嘴中指點著杯子的名稱，什麼漢代的角形玉杯，隋代的金扣玉盞，唐代的玉八瓣花形杯、青玉鏤雕桃花耳杯，宋代的青玉雙耳鹿紋八角杯，元代的白玉葵花杯，幾乎遍及歷朝歷代，個個雕製精細，巧奪天工，說不出的盎然古意。蕭靈犀暗自幽嘆，竟想及前朝的那些名姬艷妓，綠珠、蘇小小、關盼盼、李師師……崔呈秀沒有覺察到她眼瞼暗淡，哈哈一笑道：「你只猜對了一半，這幾盞玉杯之外，還有幾件稀罕物！」打開多寶格下面的幾個小抽屜，妙手空空般地掏出一隻紫紅色杯子，上面疙疙瘩瘩，細看才知雕了一幅松下老人對弈圖；一個烏黑的紫檀古梅式杯，一個牛角般的彎杯，另有一個象牙雕的水瓢樣的酒器，一對象牙小杯。蕭靈犀逕取了那栗色的牛角彎杯道：「這個便是犀角杯吧？」

「不錯，你倒是有些見識。這犀角杯本可入藥，若酒性濃烈，用犀角杯盛之而飮，可增一股芳冽之氣，便覺醇美甘香。所謂玉杯增酒之色，犀角杯增酒之香，古人誠不我欺。崔呈秀笑著舀了一碗白酒，送到蕭靈犀鼻下一嗅，但覺濃烈異常，呼吸爲之一遏，蕭靈犀忙轉過頭道：「這是什麼酒，如此嗆人？」

崔呈秀將酒倒入犀角杯，略一搖晃道：「這是關外聞名的孫記燒刀子，可算是天下最烈的酒了。其地陰寒，當地土人無之不歡。不過，入了我的犀角杯，酒性已變，醇厚溫和了許多。」自飲一口，又餵蕭靈犀喝下，蕭靈犀閉氣嚥下，果覺芬芳，當下向著崔呈秀點頭稱是。崔呈秀豪興大發，一指那只水瓢似的杯子道：「這個想你不會懂得了？此物名爲蟠龍把匜，上鏤夔龍紋樣，是取整根的象牙精雕而成，剩下的腳料製成了這對素身小杯。這象牙杯子宜喝甜酒。」捧起一個罈子，倒得滿桌淋漓，全沒當是十分珍貴的美酒。蕭靈犀雖不嗜飲，聞到酒香撲鼻，情知確是上好佳釀，崔呈秀如此斟倒，未免蹧蹋，心下暗覺可惜，但見他意氣正豪，不敢出言阻止。

崔呈秀喝乾了酒，將杯子丟到炭盆中，只聽嘎嘎幾聲，轉眼間升出一股青煙，滿室飄起一陣濃濃的焦香。他拍手大笑道：「痛快！痛快！有人說飲酒之道，飲高粱酒，須用青銅酒爵，始有古意；飲狀元紅須用古瓷杯，最好是北宋瓷杯，南宋瓷杯勉強可用，但已有衰敗氣象，至於元瓷，則不免粗俗了；飲罈梨花酒當用翡翠杯。雖不算無理，只是未免矯揉造作，得其名而失其實。青銅酒爵若要古雅，必是銹跡斑駁，無法辨出酒的本色；瓷杯則有隱逸之氣，與我身分不相契合。是故我並未搜求這兩種酒器。至於飲葡萄酒要用夜光杯，還引唐詩爲證：『葡萄美酒夜光杯，欲飲琵琶馬上催。』其實這夜光杯與琉璃盞本爲一種。葡萄美酒其色爲紅，琉璃盞空明若無，二者相合，酒色便與胭脂一般，飲酒有如飲美人淚，自見其佳處。但飲此酒不唯要有夜光杯與琉璃盞，更應有美人相伴相偎，否則入口便化作了濁物，終覺少了許多的情致。固然非酒不歡，然無美人，更是歡笑不得了。」說罷，將桌上的杯子一列排開，撕破餘下的幾罈美酒封口，分別斟入杯中，如釋重負般地吁了一口長氣，感慨道：「這些酒杯實是飲者至寶，古往今來，諸種齊備，聞所未聞；如此連飲，絕無僅有。可不痛飲乎！」一氣狂飲，喝得滿腮滴灑，前襟盡濕，一把抱了蕭靈犀大哭道：「我情知罪重難逃，到底還有些貪生戀財的念頭，心中怎麼捨得就死？想京中還有埋藏的金銀箱籠尚未發回。家中這偌大的田產，只有七歲的鏜兒與四歲的鑰兒二子，尚未知人事。長子崔鐸復試，又不知如何？你這般青春年少、如花似玉的佳人，如何丟捨得下？」將酒席用力掀翻，杯盞碗碟菜肴酒水落了滿炕遍地，崔呈秀舉著多寶格朝下亂砸，眼見杯盞碗碟碎裂成了數片。

蕭靈犀哭得幾要氣絕，嗚咽道：「婢子侍候老爺上路。到了陰曹，婢子也是老爺的人，也會一樣地侍奉老爺。」

崔呈秀家法極嚴，眾姬妾聽得哭聲，也不敢自行過來看顧，聽任他們隨意作爲。崔呈秀啞然失笑，神情極是無奈，起來換過一身朝服，烏紗皀靴，蟒衣玉帶，蕭靈犀也一身盛裝艷服，相擁而泣。此時，已過二更，窗外大雪飄飛，滿地銀白，將偌大的一片宅院盡情封遮了。蕭靈犀仰頭看看崔呈秀，二人對視一笑，蕭靈犀看著他搬過一把椅子，向樑上拋過方才束身的絲條，眼睜睜套進了頭去，將凳子一腳踢翻。蕭靈犀不敢再看，緩緩跪在一旁，低頭吟道：「幕捲流蘇，簾垂朱箔。瑞腦煙噴寶鴨香。光溢瓊壺，果劈天漿，食烹異味。緒羅珠，列兩行粉面梅妝；脆管繁音，奏一派新聲雅韻：遍地舞捆鋪蜀錦，當筵歌拍按紅牙。」取了掛在壁上的那口寶劍，自刎而死。

次日一早，眾廚子侍女到書房收拾殘席，見滿室狼藉，蕭靈犀倒在炕邊，一地的血，抬頭又見崔老爺吊在樑上，慌忙報與夫人。夫人忙請來哥哥崔鍾秀計議，只得報了本州，那趙知州即刻通詳兵備道，隨即派了守備會同知州一起來驗看了，回報本道。此時，尚未有旨，便先著本家自行殯殮，撫按具題。

崔府一個婦人秋鴻本是客印月的丫鬟，因與崔府的小廝崔福多次相見，暗暗有了情愫，客印月就開恩玉成了他們的好事。那婦人聽了丈夫回來說了書房的情景，一早趁著闔府上下亂哄哄的，帶了些隨身的細軟衣物與丈夫急來投客印月。到了京師才知侯國興已被監在錦衣衛獄，侯爺府並那些私宅也已封鎖了，家人逃個罄淨，便打聽得客印月前兩日已被發往浣衣局，投奔不成，想起客印月往日的恩典，忙去探望。

浣衣局在宣武門內，有掌印太監一員，僉書、監工沒有定數。凡是宮人年老或被罷黜退廢的，便發到這裡居住，每日漿洗宮裡的各類衣物。秋鴻與丈夫到了門前，將三兩散碎銀子送上，只說要找一個遠房的親戚，不敢明言來看客印月。此地已非要處，門禁本來鬆弛，又有了利錢，門值便教秋鴻一人進去尋找。秋鴻進來見院落寬大，但極破敗，顯是多年不曾修葺，裡面多是些年老宮人，三三兩兩地聚在一處，洗衣說話，不見客印月的影子。秋鴻不敢打問，只得一個院子接一個院子地尋找，一直找到後面的一個小院子，也未找到客印月。心下失望頹唐，想到丈夫尚在門外，怕他等得心焦，便要轉身離開，卻聽裡面有人冷笑道：「當年你潑天的富貴，何等享受！可想到會有今天的下場嗎？咱奉旨辦差，你還咬牙不說，對咱無禮也就罷了，竟如此藐視萬歲爺。著實打著賤婦。看是你的牙口硬還是咱的棍子硬！」

秋鴻心裡一動，見灰牆高大，院門緊閉，幾棵參天的古樹丫丫杈杈，想必枝葉茂盛時，陰森森的，可將整個院落遮住。心裡敲著鼓，前後左右看看，似有些不寒而慄，好在並無人跡，門口也無守衛，忙輕手輕腳伏在門上，透過細小的縫隙往裡面偷看，只見古樹底下堆著厚厚的白雪，打掃出的一小片空地上擺著一張破舊的桌子，桌後的椅子上坐著一個太監，玄色帽子，白色護耳，大紅描金雲紋錦盤領衣，裡面襯著棉袍，腰圍方玉朝帶，左衽間垂下長長的流蘇條帶，右手腕上套著一串念珠，笑吟吟地看著面前捆綁著的一個老婦人。那老婦人雙手反剪，一身破舊的棉衣，頭上沒有巾帽，灰色的頭髮被寒風吹動著，顫顫地背朝外跪在地上，身後站著兩個粗壯的太監，上前將那老婦人一腳踢倒，舉棍便打，「啪啪啪啪啪」只五下，後背的棉衣破裂，花絮紛飛，那老婦人大叫一聲，再無動靜。秋鴻聽得聲音稔熟，心中大覺淒苦，禁不住淚流滿面，幾乎要哭出聲來，暗道：她老人家果然在這裡了。

第二十回 審元凶孝子錐酷吏 定逆案明主剪群奸

忽聽一人高喊道：「狗賊許顯純！還我父命來！」一個白衣少年一下跳到臺上，從懷袖中掏出一把尖錐逕向他後背插去。護軍想要上前阻攔，無奈閣臣卻不發話，閣臣、三司、各科道暗恨他們攀扯他人，樂意袖手旁觀。

「弄醒她！這般死了一樣，如何算是拷打？」那紅衣太監擺手阻止，旁邊的的小太監用手抓了幾個雪團，往那老婦人脖頸裡一塞，老婦人不知是痛還是涼得大叫一聲，悠悠醒來，無奈雙手被綁，只得任憑雪團化作冷水順體浸流，兩隻眼睛怨毒地看著紅衣太監，罵道：「趙本政，當年你在宮裡不過是個小火者，若不是你求了老娘抬舉你，你哪裡會有今天做什麼乾清宮管事？如今你倒恩將仇報，摸摸心口兒，可對得起天地良心？你這忘恩負義的小人！」

趙本政獰笑一聲，看著那老婦人，似是不認識一般，詰問道：「客印月，你這老賤婦還講什麼天地良心！當年你逼殺司禮監掌印王安，害死張裕妃、馮貴人、李成妃、胡貴妃，可曾想到有天地神靈？當年為討好你，逼得我不得不向錢莊借高利貸置辦禮品，驢打滾兒的利錢三年才還清，提及此事，我都想親手打你幾棍，才解心頭之恨！」

客印月將頭側放在地上，絕望道：「老娘雖說得了你些許禮物，但也著實抬舉了你，所失與所得孰輕孰重，你心裡自是明白。但凡有丁點兒良知，老娘又不是教你為難違旨，也自當看顧些，何致下手這般狠毒！」

趙本政起身負手背後，踱到她面前，俯下身子啐了一口，斥道：「呸！你這不知廉恥的老豬狗。當年楊大洪、左遺直、魏孔時、袁熙宇、周思永、顧伯欽六人，還有周仲先、高存之、繆當時、周景文、周季候、李仲達、黃眞長七人與你有何冤仇，你竟將他們抓去詔獄，酷刑拷打，五日一比。將楊大洪打得肉綻骨裂，髓血飛濺，齒頰盡脫，卻不罷休，還土囊壓身，鐵釘貫耳，最後竟然都不見了屍身，只剩下幾根斷骨幾片血衣，見者無不為之飲泣。你如何不自知狠毒，良知何在？」

客印月作聲不得，情知難逃，索性將頭埋地，不再發一言。趙本政怒道：「狡辯不成便咬牙吞聲強要支撐，你也不看看這是什麼地方，焉能容你這般裝死狗地撒潑耍賴！咱奉旨重打一百，王法森嚴，豈可輕易被她討了便宜！慢慢地打，咱要好生消遣她。」

兩個粗壯太監將棍子一丟，一抓一拖，那棉衣早從中裂了，露出肥白而有略顯鬆弛的後背來，一棍下去，登時鼓起老高的一條血印，接連幾棍，皮肉已破，鮮血四濺。客印月不及哭喊幾聲，便又昏了過去。

秋鴻在門外看得魂飛魄散，知道老祖太太千歲今日斷無生理，不敢再逗留，忙出了浣衣局，門口尋了丈夫崔福，轉到僻靜處道：「老祖太太正在受刑，想必活不過今日了。我聽說浣衣局杖斃的人都要被送到淨樂堂焚屍揚灰，如此自然無法贖收殮，感恩報主，只好到得那裡等候，偷偷祭奠一番，也算盡心還願了。崔福點頭稱是。

接連幾場雪，冬日更加寒冷，剛進十一月卻似到了隆冬季節，儘管天已晴了，日頭卻沒有幾分熱度，那雪積得厚厚的，絲毫不見融化一些。早朝完畢，崇禎在乾清宮東暖閣批了幾份摺子，想著這是入宮以來的頭一場瑞雪，宮後苑裡，必是玉樹瓊枝，銀裝素裹，便有心思去走一遭，批完手上的那份摺子，抬頭向外望望，卻見王承恩不知什麼時候已站在身旁，笑道：「貴妃娘娘在宮後苑候駕賞雪呢！」雙手奉上一張梅花素箋，並未折疊，上面幾行娟秀的小字：

敬啓者：

龍庭初雪，上天降瑞。萬里澄淨，山河生輝。天晴氣朗，最宜登臨，堆秀山聳，御景亭高，燕京八景，西山晴雪，君豈無意乎？

妾妃　秀英　百拜頓首

字模仿《蘭亭》筆意，法度及襟懷眞有晉人遺跡，但落款兒卻又屬什麼「妾妃」，也只算得八九分的放浪，比之晉人已落下乘，必是後來想及了身分，因此前放後收，首尾不一了。崇禎笑著將信箋揣在懷裡，起身道：「這便去會會那位雅興的高士。」下面侍候的太監忙取了猞猁皮帽、紫貂斗篷，王承恩服侍他穿戴了，讚嘆著說：「貴妃娘娘眞是雅人，也明白萬歲爺的心思，若是奴婢們哪裡會想得到？就是想到，也欣賞不出，品味不了呢！」

崇禎正色道：「這似不是你說的話。小恩子，什麼時候嘴竟這般甜了？不怕朕定你個諂媚主上的罪名？」

「只要萬歲爺歡喜，奴婢定什麼罪倒不打緊。」

崇禎笑罵道：「你這奴才，那朕豈不成了昏君？」王承恩正待分辯，卻見他笑容一斂，沉吟道：「朕密詔協理京營戎政李春燁的差事不知辦得如何了？朕一直放心不下，想也該有消息了，你不必隨去宮後苑了，有小淳子、小元子幾人伺候就行了，且在此候著，一有消息，速報朕知。」

宮後苑早變成了粉妝玉砌的世界，花叢樹木，假山亭閣，厚厚地鋪了一層，全不見晚秋初冬那肅殺淒清的景象，松柏的枝杈掛著毛茸茸、亮晶晶的銀條兒，那松塔、柏籽成了蓬鬆鬆、沉甸甸的雪球兒，一陣冷風吹過，樹枝輕搖，銀條兒和雪球兒簌簌地落下來，雪末兒隨風飄揚，日光映照，竟幻化出七彩的光芒。進了坤寧門，崇禎下了暖轎，迎面便見兩棵粗大高聳的柏樹丫杈相接，夾道而立，往裡是一尊近丈高的鐵鑄香爐。向左轉過幾處花叢山石，遠遠見田貴妃站在澄瑞亭邊的那座單孔石橋上，銀狐斗篷內襯大紅的宮裝，見崇禎來了，忙迎上來施禮道：「唐朝駱賓王有詩說：『未睹皇居壯，安知天子尊。』妾妃不曾見識過皇宮雪景的模樣，見天晴了，本想請周娘娘一同賞雪，又想娘娘已懷了龍胎，上次千秋聖節看戲時險些動了胎氣，身子金貴得緊，恰好這幾日又不思飲食，天氣又寒，不敢去驚動她。袁妹妹正在奉娘娘懿旨趕著剪九九消寒圖，要在數九前分賜各宮，也不好擾她，便斗膽勞動聖上。」

崇禎笑道：「朕其實也有心觀賞雪景，只是事務繁雜，一時竟脫不開身，若不是愛妃提醒，豈不辜負了這大好的景色！」拉了她的手上橋，向下一望，見橋下的那一池碧水早已結了冰，冰上殘留著幾棵蓮梗，水中往日來回游動的金魚深沉水底，一點蹤影也不見了，便下橋朝堆秀山走。那堆秀山流湍冷咽，上下銀白，僅露出一角紅亭，已不復是往日泉水長垂飛花濺玉的模樣。田貴妃道：「冬日雖覺冷寂，四處倒是潔淨了。」

「眼下是潔淨了，怕是見不得天光。」

「清者自清，濁者自濁，自然不會因天光而變。」她不解地看看崇禎，暗覺他話裡似是深含玄機，改口道：「要說也是呢！躲得了一時躲不過一世，就是孫猴子廟後不也藏不住尾巴嗎？」便要拉崇禎自雲根洞上山，旁邊兩個小太監急忙上來護持，田貴妃見二人面生，問道：「你們且在前面看看石階上可還有雪未掃？若是結了冰的地方記著給萬歲爺提個醒。」

崇禎道：「這兩個是新來伺候朕的奴才。這個高瘦些的是小淳子，是朕從內書堂選用的御前牌子，一個少不更事的奴才，竟將朕出的「齊家治國」的題目做出一篇錦繡文字，頗有些見地。這個略矮些的叫小元子，是乾清宮暖殿，與朕也是舊相識。」兩個小太監不顧地下冷濕，忙一齊上前跪下叩頭道：「奴婢曹化淳、馬元程叩見貴妃娘娘千歲。」

「起來吧！我知道你倆都有護駕之功，既是皇上抬舉你們，可要用心伺候，就算皇上沒白疼你們了。等下去跟小環子領二十兩銀子，算我賞你們的。」田貴妃笑著指了指隨身的宮女。曹化淳、馬元程跪謝了前面引路，崇禎與田貴妃隨在後面。正要進洞，王承恩急急跑來，給田貴妃跪請了安，田貴妃道：「小恩子，你升了乾清宮管事可是一喜。」

王承恩恭身答道：「都是萬歲爺、貴妃娘娘抬舉。」

「奴婢在萬歲爺、貴妃娘娘身邊，每日都是喜事。」曹化淳笑著接道。崇禎已知事情順利，心下一寬，不禁也笑道：「都是巧嘴八哥，淨揀受用的說。」

王承恩道：「奴婢給萬歲爺道喜了。那李春燁果是不辱聖命，沒動多少刀槍，悄無聲息地將那五個都捉了，用鐵鏈鎖了琵琶骨，押在詔獄。」田貴妃等人聽了，也不由駭然，眼見方才崇禎談笑風生，不料卻在心裡藏著這般的一樁大秘密，各自在心裡不住地讚佩。

崇禎命道：「小恩子，明日沒有常朝，傳旨閣臣、三司、各科道御史，卯時在獄神廟會審這班逆黨，觀者不禁，以警世人，也可教官吏們清醒些。到時，你去看看，回來細細稟明。」王承恩答應著退下。

田貴妃道：「這般聲勢的會審當眞是前所未有的……」忽然想起此話有干涉朝政之嫌，忙吐舌噤聲。崇禎似未在意，含笑不語。

東岳神廟座落在朝陽門外，本是元至治二年爲英宗皇帝修建的一座行宮，也是道教正一派在京師一帶最大的廟宇，已是三百多年的古物，歷朝多有修葺。廟內供奉以泰山之神東岳大帝爲首的諸位神靈，最多時達三千餘尊。會審場所選在了岱宗寶殿，此處供奉的冥府判官七十六司之神主掌人間善惡福禍，因果報應，生死輪回。王承恩因奉旨去看會審，不必再到乾清宮輪值，將近卯時才起來，草草盥洗幾把，見時辰不早，忙換了平常的小太監衣服，翠藍半領棉布直裰，月白貼裡，匾條烏靴，趕往東岳神廟吃早飯。出了朝陽門，便覺察人流多於平時，加緊幾步進了山門，便見瞻岱門下有許多的護軍把守，門內外早已站得滿滿的，到處人頭攢動，摩肩接踵，哪裡看得見會審的官員？心下一急，也忘了腹中饑餓，往裡鑽擠，但聽身邊一個瘦小的錦衣男子憤憤地說：「原是花了三錢銀子雇了個人四更天便來占位子的，那裡知道竟有這般多的人，想過去尋那占位子的人也難，豈不白白扔了銀子！」

旁邊有人嗤笑道：「老兄還以爲只你一人想看這熱鬧？這般朝臣會審平日裡花銀子也沒處去見，何況在廟裡辦案亙古未有的，誰不想看看那些奸臣受審的模樣？」

王承恩心裡暗笑，也不理會，又不敢明說奉旨行事，只得低彎著腰，在人叢裡亂鑽，好容易進了瞻岱門，掂起腳跟向四下望望，看哪裡人頭少些，只見東西享殿、東西配殿檐下都有神機營和帶刀的錦衣衛守護。連檐通脊的七十二間東西廊廡內，七十六司按昭穆之制，由北向南依次排列，各司神像都如眞人大小，多的有十二三尊，少的也有七八尊，神像背後藏著東廠易裝便服的番子。他觀察一遍，發現場院正中人頭似是稀少些，便彎腰鑽過去，行不數步，卻如撞到銅牆鐵壁一般，縫隙也沒半點，抬頭見數十個彪形大漢圍在一處，任憑他如何用力，也進不了圈子，還待要鑽，不防那大漢轉頭用手一攔，王承恩便覺一股大力湧來，幾乎摔倒在地，大漢低聲喝道：「你一個沒名目的小太監也往前爲什麼？」

王承恩待要斥罵，想到自己一身小火者的衣服，只得忍下怒氣，心裡恨恨道：「這狗才！如此不識相，咱若是明說了擺布你，你便會知道爺爺厲害哩！你家大人若是知道是爺來，怕也會親來請呢！」心下好奇，不知什麼人物圍在當中，聽得銀鈴般的幾聲咯咯嬌笑，伸頭細看，只見一個麗人披了猩紅的斗篷，頭臉不免遮了一些，看不眞切，旁邊一個青袍的男子，戴著一頂貂皮的帽子，雖是値得幾兩銀子，但也未見得如何尊貴，等那男子微微側過臉龐，卻將王承恩驚得幾乎要叫出聲來，萬歲爺怎麼也到了此處，他不是在宮裡等消息嗎？再仔細一看，崇禎身邊尙有易裝的司禮監掌印高時明，乾清宮管事王永祚、王文政，協理京營戎政李春燁等人，左右伺候，不敢再往前鑽，惴惴地站在原地向前觀望。

寶殿前連夜用木板搭起了高臺，供桌上香煙繚繞，桌前放一個大條案，左右各放一個條案，案後擺好了椅子。卯時剛過，首輔黃立極，次輔施來鳳和閣臣張瑞圖、李國槽依次出來，隨後是三法司和各科道御史分列左右，黃立極請讀了聖旨，各官跪拜已畢，將聖旨供奉桌上，又略禮拜東岳帝君，獻了雲馬、炷香、茶葉、判筆、黑墨、硯臺、白紙簿籍、筆袋、燭、金銀元寶，分別落座，開始會審。一聲號令，先將人犯押上來，太子太保兵部尚書田吉、太子太傅工部尚書吳淳夫、左副都御史李夔龍、太常卿倪文煥，「五虎」之中只少了崔呈秀一個，四人與「十狗」之首吏部尚書周應秋等文官被繩捆索綁。「五彪」錦衣衛左都督田爾耕、錦衣衛都指揮僉事許顯純、錦衣衛指揮崔應元、東廠理刑官孫雲鶴、東廠司理楊寰五人，則身披鐵索重枷，被推搡上臺，朝前跪下。黃立極正色道：「田爾耕你如何投靠魏忠賢，甘爲義子，一心附逆，身爲人臣，將先皇致於何地？」

田爾耕大怒，將身子一挺，木枷與鐵鏈相碰，嘩嘩作響，罵道：「老匹夫，天下依附的人多了，你爲何單單責問我一個？」

「有罪不知，竟還強辯，拖下重打！」黃立極揚手便要發簽。一旁田吉陰陰一笑，開口道：「黃閣老，罪犯但有三不解，若是閣老答得出，我等甘願畫押伏法，也無須勞煩再審了，豈不兩便？」

「講！」黃立極將舞在空中的手收回，順勢摸了一下花白的鬍鬚。

田吉環顧三面道：「諸位大人，既是首輔大人有命，罪犯想他人必不會阻止，以免有欲蓋彌彰之嫌。」田吉果然厲害，出言便猜到眾人的心思，一句話將眾人的後路堵死，然後侃侃而談：「當年我等依附魏忠賢不假，他權勢顯赫，氣焰熏天，我等迫於情勢，不得不如此。想當年開罪魏忠賢的不是被殺便是遭貶，而閣老天啓三年由少詹士進禮部侍郎後，僅兩年便升爲禮部尚書兼東閣大學士，參贊機務，轉年秋天竟爲首輔，爲何三年之中超常擢拔，此爲一不解。天啓五年，魏忠賢想矯旨斬殺熊廷弼，爲怕他的心腹部將舉兵叛亂，久議不決，是哪個給魏忠賢出主意說：『這有何難？若部將叛亂，自可盡情將他們捕殺。不過再寫半片紙，蓋上御寶就行了。』此爲二不解。天啓六年，山東巡撫李精白謊稱其地生產麒麟，獻上圖像，又是何人票擬說：『廠臣修德，故仁獸至。』此爲三不解。若朝臣有此類言行，算得算不得依附魏忠賢？望閣老剖解明白，也好爲天下官吏定個公論。」一席話將黃立極說得面上紅白不定，情知引火燒身，心下雖是惱怒之極，卻難以發作，不悅道：「純屬無稽之談，沒名沒姓，必難實指，如何作答？」

倪文煥冷笑道：「當年魏忠賢六十壽誕之日，有人特獻了一篇《疊承恩綸序》，在座不少大人當日身臨其府，雖事過境遷，但算來剛過區區半載，想必也還記得一二？」說罷看看黃立極，登時不止黃立極嘿然無語，就是張瑞圖也嚇得滿面倉皇，失了常色，因他當日也寫了一篇《慶榮壽序》的頌語，書法文辭俱佳，還堂皇地掛在壽筵上，供人瞻仰，引得無數賓客紛紛稱讚，想必印象尤其深刻。

施鳳來一拍几案，喝道：「如何顛倒黑白，妖言惑眾！你們這班人都是甘心附逆，怎可胡亂扳污一品朝臣？掌嘴五十！」過來幾個東廠的番子各自劈面摑扇，打得田爾耕、田吉、倪文煥三人口鼻流血，臉頰腫脹。三人卻不躲避，只是仰天大笑。台下一片騷然，成百上千的聽者議論紛紛。施鳳來忙命番子們退了，見周應秋在旁邊哆嗦成一團，便想朝他下手，先易後難，不致局面無法收拾，難以回復聖命。當下右手戟指道：「周應秋，你掌吏部，身沐何等天恩！卻依附魏忠賢，賣官鬻爵，終日勒索，都門士林戲稱你爲周日萬。魏賊問你江南人爲何性喜湯粥，你誤聽爲他不願教江南人喜好長竹，竟動用驛馬，千里傳書，命兒子將園中之竹砍伐一淨，天生媚骨，無恥之尤！魏賊失勢，你竟抱了他的腳痛哭流涕。便是魏賊的子侄，你也投其所好，以重金聘請名廚呂慶烹製豬腳宴請饋贈魏良卿，人送你外號『煨蹄總憲』。你可知羞知罪？」言語鏗鏘，使人竟覺大義凜然，台下也寂靜了下來。

周應秋早已嚇得懵然無措，兩眼呆滯，口中支吾不清。李夔龍卻呵呵大笑道：「可笑世人總以為污髒了他人，便可清白了自身。如此實在是緣木求魚，南轅北轍。他人的污濁與你的清白其實本屬風馬牛不相及，又何必大言高聲，強詞奪理！蛇鼠同窩，一丘之貉，何必定要分別什麼是非？」他任吏部文選郎時，日日與周應秋稱官索賄，極是知己，見他舉止失措，便發言代他出頭。

施鳳來厲聲道：「李夔龍，今日乃是奉旨會審，手握生殺之權，你竟咆哮公堂，難道不知王法森嚴，不怕本相將你立斬臺上？」

李夔龍淡然一笑：「我就是怕也沒用。多少把柄已攥在你們手裡了，要尋上百個罪名也是不難，誰教咱做事不似施老相公那般嚴密，不但學阮鬍子離府時將拜訪的名刺從門上盡情收買回去，就是壽誕日也是偷偷教家人深夜送禮，又不寫禮單，只在金銀玉器上雕刻上自己的名諱，真個是神不知鬼不覺，我等凡人更是如何會知曉呢？聽說……」

「這廝污蔑朝廷重臣，快將他亂棍打死！」施鳳來絲毫沒有想到有此一節，不禁氣急敗壞。台下聽者卻不答應，呼喊道：「教他講完！」「沒有虧心事，不怕鬼叫門。怕他怎的？」

李夔龍起身望著台下眾人，若不是雙手被縛，怕是要作個羅圈揖，喊道：「既是大夥兒願聽，夔龍拼死也要講出。魏忠賢被抄家時，施相爺想起有把純金的溺壺上面還雕有自己的名字，便花五百兩銀子求太監張邦紹用刀刮去。此事宮裡早已傳開，成爲一時笑柄，幾乎人人皆知，怕是只瞞了施相爺一人。」此言一出，饒是台上黃立極等老臣持重木訥，左右兩旁品秩低微的官員懾於閣臣之威，也都忍不住掩口胡盧而笑。台下眾人更是樂不可支，有的倒靠在他人身上，有的捂著肚子直不起腰，有的氣換不過來面色憋得醬紫。霎時，台上台下笑作一團，東岳神廟沸然有如湯鍋。王承恩早笑得肚子疼，蹲在地上一時起不來身，想起不知萬歲爺笑得如何，忙起身偷看，哪裡還有崇禎的身影？隨從、護衛也都走了。王承恩不知所以，焦急得通身大汗，眼前恍惚，耳中金鳴，片刻才定下神來，只聽田爾耕喝叱道：「你們哪個不是有罪的？也配來審問我們？」許顯純也跳腳道：「若要教我們心服，趁早換個清白的來！省得教我們聞著也是一般的銅臭一般的骯髒！」孫雲鶴、楊寰也連聲叫罵，公堂頓時混亂不堪，閣臣、三司、各科道束手無策，坐也不是走也不是，神情均是極爲尷尬。台下眾人神情也漸覺激憤，紛紛怒罵貪官污吏，幸有神機營、錦衣衛維護，才不致生成變亂。忽聽有人高喊道：「狗賊許顯純！還我父命來！」一個白衣少年健步跳到台上，從懷袖中掏出一把尖錐逕向他後背插去。護軍想要上前阻攔，無奈閣臣卻不發話，閣臣、三司、各科道暗恨他們胡亂攀扯，樂得袖手旁觀。

許顯純驚恐避讓，爬到中間條案前道：「我祖母乃是穆宗皇帝之女嘉善公主，皇親犯罪，依律可減免。你們快救我，否則我死或傷，你們也難脫干係！」閣臣面面相覷，似爲其言所動。

那白衣少年聞言雙眉聳起，反手又是一錐，刺得他鮮血淋漓，罵道：「你這狗賊！死到臨頭，尚不知悔愧！你與魏老賊內外勾結，朋比爲奸，多少忠臣義士命喪你們之手！你身爲皇親，卻自甘墮落，忘本附逆異姓，禍國殃民，罪同謀反！本朝犯有此謀反大罪的，就是皇子龍孫，如貴爲親王的高煦、宸濠，尚且依法誅戮，何況你不過皇后家的隔代外親！你手裡有多少屈死的冤魂？多少臣民的血債？你還我父命來！」說罷連刺幾錐，許顯純鬼哭狼嚎，變聲道：「你這小畜生刺得好狠！我與你不曾謀面，哪裡害過你父親？」

白衣少年向著他腿跟刺下道：「你可還記得鐵骨錚錚的餘姚黃眞長？」

「你是黃尊素什麼人？」許顯純翻眼問道。

「宗羲不肖，家父喪於你這奸賊之手，卻無力搭救！」痛哭流涕，竟如瘋魔一般舉錐亂刺，全不顧鮮血灑濺到白色棉袍上，點點滴滴，似是早春雪中的梅蕚。又揮拳將崔應元打得頭破血流，尚覺不解心中惡氣，捋住他頷下的鬍鬚，拔下一綹，罵道：「狗賊，我雖不能當場殺你，也要以你的鬍鬚代頭，到詔獄祭奠先父忠魂。」崔應元痛得滿地亂滾，下巴血水淋漓。眾人無不爲之動容，讚嘆道：「眞長可謂有後！」田爾耕等人也爲黃宗羲的氣概震懾，氣焰因之一餒，黃立極趁機忙道：「這班奸賊罪惡昭彰，無須再審，且將他們押回詔獄，明日稟明聖上，即可正法。」一場會審就這樣草草了結。

王承恩看得撟舌難下，忙跟在黃宗羲身後，離開東岳廟，轉彎抹角來到破敗的房舍前，牆倒垣頹，厚厚的積雪尚未遮蓋住枯草，可以想見夏秋蓬蒿滿地的景象，必是久已無人居住的棄宅，見他轉身進去，記得是東安門外的驢市胡同，離皇宮卻不遠，想著還要回宮覆命，也不及查看裡面的詳情，忙趦身而去。

回到乾清宮東暖閣，見高時明、王永祚、王文政等人聚在廊檐下，王承恩上前施了禮，便要進去，卻被王永祚有把拉了道：「老弟做什麼？」

王承恩道：「進去回旨。老兄可是有事？」

王永祚向內努嘴道：「萬歲爺正在發怒，午膳尚未進得，你不怕撞到南牆？」王承恩這才發覺幾人面上神色極是焦灼不安，也不敢貿然進殿了，便一同在外面徘徊。崇禎在殿內卻已聽到，問一聲：「可是小恩子回來了？怎麼不進來？」

王承恩忙小心答應著輕步進殿，簡易跪拜了偷眼觀看，崇禎坐在暖炕上頭也未抬道：「後來是如何結案的？」

王承恩這才知道萬歲爺並未看到也不知白衣少年現身台上的一幕，輕聲回道：「台上台下混亂不堪之際，一個白衣少年跳上台去，大聲叱罵那幾個奸賊，用利錐亂扎猛刺許顯純，又揮拳奮擊崔應元，拔了他的鬍鬚，才將那班奸黨的氣焰打掉，不敢吵鬧歪纏，被羈押回了詔獄。」

崇禎將手中摺子放下問：「那白衣少年是什麼人？竟有這般志氣，天不怕地不怕的！」

「是監察御史黃尊素的後人，名喚宗羲。」

「現在哪裡？」崇禎雙眼光芒一閃，似是有意要見黃宗羲。

「住在驢市胡同的一間草屋內，奴婢怕萬歲爺急著等會審的消息，不及多看。」王承恩不能詳細回答，便後悔沒有多逗留一刻。不料，崇禎起身道：「好！你隨朕去看看此人。」

王承恩大驚，急道：「萬歲爺還沒用午膳，再說也不過一個平頭百姓，何必屈降萬乘之尊，去那骯髒破落的地方？定要見他，傳進宮來豈不方便？」

崇禎笑道：「此人如此年少英雄，值得一見。當今國家正在用人之際，朕思賢若渴，豈可自恃帝王之尊而輕天下士？你不記得燕昭王的那座黃金臺了？昔時燕家重郭隗，擁慧折節無嫌猜。劇辛樂毅感恩分，輸肝剖膽效英才。再說到了宮裡，哪還有眞話實話？全成了什麼奉承阿諛的敬語媚詞，走了調，變了味，聽與不聽有什麼要緊，有什麼分別？」王承恩不敢再勸，只得出去稟了高時明，高時明知道萬歲爺不願人多招搖，忙選派了一個錦衣衛高手護衛左右，叮囑王承恩千萬小心，又命十幾個錦衣衛換了便服，先行一步，散在驢市胡同周圍暗中照應。

天色已過未時，正是晝短夜長的季節，日頭已偏西許多，走在驢市胡同裡見不到一絲的日光。王承恩心裡暗自禱告，黃宗羲呀黃宗羲！你可千萬不要出了門，若是見你不到，萬歲爺責怪下來，我可如何承受？心裡著急，便在前面疾走，崇禎與那侍衛隨後緊跟，三人尚未走近那間草房，就見屋頂上冒出一縷炊煙，已是過了進食的時辰，顯得分外扎眼。王承恩心中一喜，進院輕拍幾下門板，吱呀一聲，那扇破舊的門板開了一道縫，露出半個花白的頭來，啞著嗓子問道：「找誰呀？」

王承恩見是一個半老的蒼頭，暗吃一驚，柔聲問：「老總管，敢問這裡可有個黃公子嗎？」

那老蒼頭見他們三人衣著潔雅，當作了公子酬唱的文友，將三人讓到屋內道：「黃公子與夏公子還有我家公子一齊出去了，至今尚未回來，三位且先坐等片刻。」說著忙開了屋門，將三人讓到裡邊，殷勤地用衣袖將條凳上的浮塵拂了。

「出去幾時了？」崇禎撩衣坐了問。

「怕有兩個時辰了，想是快回來了。」那老蒼頭獻上三杯茶來，憨笑道：「這茶是小老兒家鄉自產的綠茶，雖不甚好，比不得大方之地的物產，倒也新鮮。」

崇禎端茶一嗅，王承恩忙使了個不可吃飲的眼色，崇禎笑著將茶捂在手裡取暖，問道：「他們去了何處？」

老蒼頭返身往灶下添了火，卻不遮掩，回道：「說是到詔獄找兩個什麼人。」正在說著，院外的說笑聲直傳到屋裡來，「太沖兄，今日又了卻了一樁宿願，真是大快吾心！小弟出錢沽一壺水酒喝如何？一則慶賀，二則也可卻寒。」

「大事未竟，賢弟且不可放縱。若是諸願皆了，愚兄自然不再阻攔。今日若飲，是以杯酒澆胸中的塊壘；若塊壘不存，則難有不平之氣。失此內恃，我輩如何討債復仇？」王承恩聽聲音知道是那個白衣少年在溫語勸阻。那老蒼頭也聽到了，忙迎出來說：「黃公子，你的故舊尋你來了。」白衣少年邁進屋門，見條凳上坐著三個人，卻不相識，事起倉促，一時竟怔在當場，身後的兩人也面露驚愕之色。

崇禎起身對白衣少年抱拳道：「兄台想必便是人人欽讚的『黃孝子』了。今日聽說兄台在東岳廟的風采，仰慕不已，特來拜會，實在唐突得緊。」

黃宗羲還禮道：「豈敢，豈敢！貴人光降，蓬蓽生輝。只是敝處簡陋，飲茶用飯皆不方便。我等寒門白衣，平素如此，實非有意怠慢。」看看三人衣飾鮮亮，滿臉的戒備之色。

崇禎輕輕一笑，解說道：「小弟也非豪富，只是家中沒有遭遇什麼變故，還做得起一兩件新衣，也好拜會佳客良朋，一來尊重，二來體面。」

黃宗羲聽到變故二字，想起父親慘死，神色一黯，忙掩飾道：「還沒請教高姓大名？」伸手請崇禎三人坐下。崇禎含笑坐了，王承恩二人卻不理會，依然在崇禎身後站了。

崇禎道：「小弟幸屬國姓，名友賢。少失恃，長失怙，如今孤身一人，賴祖上薄有家私，好歹過活。」想起幼時未能承歡生母孝純皇太后膝下，就是她的容顏也未能親睹幾次，心中不由悲苦萬分。

黃宗羲見他眼中淚光閃爍，想他也是個性情中人，似覺親近了些，重又抱拳道：「原來是友賢兄，失敬了。」將頭一轉，指著身邊那個清秀的少年道：「這是延祚，乃是吳江周季候大人的公子。這一個是夏承，乃御史夏之令大人的公子，都是在下的盟弟。」又一指那個面皮略顯黝黑身形粗壯的少年。

崇禎抱拳客套道：「少年俊傑，久仰得很。」那周延祚面如冠玉，微微紅著臉皮還了禮。夏承口中卻小聲嘟囔道：「難怪取這般的名字了，本來就是與賢人為友，嘴上又恁的能說會道的。」

崇禎只作未聞，笑問：「黃兄大庭廣眾之下，錐刺奸人，父仇得報，大快人心。適才卻說還有心願未了，可以見告嗎？」

黃宗羲嘆口氣道：「朱兄不嫌聒噪，說出倒也無妨。」他飲一口茶，仰頭閉目，似極悲愁傷苦，又若沉思冥想，「不過是個癡想罷了……」

周延祚道：「哥哥因未能手刃魏老賊，而不甘心。前些日子，哥哥尾隨魏老賊一路，沒有機會下手，不料那老賊到了河間府阜城縣，竟投繯自盡了。」

崇禎待要再問，卻聽院外有人呼喊道：「黃公子在嗎？」。他忙住了口，看看崇禎三人，指了一下裡屋道：「朱兄，實在怠慢。」崇禎微笑著起身躲了。

院外，足音踢踏，似是來了不少的人。隔著棉布簾子窺視，見進來一個四十歲上下白胖的中年男子，頭上的風帽也不除下，遮了半個臉，相貌看得不甚清楚。那人對黃宗羲甚是恭敬，言語也極客氣，在條凳上坐了道：「將近黃昏了，小弟知兄尚未進食，就請兄台移步到柳泉居小酌幾杯如何？」眼見比黃宗羲大出十幾歲，竟一口一個小弟，崇禎幾乎忍俊不禁。

「多謝相邀。只是那裡不是貧門寒士去的所在。」黃宗羲冷冷地回道。

那人不以爲忤，笑道：「那裡早已換了主人，不姓魏了。」

「高堂華筵不姓魏也是姓魏，吃的是黎民之肉，喝的是黎民之血，我等黎民子弟如何吃喝得下？」黃宗羲語含譏諷，言辭犀利，崇禎覺得有些不顧顏面，不近人情。

中年男子乾咳幾聲，將尷尬遮掩過去，又說：「小弟知道兄台恨小弟當年誣陷令尊大人，此事實在情非得已，都是被那魏老賊逼迫的，小弟思慮不夠深遠，中了他的詭計。每一想及，痛徹心扉。」說著竟掩面欲哭。黃宗羲卻絲毫不理會，厲聲道：「前有因，後有果，因果迴圈相報，乃是天道之機，自然之理，豈可任憑人意變亂？古人說：違天不祥。你不必再言。」語氣決絕，斬釘截鐵。

中年男子見難以打動，將手放了恨聲道：「方才你們三人又到詔獄處死了獄卒葉咨、顏文仲。聽說你還要組織被難諸家子弟，設奠於詔獄正門，公祭死難的父輩。有志氣，不愧人人稱你爲孝子。但小弟也要勸你幾句，過猶不及，如今兄台氣也出得差不多了，也該收收手，網開一面。得饒人處且饒人，你在京師四處奔走，有多少人害怕？你何時才肯罷休？要怎樣才放過小弟？」

黃宗羲霍地一下站起身來，喝道：「李實，當年你爲虎作倀，殘害忠良時，可曾有此念頭？」崇禎陡然想起李實官爲蘇杭織造，已褫去冠帶，閒住私宅，不料卻在京師。

李實朝外示意，撲通一下跪了，哀求道：「小弟本非首惡，罪孽卻沒有到不悛不赦的地步，求兄台放小弟一條生路，改過自新，重新做人。」兩個隨從抬進一口木箱，放下打開，裡面竟是滿滿一箱白花花的銀子，燦燦生輝，將破舊的堂屋映得明亮了許多。李實指著箱子道：「這裡是三千兩白銀，就算是小弟的贖罪錢，不、不，是贖命錢。聖人也說：『過而能改，善莫大焉！』求兄台仰體聖人之訓，放過李實，不要逼人太甚！」

「不錯，聖人是說過此話。只是小過能改，罪孽卻不可饒！時至今日，你猶敢賄賂公行，欺天欺君欺王法，哪裡有一絲的慚愧悔恨之意！別說區區三千兩白銀，就是三千兩黃金也休想買先父的性命！明堂之上，自有公論，你不必再枉費心機了！」黃宗羲越說越激昂，瞋目怒罵，凜凜然不可侵犯。

李實咬牙道：「好！附逆之案不過是皇上心血來潮，鼎新革故，不得不如此行此新政，你萬不可當眞。我倒不信這白花花的銀子竟沒人要？走！」起身率隨從欲走。

「慢著！」崇禎惱聲撩簾子出來。李實不想裡屋還有人在，心下一驚，見是一個清瘦的少年，便當成了遭難的官宦子弟，哼了一聲道：「又是一個爲父請命的孝子！你們消息倒靈，全聚到一起了。不怕告你們意欲謀反，東廠番子前來緝捕嗎？」

崇禎怒道：「你附逆之罪，已不可恕，卻又誹謗朝政，妄測天心，不怕誅了你的九族？」李實氣得將風帽一把抓下，就地一摔，跳腳道：「好大口氣！你是何人？天子腳下，各色人種眞是繁多，竟有這般狂妄的人！我雖說冠帶閒住，也曾是朝廷命官，豈該吃你這後生小子的氣！」話音未落，眼前人影晃動，只聽啪的一聲，李實臉上早挨了一記清脆響亮的耳光，隱隱現出五指紅痕。

「反了，反了！給我打這渾小子！」李實捂臉朝門外呼喊，良久無人應答，搶步出去看時，哪裡有半個隨從的人影？他返身回來，驚恐地問道：「你們是什麼人？竟敢在京城殺人？」經他一說，黃宗羲、周延祚、夏承三人也大驚失色，一齊轉頭凝視著崇禎。

崇禎一笑，向那侍衛略一頷首，那侍衛摸出外衣下的金色腰牌，喝道：「李實，睜開你的狗眼好生地看看，咱是御前六品帶刀護衛，可知少爺是什麼人了？」

「皇上——」李實癱倒在地上。黃宗羲三人驚愕多時，才醒悟過來，也慌忙跪下。黃宗羲淚流滿面，哽咽欲語。崇禎搶先道：「黃孝子，你不必多說了，朕必給你們一個清白的交代！看你還年輕，好生讀書罷，國家還要用人。」轉身出門，上了暖轎，趁著暮色而去。

附欽定逆案名錄

天啓七年臘月，欽定逆案了結。首逆凌遲者二人：魏忠賢，客氏。

首逆同謀爲不待時者六人：崔呈秀及魏良卿，客氏子都督侯國興，太監李永貞、李朝欽、劉若愚。

交結近侍秋後處決者十九人：劉志選、梁夢環、倪文煥、田吉、劉詔、薛貞、吳淳夫、李夔龍、曹欽程，大理寺正許志吉，順天府通判孫如冽，國子監生陸萬齡，豐城侯李承祚，都督田爾耕、許顯純、崔應元、楊寰、孫雲鶴、張體乾。

結交近侍次等充軍者十一人：魏廣微、周應秋、閻鳴泰、霍維華、徐大化、潘汝禎、李魯生、楊維垣、張訥，都督郭欽，孝陵衛指揮李之才。

交結近侍又次等論徒三年輸贖爲民者：大學士顧秉謙、馮銓、張瑞圖、來宗道，尚書王紹徽、郭允厚、張我續、曹爾禎、孟紹虞、馮嘉會、李春曄、邵輔忠、呂純如、徐兆魁、薛鳳翔、孫傑、楊夢袞、李養德、劉廷元、曹思誠，南京尚書范濟世、張朴，總督尚書黃運泰、郭尚友、李從心，巡撫尚書李精白，蘇杭織造李實等一百二十九人。

交結近侍減等革職閒住者，黃立極等四十四人。

忠賢親屬及內官黨附者又五十餘人。

逆案涉及二百六十餘人，將閹黨分七等定罪，前六等俱處以流放，末等則冠帶閒住，雖保留名位卻無實權，然魏忠賢結黨營私多年，在官幾乎無不是閹黨，一時難以盡除，多方罷黜，其黨猶滿朝。

是年，黃宗羲十九歲。次年秋天，扶父靈柩離京回鄉。

注：燕京八景，明代以太液晴波、瓊島春雲、道陵夕照、薊門煙樹、西山霽雪、玉泉垂虹、蘆溝曉月、居庸疊翠爲燕京八景，與金、元兩代稍異。

阮鬍子，即阮大鋮，安慶府懷寧人，字集之，號圓海。萬曆進士，天啓中任吏科給事中。崇禎初以阿附魏忠賢，名列逆案，廢居南京。因鬍子多而密，有此綽號。

朱高煦，明成祖朱棣第二子，明仁宗朱高熾弟，仁宗子宣宗朱瞻基即位宣德元年，發動叛亂，兵敗被俘，廢爲庶人，猶不伏罪，宣德四年被誅。

朱宸濠，明太祖朱元璋十七子朱權之後，襲封寧王，武宗正德十四年謀反，兵敗被俘，次年十二月被處死在京郊通州。

大地【歷史小說】系列

清宮奇后—大玉兒

胡長青 著

奪嫡、爭位、科爾沁草原的美貌公主一躍成爲至高無上的皇太后，然而卻危機四伏。爲了兒子江山穩固，她不得不下嫁小叔多爾袞，又設計除去多爾袞，輔佐幼兒親政，本可以高枕無憂，永享榮華，可是兒子廢皇后，娶兄弟之妻，欲出家爲僧，令她數臨困境。她中年喪子，扶持幼孫，擒鰲拜，平三藩，經歷了人生的大榮大辱，大喜大悲，走過了曲折離奇而又成功輝煌的一生。

特價$199

漢宮艷后—衛子夫

張雲風 著

她有傾國傾城之美色，使漢武帝為之傾倒，也使衛氏家族橫空出世，這裡有衛青為漢朝開拓疆土的壯闊場面，也有衛子夫令漢武帝銷魂的長夜。

特價$199

唐宮驕女—太平公主

畢寶魁 著

她是唐高宗與武則天愛情的結晶，也稱鎮國太平公主，在政治上賣官鬻爵，在性愛上追求刺激，將眾男子玩於股掌之上。然而由於權力與欲望過度膨脹陷入了萬劫不復的深淵。

特價$199

遼宮雄后—蕭燕燕　　鄭軍．趙強 合著

她是北方草原民族的美女，遼景宗的皇后，她有鐵一般的手腕，對宋作戰。也有火一樣的熱情，深深地眷戀著她的情人韓德讓。

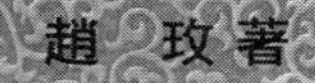

特價$199

上官婉兒（上）（下）　　趙 玫 著

這是一部女人的歷史。
一個怎樣的女人？
非凡智謀的政治天才？
卑鄙可怕的陰謀大師？
高貴優雅的美麗化身？
賣身求榮的淫亂蕩婦？
詩文傳世的曠世才女？
狐媚篡權的亂國禍水？
《上官婉兒》，是非曲直，誰人與你評說
《上官婉兒》，民歌當哭，寫盡女人極致
《上官婉兒》，一幅集美麗與優雅、
智慧與才華、愛情與欲望、
高尚與無恥、陰謀與權術、
血腥與殘忍為一體的唐宮全景圖。

上冊定價$250

下冊定價$250

秦宮花后—趙姣娥

她從趙國的妓女成爲呂不韋的愛妾，再到秦太子異人的妃子，直至秦國王后，最後由於性愛的膨脹而走進人生的深淵。

特價$199

高陽公主

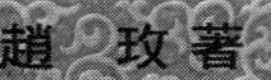

高陽公主大唐王朝最尊貴、最美麗、最縱情的女人，她敢愛敢恨的一生，既是一篇鏤金鑲玉的錦繡篇章，更是一部撲朔高深的皇宮秘史。一個又一個男人從她生命中穿過，她最終也難以逃脫令人唏嘘慨嘆的命運。

這位一身而兼絢麗燦爛的花朵與冷艷悲涼的遺珠雙重角色的大唐公主，誘使千年後的另一個女人名作家趙玫以其強烈的現代激情講述塵封的古典故事美艷帶血的小說將使高陽成爲永恆。

特價$199

國家圖書館出版品預行編目資料

崇禎皇帝・乾綱初振／胡長青 著；
-- 第一版. -- 臺北市：大地,
2002〔民91〕
面； 公分-- （歷史小說；9）

ISBN 957-8290-74-8（平裝）

857.7 91023197

歷史小說 09

崇禎皇帝・乾綱初振

作　　者：胡長青
創 辦 人：姚宜瑛
發 行 人：吳錫清
主　　編：陳玟玟
美術編輯：黃雲華
出 版 者：大地出版社
社　　址：台北市內湖區內湖路2段103巷104號1樓
劃撥帳號：0019252－9（戶名：大地出版社）
電　　話：(02)2627－7749
傳　　真：(02)2627－0895
E-mail：vastplai@ms45.hinet.net
印 刷 者：久裕印刷股份有限公司
一版一刷：2002年12月
特　　價：199元

Printed in Taiwan　　版權所有・翻印必究
（本書如有破損或裝訂錯誤，請寄回本社更換）

地 大地 大地 大地 大地 大地 大地 大地 大地

大地大地大地大地大地大地大地大地大地大